CONSTANZE WILKEN

Das Rosencottage

GOLDMANN

Buch

Die junge Künstlerin Kirsty Paterson schlägt sich in Edinburgh mühsam mit verschiedenen Jobs durch. Doch dann stirbt ihre geliebte Großmutter Fiona und vererbt Kirsty ihr Rosencottage auf der malerischen Insel Tiree. Mit dem Haus verbindet Kirsty die glücklichsten Sommer ihrer Kindheit. Ihre Großmutter hat jedoch eine Bitte an das Erbe geknüpft: Kirsty soll das Verschwinden von Fionas Kinderfreundin Livie vor vielen Jahren aufklären. Schon bald löst sie mit ihrer Spurensuche schicksalhafte Ereignisse aus und trifft auf den undurchschaubaren, aber attraktiven Schriftsteller Finlay …

Informationen zu Constanze Wilken
sowie zu lieferbaren Titeln der Autorin
finden Sie am Ende des Buches.

Constanze Wilken

Das Rosencottage

Roman

GOLDMANN

Sollte diese Publikation Links auf Webseiten Dritter enthalten, so übernehmen wir für deren Inhalte keine Haftung, da wir uns diese nicht zu eigen machen, sondern lediglich auf deren Stand zum Zeitpunkt der Erstveröffentlichung verweisen.

Dieser Roman ist bereits unter dem Titel »Sehnsucht nach Tiree« bei Weltbild erschienen.

FSC
www.fsc.org
MIX
Papier | Fördert gute Waldnutzung
FSC® C014496

Penguin Random House Verlagsgruppe FSC® N001967

1. Auflage
Originalausgabe April 2023

Gestaltung des Umschlags: UNO Werbeagentur, München
Umschlagmotiv: © © GettyImages / inigofotografia, Luca Quadrio;
FinePic®, München
Redaktion: Regine Weisbrod
BH · Herstellung: ik
Satz: GGP Media GmbH, Pößneck
Druck und Bindung: GGP Media GmbH, Pößneck
Printed in Germany
ISBN: 978-3-442-49280-0

www.goldmann-verlag.de

Will you come away my love
To be my own my rare one.
Tiree Love Song, 19. Jhd.

Man's responsibility is to forgive:
Only God has the authority to judge.
Robert Burns

Die Hauptfiguren

Kirsty Paterson – Künstlerin
Fiona Paterson – Kirstys Großmutter
George & Jennifer Paterson – Kirstys Eltern
Ethan Paterson – Kirstys Bruder
Scarlett – seine Frau
Finlay Stewart – Autor
Mala – Kirstys Freundin
Susan & Patrick McNeil – Restaurantbesitzer auf Tiree
Hilary Dimond – Hebamme
Monica – ihre Tochter
Samuel Stevenson – Pfarrer
Lorna Lamont – Gemeindehelferin
Dr. Andrew Macearchana – Inselarzt

Donald & Selma McMillan – Farmer
Paddy, Matty, Freddy – ihre Söhne
Livie McMillan – ihre Tochter
Grant & Ruth Graham – Farmer
Paul, Rory, Anlay – ihre Söhne
Kenna Graham – ihre Tochter
Dr. Nathan Jones – Inselarzt in den 1930ern

Brodric McMillan – Mattys Neffe
Cam Levitt – sein Stiefsohn

Prolog

Tiree, Dezember 1933

Schwarz, blau und grau rollte die schwere Wolkenwand über den Ozean auf das Land zu. Seit Tagen tobte der Sturm, der jetzt seinen Höhepunkt erreicht hatte. Meterhoch stiegen die Wellen, deren weiße Gischt von den Böen bis auf den Strand gepeitscht wurde. Es schien, als wollte das Meer die kleine Insel verschlingen, die Tir fo Thuinn, Land unter den Wellen, genannt wurde. Nicht einmal an Weihnachten ließ der Wind die Menschen zur Ruhe kommen, die in der rauen, unnachgiebigen Natur ein karges Dasein fristeten.

Felsen ragten wie dunkle Riesen aus dem Wasser und griffen nach Booten, die sich hierher verirrten. Mit steinernen Fingern zermalmten sie die Schiffe unerfahrener Segler. Doch heute war es kein Boot, das dort am Strand lag. Es war die Gestalt einer Frau in einem weißen Kleid, die durch die Dünen gestolpert und am Meeressaum zusammengebrochen war. Kurz lag der ausgemergelte Körper dort, lange rotblonde Haare wirbelten auf und legten sich um die schmächtige Gestalt.

Da griff das tosende Meer mit gierigen Zungen nach dem Sand, riss ihn mit sich und berührte die Füße der

Frau, die sich aufraffte und zurücksah. Sie lauschte in die einbrechende Dunkelheit, doch eine Böe jagte heulend über das Land, und die Frau ging mit stoischer Miene ins Meer. Zuerst erfassten die Wellen ihr Kleid, das sich vollsog mit dem eisigen Wasser der winterlichen See. Sie setzte einen Fuß vor den anderen und schien auf die große Welle zu warten, die sie verschlingen sollte.

»Selma!«, ertönte plötzlich eine männliche Stimme in den Dünen, und ein Mann kam angerannt.

»Selma! Tu es nicht!«, brüllte er und stürzte mit ausgestreckten Armen durch den Sand. Er war groß und kräftig, sein Körper von der Arbeit auf dem kargen Boden und dem Fischen gestählt.

Die Wollmütze hatte er sich über die Ohren und tief in die Stirn gezogen. Zusammengekniffene Augen suchten die stürmische Dämmerstunde zu durchdringen, und die Muskeln an seinem Kiefer zuckten. Die Frau schien ihn gehört zu haben und ließ sich dennoch ins Wasser sinken. Eine Welle krachte über ihr zusammen, und sie war eins mit der dunklen See.

»Nein! Du entkommst mir nicht!«, brüllte der Mann und stürzte sich in die Fluten, tauchte und kam mit der Ertrinkenden im Arm an die Oberfläche.

Mit grimmiger Miene kämpfte er sich durch die Brandung an den Strand und legte die Frau in den Sand. Unsanft klopfte er ihre Wangen und drehte sie auf die Seite. Das Kleid klebte an dem schmalen Frauenkörper, der zu zittern begann, und endlich erbrach sie das Seewasser, das sie geschluckt hatte. Wütend klopfte der

Mann ihren Rücken und packte ihre Haare, so dass sie ihn ansehen musste. »Warum tust du mir das an, Selma? Und wenn nicht für mich, dann reiß dich wenigstens für deine Kinder zusammen!«

Die Frau sah ihn nicht an, spuckte noch etwas Wasser, hustete und sackte nach vorn, doch er ließ ihr keine Ruhe, riss sie auf die Beine und warf sie sich wie einen Sack Kartoffeln über die Schulter. Sie leistete keinen Widerstand, half ihm jedoch auch nicht, so dass ihre schlaffen Glieder im Rhythmus seiner Schritte schwangen, während er durch die Dünen stapfte.

Ihr Ziel war ein langgestrecktes weißes Haus mit schwarzem Dach, das sich hinter einer niedrigen Steinmauer vor dem Sturm duckte. Im Stall trampelte das Pferd mit den Hufen gegen die Wand. Der Sturm machte es nervös.

Donald McMillan ließ seine Frau zu Boden gleiten und hielt sie fest. »Kannst du allein hineingehen? Ich muss nach dem Pferd sehen. Es macht mir den Stall kaputt.«

Selma stieß ihn von sich und ging auf die Haustür zu, die so niedrig war, dass sie sich ducken musste. Mit klammen Fingern schob sie den Riegel beiseite und stieß die Tür auf. Ein Vorhang schützte das Innere vor dem Zug, und als Selma in den Raum trat, der Küche und Wohnraum zugleich war, ging ein Aufschrei durch die dort Wartenden. Ihre Tochter Livie stürzte als Erste auf sie zu und umschlang sie mit den Armen. »Mum, du bist ja ganz nass! Oh Gott, wo warst du denn nur?«

Selma machte sich von dem weinenden Mädchen los und ging zum Herd, auf dem ein Topf mit brodelnder Suppe stand. »Hast du gekocht, Livie?«

Ihre Söhne kamen nun ebenfalls zu ihr. Paddy, ein Jahr älter als Livie, nahm ihre Hand und sah sie besorgt an. Er war ein guter Junge, viel zu sanft für einen McMillan, und das, obwohl sein Vater ihn noch härter herannahm als die Brüder. »Lass doch, Mum, Livie kümmert sich um das Essen. Du bist kalt und nass, zieh dich um, sonst wirst du krank.«

»Hör auf zu flennen, Livie. Sind die Kartoffeln schon gar? Und was ist mit dem Kuchen?« Matthew, der Älteste, glich seinem Vater, hatte dessen Statur und kantiges Gesicht mit Augen, die stechend und unnachgiebig waren.

»Verdammt, heute ist Weihnachten, und du rennst raus in die Kälte wie eine Irre!«, fuhr ihr dritter Sohn, Freddy, sie an. Er war kleiner als Matthew, aber für seine Schlagkraft berüchtigt. Niemand legte sich gern mit den McMillans an.

Matthew musterte die Mutter mit zusammengekniffenen Augen. »Sie ist doch irre. Wer sonst würde so was Verrücktes tun!«

»Hört auf!«, rief Livie. »Lasst sie in Ruhe. Geh nur, Mum, zieh dich um. Bitte!«

Selma zitterte und fühlte, wie alle Kraft aus ihrem Körper wich. Bevor sie zu Boden sackte, fing Paddy sie auf und führte sie in die kleine Kammer, die sie mit ihrem Mann teilte. Außer einem Bett und einem Schrank befand sich nichts in dem kargen Raum. Nachdem

Paddy die Tür geschlossen und sie zum Bett geführt hatte, fragte er leise: »Warum heute, Mum?«

Müde hob sie den Blick. »Für mich ist jeder Tag wie der andere.«

»Heute ist Weihnachten!«, sagte ihr Sohn, legte ihr eine Wolldecke um die Schultern und ging in die Hocke, um ihr die eiskalten Füße zu reiben.

»Geh nur, Paddy, bevor dein Vater dich hier sieht.«

Paddy erhob sich und sah sie traurig an. »Er war wirklich in Sorge um dich.«

Ein bitteres Lachen entrang sich ihrer Kehle, bevor sie von der Kälte erfasst wurde und ihre Zähne unkontrolliert zu klappern begannen.

1

Edinburgh

Von der Royal Mile drang der übliche Lärm zu ihnen herein. Kirsty hielt inne … Nein, heute mischte sich ein Zug Dudelsackspieler darunter. Das würde die Touristen begeistern, die sich an den Geschäften und Restaurants vorbeidrängten. Kirsty strich sich die kinnlangen blonden Haare hinter die Ohren und widmete sich wieder ihrem Computer an der Rezeption des Grovers. Das moderne Luxushotel bot seinen Gästen alles, was man sich wünschen konnte, und war erst kürzlich von Grund auf renoviert worden. Sie beantwortete gerade eine Anfrage für die Jahreswende. Die Zeit um Weihnachten und Silvester war besonders nachgefragt. Das berühmte Hogmanay lockte Besucher aus der ganzen Welt an.

»Hallo, ich möchte mich beschweren!«

Sie hob den Blick und lächelte freundlich. Ein Mittfünfziger mit Baseballcap und einer teuren Armbanduhr trommelte vor ihr mit den Fingern auf dem Tresen. »Wie kann ich Ihnen helfen?«

Der Amerikaner hatte gestern mit seiner jungen Frau bei ihr eingecheckt und sofort ein Upgrade verlangt, nachdem sie das Zimmer besichtigt hatten.

»Die Matratzen sind zu weich. Durchgelegen. Das gehört sich bei diesen Preisen nicht!« Herausfordernd sah er sie an.

»Es tut mir sehr leid, dass Sie mit den Matratzen nicht zufrieden sind, die im Übrigen genauso neu sind wie die gesamte Einrichtung. Das Zimmer wurde vor zwei Monaten komplett renoviert.« Sie legte dem Gast ein Zertifikat des Matratzenherstellers vor.

»Interessiert mich nicht. Ich will neue Matratzen! Meine Frau hat Rückenprobleme.« Er sprach mit dem breiten Akzent der Südstaatenamerikaner und lehnte sich auf den Tresen.

»Welchen Härtegrad bevorzugt Ihre Frau denn? Dann lasse ich die Matratzen austauschen. Das ist kein Problem, Sir.«

Er schien überrascht. Manche Gäste suchten nach Kleinigkeiten, um den Preis zu drücken, andere beschwerten sich gern, um sich wichtig zu machen. Bei diesem Exemplar war es wohl eine Mischung aus beidem.

»Hi, Kirsty!« Ihre Freundin Mala trat zu ihr an die Rezeption. »Gibt es ein Problem?«

»Nein, wir klären das gerade. Welcher Härtegrad, sagten Sie?«

Der Mann murmelte etwas von mittel, und Kirsty machte sich eine Notiz. »Ich veranlasse den Tausch, und dann sollten Sie und Ihre Frau heute Nacht besser schlafen. Kann ich sonst noch etwas für Sie tun, Mr Miller?«

»Vorerst nicht, danke.« Der Gast drehte sich um und ging davon.

»Ich hab's geahnt, als die gestern eincheckten. Das ist genau der Typ, der dauernd was zu meckern hat. Oh, Mala, was ist nur mit den Menschen los? Da haben sie das Geld und die Zeit, um in so einem schönen Hotel zu wohnen, und was machen sie?« Kirsty verdrehte die Augen.

Ihre Freundin, die ihr den Job an der Rezeption vermittelt hatte, klopfte ihr aufmunternd auf die Schulter. »Vergiss es. An mir prallt inzwischen alles ab. Na ja, fast alles … Die Gruppe aus London letzte Woche hat mich an den Rand der Verzweiflung gebracht.«

Zehn junge Frauen hatten einen Junggesellinnenabschied gefeiert und die Rezeption, das Restaurant und den Spa-Bereich mit ausgefallenen Extrawünschen bis spät in die Nacht geplagt.

Mala zog einen Brief aus ihrer Handtasche. »Ich habe ihn dir mitgebracht, weil er offiziell aussieht. Vielleicht ist er wichtig.«

Sie teilten sich eine Wohnung in Boat Green, direkt am Fluss Leith. Beide hatten sie Träume. Malas Mutter stammte aus Mangalore, hatte einen schottischen IT-Experten geheiratet und war so nach Edinburgh gekommen. Während Mala einen Back-Blog betrieb, auf dem sie ihre ausgefallenen Kreationen vorstellte, war Kirstys Leidenschaft das Malen. Seit ihrer Kindheit hielt sie alles, was sie sah, mit Stift oder Pinsel fest. Ein Skizzenbuch war ihr ständiger Begleiter, und sie liebte es, einzutauchen in die Welt der Farben, die ein Eigenleben entwickelten, sobald sie auf ihrer Palette zu mischen begann, und sich darin zu verlieren. Mala ermutigte sie, ihre großformatigen Gemälde endlich auszustellen, doch dafür fehlte Kirsty das Selbstvertrauen. Sie hatte nichts vorzuweisen, kein Studium, keine Ausbildung, nur ein wildes, unstetes Leben, das sie nach Australien, Neuseeland und Thailand geführt hatte. Es gab kaum etwas, das sie bereute … Womöglich war sie manchmal zu gutgläubig gewesen. In Thailand hatte sie sich ihren Rucksack samt Geld und Papieren von anderen Backpackern stehlen lassen, die sie allein und fieberkrank in einem Dschungelcamp zurückgelassen hatten. Unbehandelt hatte das Fieber ihre Organe angegriffen, und sie hatte jahrelang an den Folgen gelitten.

Mittellos und erschöpft war sie mit Ende zwanzig nach Schottland zurückgekehrt und hatte in Mala nicht nur eine Vermieterin, sondern auch eine gute Freundin gefunden. Im Hotel arbeitete Kirsty für ihren Lebensunterhalt und im Georgian House am Charlotte Square unentgeltlich für den National Trust. Sie hatte das alte Haus, das im achtzehnten Jahrhundert von Robert Adams entworfen worden war, schon als Kind geliebt, und jetzt führte sie einmal pro Woche Besucherinnen und Besucher durch das traditionelle Bürgerhaus. Unentgeltlich, was für ihre Eltern unverständlich war, denn George Paterson gehörte ein renommiertes Architekturbüro in Dundee, das er gemeinsam mit Kirstys Bruder Ethan leitete. Ethan war sieben Jahre älter als sie, und ihr Verhältnis war nie eng gewesen. Zu unterschiedlich waren die Charaktere der Geschwister, und die Heirat ihres Bruders hatte es nicht besser gemacht. Ihre Schwägerin Scarlett war Pharmareferentin, und ihr

Hauptinteresse galt der Gewinnmaximierung, Designerlabeln und angesagten Urlaubsorten. Für Menschen wie Kirsty hatte sie nur ein müdes blasiertes Lächeln übrig. Wobei das mit jeder Botox-Injektion schwieriger wurde. Es war wenig überraschend für Kirsty gewesen, dass sich ihre Mutter besser mit der Schwägerin als mit der eigenen Tochter verstand. Längst hatte sie sich damit abgefunden, das schwarze Schaf der Familie zu sein.

Kirsty betrachtete den Umschlag: MacIsaac & Connal, Rechtsanwälte und Notare.

Die Einzige aus ihrer Familie, die sie immer verstanden hatte, war ihre Großmutter Fiona. Ihre glücklichsten Erinnerungen verband Kirsty mit den Ferien, die sie auf Tiree in Fionas Rosencottage verbracht hatte. Dort hatte sie sich stets geborgen und gleichzeitig frei und unbeschwert gefühlt. Fiona Paterson, eine geborene MacGregor, hatte einen Teil ihrer Kindheit auf Tiree verbracht. Die MacGregors und später auch Fiona hatten das Haus nie aufgegeben und als Ferienhaus genutzt. Zu viele Erinnerungen, sagte sie immer. In diesem Sommer hatten sie gemeinsam zwei Wochen dort verbringen wollen, doch dann war Fiona krank geworden. Man sollte nie etwas aufschieben, das war Kirsty schmerzlich bewusst geworden, als ihre Großmutter vor einem Monat überraschend im Krankenhaus gestorben war.

Seufzend öffnete sie den Umschlag. Er enthielt ein Anschreiben der Kanzlei und einen Umschlag mit der Schrift ihrer Großmutter. Kirsty ging ins Büro, um ungestört lesen zu können.

»Sehr geehrte Ms Paterson«, stand dort auf edlem Papier. »Unser aufrichtiges Beileid zum Verlust Ihrer Großmutter Fiona Paterson, in deren Auftrag wir tätig sind. Ihre Großmutter hat Ihnen das Rosencottage auf Tiree hinterlassen. Der beiliegende Brief Ihrer Großmutter enthält eine Bedingung, die zu erfüllen ist, wenn Sie sich für die Annahme des Erbes entscheiden.

Gern stehen wir für Rückfragen zur Verfügung und erwarten Ihre Antwort innerhalb von sieben Tagen nach Zustellung dieses Schreibens.

Hochachtungsvoll

William MacIsaac«

»Rosencottage? Ich soll das Rosencottage erhalten?« Überrascht und tief bewegt schniefte Kirsty und fuhr sich über die Augen. Sie entfaltete den Brief, aus dem ein Schwarzweißfoto herausfiel, das zwei junge Mädchen zeigte. Sie saßen lachend vor einem Cottage auf einer Mauer. Der Wind blies ihnen die Haare aus den Gesichtern, hinter dem Cottage war das Meer zu sehen, und am Himmel ballten sich Sturmwolken. In dem einen Mädchen glaubte sie ihre Großmutter zu erkennen, das andere Mädchen kannte Kirsty nicht. Als sie zu lesen begann, hörte sie Fionas Stimme:

»Meine liebe Kirsty, schon vor Jahren habe ich entschieden, dass das Rosencottage einmal dir gehören soll. Ich weiß, wie gern du auf Tiree bist. Du liebst die Insel, dieses karge, unwirtliche Stück Land mitten im Meer genauso sehr wie ich. In vielen Dingen sind wir uns sehr ähnlich, nur hast du nie deinen Platz gefunden. Vielleicht ist es Tiree, meine

Kleine. Manchmal braucht es einen Anstoß von außen, um seinen Weg zu finden.

Ich hatte ein langes, erfülltes Leben, nur eine Sache bereue ich bis heute, nämlich, dass ich mich nicht beizeiten um das Schicksal meiner einstigen Freundin gekümmert habe. Irgendwann ist es zu spät, und man kann nichts mehr tun als zu hoffen, dass jemand anderes tut, was man selbst hätte tun müssen. Nun ist es an dir, Kirsty, mir diesen einen Wunsch zu erfüllen, den Faden aufzunehmen, der damals in den Dreißigerjahren auf Tiree zerriss, der Faden, der das Band der Freundschaft zwischen mir und Livie war.

Ich habe nie von ihr erzählt, zu sehr habe ich mich geschämt, dass ich sie im Stich gelassen habe. Wir waren so jung, und die Zeiten waren anders, und letztlich hat der Krieg alles verändert, unsere Leben aus der Bahn geworfen. Dennoch, ich hätte den Mut fassen und nach Livie fragen müssen. Livie McMillan ist die Tochter von Donald und Selma McMillan. Die McMillans waren Crofter, wie wir auch, und ihre Farm lag südlich von Sandaig ganz abseits in den Dünen. Auf dem Foto siehst du mich mit Livie auf der Mauer vor dem Cottage ihrer Eltern. Da muss der alte McMillan nicht da gewesen sein. Wir hatten alle Angst vor ihm, diesem lauten, stets schlecht gelaunten Mann.

Livie hatte drei Brüder. Paddy war ihr Lieblingsbruder und ein liebenswerter Bursche, er liebte Gedichte. Was glaubst du, wie oft er dafür von seinem Vater und seinen Brüdern verprügelt wurde. Furchtbare Kerle waren das – Matthew und Freddy. Matty war der Älteste und kam ganz nach seinem Vater. Wenn es irgendwo eine Prügelei auf der Insel gab, konnte man sicher sein, dass Matty und Freddy darin verwickelt waren. Livie und ich sind gemeinsam die ersten vier Jahre zur Schule gegangen. Danach kam ich in ein Internat auf dem Festland und war nur noch in den Ferien zu Hause. Es war im Sommer 1934, wir waren beide gerade fünfzehn geworden, als Livie mir erzählte, dass sie sich verliebt habe, und zwar in den jungen Rory Graham. Die Grahams lebten auf der Farm auf der anderen Seite der Düne, und Rory war ein hübscher Bursche.

Im Sommer 1935 war ich zum letzten Mal vor dem Krieg auf Tiree. Es war alles sehr traurig. Livie hatte im Februar ein uneheliches Kind zur Welt gebracht, das wohl bald nach der Geburt gestorben war. Auf einer Insel wird viel getratscht, und es hieß, dass die verrückte Selma das Kind im Meer ertränkt hätte, was natürlich blanker Unsinn war. Livies Mutter war eigenwillig, seltsam – aber verrückt? Ich glaube nicht. Doch so war das damals. Es gab auch einen Inselarzt, Dr. Jones, und danach Adamson, soweit ich mich entsinne, aber die McMillans wollten immer alles allein ausmachen. Ich hätte mir mehr Mühe mit ihr geben müssen, das werfe ich mir heute vor. Die Grahams hatten Tiree verlassen. Ach, es war schrecklich. Sie war viel zu jung für ein Kind – und dann ihr Vater. Ich wollte mir nie vorstellen, was er mit ihr gemacht hat, als er hörte, dass sie die Ehre der Familie beschmutzt hatte. Ein uneheliches Kind war damals das gesellschaftliche Ende für eine Frau.

Meine Eltern hatten beschlossen, aufs Festland zu ziehen, und verpachteten die Farm. Ich habe Livie meine Adresse gegeben, doch sie hat sich nie gemeldet. Tja, dann kam der Krieg, ich habe geheiratet, und das Leben ging weiter. Eigentlich sind wir erst Ende der Sechziger wieder öfter nach

Tiree gefahren. Es wurde geklatscht, dass Livie während des Krieges mit einem kanadischen Soldaten weggegangen wäre. Ich hätte es ihr gewünscht, aber so richtig glauben konnte ich es nie. Livie in einem fremden Land, andererseits, was weiß man schon über einen Menschen?!

Schon längst hätte ich mit dir über Livie sprechen sollen. Wir hätten sie gemeinsam suchen sollen, aber nun fühle ich meine Kräfte schwinden und überlasse dir diese Aufgabe. Du hast mir oft gesagt, dass du deinen Platz im Leben noch nicht gefunden hast. Vielleicht ist das Rosencottage deine Bestimmung und die Suche nach Livie ein Teil deines eigenen Weges. Finde Livie für mich, Kirsty, finde meine alte Freundin, denn wir standen uns einmal sehr nahe.

Deine Granny Fiona«

Kirsty lehnte sich gegen die Wand und betrachtete intensiv das Foto. Livie McMillan war ein dürrer Teenager mit langen Haaren und großen, verträumten Augen. Wenn sie die Konstitution von Fiona hatte, konnte sie noch am Leben sein.

»Ich finde dich, Livie, und wenn ich an jede Tür auf Tiree klopfen muss«, murmelte Kirsty und ging wieder zur Rezeption, wo Mala sie erwartungsvoll ansah.

»Es geht um deine Großmutter, nicht wahr?«

Kirsty nickte. »Sie hat mich gebeten, jemanden zu finden.«

Stuart Tolman, der Hoteldirektor, trat zu ihnen. Er war jünger als Kirsty und ließ jeden wissen, dass er in den besten Hotels der Welt gearbeitet hatte. »Haben Sie nichts zu tun? Es macht keinen guten Eindruck, wenn das Personal tratschend zusammensteht«, rügte er sie.

Kirsty zwinkerte Mala zu. »Ach, wissen Sie, Mr Tolman, ich habe Ihre Art der Personalführung so satt. Auch wenn Sie dem König von Honolulu den Hintern mit Gold besprüht haben, gibt Ihnen das nicht das Recht, so mit uns umzuspringen. Ich kündige.«

Sie hörte Mala hinter vorgehaltener Hand kichern, während der Direktor nach Luft rang.

2

Tiree

Die Fähre schob sich mit stampfendem Motor durch die Wellen. Kirsty stand vorn an Deck und ließ sich den Wind und die salzige Luft ins Gesicht wehen. Ab und an leckte sie sich mit der Zunge über die Lippen, wie sie es als Kind getan hatte, wenn sie mit ihren Eltern hier vorn gestanden hatte. Wenn sie das Salz des Ozeans auf den Lippen schmecken konnte, begann die schönste Zeit des Jahres. Und jetzt begann ihr neues Leben.

Das große Fährschiff hob und senkte sich mit den rollenden Wellen, auf denen weiße Schaumkronen zu sehen waren. Der Wind hatte zugenommen, und viele Passagiere standen mit grünen Gesichtern an der Reling und würgten die Reste ihres Frühstücks heraus. Kirsty war schon immer seefest gewesen und grinste, als ein Junge aus dem Schiffsinnern gestolpert kam, sich über die Reling lehnte und Poseidon opferte. Kurz nach dem Ablegen in Oban hatte er noch herumgetönt, dass ihm Seegang nichts ausmachte, und sich eine Portion Fish & Chips bestellt.

»Na, war wohl doch keine so gute Idee, sich vollzustopfen, oder?«, meinte Kirsty und reichte ihm ein Taschentuch, das er dankend annahm.

»Ist mir noch nie passiert«, meinte der Junge, der zwölf oder dreizehn Jahre alt sein mochte.

Kirsty hob die Augenbrauen. »Wo wollt ihr denn hin? Nach Coll oder nach Tiree?«

Die Fähre legte in Oban ab und hielt zuerst im Hafen von Arinagour auf Coll, bevor sie weiter nach Scarinish auf Tiree fuhr. Um sieben Uhr fünfzehn waren sie losgefahren und würden Scarinish um halb vier erreichen. Wer zu den Inseln wollte, brauchte Zeit, die Kirsty jetzt im Überfluss hatte. Seit sie Edinburgh um drei Uhr morgens mit ihrem Mini verlassen hatte, fühlte sie sich, als wartete da draußen auf der Insel im Atlantischen Ozean ein Abenteuer auf sie. Mala hatte eher die Befürchtung, dass sie sich auf der öden Insel, wie sie sich ausdrückte, zu Tode langweilen würde, doch Kirsty hatte alle Bedenken weggewischt. Sie wusste, was sie erwartete, und sie liebte die Einsamkeit der rauen Natur inmitten des Meeres.

»Nach Tiree. Ich surfe!«, sagte der Junge stolz.

»Na, dann findest du jede Menge tolle Strände. Für jede Windrichtung gibt's einen«, sagte Kirsty, die selbst gern gesurft hatte. Vielleicht würde sie wieder anfangen.

»Du warst schon da?« Der Junge schien die Übelkeit überwunden zu haben und sah sie neugierig an. Er hatte halblanges blondes Haar und trug ein T-Shirt mit einem Haifisch, der in ein Surfbrett biss.

»Meine Großmutter hat dort ein Haus. Ich habe viele Sommer dort verbracht.«

»Wie cool! Wir sind zum ersten Mal hier. Ich heiße Danny.« Er streckte ihr die Hand entgegen, die sie lächelnd schüttelte.

»Freut mich, Danny, ich bin Kirsty.«

»Und jetzt besuchst du deine Großmutter?« Er musste seine Stimme erheben, um den Wind und die Maschinen zu übertönen.

Sie hielten sich beide an der Reling fest, um nicht auszurutschen. »Wow, ganz schön heftige Dünung. Nur ihr Haus. Sie ist gestorben, leider. Ich vermisse sie sehr.«

»Das tut mir leid. Mein Großvater ist letztes Jahr gestorben. Das war schlimm. Er hat mir das Surfen beigebracht.« Der Junge schaute auf die wogende See. »Wir haben seine Asche im Meer verstreut. Das wollte er so.«

»Er hat das Meer wohl sehr geliebt, und jetzt ist er ein Teil davon. Ein schöner Gedanke.« Wer hätte gedacht, dass sie mit einem fremden Jungen über den Tod sprechen würde.

»Danny! Wo steckst du?«, rief eine weibliche Stimme.

»Ich muss gehen. Vielleicht sehen wir uns auf Tiree, Kirsty.«

»Ja, vielleicht. Mach's gut, Danny.«

Als sie am Nachmittag den Hafen von Scarinish erreichten, hatte sich der Wind gelegt, und die See war ruhiger. Die Wolkendecke riss auf, und die Sonne schien auf die am Hafen verstreuten Häuser und Autos.

Der Fähranleger von Scarinish war eine schmucklose Betonkonstruktion, die in die Bucht hinausragte. Kirsty entdeckte ein neues Haus für die wartenden Fährgäste, und das Hotel direkt am Hafen schien ebenfalls modernisiert worden zu sein. Zu ihrer großen Erleichterung waren noch immer nur die alten Black Houses und die weißen Häuser mit den schwarzen Teerdächern verstreut am Ufer zu sehen. Der weiße Strand erstreckte sich vor dem Grün des angrenzenden Marschbodens, des viel gerühmten Machair. Das fruchtbare Land war in Jahrtausenden durch das Zusammenspiel von Wind, zermahlenen Muscheln und den Grassamen entstanden. Tiree hatte lange als fruchtbarste Insel der Hebriden gegolten, und es hatte Zeiten gegeben, da hatten viertausend Menschen die Insel bevölkert, Kühe gehalten, Kartoffeln angebaut und Kelp gesammelt. Aber das war lange vorbei.

Kirsty startete ihren alten Mini, der bis unters Dach mit ihren Habseligkeiten vollgestopft war. Auch ihre Staffelei hatte sie mitgenommen, und wenn sie die Wolkenberge und das wechselnde Lichtspiel sah, wollte sie direkt ihre Leinwand hervorholen. Vor ihr fuhr der Wagen von Danny und seiner Familie auf den Fähranleger. Der Junge winkte ihr zu, und sie hupte kurz.

Sie drehte die Fenster herunter, um den Geruch von Meer und Seetang zu atmen. Die Räder ratterten über die stählernen Klappen der Fähre, und als sie langsam auf das Land zufuhr, mischte sich Wehmut in ihre Vorfreude. Eine Träne rollte ihr über die Wange, während sie an den ersten Häusern vorbeifuhr, die sich in die flache Landschaft fügten, als wären sie mit ihr verwachsen. Diesen Besuch hatte sie mit Fiona erleben wollen, nun kam sie allein – und nicht nur zu Besuch.

Den Coop gab es noch, genau wie die Tankstelle, die Zweigstelle der Royal Bank of Scotland und die Poststelle. Fast jeder auf Tiree hielt Tiere oder baute Getreide an. Der Lebensrhythmus richtete sich nach der Natur oder den Gezeiten. Viele Fischer gab es nicht mehr, aber sie entdeckte die Hummerkörbe am Hafen. Zumindest diese Tradition wurde hochgehalten.

Die Insel war überschaubar. Man fand immer leicht an die Küste zurück und konnte sich auf den schmalen, einspurigen Straßen orientieren. Von Scarinish aus folgte sie der südwestlichen Küstenstraße, kam durch Crossapol, vorbei an Loch an Eilein, fuhr mitten durch das Inselinnere, entdeckte ein neues Café und eine Galerie, fuhr weiter durch Barrapol, wo eins der typischen traditionellen White Houses mit Reetdach anscheinend gerade einen frischen Anstrich erhalten hatte, und erreichte schließlich den Weiler von Sandaig.

Wie fast überall auf der Insel handelte es sich bei den Häusern um Crofts. Auch zum Rosencottage, das an der Meerseite der Straße inmitten des sattgrünen Machair lag, gehörte ein Stück Land, das Fiona an den Nachbarn verpachtet hatte. Ihre Großmutter hatte nie Ambitionen gehabt, Getreide anzubauen oder Weidevieh zu halten. Die Landschaft hob und senkte sich in sanften Erhebungen. Alle Häuser hier waren mit dem geteerten Filz gedeckt, eine Eigenart mit langer Tradition.

Kirsty verlangsamte das Tempo und ließ den Blick über die weiten Grünflächen, die Dünen und die Felsen an der Küste schweifen. Das Meer rauschte und grollte vor den Felsen, und hin und wieder spritzte die Gischt auf. Die Sonne war seit zehn Minuten durch die Wolken gebrochen und ließ das Land einladend und gastfreundlich wirken. Kirsty fröstelte, als eine Windböe in ihren Wagen fuhr. Es war August, und die Temperatur betrug gerade einmal siebzehn Grad. Wenn das Thermometer einmal über die Zwanziggradmarke kroch, war das die Ausnahme.

Sie entdeckte ein Schild, das auf ein Fitnesszentrum hinwies, und gleich nebenan deutete ein voller Parkplatz auf ein beliebtes Restaurant hin. Das Rosencottage lag noch weiter nördlich ganz allein nur zwanzig Meter von den Felsen entfernt, hinter denen sich ein schmaler Strand befand. Natürlich hatten alle Zugang, doch da die Touristen den Weg hinunter nicht kannten, waren sie meist allein an ihrem Strand, wie Fiona immer gesagt hatte.

Ihr Herz schlug schneller, als sie das schwarze Dach und die Steinmauer entdeckte, die das Cottage umgab. Wenn die Flut über normal stieg, fungierte die Mauer als Hochwasserschutz. Sandsäcke standen in einem Schuppen bereit und konnten bei Bedarf vor die Türen gestellt werden. Aus dem Schornstein stieg Rauch auf, und in der Einfahrt stand ein Herrenfahrrad. Kirsty wunderte sich, der Anwalt hatte nichts von einem Hausmeisterservice gesagt.

Sie parkte hinter dem Fahrrad und stieg aus. Das Haus machte einen guten Eindruck. Gut, die Farbe blätterte stellenweise ab, und das Dach musste wahrscheinlich geflickt, wenn nicht erneuert werden, doch der Garten war gepflegt. Fionas geliebte Rosen standen in voller Blüte. Neben der Haustür rankte ein zartrosa Strauch die Mauer hinauf, und an der Mauer blühte eine gelbe Rose. Der ummauerte Garten war so groß, dass es Platz für ein Gemüsebeet, eine Terrasse, ein Gartenhaus und einen Rosengarten gab. Auf der anderen Seite des Cottage war ein kleiner Anbau, in dem sich der Vorratsraum und die Waschküche befanden. Zwischen Anbau und Garage war ein kleiner Hof mit einer Pumpe und einem Wasserbecken. In der Garage befand sich auch der Zugang zur hauseigenen Klärgrube, die jährlich geleert wurde.

Kirsty ging zur Haustür und hielt überrascht inne, als sie Musik vernahm, klassische Musik. Sie steckte den Schlüssel ins Schloss, doch die Tür war offen.

»Hallo! Ist da jemand?«, rief sie laut, denn die Klaviermusik dröhnte durch die Räume.

Als niemand antwortete, stieß sie die Tür zum Wohnzimmer auf, denn von dort schien die Musik zu kommen. Es hatte sich kaum etwas verändert seit ihrem letzten Besuch. An einer Wand stand ein gut bestücktes Bücherregal, auf dem alten Steinfußboden lag ein zerschlissener Patchworkteppich, und noch immer gab es das kleine Sofa mit dem graublauen Tweedbezug, den Ohrensessel, einen Fußhocker und in der Ecke den alten Esstisch mit vier Stühlen. Die Vorhänge waren verwaschen, und rings um den Kamin hatte der Ruß seine Spuren hinterlassen.

Neu war lediglich der fremde Mann, der schlafend auf der Bank am Fenster lag. Kirsty ging zum Radio und stellte es ab. Die plötzliche Stille schien den Mann zu irritieren, denn er rührte sich, die Augen blieben jedoch geschlossen.

»Hallo! Was machen Sie in meinem Haus?«

Der Mann sah ein wenig verwahrlost aus. Er hatte dunkles Haar, das ihm strähnig ins Gesicht fiel, einen Dreitagebart, und sein Sweatshirt war fleckig, genau wie seine Hose. Die Schuhe und auch seine Armbanduhr waren jedoch von guter Qualität. Kirsty erkannte eine hochpreisige Luxusmarke. Es konnte sich allerdings auch um eine billige Imitation handeln.

Auf dem Tisch stand ein Glas, und dann entdeckte sie eine Whiskyflasche auf dem Boden neben der Bank. Sie hob die Flasche auf und stellte sie lautstark auf den Tisch: Bunnahabhain, fünfundzwanzig Jahre alt. Im Hotel kostete eine solche Flasche mehr als dreihundert Euro. Was für eine Art Landstreicher war das hier? Kirsty nahm den Schürhaken vom Kamin und stieß damit aus sicherer Entfernung den ungebetenen Gast an. Ein unwilliges Knurren war die Antwort.

»Hey, aufwachen!« Sie stieß ihn erneut an, und diesmal rekelte der Mann sich, öffnete langsam die Augen, blinzelte und hielt sich den Kopf.

»Was machen Sie hier in meinem Haus? Wenn Sie den Whisky allein getrunken haben, haben Sie wohl einen Brummschädel, guter Mann. Muss ich die Polizei holen? Oder gehen Sie von allein?«

Der Fremde räusperte sich, fuhr sich durch die Haare und setzte sich auf. Als sein Blick sich fokussierte, wurde sie von intelligenten dunkelbraunen Augen gemustert, die zu einem gut geschnittenen Gesicht gehörten. Sie schätzte den Mann auf Mitte vierzig, vielleicht jünger, sein ramponierter Zustand forderte einen gewissen Tribut.

»Wollen Sie mich erstechen?«, kam es trocken, und er deutete lässig auf den Schürhaken, den sie immer noch in der Hand hielt. »Ich bin unbewaffnet.« Er grinste, und ihr Herz machte unwillkürlich einen Satz. Der Kerl war attraktiv und unverschämt.

Sie ließ den Schürhaken sinken. »Sehr witzig. Was machen Sie hier?«

»Das könnte ich Sie fragen. Sie sind hier eingedrungen, oder nicht?« Er wollte nach der Whiskyflasche greifen, doch Kirsty zog sie außer Reichweite.

»Ist sowieso fast leer. Ich darf ja wohl mein eigenes Haus betreten, wenn mir danach ist.« Triumphierend sah sie ihn an.

Er runzelte die Stirn, fuhr sich mit der Zunge über die Lippen und überlegte kurz. Seine Worte waren klar, er schien also nicht mehr betrunken. »Das ist Ihr Haus? Aber ich habe es von Fiona Paterson gemietet, und als ich sie das letzte Mal gesehen habe, war sie …«, er legte den Kopf schief, »… älter. Sind Sie in einen Jungbrunnen gefallen? Plastische Chirurgie kann ja eine Menge, aber so gut ist kein Arzt.«

Schlagfertig war er. »Sehr witzig. Fiona war meine Großmutter. Ich bin Kirsty Paterson.«

»War?« Betroffen musterte er sie.

»Sie ist vor zwei Monaten gestorben. Wie lange wohnen Sie denn schon hier? Und wie heißen Sie?«

»Stewart. Finlay Stewart. Meine Freunde nennen mich Fin, aber ich weiß nicht, ob ich noch Freunde habe.« Er stieß hörbar die Luft aus. »Tut mir sehr leid, Kirsty. Ich habe Ihre Großmutter bei einem Aufenthalt hier vor zwei Jahren kennengelernt, und da hat sie mir das Cottage angeboten, wann immer ich Lust auf eine Auszeit hätte.« Als er die Hände auf den Tisch legte, entdeckte sie einen goldenen Ehering.

»Ach was, und da hat sie Ihnen einen Schlüssel in die Hand gedrückt, damit Sie nach Belieben kommen und gehen können?« Kirsty verschränkte die Arme vor der Brust. »Mir hat sie nichts von dieser Vereinbarung erzählt!«

Finlay barg seinen Kopf in den Händen und murmelte: »Schreien Sie nicht so, ich bin nicht taub. Und ja, so war das. Aber ich habe auch einen Brief, in dem sie mir bestätigt, dass ich hier wohnen darf. Wollen Sie ihn sehen?«

»Natürlich will ich diesen Brief sehen, was denken Sie denn!« Kirsty ging in die angrenzende offene Küche, nahm ein Glas aus einem Schrank und füllte es mit Leitungswasser.

Damit ging sie zurück zum Tisch und stellte es vor den impertinenten Mann hin. »Hier, trinken Sie das. Wird Ihnen guttun. Sie sehen beschissen aus.«

»Das brauchen Sie mir nicht zu sagen.« Doch er leerte das Wasserglas in einem Zug. Dann erhob er sich umständlich, indem er sich am Tisch abstützte. Er brauchte einige Sekunden, um sein Gleichgewicht zu finden, bevor er in den Nebenraum ging.

Dort befand sich ein kleines Schlafzimmer. Gleich daneben lag ein Badezimmer mit einer kleinen Badewanne, der einzige Luxus in dem Cottage. Die Toilette befand sich auf der anderen Seite der Küche. Dort führte eine schmale Treppe in den ersten Stock mit zwei weiteren Schlafräumen. Dieser Finlay Stewart hatte sich also im Erdgeschoss eingenistet, dachte Kirsty und öffnete die Kühlschranktür. Neben Weinflaschen mit Banderole und Medaillen gab es alles, was ein gut gefülltes Portemonnaie hergab: Räucherlachs, Parmaschinken, Käsestücke, Butter, Joghurt in Gläsern, Oliven und Feinkostgläser, die direkt aus Italien importiert zu sein schienen. Wer war dieser Mann? Und warum hatten weder Fiona noch der Anwalt ihn erwähnt?

Finlay Stewart kam mit einem zerknitterten Umschlag zurück. »Hier, bitte, lesen Sie selbst. Ich habe die Miete für die nächsten acht Monate im Voraus bezahlt.«

»Acht Monate?«, entfuhr es ihr. Rasch überflog sie die wenigen Zeilen, die besagten, dass Mr Stewart das Cottage von Fiona gemietet habe. Das war eindeutig Fionas Unterschrift.

»Und die wollen Sie hier auch bleiben?« Wütend starrte sie den Eindringling an.

Der blieb gelassen, ging zum Kühlschrank und nahm eine Weinflasche heraus. »Mögen Sie einen Chablis?«

Während er die Flasche entkorkte, warf er ihr einen kurzen Seitenblick zu. »Ja, das habe ich vor. Wollten Sie denn hier Urlaub machen? Oben sind zwei Zimmer. Platz genug ist doch vorhanden. Wenn Sie ruhig sind, habe ich nichts dagegen.« Mit einem satten Plopp zog er den Korken aus der Flasche.

»Geht's noch? Ich habe das Cottage von Fiona geerbt und will hier einziehen! Draußen steht mein Wagen mit meiner ganzen Habe, und jetzt finde ich hier einen, einen …« Sie wollte das Wort Säufer nicht aussprechen. »… Fremden, der sich hier volllaufen lässt! Und ich soll ruhig sein? Dass ich sauer bin, ist ja wohl verständlich, oder?!«

Er hatte zwei Gläser gefüllt und reichte ihr eins. Mit einem charmanten Lächeln sagte er: »Ich kann Sie durchaus verstehen, Kirsty. Aber ich glaube, dass wir uns arrangieren können. Ich gebe zu, dass ich viel, vielleicht zu viel trinke, aber das ist nicht Ihr Problem, sondern meins. Und Ruhe brauche ich, weil ich einen Roman schreiben muss, an dem ich schon seit einem Jahr sitze. Langsam wird mein Verleger ungeduldig, und meine Mittel sind nicht unbegrenzt.«

Kirsty hielt das Glas und hörte skeptisch zu, doch als er das Schreiben erwähnte, machte es Klick. »Sie haben ›Das Meer‹ geschrieben!«

Finlay hob sein Glas. »Danke sehr, Sie kennen meinen besten Roman. Das ehrt Sie. Auf Ihr Wohl!«

»Sie sind ein impertinenter, eingebildeter Kerl!« Kirsty probierte dennoch den Chablis, der ausgezeichnet war. »Und Sie verstehen was von Wein.«

»Ich wusste, wir kommen miteinander aus.« Er griff nach der Flasche und ging ins Nebenzimmer.

Ungläubig sah Kirsty ihm nach.

3

Seufzend stellte Kirsty das Glas ab, ging nach draußen und holte nach und nach ihre Habseligkeiten ins Haus. Sie hätte ohnehin nicht unten schlafen wollen. Schon als Kind hatte sie das Zimmer mit dem Fenster unter der Dachschräge geliebt, von dem aus man aufs Meer schauen konnte. Allerdings hatte sie sich vorgestellt, unten ihr Atelier einzurichten. Nun, dann musste Mr Stewart sich damit abfinden, dass sie im Wohnzimmer malte, denn dort hatte sie am meisten Licht.

Ihr Untermieter ließ sich nicht mehr blicken, doch Kirsty war zu müde von der langen Fahrt, um sich weiter zu ärgern. Morgen war ein neuer Tag, und dann würde sie sich mit dem Problem Finlay Stewart befassen. Ihre Staffelei und eine Kiste mit Farben und Pinseln stellte sie ins Wohnzimmer, auch einen Karton mit Küchenutensilien und Geschirr schob sie dazu. Nicht, dass sie viel besaß, aber es gab einige Becher und Bilder, die sie von ihren Reisen mitgebracht hatte. Irgendwann hatte sie sich abgewöhnt, allzu sehr an Dingen zu hängen. Es waren die Erinnerungen, die ihr keiner nehmen konnte.

Sie nahm eine schwere Tasche mit Wäsche und Decken und eine mit ihrer Kleidung mit nach oben. Überraschenderweise roch es frisch und nicht abgestanden, wie sie erwartet hatte. Fiona musste dafür Sorge getragen haben, dass das Haus regelmäßig gelüftet und beheizt wurde. Das größere Schlafzimmer war weiß gestrichen worden. Keine Spur mehr von den vergilbten bunten Tapeten. Die alten Dielen hatte man geölt und die Kommode aus Kirschbaumholz poliert. Als Kleiderschrank diente noch immer ein wackeliges Gestell mit Reißverschluss, doch Kirsty war froh um die vertrauten Möbelstücke, denn sie vermittelten ihr ein heimeliges Gefühl.

Das Bett war bezogen, und Kirsty setzte sich auf die Patchworktagesdecke, die Fiona vor vielen Jahren für sie genäht hatte. »Ach, Granny«, murmelte sie, streifte ihre Schuhe ab und legte sich hin. Sie erwachte von einem lauten Klopfen, das sich als Regentropfen entpuppte, die gegen das Dachfenster prasselten. Sie musste eingeschlafen sein, denn es war dunkel. Ihr Wagen! Sie hatte die Türen offen gelassen, und nun war sicher alles durchnässt. Hastig zog sie die Schuhe über und lief die Treppe hinunter. Es war still unten, nur die Flurlampe brannte.

Als sie die Haustür öffnete, schlug ihr der Wind entgegen, und sie roch die See, die nicht weit von ihr unten an den Felsen toste. Ihr Mini stand noch da, die Türen waren geschlossen. Sie musste sich getäuscht haben. Umso besser. Ihre Ersparnisse würden sie zwar durch die nächsten Monate bringen, doch sie musste sparsam haushalten und sich nach einer neuen Einkommensquelle umsehen. Vielleicht gab es einen Laden, in dem sie aushelfen konnte, einen Pub oder ein Hotel. Sie war zuversichtlich, dass sich etwas ergeben würde, das hatte es bisher immer.

Sie schloss die Haustür und verriegelte sie von innen. Anschließend ging sie in die Küche, denn ihr Magen machte sich lautstark bemerkbar. Im Kühlschrank bediente sie sich ohne schlechtes Gewissen an Finlays Vorräten. Dieser unhöfliche Mensch hätte ihr zumindest etwas anbieten können, nachdem er schon in ihrem Cottage wohnte. Morgen würde sie einkaufen und Regeln für ihr Zusammenleben hier aufstellen. Er sollte nicht glauben, dass er bestimmen konnte, was sie zu tun hatte!

Ihr Handy summte, und Kirsty zog es aus ihrer Hosentasche. Zehn verpasste Anrufe und eine Nachricht von Mala. Versehentlich hatte Kirsty das Handy stumm geschaltet. Sie ging die Liste durch – auch ihre Mutter hatte versucht, sie zu erreichen. Ihre Eltern waren nicht begeistert von Fionas Testament gewesen, das Kirsty zur Haupterbin gemacht hatte, zumal ihr Vater bereits Pläne für einen Umbau vom Rosencottage angefertigt hatte. Das dazugehörige Land hatte er bebauen wollen, um durch Ferienhäuser eine Rendite zu erzielen.

Kirsty war dankbar, dass Fiona sich anders entschieden hatte. Ihre Großmutter hatte ihre Familie gut genug gekannt, um zu ahnen, was aus dem Rosencottage geworden wäre, ein seelenloses Ferienhaus. Sie lehnte an einem Küchenschrank und betrachtete den schwarzen Herd aus emailliertem Stahl, der mit Holz geheizt wurde. Ihre Großmutter hatte sich geweigert, ihn gegen einen modernen Gas- oder Elektroherd auszutauschen, denn der Herd gab gleichzeitig eine angenehme Wärme ab und konnte im Winter zusätzlich als Wärmequelle genutzt werden. Als sie Ende der Siebzigerjahre wieder öfter nach Tiree gefahren waren, hatte Fiona zumindest eine Ölheizung einbauen lassen, doch mehr Zugeständnisse an überflüssigen Luxus, wie sie es nannte, hatte sie abgelehnt. Abgesehen von einem Internetanschluss, der für die gelegentliche Vermietung an Feriengäste notwendig geworden war. Einen Fernseher hatte es nie gegeben.

Kirsty tippte ihrer Freundin rasch eine Nachricht, dass sie gut angekommen sei und sich morgen melden werde. Rasch aß sie das Stück Brot auf, trank noch etwas Wasser und lauschte den Geräuschen von Wind und Meer, den Elementen, die das Leben auf der Insel bestimmten. Dabei fiel ihr Blick auf die Tür zu Finlay Stewarts Zimmer, in dem noch Licht brannte. Arbeitete der Mann noch, oder war er betrunken eingeschlafen?

Den Rest der Nacht schlief sie traumlos und erwachte durch das Klingeln ihres Telefons. Verschlafen griff sie nach dem Gerät und murmelte blinzelnd: »Wer stört so früh am Morgen?«

»Früh? Herzchen, es ist ein Uhr, und normale Menschen arbeiten oder gehen sinnvollen Betätigungen nach. Und du rufst noch nicht einmal deine Eltern an!« Die vorwurfsvolle Stimme gehörte ihrer Mutter.

»Guten Morgen, Mum. Ich bin noch nicht richtig wach. Was gibt es?«

»Ich möchte nur wissen, wie es dir geht. Du hättest dich ruhig melden können!«, beschwerte sich Jennifer Paterson.

Kirsty stand auf und zog am Rollo des Dachfensters. Die Sonne schien von einem blauen Himmel, an dem nur wenige flauschige Wolken über das Meer gezogen kamen. Sie öffnete das Fenster, um die würzige Seeluft hereinzulassen.

»Ah, was für ein Tag!«, sagte Kirsty. »Habt ihr auch so schönes Wetter?«

Sie sah ihre Mutter vor sich: makellos frisiert, das puppenhafte Gesicht leicht geschminkt, immer auf gepflegtes Understatement bedacht, die perfekte Gastgeberin und unterstützende Frau an der Seite ihres Mannes.

»Wie bitte? Wetter? Ja, ja, es regnet nicht. Ich bin gerade auf dem Weg in ein Restaurant, um mich mit deinem Vater und einem Investor zu treffen. Kirsty, jetzt hör mal zu. Was willst du denn da ganz allein auf dieser Insel? Das ist doch nichts für eine junge Frau. Aus dem Grundstück lässt sich was machen. Hast du nicht noch einmal über diese Möglichkeiten nachgedacht?«

Daher wehte der Wind. »Mir geht es hier ganz hervorragend. Das Haus ist in gutem Zustand. Ich packe jetzt aus und richte mich ein, und dann fange ich an zu malen. Darauf freue ich mich schon seit meiner Abreise aus Edinburgh.«

»Malen? Ach ja, das war ja immer dein Hobby. Und du hast ein gewisses Talent. Deine Zeichnungen waren immer recht niedlich. Du hättest Architektur studieren sollen, wie dein Bruder. Dann hättet ihr das Büro gemeinsam führen können.«

»Nicht, Mum, lass die alten Geschichten. Ich will keine Häuser bauen, vor allem nicht diese grässlichen

Feriensiedlungen oder Zweitwohnsitze, die elf Monate des Jahres leer stehen. Weißt du, was das aus vielen Orten macht? Geisterstädte.«

»Die Welt verändert sich, Kirsty, auch wenn du das nicht wahrhaben willst. Wir können nicht alles beim Alten lassen und darauf hoffen, dass es schon gut geht.«

»Nein, das nicht, aber wir haben auch nicht das Recht, alles zu zerstören, ohne auf die Folgen für Mensch und Natur zu achten. Profit ist nicht alles. Ach, jetzt lass uns nicht streiten. Ich habe noch nicht gefrühstückt, und vor dem ersten Kaffee bin ich eigentlich nicht genießbar.«

Es dauerte einen Moment, bis ihre Mutter antwortete. Kirsty ahnte, was in ihrem Kopf vorging. Sie überlegte sich eine Strategie, denn aufgeben würde Jennifer Paterson nicht, wenn es um ein lukratives Projekt ging.

»Na schön. Du kommst doch sicher zum sechzigsten Geburtstag deines Vaters? Wir planen eine Feier im Fairmont St. Andrews.«

Sie biss sich auf die Lippe. Familienfeiern waren ihr ein Gräuel, aber sie wusste, dass ihr Vater sich ehrlich freuen würde. »Ich werde kommen. Aber warum denn im Fairmont? Das ist schrecklich teuer, versnobt und nicht in Dundee. Da gibt es doch auch nette Hotels.«

»So eine Feier ist gleichzeitig ein Dankeschön an die Geschäftskunden. Man erwartet das von uns. Gut, dann wäre das geklärt. Richte dich ein, und dann sprechen wir wieder miteinander. Mach's gut, Kirsty.«

»Du auch, Mum.« Das Gespräch war beendet, und Kirsty warf das Telefon auf ihr Bett. Vielleicht sollte sie es ganz ausschalten, dann konnte man sie nicht stören, doch wenn ihre Mutter etwas wollte, fand sie einen Weg.

Nachdem sie geduscht und in T-Shirt und Jeans geschlüpft war, warf sie einen Blick in das kleinere Zimmer, in das sie gestern im Dunkeln nur eine Kiste geschoben hatte. Hier war die Luft abgestanden, und von der Deckenleuchte, eine mit buntem Stoff bezogene Scheußlichkeit, hingen Spinnweben. Sie ging zum Fenster und öffnete es. Das Dachfenster knarrte, und dort, wo die Dichtung fehlte, war Feuchtigkeit eingedrungen. Vielleicht fand sie einen Handwerker, der kleinere Reparaturen erledigen konnte. Die Tapete ließ sich streichen, das konnte sie selbst erledigen, das schmale Bett würde sie gegen ein Schlafsofa austauschen, den wuchtigen Schrank rauswerfen und die Ecke mit einem Einbauschrank nutzen. Der Sessel ließe sich neu beziehen, und schon hatte sie ein gemütliches Gästezimmer.

Ihr Untermieter hatte sich noch nicht blicken lassen, und da sie auf die Schnelle keinen Kaffee fand, beschloss sie, das gute Wetter zu nutzen und einen Spaziergang zu machen. Sie stopfte eine Regenjacke in ihren Rucksack, steckte das Handy ein und marschierte los. Sandaig war eine lose Ansammlung von Crofterhäusern. Nördlich vom Rosencottage lagen Tiree Fitness, ein junges Unternehmen, das E-Bikes vermietete und Surfkurse anbot, und das Restaurant *McNeil's*. Kirsty hoffte, dass sie dort einen Kaffee bekommen würde, und stellte sich kurz auf die Düne, um die grandiose Aussicht zu genießen.

Westlich von ihr brandete das Meer gegen die Felsen, im Norden erhob sich Beinn Hough, und im Süden lag der Ceann a'Mhara. Die Hügel erreichten knapp einhundert Meter, aber auf der ansonsten flachen Insel konnte man fast von Bergen sprechen, dachte Kirsty schmunzelnd, sog die frische Meeresluft ein und spazierte weiter. Sie hob die Hand über die Augen und suchte östlich nach den Ufern des großen Frischwasserreservoirs Loch a'Phuill.

Ein Wanderweg führte sie vorbei an grasenden Kühen und Schafen nach Sandaig, wo sie auf dem Parkplatz von *McNeil's* ein halbes Dutzend Fahrräder und zwei Autos entdeckte. Im Schuppen musste noch ein Fahrrad stehen, überlegte sie und nahm sich vor, bei ihrer Rückkehr nachzusehen.

Ein junges Paar hockte auf einer Bank vor dem Restaurant und aß Fish & Chips. »Guten Appetit!«, meinte Kirsty im Vorbeigehen. »Schmeckt's?«

Die beiden grinsten und zeigten mit dem Daumen nach oben. Das Restaurant war ein umgebautes Crofterhaus mit einer Holzterrasse Richtung Wasser und einem Wintergarten an einer Seite. Sie stieß die Tür auf und betrat einen lichtdurchfluteten Raum, in dem es nach Brot, Kaffee und Fisch duftete. Seltsamerweise war das eine angenehme Mischung. Die Auslage im Glastresen bot von Scones über Bagels bis hin zu Quiches und Bananenbrot eine reiche Auswahl, und auch die Tageskarte war vielversprechend: frische Salate, hausgemachte Suppe und Fisch aus dem Atlantik.

Eine junge Frau bereitete Teller hinter dem Tresen vor, und ein Mann bediente die Kaffeemaschine.

»Hi, ich bin Susan, was kann ich für dich tun?«, fragte

die Frau, deren rotes Haar zu einem dicken Zopf geflochten war.

»Kirsty, ich habe noch nicht gefrühstückt. Starker Kaffee wäre schon mal ein Anfang.«

Die Rothaarige kniff die Augen zusammen und schien zu überlegen. »Wie wäre es mit unserem Island Special? Da hast du von allem was, Rührei, Lachs, Käse, Tomaten, Brot und Marmelade.«

»Sehr gern. Wo darf ich mich hinsetzen?«

»Wo du möchtest. Jetzt ist noch nicht viel los. Wenn du abends essen willst, solltest du reservieren. Wir machen einen tollen Hummer, und die Muscheln sind auch empfehlenswert. Warte, jetzt habe ich's!« Susan drehte sich um und klopfte dem Mann auf den Rücken. »Patrick, dreh dich mal um.«

Der Mann wandte sich um, und Kirsty lachte. »Das gibt's doch nicht! Pat McNeil! Du hast den Laden hier aufgemacht? Und Susan, wir haben uns beim Surfen getroffen. Meine Güte, wie lange ist das jetzt her?«

Patrick, der seine halblangen dunklen Haare unter einer Kappe versteckte, stellte einen Cappuccino auf den Tresen. »Zu lange. Wir waren Kids, als wir an nichts anderes dachten, als jede verdammte Welle reiten zu müssen. Aber irgendwann ist der Spaß vorbei.«

Susan runzelte die Stirn. »Was soll das denn bedeuten?« Sie sah Kirsty an. »Wir haben zwei Kinder, die genauso surfbegeistert sind wie wir.«

»Ich mein ja nur, der Ernst des Lebens, Verantwortung und so, deshalb haben wir das Restaurant aufgemacht«, meinte Patrick. »Wir sind als Animateure lange auf Mauritius gewesen. Der Hammer. Warst du mal da?«

Kirsty nickte. »Nur drei Wochen. Bin auch lange unterwegs gewesen, hauptsächlich Australien und Thailand. Mann, das ist aber schön, dass ich euch hier treffe!«

Susan lächelte. »Besuchst du Fiona? Ich habe sie lange nicht gesehen. Sie vermietet das Rosencottage, oder?«

Ein junger Mann balancierte ein Tablett mit Gläsern an ihnen vorbei zur Spüle hinter dem Tresen. »Wo ist das Bier? Drei Wasser, eine Victorian Lemonade und zwei Espressi.«

Patrick schob Kirsty den Cappuccino hin. »Hier, für dich, aufs Haus. Ja, Cam, geht los!« Er drehte sich um und holte Pintgläser hervor.

Susan sagte: »Komm, setz dich doch hier an den Tresen, dann können wir ein bisschen plaudern, während ich weitermache.«

Kirsty folgte der Einladung nur zu gern und erzählte Susan von Fionas Tod. »Und jetzt bin ich hier – und das nicht nur für einen Urlaub. Ich muss mir erst was aufbauen, aber ich würde gern bleiben.«

Die Sommersprossen auf Susans himmelwärts geschwungener Nase tanzten, wenn sie redete. »Das tut mir echt leid mit Fiona. Ich mochte sie sehr. Wir sind erst seit einem Jahr wieder hier und hatten viel mit der Renovierung und allem zu tun, aber es fühlt sich gut an, hier zu leben. Meine Eltern haben mich für verrückt erklärt, obwohl sie selbst hier geboren sind.«

Im Hintergrund lief ein Radio mit den aktuellen Musikcharts, und aus dem Wintergarten tönte das Geplauder der Gäste. Ein Hund lag friedlich zu Füßen eines älteren Mannes, der allein an einem Tisch am Fenster saß. Susan folgte Kirstys Blick: »Das ist der alte Murray Donleavy mit Otis. Die beiden kommen fast jeden Tag her. Er hat seine Frau verloren, der arme Kerl.«

»Aber er hat einen Freund. Mit einem Hund ist man nicht allein«, meinte Kirsty.

»Na ja, Otis ist eine Nummer für sich. Komm dem bloß nicht zu nahe. Der ist genauso knurrig wie sein Herrchen.« Susan schnitt zwei Scheiben von einem Brotlaib ab und legte sie auf einen großen Teller. Dann nahm sie einen Teller mit Räucherlachs aus dem Kühlschrank und drapierte sie neben den Brotscheiben.

»Sag mal, Susan, leben deine Eltern auch noch auf Tiree?«

»Nein, die sind schon vor zehn Jahren aufs Festland gezogen. Wegen der ärztlichen Versorgung. Warum?«

Kirsty trank von ihrem Cappuccino. »Ach, Fiona hatte eine Jugendfreundin, Livie McMillan. Die beiden haben den Kontakt verloren, und es war Fionas Wunsch, dass ich herausfinde, was aus ihr geworden ist.«

»Oh.« Mitfühlend sah Susan sie an. »Pats Vater lebt noch hier. Pat, was meinst du, kennt dein Vater die McMillans?«

Patrick sah sie entgeistert an. »Wie kommst du denn darauf?«

»Na, Kirsty fragt. Ne alte Geschichte mit Fiona«, erklärte Susan und schob den Teller zur Küche hinüber.

Patrick stellte ein Pintglas auf ein Tablett und warf Kirsty einen finsteren Blick zu: »Wenn du keinen Ärger hier haben willst, dann lass es gut sein. Die McMillans haben früher nur Ärger bedeutet, und daran hat sich bis heute nichts geändert.«

»Aber …«, setzte Kirsty an.

»Nein«, erwiderte Patrick und wandte sich ab.

4

Zwischen den Wolken brach die Sonne hindurch und fiel direkt auf das Rosencottage, dessen weiß verputzte Wände strahlten. Die Rosen leuchteten farbenfroh, und wenn sie den Blick über die kleine Terrasse zu den Dünen und weiter zum Meer gleiten ließ, gab es nichts vergleichbar Schönes. Ein Moment des Glücks, dachte Kirsty, lauschte dem Rauschen der Wellen und dem Möwengeschrei und fand, dass sie keinen Grund hatte, sich zu beklagen.

Die Haustür war offen, woraus sie schloss, dass ihr Untermieter aus seinem komatösen Tiefschlaf erwacht war. Doch als sie in die Küche kam, sah sie nur die Überreste seines Frühstücks. Von Finlay Stewart keine Spur.

»Hallo, Mr Stewart! Finlay! Ich bin es, Kirsty!«, rief sie laut, doch es rührte sich nichts.

Sie warf einen Blick auf die Kisten und dann durch das Fenster nach draußen und fand, dass das Aufräumen warten konnte, die Sonne hingegen nicht. Mit lautem Knall ließ sie die Haustür zufallen und machte sich auf den Weg zum Strand. In der Sonne war es warm, vielleicht zwanzig Grad, verschwand sie hinter den Wolken, sank die Temperatur ein wenig. Kirsty krempelte ihre Jeans auf, stopfte ihre Sandalen in den Rucksack und lief barfuß durch Sand und Gras entlang der Felsen. Der felsige Küstenabschnitt erstreckte sich über eineinhalb Kilometer und führte an einer stillgelegten Mine vorbei. Im Norden von Tiree, bei Balephetrish, war im achtzehnten Jahrhundert Marmor abgebaut worden. Hier wahrscheinlich auch, überlegte Kirsty, konnte aber kein Hinweisschild entdecken.

Sie spürte den Sand zwischen den Zehen, betrachtete die verschiedenen Grautöne der Felsen mit den Abbruchkanten und speicherte ein Bildmotiv ab. Das Klingeln ihres Handys riss sie aus ihren Gedanken.

»Hi, Mala! Ich hätte dich nachher angerufen.«

»Ja ja, ich kenne dich doch. Wenn du unterwegs bist, vergisst du alles andere. Wie geht es dir?«, erkundigte sich ihre Freundin.

»Es ist wunderbar, hier zu sein. Ich vermisse Fiona, aber irgendwie ist sie bei mir. Alles erinnert mich an sie, und ich habe sogar Bekannte aus Surferzeiten getroffen. Susan und Patrick betreiben jetzt ein Restaurant nicht weit vom Cottage.«

»Das ist ja großartig! Ich habe mir wirklich Sorgen gemacht, dass du dort allein bist. Einsamkeit kann ziemlich belastend sein.«

Kirsty folgte dem Pfad, der sie jetzt durch eine wilde Dünenlandschaft hinunter zum Strand führte. »Phh, es könnte mir eher zu beengt im Cottage werden! Ich habe nämlich einen Untermieter!«

»Was? Wieso? Wer? Warum?«

Kirsty lachte. »Diese nicht unerhebliche Kleinigkeit hat Granny vergessen oder mir absichtlich verschwiegen.

Ich weiß es nicht. Jedenfalls hat der Mann einen Brief von Fiona, der als Mietvertrag durchgeht. Und er hat die Miete für acht Monate im Voraus gezahlt. Überhaupt muss ich mich um den Finanzkram noch kümmern. Aber ich kann das Geld schon irgendwie gebrauchen, und er wohnt unten.«

»Halt!«, fiel Mala ihr ins Wort. »Er? Wer er? Sieht er gut aus, ist er auch kein gesuchter Krimineller oder so?«

»Mala, also ehrlich!«

»Na ja, wer verkriecht sich denn für so lange Zeit auf eine gottverlassene Insel im Atlantik.«

»Ein Schriftsteller. Finlay Stewart heißt er.« Kirsty nickte zwei Surfern zu, die gerade mit ihren Brettern aus dem Wasser kamen.

»Nein! Wow! *Der* Finlay Stewart? Er hat dieses tolle Buch geschrieben, das ich zweimal gelesen habe, und jedes Mal habe ich mich weggeheult.«

»Ja, der ist es. Warte mal kurz.« Zu den Surfern sagte sie: »Lohnt es sich, noch rauszugehen?«

»Würde heute nicht mehr surfen. Die Strömung ist zu stark.«

»Okay, danke!« Sie nickte den beiden zu, die tropfnass zu ihren Taschen am Strand gingen.

»Mit wem sprichst du da?«, fragte Mala.

»Surfer. Ja, also dieser Schriftsteller will seine Ruhe, trinkt zu viel und ist ein ziemlich unhöflicher Mensch. Keine Ahnung, ob er gut aussieht. Vielleicht, wenn er sich duscht und rasiert. So eher nicht«, meinte Kirsty und beobachtete die Strömungslinien auf dem Wasser.

Es war Ebbe, und die Unterströmung war hier tatsächlich ziemlich stark.

Rechts und links der Bucht ragten bizarre Felsen ins Meer hinaus, und begrenzt wurde der Blick von den begrünten Hängen des Beinn Ceann a'Mhara.

»Der arme Mann hat ja auch einen heftigen Schicksalsschlag erlitten. Das weißt du nicht? Er hat Frau und Tochter bei einem Lawinenunglück verloren.«

Erschüttert blieb Kirsty stehen. »Wie schrecklich! Nein, das wusste ich nicht. Wie lange ist das her?«

»Warte, ich schau nach, aber wundere dich nicht, wenn Tolman kommt, lege ich auf. Mann, war der sauer auf dich!«

Kirsty hörte, wie Mala an den Computer ging, und im Hintergrund erklangen Stimmen.

»Ah, ich hab's. Vor vier Jahren ist das passiert. Eine Skigruppe war in den französischen Alpen unterwegs. Nur der Bergführer und Stewart haben überlebt. Er hat seitdem nichts mehr geschrieben. Großer Verlust für die Literatur und so. Ich schicke dir den Link.«

Kirsty war zum Wasser hinuntergegangen und ließ die kleinen Wellen um ihre Füße spülen. »Puh. Damit zu leben muss die Hölle sein. Das erklärt vielleicht, warum er so ist. Danke, Mala. Jetzt kann ich das besser einordnen. Fiona hatte bestimmt Mitleid. Sie hatte ein Herz für Straßenköter wie mich und überhaupt für kaputte Seelen.« Und praktisch war ihre Großmutter auch gewesen. Mit der vorab gezahlten Miete hätte sie das Dach erneuern können.

»Du bist doch kein Straßenköter. Hey, etwas mehr

Selbstbewusstsein stünde dir gut, Kirsty, gerade gegenüber so einem wie Stewart. Lass dich nicht unterkriegen! Oh, Mist, da kommt unser verehrter Direktor. Bis später, Kirsty!«, fügte sie flüsternd hinzu, und die Verbindung brach ab.

Mit jeder Welle zog sich das Wasser ein Stück vom Strand zurück, und im Spülsaum blieb rotbrauner Seetang liegen, Kelp, einst Nahrungsmittel für die Insulaner und Grundlage einer ganzen Industrie. Das Wasser zu beobachten war beruhigend. Ob Stewart auf die Insel gekommen war, um allem zu entfliehen? Sie ging langsam bis zu einem Felsen und strebte dann den Dünen zu. Nur vergaßen die meisten, dass man vor seinen Erinnerungen und vor sich selbst nicht davonlaufen konnte.

Energisch stapfte Kirsty durch den zunehmend trockener werdenden Sand, bis sie oben auf der Düne angekommen war. Dieser Strand war nur durch einen schmalen Fußweg zu erreichen. Parkplätze gab es weiter oben bei The Maze und unten am schneeweißen Strand von Balephuil. Kirsty blickte über die Dünenlandschaft weit ins Land. Die Gräser wogten im Wind, das satte Grün war durchsetzt mit gelben Farbtupfen, dem allgegenwärtigen Ferkelkraut. An dieser Stelle erstreckte sich die urwüchsige Dünenlandschaft über einen Kilometer bis hinunter zum Loch a'Phuill. In der sanft hügeligen Landschaft war nur das Dach eines Crofterhauses zu sehen. Das musste das Haus der MacMillans sein, wenn sie es richtig in Erinnerung hatte.

Sie hatte sich geschworen, Fionas Bitte zu erfüllen.

Warum nicht gleich damit beginnen. Der beste Ort, um Livie McMillans Spur aufzunehmen, war ihr Elternhaus. Zielstrebig ging Kirsty durch das feste Gras und wäre mehr als einmal fast in Kuhdung getreten. Eine zottelige braune Kuh stand etwas abseits und schien zu überlegen, ob sie zum Strand hinuntergehen sollte. Die Tiere konnten sich teils frei auf der Insel bewegen, und so war es nicht ungewöhnlich, wenn sich ab und an eine Kuh ans Wasser verirrte. Warum auch nicht, dachte Kirsty und speicherte das Bild als Motiv.

Obwohl es Sommer und damit Hauptsaison war, konnte sie niemanden hier draußen entdecken. Das Haus der McMillans lag abgeschieden in einer Senke. Aus der Ferne war es kaum zu sehen und nach Süden durch eine Dünenkette abgeschirmt. Hinter den Dünen musste sich nach den Beschreibungen in Fionas Brief das Haus der Grahams befinden. Als sie sich dem Haus bis auf hundert Meter genähert hatte, erkannte sie dessen desolaten Zustand. Der Putz blätterte ab, das Dach war stellenweise eingesunken und eins der Fenster blind. Doch es war bewohnt, Rauch stieg aus dem Schornstein auf.

Neben dem Haus befand sich ein Stall, und Hühner liefen umher. Ein Hund war weder zu sehen noch zu hören, so dass Kirsty dem Pfad folgte. Ein Steinwall, der an manchen Stellen auseinanderzufallen drohte, umgab die heruntergekommenen Gebäude. Als sie sich dem Gatter näherte, hörte sie ein dumpfes Geräusch, die Hühner gackerten und flatterten auf, und ein Mann kam mit einem Beil in der einen und dem geköpften Huhn in der anderen Hand um den Stall herum. Das Huhn zuckte noch, und Kirsty wandte sich ab.

»He, was wollen Sie hier?«, rief der Mann barsch.

Zögernd drehte sie sich um und versuchte, das tote Huhn, dessen Blut auf den Boden tropfte, zu ignorieren. Sie räusperte sich. »Ich möchte mit Mr McMillan sprechen. Mein Name ist Kirsty Paterson. Fiona Paterson war meine Großmutter. Sie hat dort oben im Rosencottage gelebt.«

Sie versuchte, besonders freundlich zu sprechen, doch es fiel ihr schwer. Der Mann war mittelgroß, kräftig, trug eine Wollmütze und einen Vollbart, und das Hühnerblut tropfte auf ausgetretene Stiefel, und in seinem Gürtel steckte ein Messer.

Kirsty zwang sich zu einem Lächeln.

»Ich bin Brodric McMillan. Was wollen Sie von mir?«, erwiderte der Mann.

Rasch überschlug sie die Namen aus Fionas Brief. Ein Brodric war darin nicht aufgetaucht. »Sind Sie mit Matthew McMillan verwandt?«

Ein lauernder Ausdruck zog über das bärtige Gesicht, und der Mann packte das Beil fester. »Wieso wollen Sie das wissen?«

In einem Fenster im Erdgeschoss bewegte sich die Gardine.

»Ist er da? Matthew McMillan! Er lebt doch hier, oder nicht?«, beharrte Kirsty. »Ich komme von keiner Behörde. Ich bin die Enkelin von Fiona Paterson und möchte ihm eine Frage stellen. Was ist daran so schlimm?«

»Matty ist mein Onkel, und er redet mit niemandem. Verschwinden Sie, oder muss ich deutlicher werden?« Er hob das Beil, von dem Blut tropfte, und machte einen Schritt auf sie zu.

»Schon gut. Ich gehe ja schon, aber Sie haben ein Problem, wissen Sie das?« Verärgert wandte Kirsty sich um und ging betont langsam und mit erhobenem Kinn davon. Nur keine Angst zeigen, dachte sie.

Als sie glaubte, außer Sichtweite des Hühnerschlächters zu sein, zitterte sie und ging auf direktem Weg zurück zu ihrem Cottage. Sie ärgerte sich zwar, dass sie sich so von einem groben Kerl in die Flucht hatte schlagen lassen, doch was hätte sie schon erreichen können, wenn er sie nicht zu Matthew McMillan vorließ.

Es war früher Abend, als sie die Haustür aufstieß, den Duft von Tomatensoße roch und Klaviermusik hörte. Immerhin war sie nicht allein, dachte sie und musste den Kopf über sich selbst schütteln. Sie war so einsam, dass sie sich sogar über die Anwesenheit eines Misanthropen freute.

»Hallo!«, rief sie durch die Diele, und die Musik wurde leiser.

Sie warf ihre Jacke über einen Haken an der Garderobe und trat ins Wohnzimmer.

Der Schriftsteller stand am Herd und rührte gemächlich in einem Topf. »Mögen Sie Klaviermusik?«

Was für ein Empfang, doch sie dachte an seine Vergangenheit und beschloss, geduldig zu sein. »Nicht besonders, nein. Sie geht mir auf die Nerven, wenn ich ehrlich bin. Folk und Rockmusik sind mir lieber.«

Eine offene Flasche Rotwein stand auf dem Esstisch, und auf einem Holzbrett lagen ein angeschnittenes Baguette und ein Stück Käse.

»Bedienen Sie sich, wenn Sie mögen. Nicht, dass das zur Gewohnheit wird, aber Sie haben ja wohl noch nichts eingekauft«, meinte Finlay Stewart, der sich zwar nicht rasiert hatte, doch die noch feuchten Haare deuteten darauf hin, dass er geduscht hatte.

Hungrig schnitt Kirsty sich eine Scheibe Baguette ab. »Danke, das ist sehr freundlich, und ich werde mich natürlich revanchieren.«

Die Klaviermusik plätscherte leise weiter im Hintergrund. »Was hören Sie denn da? Spielen Sie selbst?«

Ihre letzte Frage ignorierend sagte er: »Das ist eine Aufnahme von Murray Perahia. Er interpretiert die Goldberg-Variationen wie kein anderer, beseelt, lyrisch. Bei ihm scheinen sich alle Stimmen zu finden ...« Er hielt inne und warf ihr einen kurzen Blick zu.

»Äh, ja, tut mir leid, ich habe keine Ahnung von klassischer Musik.« Sie stopfte sich den Rest Brot in den Mund und ging zur Spüle, um sich ein Glas mit Wasser zu füllen.

»Kein Rotwein? Das ist ein guter Bordeaux.« Er goss die Nudeln in ein Sieb, schüttete sie zurück in den Topf und gab die Soße dazu.

Kirsty musste zugeben, dass es sehr appetitlich roch. Nach der gestrigen Begegnung hätte sie nicht erwartet, ihn am Herd vorzufinden. »Danke. Nach dem, was ich gerade erlebt habe, wäre ein Schluck Wein nicht verkehrt.«

»Besteck ist dort, und Teller sind im oberen Schrank. Sie haben Glück, ich koche nicht oft, aber heute war mir danach.«

Als sie einander am Küchentisch gegenübersaßen, schenkte er Wein ein und füllte ihr eine großzügige Portion Spaghetti auf.

»Danke und guten Appetit!«, sagte Kirsty.

Er nickte nur und begann zu essen. Erst als er mit einem Stück Brot die Reste der Tomatensoße aufgewischt hatte, lehnte er sich zurück und fragte: »Und was haben Sie erlebt?«

Überrascht, dass er überhaupt fragte, fasste Kirsty ihre unerfreuliche Begegnung mit Brodric McMillan zusammen. »Wie er da mit dem Beil und dem toten Huhn stand, war einfach …« Sie schüttelte sich.

Finlay Stewart runzelte die Stirn. »Was soll er denn sonst machen? Er hat gerade ein Huhn geschlachtet. Das machen die Menschen auf dem Lande, das sollten Sie wissen. Sind Sie nicht hier groß geworden?«

»Nein, ich war hier nur in den Ferien, und nein, ich finde nicht, dass man Hühner schlachten sollte! Das ist grausam!«

Er legte den Kopf schief. »Okay, Sie finden das grausam, für andere ist es normal. Mal abgesehen davon, was genau wollten Sie von diesem McMillan?«

»Habe ich doch eben erklärt. Ich möchte für Fiona herausfinden, was aus Livie McMillan geworden ist. Livie ist die Schwester von Matthew, der dort noch lebt. Glaube ich zumindest.«

Finlay Stewart trank etwas Wein und betrachtete die

dunkelrote Flüssigkeit. »Tja, vielleicht will er aber nicht darüber reden. Und nun?«

»Welchen Grund könnte er haben, mir eine Antwort zu verweigern? Ich werde wieder hingehen, und vielleicht ist dieser Brodric dann weg, und ich kann mit Matthew sprechen. So leicht gebe ich nicht auf.«

»Mein Gott, Sie sind wirklich selbstgerecht. Denken Sie auch mal an andere? Er wird seine Gründe haben, wenn er nicht mit jeder neugierigen Frau über seine Familie reden will«, gab er barsch zurück.

Kirsty funkelte ihn an. »Ich bin aber nicht irgendeine Fremde, sondern Fionas Enkelin. Meine Großmutter hat sich Sorgen um Livie gemacht, und ich werde herausfinden, was mit ihr passiert ist. Und wenn sie ins Ausland gegangen ist, weil sie es hier nicht mehr ausgehalten hat, fein. Ich würde mich für sie freuen, aber was ist falsch daran, wenn ich danach frage?«

Er stand auf, nahm seinen Teller und stellte ihn lautstark in die Spüle. »Waschen Sie ab? Danke!«

Er schnappte sich die Weinflasche und verschwand in sein Zimmer, die Tür mit lautem Knall hinter sich zuziehend.

Einen stummen Fluch ausstoßend räumte sie ab und machte sich ans Aufräumen. Wenn das so weitergehen sollte, würde sie lieber allein in ihrem Zimmer essen. Doch während sie abwusch, verflog ihr Ärger. Sicher hatte er nur daran gedacht, wie er sich fühlte, wenn er nach seiner Familie gefragt wurde.

Nachdem sie die Küche in Ordnung gebracht hatte, ging sie ins Wohnzimmer und packte ihre Malutensilien aus. Sie stellte eine Leinwand auf die Staffelei am Fenster, und als sie die Kohlestücke auspackte, nahm sie eins in die Hand und begann gedankenverloren die Felsen am Strand von Traigh nan Gilean zu zeichnen. Irgendetwas fehlte. Sie trat von der Szene zurück und lächelte. Die Kuh! Mit wenigen Strichen hatte sie die Kuh eingefügt, wie sie mit zwei Hufen im Wasser stand und über das Meer schaute.

»Wollen Sie etwa hier unten malen?«

Erschrocken fuhr sie herum. »Haben Sie mich erschreckt!«

»Etwa mit Ölfarben?« Er schaute in ihre Kiste, in der Farbtuben und Pinsel lagen.

»Ja, mit Ölfarben. Oben habe ich nicht genug Licht, hier unten schon. Wenn es nicht zu windig ist, male ich auf der Terrasse. Sie arbeiten doch anscheinend nebenan. Was stört Sie also?«

»Der Geruch!« Er schnüffelte und betrachtete ihre Zeichnung. »Wenig originell.«

»Ich habe Sie nicht nach Ihrer Meinung gefragt. Ich mag den Geruch von Ölfarben. Fiona hat sich nie daran gestört, wenn ich hier gemalt habe.«

Er starrte sie einen Moment lang an, schien etwas erwidern zu wollen, entschied sich dagegen und ließ sie stehen.

Oh, Fiona, warum musstest du mir diesen ungehobelten Menschen aufbürden?

5

Tiree, Januar 1934

Der kalte Januarwind rüttelte an Fenstern und Türen, und das Meer toste gegen die Felsen auf den Strand. Livie nahm den Topf von der Feuerstelle und goss das heiße Wasser in eine Schüssel. Ihre Brüder waren noch draußen bei den Tieren, und ihr Vater hockte missmutig am Küchentisch und starrte sie mit glasigen Augen an. Er hatte getrunken, wie meist um diese Zeit.

Am liebsten hätte sie die Flasche mit dem selbstgebrannten Gin vom Tisch genommen, denn sie kannte ihn gut genug, um zu wissen, dass das nächste Glas die entscheidende Wende bringen würde. Donald McMillan würde entweder mit dem Kopf nach vorn sacken und einschlafen oder aufstehen, herumbrüllen und um sich schlagen, wenn ihm jemand zu nahe kam. Ängstlich schielte Livie immer wieder in seine Richtung. Wo steckte Paddy nur? Sie war die Jüngste der vier Geschwister, Paddy ein Jahr älter, gefolgt von Matty und Freddy.

Weil es in der großen Wohnküche am wärmsten war, hatten sie ihre Mutter dort auf das schmale Sofa gebettet, das seitlich des offenen Kamins stand. Sobald ihr

Vater das Haus verließ, legte Livie Kohle oder ein Holzscheit nach, um das Feuer in Gang zu halten.

Ihre Mutter hustete, und Livie goss etwas Wasser in einen Becher, in den sie einige Kräuter gegeben hatte. Thymian und Lavendel, hatte Dr. Jones gesagt.

Der Raum war denkbar einfach eingerichtet. Auf der einen Seite der Herd, Küchenschränke und der große Esstisch mit sechs Stühlen. Auf der anderen Seite das Sofa, auf dem ihre Mutter lag, ein kleineres Sofa und zwei Sessel, die ihre besten Zeiten lange hinter sich hatten. Ihre Eltern schliefen in einem Kabuff hinter dem Wohnraum, unter dem Dach teilten sich die Brüder zwei Kammern, und Livie schlief allein in einem winzigen Raum. Dort gab es weder eine Heizung noch einen Ofen, so dass Livie sich einen heißen Ziegelstein mit nach oben nahm, wenn sie zu Bett ging. Außerdem hatte sie nichts dagegen, wenn die Hofkatze sich zu ihr ins Bett kuschelte, was strikt verboten war. Tiere gehörten nicht ins Haus, war eine von Donalds Regeln. Es gab einen Bücherschrank, in dem eine Sammlung von Romanen und Klassikern stand, sowie mehrere Ausgaben der Bibel. Die große Familienbibel lag stets auf dem schmalen Sekretär in der Ecke neben dem Fenster. Wann immer es Streit oder ein Problem gab, ging Donald dorthin, schlug die Bibel auf und zitierte eine Stelle, nach der sich alle zu richten hatten. Livie fand nicht, dass diese Praxis sinnvoll war, doch darum ging es nicht. Donald McMillan sah sich als Pater familias, als Herrscher über alles, was in seinem Machtbereich lebte.

Sorgsam stellte Livie den Becher auf ein Holztablett, gab einen Löffel Honig hinein und stellte die Schüssel mit dem heißen Wasser dazu. Daneben legte sie ein Leinentuch, auf das sie zwei Esslöffel Senfmehl gab und sacht verstrich. Einen Streifen von zwanzig Zentimetern sollte sie ausstreichen, hatte der Doktor erklärt. Sie mochte den Geruch der Kräuter und hörte genau zu, wenn der Inselarzt erklärte, was zu tun war, um die Kranke zu behandeln. In diesem Frühjahr wurde sie fünfzehn Jahre alt. Sie war kein Kind mehr, sondern führte den Haushalt und kümmerte sich um ihre kranke Mutter.

Livie McMillan hatte das rote lockige Haar ihrer Mutter, grüne Augen und eine Haut wie Milch, jedenfalls sagte das Rory. Livie lächelte, während sie das Glas mit dem Senfmehl zuschraubte. Rory Graham lebte in der Farm auf der anderen Seite der großen Düne. Seit drei Monaten waren sie heimlich ein Paar.

»Livie!«, krächzte ihre Mutter.

Rasch nahm Livie das Tablett und stellte es auf einen Schemel neben dem Sofa. Der ausgebeulte Pullover hing ausgefranst über ihren Tweedrock, der wenigstens den Zug im Haus abhielt.

»Wie geht es dir, Mum?« Livie setzte sich auf die Sofakante und nahm die Hand der Kranken. Sie fühlte sich kühl an, die Haut war so dünn wie Papier. Doch als sie die Stirn fühlte, erschrak sie. Feucht und zu warm.

Die Haare klebten am Kopf ihrer Mutter, deren sonst helle Haut vom Fieber gerötet war. Ihre Lippen waren rissig, und Livie nahm etwas Vaseline aus dem Tiegel und betupfte sie.

Als Selma McMillan die Augen öffnete, was ihr sichtlich schwerfiel, dauerte es einen Augenblick, bis ihr Blick die Tochter fand. Nur kurz, dann irrte er wieder in eine Welt, die nur ihr offen stand. »Hm, ich habe Durst. Du bist so schön, Livie. Lass nicht zu … Das Wasser, es ist wie ein Mantel, wie ein warmer Mantel …«

Livie streichelte ihre eingefallenen Wangen. »Mum, was redest du denn da. Das Meer ist kalt, und du darfst das nie wieder tun, hörst du? Ich brauche dich!«

Sie nahm das Leinentuch mit dem Senfmehl und faltete es so, wie Dr. Jones erklärt hatte. Dann tauchte sie es in das heiße Wasser und wrang es aus. Aus den Augenwinkeln sah sie, dass ihr Vater sie über die Flasche hinweg mit lüsternem Blick beobachtete. Er konnte die gierigen Augen nicht von seiner Frau lassen, nicht einmal, wenn sie schwerkrank war. Aber Livie musste die Decke zurückschlagen und die Bluse ihrer Mutter öffnen, um den Senfwickel anzulegen.

»Mum, es wird jetzt heiß, weil ich den Wickel auflege.«

Doch ihre Mutter hatte die Augen wieder geschlossen und atmete rasselnd. Als Livie das heiße Tuch auflegte, packte ihre Mutter sie, ließ sie jedoch sofort wieder los und seufzte.

»Das tut gut, nicht wahr? Zehn Minuten muss das draufbleiben. Ich decke dich zu, und du rührst dich nicht, hörst du? Nicht umdrehen. Der Senf heilt die Lungen, holt den Schleim raus.«

»Was redest du da für dummes Zeug!«, raunzte Donald McMillan vom Tisch zu ihr hinüber. »Hältst dich schon für den Arzt, oder was? Wie lange soll sie da noch liegen und sich bedienen lassen. Geht ins Wasser am Weihnachtsabend, verrücktes Weibsstück! Zum Gespött hat sie mich gemacht. Selma!«, brüllte Donald. »Warum, Selma?«

Er stand auf und kippte dabei den Stuhl um, der polternd zu Boden fiel.

Livie blieb auf der Sofakante sitzen. Sie würde nicht zulassen, dass er ihre Mutter anrührte. Sie war doch noch so schwach! Ein kalter Windstoß fegte in den Raum, als die Tür aufflog und Paddy mit einem Arm voller Strandholz hereinkam.

Ihr Bruder erfasste die Situation sofort, warf das Holz neben dem Kamin auf den Boden und ging zu seinem Vater, der einen Kopf größer war als er. Doch was Paddy an Körpergröße fehlte, machte er durch seine Intelligenz und seine Wendigkeit wett.

»Komm, Vater, setz dich hier hin.« Er zog den wankenden Mann auf einen Stuhl, hob den umgestürzten Stuhl auf und nahm die Flasche vom Tisch. »Wie wäre es mit Tee und einem Brot? Ich kann auch Fisch braten.«

Donald brummte etwas, leistete jedoch keinen Widerstand.

»Oh, du hattest Glück heute?«, fragte Livie erleichtert. Sie liebte ihren Bruder, mit dem sie als Einzigem über das sprechen konnte, was sie bedrückte.

Paddy, dunkelblond und schmächtig, mit schmalen Händen und graublauen Augen, konnte Gedichte von Byron und Keats zitieren, was er jedoch nie in Gegenwart seiner Brüder und seines Vaters tat, und war fasziniert von der Fliegerei. Seit er der Landung des ersten Flugzeugs auf Tiree vor vier Jahren am Strand An Traigh Mhor in der Gott Bay beigewohnt hatte, träumte er davon, Pilot zu werden. Nur Livie wusste, dass er heimlich Bücher über den Bau von Flugzeugen las, die er in ihrem Zimmer in einer Kiste unter dem Bett versteckte.

Seine Hände steckten in halben Handschuhen, er trug eine gefütterte Tweedjacke und hatte sich einen Schal umgewickelt. »Einen Merlan. Ich habe ihn draußen im Eimer. Haben wir noch genug Kartoffeln?«

»Sind noch welche von gestern übrig. Ich kann *Skirlie* machen. Wir haben Haferflocken und Zwiebeln«, schlug Livie vor.

Skirlie war ein traditioneller Kartoffelbrei, der mit angerösteten Haferflocken und Zwiebeln verlängert wurde. Es war nicht nur ein günstiges Essen, sondern auch schmackhaft.

Donald hatte die Ellbogen auf die Tischplatte gestellt und stützte seinen Kopf, der zur Seite fallen wollte. »Ja, verflucht, wann gibt es endlich was zu essen?«

Ihre Mutter öffnete die Augen und tastete nach den Wickeln. »Was ist das?«

»Ich nehme sie jetzt runter, Mum. Die Senfwickel helfen deinen Lungen.« Livie entfernte die noch warmen Tücher, richtete das Hemd ihrer Mutter und zog ihr die Wolldecke bis unters Kinn. »Du musst warm bleiben. Trink den Tee. Ich mache jetzt das Essen.«

Die Augen in den tiefen Höhlen sahen sie traurig an. »Das sollte ich tun, mein kleines Mädchen. Lass mich. Ich kann schon wieder aufstehen.«

Doch Livie legte ihre Hand auf die Schulter ihrer Mutter und drückte sie sanft, aber nachdrücklich in die Kissen. »Nein, kannst du nicht. Ich bin so froh, dass ich dich noch habe, Mum. Du hast uns einen ganz schönen Schrecken eingejagt mit deinem Bad am Weihnachtsabend. Jetzt ruh dich aus, dann bist du bald wieder gesund. Paddy hat einen Fisch gefangen. Du isst doch so gern Fisch.«

Ein schwaches Lächeln glitt über den schön geschwungenen Mund der Kranken. Als junges Mädchen war Selma auch vom Dorflehrer umschwärmt worden. Doch ihre Eltern hatten sie den McMillans versprochen. Vier Kühe für eine Frau, und Selmas Schicksal war besiegelt.

Livie ließ das Tablett stehen und ging zum Herd. Die Dämmerung wich der Dunkelheit, und Paddy entzündete die Paraffinlampe. Am Tisch putzte er den Fisch, während Donald vor sich hin starrte. Livie zündete einen Kerzenstumpen an, den sie auf das Fensterbrett stellte. Kerzen waren teuer, genau wie alles andere, wenn das Geld kaum reichte, um den Monat zu überstehen. Es war ein Segen, dass sie immerhin drei Milchkühe, ein Dutzend Schafe und Hühner hatten. Was nicht für den Eigenbedarf gebraucht wurde, verkauften sie auf dem Markt, oder sie tauschten mit den Nachbarn.

Während Livie die Haferflocken mit den Zwiebeln in Butter schwenkte, summte sie vor sich hin. Niemand hier im Haus wusste, warum sie immer wieder scheinbar ohne Grund verträumt lächelte und sich nach dem Melken der Kühe manches Mal für eine Stunde davonschlich. Auf dem Sommerfest in Scarinish hatte sie im vergangenen Jahr mit Rory Graham getanzt, und plötzlich war die Welt weniger grau gewesen, und die Sonne hatte heller geschienen als sonst.

»*Where me and my true love will never meet again, on the bonnie, bonnie banks of Loch Lomond*«, sang Livie die wehmütige Melodie des alten Liedes, das schon tausendmal vor ihr gesungen worden war.

»Du hast so eine schöne Stimme, Livie!«, sagte Paddy und kam mit dem ausgenommenen Fisch zu ihr.

Errötend schob sie die Pfanne zur Seite. »Ach, sag doch nicht so was, Paddy. Der ist aber groß!« Anerkennend wog sie den Fisch, der zur Familie der Dorsche gehörte und weißes weiches Fleisch hatte.

»Aye, ich musste gar nicht lange auf dem Felsen sitzen, da biss er an.« Er sah kurz nach hinten, doch ihr Vater döste vor sich hin. »Ich war auch am Hafen in Scarinish, Livie. Die *Mary&Effie* hatte gerade angelegt, und ein Mann vom Festland war dabei. Andrew Melville! Der Flugzeugbauer!«

Die *Mary&Effie* war eins der Puffer-Schiffe, wie der spezielle Typ der kleinen Frachter genannt wurde.

Erschrocken sah sich nun auch Livie um, doch Donald McMillan schnarchte. »Psst!« Sie senkte ihre Stimme zu einem Flüstern. »Was will der denn auf Tiree?«

Ihr Bruder ergriff aufgeregt ihren Arm. »Er sucht nach neuen Standorten, will eine Fluglinie hier oben aufbauen. Mit Flugzeugen erreichst du die Inseln viel schneller als mit dem Schiff. Wäre das nicht fantastisch?«

»Hm, und was hast du davon?«

»Na, ich arbeite für ihn! Morgen will er mich noch mal sprechen, und wenn ich nächste Woche nach Oban komme und dort an einem Test teilnehme, will er mir eine Chance geben. Ist das nicht großartig, Livie?«

Für ihren Bruder war das sicher eine große Chance, doch wenn er fortging, war sie hier allein. »Doch, Paddy, das ist eine tolle Sache.«

»Livie, ich weiß, dass du Angst hast, hier alleine mit Ma und Dad zu sein. Matty und Freddie sind immerhin da, auch wenn sie sich nicht so um dich sorgen wie ich. Aber die Ausbildung dauert nicht lange, ein Jahr oder zwei, und danach verdiene ich so viel Geld, dass ich dich auf eine Schule schicken kann. Wäre das nicht schön?«

Donald hustete und grunzte, und sie fuhren auseinander.

»Was tuschelt ihr da?«

»Wir machen das Abendessen«, sagte Paddy.

Es duftete nach Kartoffeln und Fisch, als eine halbe Stunde später auch die beiden älteren Brüder zur Tür hereinkamen und einen Schwall kalten Wind und Regen mitbrachten. Matty war mit neunzehn Jahren der Größte der McMillans. Er musste den Kopf einziehen, um durch die Tür zu treten, war knochig und kräftig, wie alle McMillan-Männer. Wenn es darum ging, Pferdekarren aus dem Schlamm oder einen Bullen aus einem Graben zu ziehen, fragte man Matty und Freddy.

Mit zusammengekniffenen eisblauen Augen erfasste Matty die Lage im Haus, warf seine Mütze auf das Brett über dem Garderobenhaken, streifte die Stiefel ab und ging zur Spüle. Er griff sich das Stück Seife, das zum Waschen und Saubermachen benutzt wurde, und wusch sich Hände und Oberarme. Der Gestank von Kuhmist haftete an ihm. Nachdem er sich gewaschen hatte, gab er die Seife seinem Bruder, der mit verschränkten Armen an der Wand lehnte. Freddy war einen Kopf kleiner als sein drei Jahre jüngerer Bruder, doch muskulöser, und seine Hände glichen Pranken. Sein rechtes Ohr war bei einem Boxkampf zerrissen worden und schlecht zusammengewachsen, so dass es jetzt einem Blumenkohl glich. Auch sein Kiefer war einmal gebrochen gewesen, und oft rieb er sich unbewusst die Narben, die er unter einem Bart versteckte.

Matty stellte sich dicht hinter Livie und schaute in die Pfanne. »Fisch? Eh, Paddy, hast doch was Nützliches heute getan. Nur einer?«

»Da sind noch gekochte Eier, und ich habe *Skirlie* gemacht, das esst ihr doch gern«, beeilte sich Livie zu sagen.

Matty klopfte ihr auf die Schulter. »Wir essen alles, wenn's nur reichlich ist, weißt du doch. Aye, Pa, was macht das Knie? Gibt's keinen Gin für uns?«

»Hast alles allein ausgesoffen?«, raunzte Freddy und warf seinem Vater einen missmutigen Blick zu. Für Livie hatte er selten ein freundliches Wort übrig. Meist ignorierte er sie wie ein lästiges Hündchen, das man zur Seite tritt, wenn es kläfft.

Als die beiden kräftigen Männer am Tisch saßen, war der Raum plötzlich voll und die Atmosphäre angespannt. Livie legte Gabeln und Messer auf den Tisch und stellte Becher für den Tee hin. Der gehörte zu jedem Essen und wurde zu jeder Gelegenheit getrunken, während Kaffee nur selten verfügbar war.

»Was ist mit ihr?« Matty nickte in Richtung seiner Mutter und sah Livie an.

»Was schon? Sie macht nur Ärger, ist zu nichts zu gebrauchen!«, sagte Donald wütend und schob sein Glas in die Mitte. »Wo ist mein Gin?«

Paddy knallte die Flasche auf den Tisch. »Wer ist zu nichts zu gebrauchen? Wenn du so weitermachst, liegst du auch bald krank im Bett. Denk an die Worte von Dr. Jones, Pa!«

»Ach, hör schon auf, den Moralapostel zu spielen. Gib ihm was, dann ist er ruhig, und mir auch gleich einen Schluck«, meinte Matty und knuffte Freddy, der neben ihm saß. »Na, los, erzähl's ihnen schon!«

Freddy, dessen dichtes rotbraunes Haar über den Ohren kurz geschoren war, klopfte mit der flachen Hand auf den Tisch. »Ich war heute Mittag oben in Hough am Strand, als die *Carron* einlief.«

Livie wischte sich die Hände an ihrer Schürze ab und wandte sich den Brüdern zu. Die *Carron* war ebenfalls ein Puffer-Schiff und gehörte Kapitän MacFaul. Er fuhr zwischen Oban, Mull, Cool, Tiree und auch hoch nach Rum und Skye. Man hatte den Insulanern von Tiree das Recht eingeräumt, in einem eingegrenzten Areal auf Mull Torf für den Eigenbedarf zu stechen. Zu bestimmten Terminen fuhren die Männer von Tiree auf Schiffen wie der *Carron* nach Mull, stachen sich ihren Anteil an Torf, luden den auf das Frachtschiff und brachten das kostbare Gut auf ihre Insel. Die Puffer-Schiffe waren so gebaut, dass sie in den Buchten auf den Strand auflaufen konnten. Dort wurden sie mit langen Holzstangen abgestützt, so dass sie bis zur nächsten Flut aufrecht standen. Während die Schiffe auf dem Trockenen waren, hatten die Bewohner Zeit, mit Pferd und Wagen herbeizukommen, um ihre Waren, vor allem Kohle, Torf, Paraffin und was sonst bestellt worden war, abzuholen. Wann immer ein Schiff auflief, war das ein Ereignis, das den Alltag auf der Insel aufhellte. Livie beneidete die Männer, die auf den Schiffen arbeiteten, denn sie kamen herum.

»MacFaul hatte gerade einen Mann verloren. Ich stand dabei, als er erzählte, dass sein dritter Mann auf einem Überseedampfer angeheuert hat, und habe mich angeboten.« Selbstzufrieden stürzte Freddy ein Glas Gin hinunter. »Und er hat mich genommen! Morgen kann ich anfangen!«

»Glückwunsch, Freddy«, meinte Paddy, doch er schien skeptisch. »Einfach so? Was zahlt er?«

»Unser Paddy, immer alles kleinreden. Bist ja nur neidisch, dass du nicht mit MacFaul arbeiten darfst«, meinte Freddy. »Ich fahre eine Woche zur Probe mit, bei halbem Gehalt, danach bekomme ich so viel wie die anderen beiden Matrosen.«

Das Teewasser kochte, und Livie goss eine Kanne voll, in die sie bereits Teeblätter gegeben hatte. Als sie die Kanne auf den Tisch stellte, sagte sie: »Das wird schon werden, Freddy. Nimmst du mich mal mit nach Mull oder Oban?«

»Mädel, das ist ein Frachtschiff, kein Ausflugsdampfer«, gab er zurück, doch als er ihr trauriges Gesicht sah, sagte er etwas freundlicher: »Wird sich schon mal ergeben.«

»Setz dem Mädchen keine Flausen in den Kopf«, meldete sich Donald zu Wort. »Solange deine Mutter krank ist, fährst du nirgendwohin!«

Livie wandte sich um, damit keiner der Männer ihre Tränen sah, fasste sich jedoch rasch wieder und nahm die Pfanne mit dem Fisch vom Herd, um sie auf den Tisch zu stellen. Den Topf mit dem Kartoffelstampf platzierte sie daneben, und es dauerte nicht lange, und die Männer hatten alles aufgegessen. Für ihre Mutter hatte sie eine Portion aufgehoben, die sie ihr später geben würde.

Nun wurde der Tee mit Milch getrunken, und Livie stellte ein Holzbrett mit einem Stück Käse und Butter auf den Tisch. Es gab noch etwas Haferbrot dazu, doch damit waren die Vorräte der McMillans erschöpft. Am nächsten Tag musste sie Mehl und Zucker kaufen, und es graute ihr davor, Matty um Geld fragen zu müssen.

Der einzige Lichtblick war, dass sie auf ihrem Weg zum Laden in Crossapol vielleicht Rory treffen würde.

6

Nach dem Abendessen brachte Livie ihrer Mutter eine Portion Skirlie mit Fisch und ein süßes Brötchen, das sie heimlich aufgehoben hatte.

»Hier, Mum, die Milchbrötchen isst du doch so gern. Ich hab's aufgewärmt und mit Butter bestrichen.«

Sie waren allein im Wohnraum, denn die Männer gingen immer früh zu Bett, da sie früh wieder aufstanden. Livie mochte es, wenn es ruhig im Haus war, sie allein aufräumen konnte und ihr niemand im Weg herumstand oder sie herumkommandierte.

Ihre Mutter sah ein wenig besser aus, fand Livie. Das Fieber war gesunken, und sie atmete leichter.

»Danke, mein Engel«, murmelte Selma und aß das Brötchen. Auch von dem Kartoffelbrei und dem Fisch probierte sie und sah die Tochter anerkennend an. »Das hast du gut gemacht, Livie. Du wirst einmal eine gute Ehefrau.«

»Mum, warum hast du das getan? Warum wolltest du nicht mehr leben?«, entfuhr es Livie, die den Gedanken nicht ertragen konnte, dass ihre Mutter sie hatte im Stich lassen wollen.

Müde hob Selma den Blick. »Ach, Livie, es tut mir so leid.« Sie streichelte ihrer Tochter über die Wange. »Ich hoffe, du triffst es einmal besser und kannst mir verzeihen.« Plötzlich weiteten sich ihre Augen. »Ich sehne mich so sehr nach Stille und Frieden. Und dann höre ich sie rufen, ihre Stimmen sind so sanft und ihr Gesang so süß.« Selma schloss die Augen und sank auf die Kissen zurück. »Lass mich schlafen, Livie. Morgen stehe ich auf. Du kannst ja unmöglich alles allein machen.«

Livie zögerte. »Soll ich dir nicht noch einen Senfumschlag auflegen?«

Ihre Mutter schüttelte unwillig den Kopf. »Morgen, Livie, morgen.«

Sie nahm das Tablett mit zum Spülbecken, säuberte den Teller mit einem Stück Brot, das sie aufaß, und wusch das restliche Geschirr ab. Anschließend ging sie mit der Paraffinlampe noch einmal in den Stall, um nach der trächtigen Kuh zu sehen und den Katzen die Fischreste hinzuwerfen.

»Miez, miez«, rief sie, und die beiden Katzen kamen aus dem Stroh gesprungen und strichen ihr maunzend um die Beine.

Der Wind rüttelte an den Brettern des Stallgebäudes, dessen Dach Regen hindurchließ, doch weder Donald noch Matty kümmerten sich darum, obwohl der Stall ihre Aufgabe war. Also würde sie wieder einmal Paddy bitten müssen.

Livie zog den Fischkopf vom Teller und warf ihn den Katzen hin, die sich sofort darum stritten. »Ja, hier ist doch noch was!«

Gräten und Schwanz folgten, und ein zufriedenes Schnurren war die Antwort. Die Innereien stellte sie mit dem Teller auf den Boden. Sie hätte daraus noch ein Gericht kochen können, denn gefüllter Fischkopf war durchaus beliebt, doch sie fand, dass die Katzen schon viel zu lange keinen guten Bissen mehr bekommen hatten.

»Seht ihr, dann habt ihr wieder Kraft zum Mäusefangen«, sagte Livie und beobachtete lächelnd, wie die hungrigen Katzen die Reste verschlangen.

Der trächtigen Kuh schien es gut zu gehen, sie atmete gleichmäßig, und Livie konnte keinen Ausfluss feststellen. Müde von einem langen Tag ging Livie schließlich nach oben in ihre Kammer und schlief sofort ein. Ihr Bett befand sich über dem Wohnzimmer. Sie erwachte von ungewohnten Geräuschen und dachte sofort an ihre Mutter.

Es war stockfinster im Haus und eiskalt, denn das Feuer war erloschen, und erst, wenn sie selbst am Morgen anheizte, würde sich die Wärme im Haus verbreiten. Livie schlüpfte in ihre Filzpantoffeln, warf sich eine lange Wolljacke über und eilte die Treppe hinunter, wobei sie darauf achtete, die knarrenden Stufen auszulassen. Vielleicht trieb sich ein Dieb im Haus herum, oder ihre Mutter wanderte im Schlaf, dann durfte man sie nicht erschrecken. Vorsichtig trat sie in die Küche und spähte in den langgestreckten Raum. Im Kamin glommen die Reste des Feuers und warfen ihr spärliches Licht bis zum Sofa, auf dem ihre Mutter schlief.

Nicht jedoch in dieser Nacht. Was Livie mit ansehen musste, verschlug ihr vor Scham den Atem und machte sie wütend, doch sie wusste, dass sie nichts gegen die

Gewalt tun konnte, die ihr Vater dort seiner kranken Frau antat. Wenn er sie bemerkte, würde er sie schlagen und beschimpfen. Also schlich Livie sich so leise, wie sie gekommen war, wieder die Treppe hinauf und weinte sich in den Schlaf.

Am nächsten Morgen stellte sie wie immer einen Topf mit Wasser auf den Herd und ging zaghaft zum Sofa, wo die schmale Gestalt ihrer Mutter lag. Als sie sich zu ihr beugte, sah sie blaue Flecken am Hals und biss sich auf die Lippen. Sie fühlte die Stirn, erwartend, dass das Fieber wieder gestiegen war, und tatsächlich glühte die Haut.

»Mum, du hast Fieber, warum lässt du das nur zu? Gestern Nacht, dieser verfluchte …«

Selma sah ihre Tochter ausdruckslos an. »Lass mich …«

»Ich mache jetzt Frühstück, und dann lege ich dir einen Senfwickel an«, entschied Livie.

Sie gab die Haferflocken in das kochende Wasser und stellte den Topf zur Seite. Während das Porridge zog, ging Livie in den Stall, sammelte ein paar Eier und molk Millie, die Kuh, die kürzlich gekalbt hatte. Sie gab nicht mehr viel Milch, und es wurde Zeit, dass Daisy ebenfalls kalbte.

Die Männer saßen bereits am Tisch und warteten darauf, dass Livie ihnen Porridge, Milch und Tee servierte. Sie stellte das Zuckerglas dazu und warf ihrem Vater einen bösen Blick zu, den dieser zwar nicht bemerkte, doch Paddy fiel er auf. Als sie das Geschirr abgeräumt hatte, trat ihr Bruder zu ihr.

»Was war das vorhin, Livie? Nimm dich in Acht. Reiz den Alten nicht«, sagte Paddy leise und reichte ihr eine schmutzige Schüssel.

»Er hat Mum letzte Nacht … Gewalt angetan«, brachte sie kaum hörbar hervor und sah ihren Bruder an. »In ihrem Zustand!«

Doch wenn sie erwartet hatte, dass er sich entrüstete, wurde sie bitter enttäuscht. »Das geht uns nichts an. Ich muss los, Livie. Drück mir die Daumen. Wenn ich mich gut anstelle, wird sich einiges für uns ändern.«

Paddy drückte ihr einen Kuss auf die Haare und ging davon.

Er trifft sich mit dem Flugzeugbauer Melville, dachte Livie, gönnte es ihrem Bruder zwar, warf jedoch frustriert einen Löffel in die Spüle und riss sich die Schürze herunter. Sie musste raus aus diesem verdammten Haus, in dem ihr niemand zuhörte, in der sie alle nur als Arbeitstier sahen. Sie wollte nicht so enden wie ihre Mutter, der Willkür eines brutalen Mannes ausgeliefert und ohne einen Funken Hoffnung auf etwas Freude in ihrem tristen Leben. Einen stummen Schrei ausstoßend schlug Livie mit der flachen Hand gegen die Mauer neben dem Fenster. Dann hörte sie ihre Mutter husten, besann sich, bereitete den Senfwickel vor und dachte mit Schrecken an ihren Großvater.

Ihre Großeltern mütterlicherseits lebten in der Bucht von Crossapol. Selmas Vater, Alban, war Fischer gewesen, bis die Gicht es ihm unmöglich gemacht hatte. Jetzt hockte er von morgens bis abends vor seinem winzigen Cottage am Strand und sah aufs Meer hinaus. Heather, seine Frau, war vor zwei Jahren gestorben. Seither war Livies Großvater auf die Hilfe seiner Kinder angewiesen, die ihn mit dem Nötigsten versorgten. Selma kam jeden Mittwoch mit einem Korb voller Eier, Butter und Brot vorbei. Heute war Mittwoch, und Livie wollte zumindest ein paar Eier und etwas Butter zu ihrem Großvater bringen. Brot hatte sie keines gebacken, weil kein Mehl mehr da war, und überhaupt hatte sie das noch nie allein getan.

Livie zog sich warm an, nahm den Korb und fand ihren Vater hinter dem Stall in seiner Werkstatt, wo er den Pflug zu reparieren versuchte. Er war früher ebenfalls zum Fischen gefahren, bevor er sich ganz auf das Vieh und den Anbau von Gerste konzentriert hatte, ohne bei irgendeiner dieser Tätigkeiten besonders erfolgreich zu sein.

»Heute ist Mittwoch. Ich gehe rüber zu Alban. Und ich brauche Geld, um einzukaufen. Wir haben nichts mehr. Kein Mehl, kaum noch Zucker, Salz, Soda, und der Tee geht auch zur Neige.«

Donald hielt einen Schraubenschlüssel in der verschmierten Hand. »Frag deine Brüder, ich habe nichts. Der Doktor hat den letzten Penny bekommen. Verfluchter Quacksalber.«

»Aber …«, hob Livie an.

»Hörst du nicht zu? Oder lass anschreiben! Mackintosh hat doch genug. Außerdem habe ich sein Feld gepflügt.«

»Das war im letzten Jahr, Pa. Dafür hat er dich bezahlt.«

Die kleine Werkstatt war rings herum mit Regalen ausgestattet, auf denen Zahnräder, Maschinenteile, Werkzeuge und Dinge lagen, von denen niemand wusste, wozu sie taugten. Donald behauptete gern, dass er alles reparieren konnte, und manchmal hatte er tatsächlich Erfolg.

»Hat er das? Es war zu wenig. Los, geh jetzt und sag Angus Mackintosh, Freddy hat einen Job auf der *Mary&Effie*, ich zahle nächste Woche. Na, geh schon!«

Gehorsam drehte Livie sich um. Was sollte sie auch sagen? Dass Freddy den Job noch nicht sicher hatte und erst ein halbes Gehalt erhalten würde, von dem das meiste wohl im Pub landen würde? Denken durfte sie das, aussprechen nicht, wenn sie ohne Schläge davonkommen wollte.

Der Wind blies ihr direkt ins Gesicht, als sie durch die Dünen lief. Sie hätte ihren Weg auch blind gefunden, so gut kannte sie diesen Teil der Insel. Jeder Pfad, jede Düne, jede alte Mauer und jedes Gehöft waren ihr hier vertraut. Sie wusste, wann die Flut kam, wie weit das Wasser auflief und wann man aufpassen musste auf dem weiten Strand, um nicht zwischen den Felsen vom Wasser eingeschlossen zu werden. Wind, Kälte und Regen machten ihr nichts aus. Sie war lieber draußen am Wasser oder bei den Tieren als im Haus, wo es eng war und sie stets Angst vor den Launen des Vaters und der Brüder hatte. Wenigstens Freddy war für ein paar Tage nicht mehr da. Zu zweit waren die Brüder noch schlimmer. Sie hoffte, dass Matty weniger trank, wenn er allein war.

Außer Atem erreichte sie die Düne vor dem Land der Grahams. Das war ein Umweg, aber sie hoffte, Rory zu sehen, der manchmal auf seinem Pferd unterwegs war. Ihr langes Haar wehte unter ihrer Mütze im Wind. Viele Frauen trugen ihr Haar jetzt kurz, das hatte sie in Magazinen bei ihrer Freundin Fiona gesehen, aber ihr Vater hatte ihr verboten, sich die Haare abzuschneiden. Nur Huren liefen so herum, hatte er gesagt.

Ihre Stiefel sanken in den weichen Sand oben auf der Düne. Das harte Gras stach durch ihren Rock und die Strümpfe. Sie hätte lieber Hosen getragen, aber auch das war für Donald McMillan undenkbar. Südlich von ihr erhob sich der Beinn Ceann a'Mhara als grüner Hügel am Ende der Landzunge, hinter der sich der schöne Strand von Balephuil erstreckte. Im Sommer trafen sie sich dort zum Schwimmen. Das Wasser war kristallklar, und man konnte bis auf den Grund sehen. Im Winter war die See meist rau, so wie heute. Doch sie entdeckte die Masten der *Mary Stewart*. MacLeans Segelschiff war beinahe eine Legende, schon seit siebzig Jahren tat es Dienst zwischen den Inseln und legte achtmal pro Jahr in Tiree an, um Kohle und Kalk zu liefern. Heute scheint es ein anderes Ziel zu haben, und das bei dem schweren Wetter, dachte Livie.

Sie wartete eine Weile, und als weder Rory noch sein Pferd auftauchten, schlug sie den Weg nach Osten ein. Sie musste zwischen Barrapol und Loch a'Phuill hindurch, freies Land ohne Cottages, weiter bis nach Heylipol, wo wieder eine Farm stand. Livie schritt energisch aus, denn alles war besser, als im Haus sein zu müssen, obwohl sie wehmütig an ihre Mutter dachte. Aber die war ja auch selbst schuld, dass sie krank war. Kein Mensch konnte ein Bad in der eiskalten Wintersee unbeschadet überstehen.

Der Wind biss in ihre Haut, und sie zog den Schal über Kinn und Nase. Eine Stunde wanderte sie schon unverdrossen durch das saftige Marschland, auf das die Insulaner so stolz waren, denn es machte die Weidetiere fett. Nach dem Regen war es matschig, und die Erde klebte an ihren Stiefeln. Als sie anhielt, um die schwere Kruste abzustreifen, hörte sie Pferdehufe hinter sich, drehte sich um und strahlte. »Rory!«, rief sie glücklich und winkte.

Der junge Mann auf dem Grauschimmel winkte ebenfalls und trieb sein Pferd zum Galopp an. In wenigen Minuten war er bei ihr, sprang ab und nahm sie in die Arme.

»Livie, warum bist du nicht zu uns gekommen? Wohin bist du unterwegs? Ich hätte dich doch bringen können«, sagte er liebevoll und küsste sie auf den Mund.

Er war nur einen halben Kopf größer als sie, hatte ein offenes Gesicht mit hellblauen Augen und weiches flachsblondes Haar. Als er lächelte, riss der Himmel auf, und Livie strich ihm über die Wange. Er war vom Reiten erhitzt, und sie schmiegte sich an seinen warmen Körper.

»Ich konnte nicht weg. Auf der Düne habe ich nach dir Ausschau gehalten. Aber nun bin ich umso glücklicher, dass du mich gefunden hast. Ich muss nach Crossapol, zu Grandpa Alban.« Sie hielt ihren Korb schräg.

»Viel kann ich ihm nicht bringen. Mum ist noch krank, wir haben nicht gebacken, und Geld war auch keins da. Ich muss bei Mackintosh anschreiben. Oh Gott, wie mir davor graut, Rory. Was denken denn die Leute von uns … Ich schäme mich so.«

Er drückte sie an sich, küsste sie noch einmal und sah sie mit großem Ernst an. »Livie, du kannst nichts dafür, dass dein Vater so ist. Man kann sich seine Familie nicht aussuchen. Immerhin ist er ein Kriegsheld. Das wissen die Leute auch, und deshalb nehmen sie ihm nicht alles krumm, obwohl er es niemandem leicht macht.« Rory grinste.

»Andere waren auch im Krieg und sind trotzdem anders, nicht so wie er.«

»Ich sag ja nur, dass man das nicht vergessen darf. Mein Vater war nicht dabei, dafür mein Onkel, und der hat noch immer Albträume von den Gasattacken. Aber jetzt komm, ich bringe dich nach Crossapol und gehe mit dir zu Mackintosh. Was brauchst du denn?«

»Rory, du darfst mir kein Geld geben. Wenn Vater das herausfindet, prügelt er mich, und wir dürfen uns nie wiedersehen.« Mit Rorys Hilfe stieg sie vor ihm in den Sattel. Sie war so schmächtig, dass Platz für sie beide war.

»Ich mach das schon, keine Sorge. Und wenn wir erst verheiratet sind, Livie, musst du nie wieder Angst vor irgendetwas haben.« Er schnalzte mit der Zunge, und das Pferd setzte sich in Bewegung.

Livie lehnte sich an ihn und war so glücklich, dass sie fürchtete, sie müsse zerspringen. Er wollte sie tatsächlich heiraten! Doch im selben Augenblick kehrte die Angst zurück. Ihr Vater hasste die Grahams, weil er vor Jahren sein bestes Stück Pachtland an Rorys Vater verloren hatte. Alles Land auf Tiree gehörte dem Duke of Argyll, und die Crofter waren nur Pächter, doch die Crofter-Besitzungen wurden über Generationen vererbt. Nach seiner Rückkehr aus dem Krieg hatte Donald mit dem Trinken begonnen und seine Ackerflächen nicht bestellt. Nach zwei verlorenen Ernten hatte der Verwalter des Dukes ihm das Recht auf das Land entzogen und es den Grahams gegeben, die Donald sogar eine kleine Entschädigung gezahlt hatten. Diese Schmach hatte Donald nie verwunden, und obwohl es sein Verschulden war, hasste er die Grahams seither.

Die Wärme des Pferdekörpers durchströmte Livie, und sie klopfte den Hals des Pferdes. »Braves Pferd, trägst uns zwei.«

»Du wiegst ja kaum mehr als eine Feder, Livie. Kommst du am Sonntag zu uns zum Essen? Meine Mutter würde sich freuen, dich zu sehen.«

»Ich weiß nicht, ob ich darf. Ich werde fragen, Rory. Solange Mum krank ist, kann ich kaum fort.«

»Kenna kann dir helfen, du musst es nur sagen. Sie übernimmt das gern.«

Zu ihrer Rechten lag die weite Wasserfläche des großen Binnensees, der das Trinkwasserreservoir der Insel stellte. Möwen flogen vom Strand herüber, wo das Meer auf die Felsen rollte. Sie waren von Wasser umgeben und den Elementen ausgeliefert, und dennoch fürchtete sich Livie nicht vor den Naturgewalten.

»Deine Schwester ist sehr freundlich, aber mein Vater würde das nicht wollen. Es geht nicht, Rory. Wir finden einen Weg, aber gerade jetzt will ich Vaters Zorn nicht erregen.«

Sie fühlte seine Arme, die die Zügel hielten, schützend um sich und wünschte sich, dass sie Crossapol niemals erreichen würden.

7

Rory brachte sie bis zum Laden von Angus Mackintosh. Zu Fuß wäre sie zwei Stunden unterwegs gewesen, so hatten sie für sechs Meilen weniger als die Hälfte der Zeit benötigt.

»Ich warte auf dich, Livie. Du kannst doch nicht alles zurücktragen«, meinte Rory, der das Pferd vor dem Laden anband.

»Das ist lieb gemeint, aber ich muss doch zu Grandpa Alban. Das dauert noch eine Weile. Er freut sich immer so, wenn ich komme.«

»Ehrlich, ich weiß gar nicht, was dein Vater sich dabei denkt, dich allein zum Einkaufen zu schicken.« Rory klopfte dem Pferd den Hals und wollte Livies Hand ergreifen, doch sie entzog sich ihm.

»Nicht, die Leute«, sagte sie leise und schaute sich um.

»Wie lange sollen wir denn noch Versteck spielen, Livie? Wenn du sechzehn bist, darfst du heiraten, dann frage ich deinen Vater.«

Flehend sah sie ihn an. »Lass uns den richtigen Zeitpunkt abwarten, Rory. Ich habe Angst davor, was er tun wird, wenn er von uns erfährt.«

Er war so ungestüm und voller Zuversicht, dass alles gut werden würde, doch er kannte ihren Vater nicht so wie sie. Donald McMillan war unnachgiebig in seinem Hass auf die Grahams, wie auf jeden, von dem er meinte, er hätte ihm Unrecht getan.

Der Gemischtwarenladen lag an einem Feldweg, der hinunter zum Meer führte und dort an der Küste hinauf nach Osten zum Hafen von Scarinish. Hier im weiten Machair landete gelegentlich ein Flugzeug, und Livie fand die Idee, dass hier eine Landebahn entstehen sollte, begrüßenswert. Mehr Besucher vom Festland und von anderen Inseln würden dem Inselleben guttun. Jetzt grasten dort nur ein paar zottelige Rinder und Schafe.

Ein Fuhrwerk, gezogen von einem kräftigen braunen Pferd, kam den Weg herunter. Die Räder holperten über den kaum befestigten Weg. Vor dem Laden brachte der Mann sein Gefährt zum Stehen.

»Brrr, halt, mein Guter!«, rief Duff MacGregor, der Vater von Livies Freundin Fiona.

»Später, Rory, ja? Ich komme heute Nacht zum Stall«, flüsterte sie ihrem Freund zu, der nickte und den Laden betrat.

Fiona MacGregor war so alt wie Livie und sprühte vor Lebensfreude. Sie war braungebrannt, weil sie ständig am Strand war, mit ihren Brüdern segelte oder schwamm, und sie ritt wie der Teufel. Livie bewunderte die selbstbewusste Fiona, die ihre Haare der Mode folgend abgeschnitten hatte. Fröhlich wippten die kinnlangen dunklen Haare um ihr Gesicht, als sie auf Livie zusprang und sie umarmte.

»Na, das ist ja eine schöne Überraschung, dass wir dich hier treffen. Ich wollte nachher noch zu dir rüberkommen. Willst du auch einkaufen? Wie geht es deiner Mutter? Sollen wir dich mitnehmen?«

Das war typisch Fiona, sie sprudelte über vor Fragen, sprang von einem Thema zum nächsten und hatte es doch im nächsten Moment wieder vergessen. Aber wenn es darauf ankam, war Fiona eine gute Freundin.

»Mädchen, wollt ihr ein Stück Kuchen essen?«, schlug Fionas Vater vor. Er hatte dieselben lachenden braunen Augen wie seine Tochter und spielte Golf. Das war bemerkenswert, denn Crofter spielten in der Regel kein Golf – und schon gar nicht mit dem Duke of Argyll, doch Duff war so gut, dass er schon auf dem Festland in St. Andrews gespielt hatte, und da durften nur die Besten auf die Grüns.

»Oh ja, gern! Ob es die Cremetörtchen gibt? Die sind himmlisch! Komm, Livie, lass uns reingehen. Du bist unser Gast«, sagte Fiona und zog Livie mit sich in den Laden. Angus' Frau Lucy backte Teekuchen, Bannocks mit Rosinen, Apfelkuchen und Cremetörtchen, die auf der ganzen Insel beliebt waren.

Livie bewunderte Fiona. Sie war ebenso sportlich wie belesen. Dabei waren die MacGregors nicht wohlhabend, sondern hatten auch nur mit einem kleinen Croft angefangen. Doch anders als ihr Vater war Fionas Vater rührig, pflegte Kontakte zu den verschiedensten Leuten und tätigte Geschäfte, von denen Livie keine Ahnung hatte.

Erfreut ließ sich Livie von ihrer Freundin unterhaken und betrat den Gemischtwarenladen, in dem es immer so gut roch. In unzähligen Schubladen hinter dem

Tresen lagerten Mehl, Zucker, Gewürze und Rosinen, dann standen dort Marmeladengläser und ein großer Topf mit Honig, von dem man sich etwas abfüllen lassen konnte, wenn man das Geld dafür hatte.

Rory stand vor einem Regal mit Nägeln und schien in die Suche nach der passenden Größe vertieft.

»Aye, Rory, wie geht's?«, sprach Fiona ihn an. »Hast ein schönes Pferd. Irgendwann müssen wir mal ein Wettrennen machen. Livie, du machst den Schiedsrichter, oder?«

Rory hatte sich umgedreht und grinste. »Fiona MacGregor, du musst immer die Schnellste sein, was? Na gut, das machen wir, aber ich sag dir, dass mein Greyfire deinen Klepper um Längen schlagen wird.«

Fiona lachte und hielt ihm die Hand hin. »Na los, schlag ein. Wenn die Sonne höher steht. Um was sollen wir wetten? Ach, ich weiß, Tee und Kuchen hier bei Mackintosh.«

»In Ordnung!« Sie schüttelten sich die Hände, und Livie stand ein wenig verlegen daneben.

Nie würde sie diese unbekümmerte Leichtigkeit von Fiona haben, doch Rory schien das nicht zu stören, denn er liebte sie, das hatte er gerade erst wieder gesagt.

Die Ladentürklingel ertönte, und Fionas Vater fragte: »Habt ihr schon bestellt?«

»Nein, was möchtest du, Livie? Uh, schau, die sehen auch lecker aus. Ich glaube, ich nehme ein Cremetörtchen und ein Bannock mit Butter, viel Butter, Mrs Mackintosh!«, sagte Fiona strahlend. »Und legen Sie noch etwas Käse dazu.«

»Für mich ein Cremetörtchen«, sagte Livie bescheiden.

Fionas Vater warf ihr einen skeptischen Blick zu und sagte zu den Mädchen: »Setzt euch da hin, ich bringe gleich das Tablett. Möchtest du auch etwas, Rory?«

»Nein, danke, Mr MacGregor, das ist sehr freundlich, ich muss auch schon wieder weiter.« Rory bezahlte eine Tüte mit Nägeln und verließ den Laden.

Als MacGregor das Tablett mit Teegeschirr und einem Teller voller Kuchen und Käse auf den Tisch stellte, rief Livie: »Wer soll das denn alles essen?«

»Das schaffen wir schon, bitte, greift zu. Und du besonders, Livie, du bist ja nur noch Haut und Knochen. Wie geht es deiner Mutter?«, erkundigte sich MacGregor und schob zwei Törtchen auf Livies Teller.

Ein wohliges Gefühl durchströmte das junge Mädchen, als es in dem gemütlichen Laden mit ihren Freunden saß und sich sattessen konnte. Sie würde lange von diesem kostbaren Augenblick zehren. Noch mehr allerdings freute sie sich auf das Wiedersehen mit Rory.

Nach der zweiten Tasse Tee, zwei Törtchen, einem Bannock und viel zu viel würzigem Käse lehnte Livie sich in ihrem Stuhl zurück und legte die Hand auf ihren Magen. »Danke, Mr MacGregor, das war köstlich!«

»War mir eine Freude, Livie, und noch dazu, wo wir uns nun bald nur noch in den Ferien sehen. Hat Fiona es dir schon erzählt?«

»Was denn? Nein!« Überrascht schaute sie von MacGregor zu seiner Tochter, die sich einen Krümel von den Lippen leckte.

»Ich habe Livie ja noch gar nicht gesehen, seit wir die Entscheidung getroffen haben. Livie, wir ziehen aufs Festland. Dad hat die Tischlerei von Onkel Hamilton in Edinburgh geerbt. Ist das nicht aufregend? Jetzt muss ich nicht auf ein Internat, sondern wir leben alle zusammen in Edinburgh. Das ist ja überhaupt eine herrliche Stadt, mit Theatern und Clubs und …« Sie hielt inne, als sie die Tränen in Livies Augen sah.

»Du gehst weg?«, schluchzte Livie. Ihre einzige Freundin auf dieser Insel. Paddy würde gehen – und nun auch noch Fiona. Wenn nun auch Rory fortging oder ihm etwas zustieße? Daran durfte sie nicht einmal denken.

Unglücklich nahm Fiona ihre Hand. »Oh, Livie, nicht traurig sein. In den Ferien werden wir doch hier sein. Nicht wahr, Dad?«

Ihr Vater nickte. »In den Sommerferien kommen wir nach Tiree. Solange deine Großeltern hierbleiben wollen, sind wir sowieso regelmäßig hier.«

»Siehst du, Livie? Wir sind ja nicht aus der Welt. Ich gebe dir meine neue Adresse. Wir schreiben uns. Das ist doch lustig! Und du kannst mich besuchen. Dann machen wir Edinburgh gemeinsam unsicher«, schlug Fiona begeistert vor.

Ihr Vater wischte sich grinsend die Stirn. »Furchtbare Zeiten stehen mir bevor. Aber ja, Livie, du bist uns immer willkommen.«

Düster meinte Livie: »Mein Vater wird mich niemals gehen lassen.«

Fiona tätschelte ihr die Hand. »Das bekommen wir schon hin. So ein Unmensch kann er doch auch nicht sein. Sonst redet mein Vater mit deinem. Was meinst du, Dad?«

Ihr Vater verzog das Gesicht und räusperte sich. »Ihr macht das schon. Mädchen können sehr überzeugend sein. Fiona, wir müssen noch einiges einkaufen und dann noch nach Scarinish.«

Fiona seufzte. »Das hatte ich ganz vergessen. Aber deine Sachen nehmen wir gern mit, Livie. Wir stellen sie bei euch vor die Tür, dann musst du sie nicht tragen.«

»Ist nicht viel, das schaffe ich schon«, wiegelte Livie ab, die nicht wusste, ob sie überhaupt anschreiben konnte.

Zu ihrer Überraschung war Mrs Mackintosh sehr entgegenkommend, so dass Livie Rory in Verdacht hatte. Ob er gesagt hatte, dass er für ihren Einkauf aufkommen würde? Ein klein wenig neidisch beobachtete sie Fiona und ihren Vater, wie sie herumalberten und einen ganzen Vorrat an Lebensmitteln und Dingen für den Haushalt einkauften. Plötzlich drehte sich Fiona zu ihr um und reichte ihr eine große Tafel Schokolade. Livie kannte das violette Papier nur zu gut. Cadbury's Milk Chocolate schmeckte himmlisch süß und zerschmolz auf der Zunge.

»Damit du nicht so traurig bist, Livie. Und bevor wir endgültig fahren, sehen wir uns noch, versprochen.« Fiona umarmte sie und flüsterte ihr ins Ohr: »Und dann erzählst du mir von Rory. Da läuft doch was! Er ist süß.«

Livie kicherte. »Ach, was du nur denkst. Bis bald, Fiona, und vielen Dank!«

Der Pferdewagen mit den MacGregors fuhr über den Küstenweg davon, während Livie den schmalen Pfad zum Strand hinunterlief. Das winzige Cottage ihrer Großeltern lag etwas erhöht inmitten des satten Grüns des Machair direkt am Strand. Von jedem Fenster aus konnte man auf das türkisfarbene Meer sehen, das unten auf den Sand spülte.

Der Korb war nun doch gut gefüllt, denn Livie hatte noch eine Flasche Bier, ein Stück Speck und ein ganzes Brot gekauft. Der alte Mann saß wie erwartet vor der Tür. Eine kleine Gestalt, in Decken gehüllt und mit einer Pfeife im Mund. Als er Livie kommen sah, winkte er ihr zu. Der Wind war kalt und sicher nicht vorteilhaft für die entzündeten Gelenke ihres Großvaters.

Livie stellte den Korb ab und beugte sich vor, um ihn auf die Wange zu küssen. »Grandpa, was machst du denn bei der Kälte hier draußen? Das ist nicht gut für dich. Hast du wieder Schmerzen?«

Ein von Wind und Wetter zerknittertes gutmütiges Gesicht wurde von einer Wollmütze umrahmt. Die hellen Augen blinzelten sie an, und er streckte seine verformte Hand nach ihr aus. »Hilf mir mal auf, Livie.«

Sie stellte sich so, dass er sich auf sie stützen konnte, und half ihm dabei, ins Haus zu schlurfen, denn jeder Schritt kostete ihn große Anstrengung.

In dem nach traditioneller Bauart errichteten Haus war es kalt. »Das Feuer ist ja aus!«

Sie brachte Alban Johnston zu einem Sessel am Kamin und legte ihm die Decken auf die Knie. Dann holte sie den Korb herein und stellte ihn auf den Tisch vor dem Herd. Es gab nur einen Raum im Erdgeschoss und eine Stiege nach oben. Dort unter dem geteerten Filzdach hatten früher die Kinder geschlafen. Alban schlief unten auf einem schmalen Bett, das nahe der Feuerstelle stand. Livie trat in etwas Nasses und hielt inne. Automatisch sah sie nach oben. Tatsächlich, es tropfte von der Decke.

»Ach, herrje, Grandpa, hast du das gesehen? Es regnet durch!«

Der alte Mann paffte an seiner Pfeife. »Hm, ja, was soll ich machen. Ich kann nicht mehr nach oben steigen. Clyde wollte diese Woche kommen, dann hätte ich es ihm gesagt.«

Clyde, der älteste Sohn, lebte mit seiner Familie in Kirkapol.

»So geht das nicht weiter. Jeden Tag sollte jemand nach dir sehen. Du musst doch das Feuer in Gang halten, sonst wirst du richtig krank.« Sie ging zuerst zum Kamin, schöpfte getrockneten Kuhdung aus dem Korb auf die Briketts, stopfte Papier darunter und zündete alles an. Es dauerte nicht lange, und die Wärme strömte in den Raum.

»Ich setze jetzt Wasser auf, koche Tee und mache dir etwas zu essen. Und ich sehe nach dem Leck im Dach.«

»Bist ein gutes Kind«, murmelte er und rieb seine Hände vor dem Feuer. »Wie geht es deiner Mutter?«

Er war der Vater ihrer Mutter. Selma sollte hier sein und nach ihrem Vater sehen. Livie konnte ihre Mutter nicht verstehen. So gleichgültig gegenüber der eigenen Familie durfte man nicht sein. Und gleichzeitig wusste sie tief in ihrem Innern, dass ihre Mutter sich schon lange aufgegeben hatte und sie ihr keinen Vorwurf machen konnte. Vor allem jetzt nicht, wo sie so krank war.

»Schon besser. Sie hat sich erkältet.« Mehr würde sie nicht sagen. Ihr Großvater musste sich nicht unnötig aufregen.

Seufzend machte sie sich an die Arbeit und schleppte schließlich einen Eimer auf den Dachboden, um ihn unter das Loch im Dach zu stellen. Sie zog den alten Teppich auf die nasse Stelle, platzierte den Eimer unter dem Leck und ärgerte sich, dass sie kein Pferd hatte. Dann wäre sie nach Kirkapol geritten und hätte Clyde benachrichtigt. Aber sie konnte nicht auch noch dorthin laufen. Dann war es dunkel, wenn sie nach Hause kam.

Dankbar aß ihr Großvater, was sie ihm zubereitete, und schließlich rieb sie ihm die schmerzenden, geschwollenen Hände mit dem Elixier ein, das der Arzt ihm verschrieben hatte. Es roch nach Kräutern und schien dem alten Mann Linderung zu verschaffen.

»So, mehr kann ich jetzt nicht für dich tun, Grandpa. Ich muss zurück, nach Mum sehen, aber ich komme morgen wieder, versprochen. Und sonst kommt Clyde oder mein Bruder. Vielleicht solltest du doch zu Clyde und seiner Familie ziehen oder zu Derek nach Mull. Was hältst du davon?«

Doch sein abweisender Blick sagte alles. »Hier bleibe ich, und hier sterbe ich. Hier habe ich mit deiner Großmutter gelebt. Ich bin nicht allein, Livie. Und wenn ich auf das Meer schaue, kann ich sie hören. Sie singt mit dem Wind. Heather hatte eine so schöne Stimme. Und sie war die schönste Frau der Inseln.«

Livie zog die Decken glatt. »Ja, Grandpa, das war sie. Bis morgen!«

Bedrückt nahm sie den Korb und machte sich auf den Rückweg. Es war nur eine Frage der Zeit, wann ihr Großvater sich nicht mehr allein würde an- und auskleiden können. Sie befürchtete, dass er schon jetzt oft in seiner Kleidung schlief. In der Hoffnung, dass Paddy am Abend zu Hause war, beschleunigte sie ihre Schritte.

Doch als sie bei einsetzender Dämmerung ihr Elternhaus erreichte, hörte sie ihren Vater bereits brüllen, und sie ahnte, dass die Sorge um den Großvater das geringste ihrer Probleme sein würde.

8

Kirsty drückte einen Streifen Coelinblau auf ihre Palette und mischte ein wenig Kobaltviolett und Paynesgrau. Immer wieder schaute sie durch das offene Fenster nach draußen, wo sich grauweiße Wolkenberge über dem Meer auftürmten, vom Wind zerrissen und neu gebildet wurden. Wenn die Sonne durchbrach, schienen die Wolken violett, und die Wellen waren mal dunkelgrün, mal schimmerten sie türkis und dann wieder tiefdunkelblau.

Die Natur brachte die schönsten Farben hervor, damit konnte selbst das edelste Kobaltblau nicht konkurrieren, und das sollte es auch nicht. Energisch strich sie mit dem Pinsel über die Leinwand. Sie malte, was sie fühlte, was die Natur dort draußen in ihr auslöste. Und überhaupt war Kirsty der Meinung, dass man ein Bild nicht erklären sollte, es sprach für sich selbst. Die Sache mit den Worten überließ sie lieber jemandem wie Finlay Stewart, ihrem schwierigen Untermieter. Wobei schwierig ein Euphemismus war.

Beim Malen vergaß sie alles um sich herum und merkte erst an dem sich verändernden Licht, dass Stunden verstrichen sein mussten. Nun spürte sie auch den frischen Wind, legte fröstelnd Pinsel und Palette ab und streckte sich. Ein feiner Nieselregen hatte eingesetzt, der sich in dicke Tropfen verwandelte. Sie wollte gerade das Fenster schließen, als sie einen Mann mit raschen Schritten durch die Dünen laufen sah. Kurz darauf stand Finlay Stewart durchnässt im Wohnzimmer, zog seine Jacke aus und fuhr sich durch das nasse Haar.

»Typisches Inselwetter. Waren Sie den ganzen Tag draußen? Ich habe Sie heute noch gar nicht gesehen!«, sagte Kirsty, die gelernt hatte, dass Höflichkeitsfloskeln bei ihm verschwendet waren.

»Sind Sie meine Mutter?«, erwiderte er barsch und riss den Kühlschrank auf.

»Glücklicherweise nicht. Ihre Mutter tut mir leid. Sind Sie zu ihr auch so freundlich?« Kirsty gab etwas Terpentin in einen Lappen und rieb sich die Finger sauber.

»Zum Teufel, stinkt das! Können Sie denn nicht oben pinseln?« Er stellte eine Flasche Weißwein auf den Tisch, zögerte und nahm zwei Gläser aus dem Schrank.

»Wie ich Ihnen schon mal erklärt habe, ist es oben nicht hell genug. Hätte ich dort große Fenster, wäre das allerdings ein Traum. Doch selbst wenn ich genügend Geld für einen Umbau hätte, dürfte ich das Cottage nicht verändern.« Sie legte den Lappen weg und ging zur Spüle, um sich die Hände zu waschen. »Aber ich würde einen Anbau machen, aus Holz und mit riesigen Fenstern, ein richtiges Atelier, das wäre fantastisch.«

Er schob ihr ein Glas hin und nahm einen Schluck, ohne darauf zu warten, dass sie mit ihm anstieß. »So viel kostet das ja nun auch nicht. Man kann auch viel in Eigenleistung machen.«

»Sicher, kann man. Im Moment habe ich andere Sorgen, also werden Sie sich mit dem Duft der Farben anfreunden müssen.« Sie nippte an dem Wein und spitzte die Lippen. »Das ist wahrscheinlich wieder ein edler Tropfen. Ich finde ihn einfach lecker.«

Er verdrehte die Augen und lehnte sich gegen die Arbeitsfläche neben dem Herd. »Lecker ist ja wohl das Langweiligste, was man zu einem guten Wein sagen kann. Schnuppern Sie doch mal und versuchen Sie, die verschiedenen Noten herauszuriechen. Und wenn Sie dann einen Schluck im Mund halten, nur kurz, und nach dem Schlucken nachschmecken, dann tut sich eine ganze Welt an Geschmacksnoten auf.«

Sie schnupperte, trank einen weiteren Schluck und grinste. »Sehr lecker!«

Verärgert trank er selbst, und Kirsty meinte: »Wenn Sie so weitermachen, bekommen Sie bald Grüße von Ihrer Leber oder anderen Organen. Ob es sich dann gelohnt hat, all die Duftnoten herauszufinden, tja, ich weiß ja nicht.«

Der traurige Blick, der sie daraufhin aus seinen dunklen Augen traf, berührte sie mehr, als sie es wollte.

»Sie haben ja keine Ahnung, wie egal mir das ist«, sagte er und leerte das Glas.

Kirsty holte tief Luft: »Natürlich können Sie mit Ihrem Leben anfangen, was Sie wollen. Sie können sich zu Tode saufen. Das geht mich nichts an. Bitte, wenn's Ihnen so gefällt. Aber wissen Sie, was mich wütend macht? Wenn jemand wie Sie, der ein so großes Talent hat, es einfach verschwendet!«

Ungerührt goss er sich erneut das Glas voll. »Sie haben recht, es geht Sie nichts an. Ich kann auch in meinem Zimmer weitertrinken.«

»Nein, bitte, ich will Sie nicht vertreiben.« Sie hielt inne und sah den Mann an, den ein Schicksalsschlag so aus der Bahn geworfen hatte. Verbitterung hatte sich in seine Züge gefressen, genau wie Trauer und Schuld. Er schien eine schwere Bürde zu tragen, von der sie nicht wusste, welcher Art sie war. Nur er selbst wusste, was in den Bergen geschehen war.

»Ich werde mir jetzt etwas kochen, darf ich Sie diesmal einladen? Ich muss Sie allerdings warnen, meine Kochkünste sind begrenzt«, sagte Kirsty, die frühmorgens zum Supermarkt in Scarinish gefahren war, um die Vorräte aufzustocken.

Skeptisch sah er sie an. »Und was wollen Sie kochen?«

Das war anscheinend typisch für ihn, trotz seines desolaten Zustands nicht von seinen hohen Ansprüchen abzuweichen.

Kirsty nahm in Papier gewickelte Heringe aus dem Kühlschrank und legte sie neben die Spüle. »Braten. Ich werde diese Heringe braten, Kartoffeln kochen und einen Salat zubereiten.«

Er trat zu ihr, öffnete das Papier und schnupperte an den Fischen. »Die sind frisch.«

»Danke, ja, davon bin ich auch ausgegangen. Aber wissen Sie was? Eine ordentliche Fischvergiftung könnte Ihnen unter Umständen das Saufen abnehmen.« Sie grinste.

Er sah sie überrascht an und schmunzelte. »Sie haben Humor.«

»Sie anscheinend auch. Also das ist der Plan.«

»Und wie bereiten Sie die Kartoffeln zu?«

»Ehrlich, Sie können einem ganz schön auf die Nerven gehen. Ins Wasser, kochen, raus, fertig.«

»Das hatte ich befürchtet. Darf ich mich darum kümmern?«

»Bitte, nur zu.«

Sie musste zugeben, dass er ein exzellenter Koch war, denn in kürzester Zeit hatte er ein Kartoffelgratin mit leicht gebräunter Kruste zubereitet. Ihre Heringe fanden seine Zustimmung, nur beim Salat bat er sich aus, das Dressing verfeinern zu dürfen, und das Ergebnis war überzeugend.

Während sie nebeneinander arbeiteten, blieb sein Glas unberührt, was sie freute. Ihre Großmutter hatte ihn gemocht, davon war Kirsty überzeugt, und vielleicht hatte Fiona gehofft, dass Finlay auf Tiree wieder zu sich finden würde. »Hat Fiona mal über ihre Vergangenheit hier auf Tiree mit Ihnen gesprochen?«

Er hatte schöne Hände, dachte Kirsty, als er neben ihr den Ofen herunterdrehte.

»Nicht viel, nein. Ich weiß nur, dass sie hier aufgewachsen ist, dass das Rosencottage ihr Elternhaus war. Es hat ihr viel bedeutet.« Er sah Kirsty an. »So wie Ihnen.«

»Ich habe Granny geliebt, die Sommerferien mit ihr waren die schönsten Wochen des Jahres. Und ich will herausfinden, was aus Livie McMillan geworden ist.«

Er nahm die Form mit dem Gratin aus dem Ofen und stellte sie auf den Tisch. »Ihr erster Versuch war nicht von Erfolg gekrönt, wenn ich mich richtig erinnere.«

»Ich habe mir überlegt, dass in den Kirchenregistern doch alle Geburten und Todesfälle und so eingetragen sind. Vielleicht frage ich einfach den Pfarrer, der müsste wissen, was aus seinen Gemeindemitgliedern geworden ist.« Sie wollte das Dressing über den Salat gießen, doch er berührte ihre Hand und hielt sie zurück.

Nur eine Sekunde, eine unerwartete Wärme durchflutete sie, und sie war sich seiner Nähe plötzlich sehr bewusst. Wenn er ähnlich fühlte, ließ er sich nichts anmerken, sondern nahm die Schüssel mit dem Dressing zum Tisch. »Das ist eine Unsitte. Ertränken Sie den Salat nicht. Fragen können Sie, warum nicht. Wir sollten essen, bevor es kalt wird.«

»Ich gehe sonst nicht in die Kirche. Außer vielleicht für ein Konzert oder eben jetzt wegen der Recherche. Wie ist das bei Ihnen?«, fragte sie etwas später, während sie sich von dem Kartoffelgratin auffüllte.

»Geht Sie nichts an. Ich sehe, Sie mögen das Gratin. Und jetzt wissen Sie, wie schnell sich das zubereiten lässt.« Er saß ihr gegenüber, und sie fand, dass sich ihre ungewollte Wohngemeinschaft doch nicht so übel gestaltete.

»Woran arbeiten Sie denn jetzt?«

»Geht Sie nichts an.« Ein finsterer Blick traf sie.

»Ist es ein Geheimnis? Ich meine, es gibt ja wohl solche Projekte, über die erst gesprochen werden darf, wenn sie fertig sind, oder nicht?« Sie schob sich einen Bissen Hering in den Mund.

Als er nicht antwortete, fuhr sie fort: »Oder haben Sie eine Schreibblockade? So nennt man das doch, glaube ich.«

Klirrend fielen Messer und Gabel auf seinen Teller. »Danke, jetzt haben Sie mir das Essen verdorben.«

Er stand auf, griff nach der halb leeren Weinflasche und verschwand damit in seinem Zimmer. Kirsty biss sich auf die Lippe. Sie stand auf und klopfte an seine Tür. »Es tut mir leid, Finlay. Ich wollte Ihnen nicht zu nahe treten. Bitte, seien Sie nicht sauer!«

Statt einer Antwort wurde ein Klavierkonzert laut aufgedreht, und Kirsty gab auf. »Machen Sie doch, was Sie wollen!«

Am nächsten Morgen ging sie als Erstes in den Schuppen und holte Fionas altes Fahrrad heraus. Seufzend wischte sie Schmutz und Spinnengewebe aus Speichen und Kette, fettete den Ledersattel und die Griffe und rieb das Metall mit Öl ab. Mehr konnte sie nicht tun, denn sie hatte weder Werkzeug noch Material, um die platten Reifen zu reparieren. Auch die Dreigangschaltung war nicht mehr gängig. Da sie sich daran erinnerte, dass das Fitnesscenter neben dem Restaurant auch einen Fahrradverleih betrieb, wollte sie dort nachfragen.

McNeil's hatte noch geschlossen. Vielleicht hatte sie auf dem Rückweg Glück und konnte ein wenig mit Susan und Pat plaudern. Dafür traf sie eine Gruppe

Fahrradfahrer vor dem Fitnesscenter. Sie schob ihr altes Rad über die sandige Auffahrt.

»Guten Morgen!«, sagte Kirsty. »Wohin seid ihr denn unterwegs?«

Eine junge Frau mit Fahrradhelm antwortete: »Wir trainieren für den Insel-Triathlon. Willst du dich anmelden? Dann machst du das am besten bei Cam. Da ist er!«

Sie deutete auf einen schlanken jungen Mann, der sein Trekkingrad um die Ecke schob. Kirsty erkannte in ihm die Bedienung aus dem *McNeil's*.

»Hallo, Cam! Darf ich dich kurz mal was fragen?«

Er nickte. »Klar.«

»Ich möchte mein altes Rad wieder flottmachen. Habt ihr dafür eine Werkstatt?«

Jetzt erst sah Kirsty, dass alle Sportler spezielle Trainingskleidung trugen und mit Trinkflaschen und Sportuhren ausgerüstet waren. Hier wurde hart trainiert.

»Schon, aber da ist jetzt niemand. Du kannst heute am späten Nachmittag noch mal fragen, dann bin ich da. Wenn du jetzt ein Rad brauchst, kannst du eins von uns leihen«, schlug er vor.

»Sehr gern, aber nur, wenn es keine Umstände macht.«

Cam drückte einem aus der Gruppe sein Rad in die Hand und winkte ihr, ihm zu folgen. »Du bist mit Susan und Pat befreundet, oder?«

»Ja, wir kennen uns schon ewig.«

Er schloss die Werkstatt neben dem Center auf, ein flacher moderner Bau, und zog nach kurzem Blick auf Kirsty ein Trekkingrad heraus. »Das müsste passen. Probier mal.«

Sie setzte sich auf das Rad. »Passt super – und ein tolles Rad.«

Er grinste. »Was anderes als dein altes Schwergewicht. Bring es heute Nachmittag zurück, dann sehen wir weiter, okay?«

»Wow, ja, danke!«

Während er abschloss, sagte er: »Das ist das Gute an unserer Insel, nichts geht so schnell verloren.«

Sie lachte. »Das stimmt! Also, bis später. Danke, Cam!«

Er nickte, stieg auf sein Rad und fuhr mit der Gruppe davon.

Netter Typ, dachte Kirsty, nur ein wenig jung, denn sie schätzte ihn auf Anfang zwanzig. Kurz entschlossen schob sie das alte Rad hinter die Werkstatt und radelte mit dem Leihfahrrad Richtung Osten. Die nächste Kirche war die von Heylipol. Da sollte sie einen Pfarrer finden. Die kleine Kirche lag auf dem Weg nach Crossapol, und sie musste nur der Straße quer durch das Inselinnere vorbei an Loch a'Phuill folgen. Während sie mit Rückenwind in flottem Tempo über die einspurige Straße fuhr, versuchte sie, sich daran zu erinnern, wann sie das letzte Mal einen Gottesdienst besucht hatte. Sie kam zu dem Schluss, dass es auf der Hochzeit ihres Bruders in Dundee gewesen sein musste.

Das Fahrrad fuhr sich weich und geschmeidig, und es dauerte kaum zehn Minuten, bis sie den Kirchturm in der Ebene entdeckte. Umgeben von fruchtbarem Weideland und einem Teppich aus gelben Blüten lag das Gotteshaus einsam vor ihr. Im Näherkommen erinnerte sie sich daran, dass sie die aus Steinen der Insel erbaute graue Kirche schon damals als sehr trist empfunden hatte. Nicht einmal Grabsteine zierten den Rasen rings um die Kirche, der von einer steinernen Mauer eingefasst wurde. Sie lehnte ihr Rad neben dem Haupteingang gegen die Mauer und sah sich um. Weit und breit nur flaches Land und in der Ferne das Meer. Sie ließ sich den Wind um die Nase wehen und schaute auf die Tafel neben der Tür. Die Kirche, die zur Church of Scotland gehörte, war für Besucher geöffnet.

Das Gebäude stammte aus der Mitte des neunzehnten Jahrhunderts und erinnerte eher an eine Festung, fand Kirsty. Der Haupteingang befand sich im quadratischen Turm, der mit Burgzinnen bewehrt war. Quer- und Langhaus waren etwa gleich groß. Wären nicht die spitzbogigen Fenster und das Kreuz im runden Giebelfenster gewesen, man hätte auch ein Herrenhaus in dem Bau vermuten können. Die Tür öffnete sich mit lautem Quietschen.

Kirsty trat in das Kirchenschiff, das weiß gekalkt und mit dunklen Balken im Gewölbe versehen war. Der erste Eindruck war eine große Schlichtheit und Ruhe. Holzbänke füllten den hohen Raum, und es gab keinerlei Schmuck oder Bilder, nur die holzgeschnitzte Kanzel und eine Gedenktafel für die Gefallenen des Ersten Weltkrieges. Kirsty blieb davor stehen und las laut die Namen: »Neil MacKinnon, Seemann, John McMillan, Offizier.«

Es musste sich um einen Verwandten von Matthew McMillan handeln. Sie sah sich um, hörte Geräusche hinter einer Tür im Querschiff und klopfte. »Hallo, Entschuldigung, darf ich kurz stören?«

Etwas ging mit lautem Scheppern zu Boden, und ein kleiner Mann mit zerzausten grauen Haaren öffnete ihr. Erstaunt sah er sie an. Unter dem Arm hielt er eine Violine und in der Hand den Bogen. »Ja? Es kommt so selten vor, dass mich jemand hier draußen außerhalb der Gottesdienste aufsucht.«

Kirsty lächelte. »Ich bin Kirsty Paterson, die Enkelin von Fiona Paterson aus dem Rosencottage drüben bei Sandaig.«

»Samuel Stevenson, Inselpfarrer.« Er überlegte, wobei er an seiner Violine zupfte. »Feuchtigkeit und Zug sind das Schlimmste für ein Instrument, und von beidem haben wir draußen reichlich. Äh, Fiona Paterson. Das ist aber eine Weile her. Wie geht es ihr?«

»Sie ist gestorben. Ich wohne jetzt im Rosencottage. Es war der Wunsch meiner Großmutter, dass ich eine Jugendfreundin von ihr finde. Livie McMillan. Sagt Ihnen der Name etwas?«

Ein verstehendes Lächeln zog über das schmale Gesicht des Pfarrers. Er trug eine Brille, durch die er sie neugierig musterte. »Der Wunsch einer Sterbenden ist ein Vermächtnis, das man ehren soll. Ich würde Ihnen gern helfen, aber nach Tiree komme ich erst seit fünfzehn Jahren, und das auch nur im Wechsel mit den Pfarrern von Coll und Mull. Früher war das anders, da kannten die Inselpfarrer ihre Gemeindemitglieder, haben sie begleitet von der Wiege bis ins Grab.«

Er lehnte sich gegen den Türrahmen und sah zur Gedenktafel hinauf. »Ich wünschte, ich würde alle Familien kennen, aber leider sind mir nur die bekannt, die noch ab und an den Gottesdienst besuchen. Ein McMillan ist nicht darunter. Aber ich kann die Küsterin fragen, Mrs Lamont. Sie ist ein Faktotum und lebt in Barrapol. Da müsste sie eigentlich wissen, wer in der Nähe lebt.«

Der Weiler Barrapol lag auf halbem Weg nach Sandaig.

»Das wäre sehr freundlich. Ich gebe Ihnen meine Telefonnummer, ja? Wie schade, ich hatte so gehofft, dass es hier vielleicht Dokumente über die Gemeindemitglieder gibt. Ein Geburten- und Sterberegister?«

Stevenson runzelte die Stirn. »Was hoffen Sie denn dort zu finden? Um welchen Zeitraum geht es? Wissen Sie, ob diese Livie geheiratet hat?«

»Geboren ist sie um 1920. Sie war im Alter meiner Großmutter. Wurde denn hier nicht alles festgehalten? Ich meine, jede Taufe und Heirat?«

Eine Windböe fegte um die alten Mauern, und es knackte im Gebälk. Stevenson sah skeptisch nach oben. »Wir brauchen dringend ein neues Dach. Eigentlich ja – und auch nein, denn die Zuständigkeiten haben über die Jahre gewechselt. Ich werde mich gern bei Gelegenheit umhören, wo die Kirchenbücher sind, denn ich weiß, dass sie nicht hier aufbewahrt werden, weil es hier einen Wasserschaden gab. Das Dach.« Er verzog schmerzhaft das Gesicht.

»Oh ja, ich verstehe.« Sie gab ihm ihre Karte. »Ich wäre Ihnen sehr dankbar!«

Er steckte die Karte in seine Hosentasche. »Aber gern, wenn ich helfen kann.«

»Und was spielen Sie? Gibt es demnächst ein Konzert?«

Stevenson klopfte mit dem Bogen gegen eine Bank. »Nächsten Sonntag. Ich habe befreundete Musiker vom Festland eingeladen. Wir spielen alte und neuere Musik, von Carver bis Skinner. Sie sind herzlich willkommen.«

»Danke, ich komme sehr gern!« Bevor sie sich umdrehte, fragte sie: »Denken Sie, es wäre unangebracht, wenn ich jetzt auf dem Rückweg bei Mrs Lamont vorbeischaue?«

Der Pfarrer hob die Augenbrauen. »Es ist Ihnen wohl sehr wichtig, den Wunsch Ihrer Großmutter zu erfüllen. Tja, versuchen Sie es. Richten Sie Grüße von mir aus und nehmen Sie sich viel Zeit, denn Mrs Lamont ist nicht dafür bekannt, sich kurz zu fassen.«

Erfreut verabschiedete sich Kirsty und machte sich voller Hoffnung mit dem Fahrrad auf den Rückweg.

9

Der Wind hatte zugenommen, und Kirsty trat angestrengt in die Pedale. Sie fühlte sich wohl wie lange nicht mehr. In Edinburgh hatte sie stets mit sich gehadert, sich gefragt, wohin ihr Leben eigentlich führen sollte. Und nun war sie hier, und alle Fragen schienen vorerst beantwortet. Sie fühlte sich im Rosencottage zu Hause. Ihr Untermieter würde irgendwann ausziehen, und dann konnte sie das Haus neu gestalten und verplanen. Entscheidend war, dass sie malte und voller Ideen war.

Das Trekkingrad war so gut gefedert, dass sie ohne Hemmungen durch Schlaglöcher und über Steine fuhr. Sie musste dennoch aufpassen, um nicht abzurutschen, und wäre beinahe an Mrs Lamonts Haus vorbeigefahren. Es handelte sich um ein Spotted House, in dem schwarze Steine mit weißem Putz verarbeitet worden waren, diese Variante gab es nur auf Tiree. Das Dach war mit Reet gedeckt und der Garten innerhalb der Mauer sehr gepflegt. Rosen blühten neben Lavendel und Stachelbeersträuchern, und es gab ein Gemüsebeet. Kirsty war abgestiegen und schob ihr Rad von der Straße hinter das Haus. Sie würde Fionas vernachlässigtes Gemüsebeet neu bepflanzen. Und weil sie Äpfel liebte, wollte sie auch einen kleinen Apfelbaum pflanzen. Wenn der Boden es hergab.

Als sie den Türklopfer, eine Biene, betätigte, begann es zu regnen. Sie musste nicht lange warten, und die Tür ging auf.

»Ja?«

Eine ältere Dame mit kurzem weißem Haar sah sie neugierig an. Sie trug einen selbst gestrickten pinkfarbenen Pullover, eine weite Hose in Leopardenprint und Sandalen.

»Mrs Lamont?«

»Das bin ich, und Sie sind?«

»Kirsty Paterson, die Enkelin von Fiona Paterson aus dem Rosencottage bei Sandaig. Ich …«

Weiter kam sie nicht, denn der Name ihrer Großmutter schien ihr die Tür von selbst zu öffnen.

»Fionas Enkelin. Na, wenn das keine schöne Überraschung ist! Kommen Sie herein, Kind, kommen Sie!«

»Danke. Ich war eben bei Pfarrer Stevenson. Wissen Sie, ich habe da eine eher ungewöhnliche Frage.«

»Wie geht es Fiona? Ich habe sie so lange nicht mehr gesehen. Sie hat eine schöne Stimme, und ich hoffe immer noch, dass sie unserem Chor beitritt. Ich mache uns einen Tee, ja? Vorhin erst habe ich frisches Shortbread gebacken. Das mögen Sie doch? Sicher, jeder mag das. Bitte, setzen Sie sich.«

Kirsty dachte an die Worte von Pfarrer Stevenson und lächelte. »Danke, das ist sehr freundlich.«

Sie folgte der älteren Dame durch einen Windfang in ein kleines Wohnzimmer. In einem Ofen brannte ein gemütliches Feuer, davor standen zwei Sessel, und auf einer Fußbank lag eine schwarz-weiße Katze.

»Das ist Percy. Sie sind doch nicht allergisch gegen Katzen?«, fragte Mrs Lamont.

»Nein, ich mag sie sogar sehr gern.« Kirsty ging in die Hocke und streichelte den Kater, der laut zu schnurren begann.

Zufrieden nickte Mrs Lamont, ging nach nebenan und hantierte in der Küche mit Wasserkocher und Teegeschirr. Kirsty sah sich in dem gemütlichen kleinen Raum um, entdeckte Familienfotos an einer Wand, ein gesticktes Bild mit dem Cottage und auf einem Couchtisch einen Korb mit Stricknadeln und Wollknäueln.

»So, nun erzählen Sie mal, warum Sie mich besuchen, Kirsty.« Mrs Lamont stellte ein Tablett mit Teebechern und Shortbread auf einen Hocker zwischen die Sessel. »Es ist Ihnen doch nicht zu warm? Ich friere immer. Deshalb heize ich den Ofen eigentlich das ganze Jahr hindurch an. Es ist ja nie besonders warm auf Tiree.«

Sie reichte Kirsty den Teller mit Shortbread. »Selbst gebacken. Können Sie nicht mit dem gekauften Zeug vergleichen. Mein Mann mochte die immer besonders gern. Lorna, hat er immer gesagt, ich hätte dich nur für deine Kochkunst geheiratet. So ist das, die Liebe geht eben doch durch den Magen. Sind Sie verheiratet?«

»Äh, nein.« Es war schwer, hier den Faden zu behalten, deshalb sagte Kirsty: »Meine Großmutter ist verstorben, Mrs Lamont. Das ist auch der Grund, warum ich jetzt im Rosencottage lebe.«

»Was? Das tut mir leid, nein, das ist doch nicht möglich. Fiona war trotz ihres Alters so agil, so, nein, ach nein.« Traurig sah sie Kirsty an. »Mein herzliches Beileid, Kirsty. Ein großer Verlust. Fiona war ein besonderer Mensch, ja, das war sie.«

Kirsty erzählte von ihrem Anliegen, und Mrs Lamont hörte aufmerksam zu. »Und Livie soll 1935 auch ein Kind zur Welt gebracht haben, das kurz nach der Geburt verstorben ist. Ich war bei den McMillans, wurde aber von Brodric McMillan ziemlich deutlich abgewiesen. Kennen Sie ihn oder Matthew? Der muss doch über neunzig Jahre alt sein.«

Lorna Lamont nippte an ihrem starken duftenden Tee. »Matthew ist der älteste Einwohner der Insel. Er ist in diesem Jahr vierundneunzig geworden. Ich weiß das so genau, weil wir ihn mit Pfarrer Stevenson besucht haben, um ihm ein Ständchen zu bringen. Aber er hat uns die Tür vor der Nase zugeschlagen. Dabei war die Familie früher sehr gläubig und gehörte zu den eifrigsten Kirchgängern.«

»Wirklich? Kannten Sie Livie oder die Brüder?«

Die Katze rekelte sich und streckte die Pfoten nach dem Gebäck aus.

»Geben Sie ihm ruhig ein Stück. Er mag das, und in seinem Alter darf er schon mal was Verbotenes naschen, nicht wahr, Percy?«, meinte Mrs Lamont. »Ich bin Anfang der Siebziger mit meinem Mann auf die Insel gekommen. Seine Familie ist bei den großen Clearances damals im neunzehnten Jahrhundert nach Kanada verschifft worden und dann nach dem Ersten Weltkrieg zurückgekehrt. Er war nicht gut auf den Duke und seinesgleichen zu sprechen, mein Percy.«

Irritiert betrachtete Kirsty den Kater, der ein Stück Shortbread vertilgte. Die Frau hatte den Kater nach ihrem verstorbenen Ehegatten benannt.

»Damals lebte der alte Donald McMillan noch. Nicht lange nach meiner Ankunft hier starb er, aber ich habe den Alten noch kennengelernt. Ein schrecklicher Mann! Selbst im hohen Alter, er war blind und konnte kaum noch gehen, hat er jeden herumkommandiert oder beschimpft. Matthew ist sein Ebenbild, leider. An dem ist nichts Nettes. Deshalb ist er wohl auch allein geblieben. Keine Frau, die halbwegs bei Verstand ist, hätte es mit ihm ausgehalten. Donalds Frau, Selma, war da schon lange tot, und die Brüder auch. Wie die hießen, weiß ich nicht, aber es gab wohl noch zwei Brüder und eine Schwester, das muss dann wohl die Livie sein, nach der Sie fragen. Die wurde nie erwähnt. Jedenfalls nicht, dass ich davon wüsste.«

»Wo sind denn die McMillans begraben?« Kirsty war nie auf einem Friedhof der Insel gewesen. »Bei der Kirche habe ich keine Gräber gesehen.«

»Nein, da gibt es keine Gräber. Wissen Sie, Tiree und Coll gehörten ja mal zusammen, kirchengeschichtlich, und dann wieder nicht. Eine komplizierte Geschichte. Selbst Tiree war eine Zeit lang in Bezirke aufgeteilt. Kann man sich nicht vorstellen, oder? So klein, wie die Insel ist, sollte man denken, dass es eine Kirche gibt, und dort trifft sich die Gemeinde. Aber weit gefehlt. Es gab Kapellen in Kilbride, in Balephetrish, in Kirkapol, in Scarinish und Hynish.« Sie hielt inne. »Einige sind sehr alt, gehen bis auf die ersten Mönche von St. Columban zurück. Bei Kirkapol und bei Soroby finden Sie alte Gräber, und dort werden noch immer Insulaner bestattet. Da die McMillans dichter an Soroby lebten, sind sie dort begraben worden.«

»Dann wissen Sie nichts über Livie?«

»Hier, Percy, nimm noch ein Stück«, sagte Lorna Lamont und reichte ihrem Kater ein kleines Stück von ihrem Shortbread, das er sehr vorsichtig aus ihren Fingern zupfte.

»Katzen essen so manierlich«, fand Kirsty.

»Sie haben wohl noch nie gesehen, wie Katzen eine Maus fressen, was? Zuerst wird der Kopf verschlungen, dann der Körper und zum Schluss der Schwanz. Manchmal bleibt der auch übrig. Schmeckt dir nicht besonders, nicht wahr, Percy?« Der Kater fuhr sich mit der Zunge über das Maul und schnurrte. Seine smaragdgrünen Augen blickten unergründlich.

»Äh, nein, habe ich nicht.« Kirsty betrachtete den Kater mit größerem Respekt. »Du hältst hier alles sauber, hm?«

»Wollen Sie länger auf Tiree bleiben?«, erkundigte sich Mrs Lamont. »Dann kommen Sie doch am Sonntag in den Gottesdienst. Pfarrer Stevenson hält sehr unterhaltsame Predigten, und die Musik ist richtig gut. Ich sage das mit Stolz, denn wir haben ausgesprochen gute Musiker hier auf der Insel, und manchmal kommen auch Gastmusiker. Was sagen Sie? Gehen Sie überhaupt in die Kirche?«

Es schien typisch für Mrs Lamont zu sein, viele Fragen in einem Atemzug unterzubringen. »Ich bin noch nicht lange hier, aber ich mag die Insel und verbinde viele schöne Erinnerungen an meine Großmutter mit dem Rosencottage. Granny war hier immer am glücklichsten, hat sie mir erzählt, aber ihr Leben war eben in Dundee und dann in Edinburgh. Ich kann mich nicht entsinnen, mit ihr hier in die Kirche gegangen zu sein.«

»Sind Sie konfessionslos?« Die weiten Ärmel des pinkfarbenen Pullovers hingen über der Sessellehne, und der Kater hakte eine Kralle in die Wolle.

»Sind wir alle, die ganze Familie. Bis auf meine Schwägerin, ihr zuliebe hat mein Bruder sich kirchlich trauen lassen. Ich mache mein eigenes Ding.« Kirsty drehte den Becher in den Händen und beobachtete, wie der Kater langsam eine Schlaufe aus dem Ärmel löste.

»Und was ist Ihr Ding?«, wollte Mrs Lamont wissen.

»Ich male«, gab Kirsty zurück.

»Ist das eine Religion?«

»Für mich schon«, sagte Kirsty und war selbst von ihrer Antwort überrascht. Aber genau das war es, eine Leidenschaft, ein inneres Drängen und Sehnen nach Farben und Leinwand, das sich kaum in Worte fassen ließ. Es war in ihr, das Wissen, dass sie malen musste.

»Interessant. Ich glaube an Gott, schon immer, es gibt mir Kraft, und ich bin weniger einsam.« Mrs Lamont sah sie an, und Kirsty nickte.

»Das muss jeder für sich entscheiden.«

»Im Idealfall ja. Früher gab es hier sehr religiöse Familien, Baptisten meist. Die McMillans gehörten dazu«, sagte Mrs Lamont.

Der Kater zog jetzt heftig an dem Faden und legte sein ganzes Gewicht in eine Rückwärtsbewegung. Mrs Lamont wollte den Arm heben und bemerkte das Unglück. »Oh, du Unverbesserlicher! Sieh dir an, was du getan hast! Ich muss den Ärmel auftrennen und neu stricken.« Doch die Frau war nicht wirklich verärgert. Vermutlich hatte sie mit ihrem Kater schon häufiger Ähnliches erlebt.

»Was unterscheidet Baptisten von der Church of Scotland?«, wollte Kirsty wissen.

Lorna Lamont zog den Faden geschickt nach innen und kraulte den Kater am Kinn. Ein eingespieltes Paar, dachte Kirsty.

»Baptisten sind sehr viel strenger. Frauen dürfen keine Hosen tragen, jede Art von Unterhaltung ist verboten. Sie gehen nicht tanzen, haben keinen Fernseher und dergleichen. Alles auf freiwilliger Basis.« Mrs Lamont verzog den Mund. »Aber nicht bei Donald McMillan. Das war ein Patriarch der alten Schule, ein Despot. Ich habe ihn ja nur im hohen Alter kennengelernt, aber selbst da fürchteten sich noch alle vor ihm.«

»Warum war das so? Ich meine, er war ein alter Mann.«

Mrs Lamont warf ihr einen vielsagenden Blick zu. »Es gibt solche Menschen, Kirsty. Die haben eine natürliche Autorität und können ihr Gegenüber einschüchtern, einfach so. Donald konnte das. Sein Sohn hatte noch Angst vor ihm, nachdem er unter der Erde lag. Als fürchtete er, dass der Alte wiederauferstehen würde.«

»Ich finde das unheimlich. Es ist schrecklich, wenn jemand solch eine Macht über seine Familie hat, sogar aus dem Grab heraus noch.«

»Wissen Sie, Kirsty, jetzt haben Sie mich auch neugierig gemacht. Ich könnte einen Freund auf Coll anrufen, der die Sterberegister archiviert hat. Vielleicht weiß er, was aus Livie geworden ist. Und ein Kind, sagen Sie?« Mrs Lamont nickte nachdenklich.

»Das wäre wundervoll! Tausend Dank schon mal für Ihre Hilfe!« Kirsty stellte ihre Tasse ab. »Ich will Sie auch gar nicht weiter stören.«

»Aber Sie stören doch nicht! Ganz im Gegenteil. Kommen Sie gern wieder vorbei. Die Tage hier sind lang, besonders, wenn die Touristen weg sind. Es gibt ja nicht mehr so viele Einheimische wie früher. Die meisten wollen ihr Glück auf dem Festland versuchen. Verdenken kann ich es ihnen nicht.«

Kirsty stand auf, dabei darauf achtend, dem Kater nicht zu nahe zu kommen, der sich mit großen Augen hinter ihrem Sessel versteckt hatte. »Einige kommen zurück. Ich habe Susan und Patrick McNeil in ihrem Restaurant getroffen. Als Jugendliche sind wir gemeinsam gesurft.«

Mrs Lamont begleitete sie zur Tür. »Ach, das ist aber ein schöner Zufall. Da haben Sie gleich Freunde gefunden. Sie bleiben, da bin ich mir sicher.«

Kirsty lachte. »Na, wir werden sehen. Ist ja auch eine finanzielle Frage.«

»Verkaufen Sie doch Ihre Bilder. Waren Sie schon in der Galerie von Toby Sinclair und Eric McCray?« Mrs Lamont öffnete die Tür, und der Wind fegte ins Haus. »Morgen bleibt es trocken«, sagte sie mit Kennerblick auf die Wolkenformation.

»Hoffentlich haben Sie recht. McCray, da schaue ich vorbei, danke für den Tipp, Mrs Lamont.«

Die ältere Dame lächelte. »Um die andere Sache kümmere ich mich. Bis bald, Kirsty!«

»Auf Wiedersehen!« Sie wollte sich nicht auf den Kirchgang festlegen lassen, aber der musikalische Teil klang verlockend. Vielleicht konnte sie ihren Untermieter damit aus dem Haus locken.

10

Endlich machte Tiree seinem Ruf als Sonneninsel alle Ehre! Die Wolkendecke war aufgerissen, und strahlend blauer Himmel zeigte sich. Kirsty beschloss nach einem Blick auf die Uhr, dass noch genügend Zeit war, um einen Umweg über Soroby zu machen. Mit diesem Fahrrad machte das Fahren so viel Spaß, dass sie gern etwas länger an der frischen Luft unterwegs war. Der Wind blies noch immer mit mindestens fünf Windstärken vom Atlantik über die Insel. Möwen schrien über ihr, und je näher sie der Küste kam, desto vielfältiger wurde die Vogelwelt. Sie sah Tölpel, Wildgänse, Trottellummen, und auf einer Felsengruppe am Strand von Soroby breiteten Kormorane ihre Flügel zum Trocknen aus.

Kirsty blieb oberhalb des Strandes auf den Dünen stehen und beobachtete die kristallklare See, die im Sonnenlicht irisierende Blautöne zeigte. Der schneeweiße Sandstrand war kaum bevölkert. Nur ein paar Surfer stritten sich um die besten Wellen, und weiter draußen waren die Schirme einer Gruppe Kitesurfer zu sehen. Wenn sie das so malte, würde jeder, der Tiree nicht kannte, denken, sie hätte eine Karibikinsel abgebildet. Unwillkürlich dachte sie an Finlay Stewart und grinste. Und er würde wahrscheinlich von Kitsch sprechen. Seit sie miteinander gekocht hatten, ertappte sie sich öfter dabei, dass sie an ihn dachte und sich fragte, wie sie ihm aus seiner tiefen Depression helfen könnte. Selbstverständlich würde er das nicht wollen und schroff alle Versuche abblocken. Sie musste es geschickt beginnen, auf eine unverbindliche, natürliche Art.

Ihr Telefon klingelte. »Hallo Mala.«

»Hi, Süße, wie geht es dir? Was macht dein Untermieter? Malst du schon?«

Kirsty lachte. »Gut, ihm weniger gut, und ja, ich male!«

»Großartig! Ach, ich freue mich so für dich, Kirsty. Du hast es richtig gemacht, auch wenn ich dich vermisse. Wir alle hier vermissen dich! Nur unser Direktor nicht. Er hat Ersatz für dich gefunden, einen männlichen Schleimer. Passt ja zu ihm, deshalb verstehen sich die beiden wohl so gut. Jetzt halte dich fest. Er heißt Hudson.«

»Hudson wie der Fluss in Amerika?«

»Ja, genau. Seine Eltern führen ein Hotel in Glasgow, aber der junge Herr sollte mal woanders arbeiten, bevor er bei Mum und Dad einsteigt.«

»Ist so eine seltsame Mode, seine Kinder nach Erdteilen, Städten oder Obst zu benennen. Vielleicht haben seine Eltern ihn ja auf einer Yacht im Hudson River gezeugt.« Kirsty sog die salzige Seeluft ein und schob ihr Rad von den Dünen auf den Friedhof zu, der wesentlich größer war als erwartet.

»Nein, ehrlich, das ist schrecklich! Was machst du gerade?«

»Das findest du sicher langweilig, aber ich besuche einen Friedhof. Wenn du auf der Karte nachsehen willst, gib Soroby ein. Der Strand ist wunderschön, und der Friedhof liegt direkt hinter den Dünen. Alte keltische Kreuze inmitten von sattem Grün, umgeben von Butterblumenwiesen, grasenden Rindern, und was du hörst, sind die kreischenden Möwen.«

Sie lehnte ihr Fahrrad an einen Steinwall, der den Friedhof lose eingrenzte. Die einspurige Straße machte eine scharfe Kurve und führte an mehreren Crofterhäusern vorbei, die alle auf die Bucht hinaussahen. Die meisten Häuser wurden vermietet. Kirsty hatte irgendwo gelesen, dass nur etwas über sechshundert Einheimische noch ständig auf Tiree lebten.

»Aha, auf einem Friedhof. Suchst du noch immer nach der Freundin deiner Großmutter? Soll sie da begraben liegen? Bleib kurz dran.« Mala sprach mit einem Hotelgast, erklärte den Weg zur Burg und meldete sich wieder. »Okay?«

»Ich weiß nicht, ob sie hier liegt. Ich weiß noch gar nichts über ihren Verbleib. Immerhin habe ich heute schon mit dem Inselpfarrer und seiner Küsterin gesprochen. Die hat übrigens einen Kater, der Kekse frisst.«

Ihre Freundin lachte. »Deine Insel gefällt mir. Die Leute scheinen sehr originell.«

»Meinen Untermieter eingeschlossen«, meinte Kirsty verdrossen.

»Er hat noch nicht mit dir gesprochen?«

»Das schon, und wir haben sogar gemeinsam gekocht. Er kann sehr nett sein, um dann im nächsten

Moment wieder einzuschnappen und sich mit seiner Weinflasche zu verziehen. Das ist so traurig! Aber ich weiß nicht, wie ich mit ihm umgehen soll, ohne ihn zu verletzen.«

»Mit viel Geduld. Er muss dir vertrauen. Das halte ich überhaupt für das größte Problem, und um Vertrauen aufzubauen, braucht es Zeit. Arbeitet er denn an einem neuen Roman? Die Literaturszene scheint ganz heiß auf ein neues Werk von ihm. Ich habe mal etwas herumgestöbert.«

»Kann ich dir nicht sagen. Als ich ihn darauf ansprach, gut, ich habe das wohl etwas unsensibel formuliert, jedenfalls schnappte er wieder ein und verschwand.«

»Da kommen Gäste, ich muss. Ruf mich an, wenn sich was Neues ergibt!«

Kirsty steckte das Telefon in die Tasche und kletterte über die Mauer. Ein weites Feld aus Grabsteinen verschiedener Größe und unterschiedlichen Alters erstreckte sich ins Landesinnere. Kirsty wanderte langsam durch die unregelmäßigen Reihen. Viele Steine waren so verwittert, dass keine Inschrift mehr zu entziffern war, auf anderen waren nur noch Bruchstücke zu lesen, und wieder andere waren jüngeren Datums. Hier wurden offensichtlich immer noch Insulaner bestattet. Sie blieb vor einem Grabstein stehen, vor dem ein Strauß Rosen lag.

»Immer in unseren Herzen, Tilly, Engelskind«, stand dort, und darunter der Familienname McNeil und ein Datum vom letzten Jahr. Das Mädchen war nur ein Jahr alt geworden. Betrübt überlegte Kirsty, ob es sich um die

Tochter von Susan und Patrick handelte, und ging weiter, als hätte sie etwas viel zu Privates gesehen.

Entlang der gegenüberliegenden Mauer reihten sich die Grabsteine von Soldaten, die im Zweiten Weltkrieg gefallen waren. Darunter waren unbekannte Seemänner, die an den Strand von Tiree gespült worden waren. Viele Familiennamen waren ihr bekannt. Fionas Brüder waren nicht darunter, denn die Patersons waren schon vor dem Krieg aufs Festland gegangen. Angus Paterson war 1942 in Flandern gefallen und Coll im selben Jahr in El Alamein. Sie entdeckte Paddy McMillan, der 1940 bei Dünkirchen sein frühes Grab gefunden hatte, und seinen Bruder Frederick, der 1944 bei Angers gefallen war. Schlichte Steintafeln mit schwarzen Lettern und hell ausgemeißelten Kreuzen. Mahnmale eines Grauens, das sich niemals wiederholen durfte.

Verlust, Trauer und wirtschaftliche Not hatten damals alle betroffen. Vereint im Leid und doch jeder einsam in seinem Schmerz. Sie dachte an Finlay Stewart und wünschte ihm, dass er einen Weg aus seinem Kokon finden konnte. Sie hörte einen Pfiff, und zwei Hunde schossen an ihr vorbei, jagten einander, sprangen über die Mauer und verschwanden Richtung Strand. Es dauerte eine Weile, und dann erschien ein Mann mit Rucksack und stapfte schnaufend über den Friedhof.

Er benutzte Laufstöcke und war leicht außer Atem. »Hallo, ich hoffe, die beiden haben Sie nicht erschreckt. Wenn wir zum Strand gehen, kann ich sie nicht halten. Also eigentlich nie, denn auf Tiree ist der Strand nirgends weit entfernt.«

Der Mann mochte um die fünfzig Jahre alt sein, hatte lachende dunkle Augen, braunes Haar und graue Schläfen. Eine modische Brille saß in seinem Haar, und Kirsty hielt ihn weder für einen Touristen noch für einen Farmer.

»Kein Problem, ich mag Hunde. Hier auf der Insel kann ich vielleicht auch endlich einen eigenen haben. Wenig Verkehr, und weglaufen können sie im Zweifelsfall auch nicht«, meinte Kirsty lächelnd.

Er sah sie interessiert an. »Ach, ohne zu neugierig erscheinen zu wollen, Sie sind dauerhaft hergezogen? Das kommt nicht oft vor. Verzeihung, ich bin Eric McCray.«

Der Galerist! Sie schüttelte die dargereichte Hand. »Kirsty Paterson. Ja, ich habe das Cottage meiner Großmutter, Fiona Paterson, geerbt, und ich liebe die Insel, schon als Kind war ich gern hier.«

»Dann mussten Sie einfach zurückkommen. Ich betreibe mit meinem Partner eine Galerie. Kommen Sie uns gern bei Gelegenheit besuchen. Die Winter auf Tiree können lang sein. Wir wollen in diesem Winter zum ersten Mal hierbleiben.« Eric McCray stützte sich demonstrativ auf die Gehstöcke. »Ich hasse diese Dinger, aber meine Hüfte macht mir zu schaffen. Ich bin früher Marathon gelaufen. Sport ist Mord oder so ähnlich, nun ja, jetzt muss ich trainieren, um wieder in Form zu kommen.«

»Aber wenn Sie so sportlich sind, kriegen Sie das sicher schnell wieder hin. Welche Art Kunst stellen Sie denn aus? Hiesige Künstler?«

In der Ferne bellten die Hunde, und McCray runzelte abgelenkt die Stirn. »Auch, aber wir haben viele unserer Stammkünstler aus London mitgenommen. Ein Wagnis, auf eine Hebrideninsel zu ziehen. Aber Sie werden es nicht glauben – für einige Kunden ist das so exotisch und reizvoll, dass sie extra deswegen kommen. Ganz kann man der Kunstszene natürlich nicht den Rücken kehren. Wenn man den Anschluss verliert, gleitet man in die Bedeutungslosigkeit ab. Aber ich muss nach meinen Hunden sehen. Hat mich gefreut, Mrs Paterson.«

»Ich komme vorbei, Mr McCray!«

Angenehm überrascht von der zufälligen Begegnung setzte Kirsty ihre Suche nach den Gräbern der McMillans fort und fand bald darauf den Grabstein von Donald McMillan. Der Mann hatte von 1890 bis 1978 gelebt und damit die Jahrhundertwende und zwei Weltkriege erlebt. Nur die Gräber seiner Frau und seiner Tochter konnte Kirsty nicht finden. Ob seine Frau fortgegangen war? Nachdenklich lief sie weiter, blieb vor einem verwitterten keltischen Kreuz stehen und fand eine Tafel, die erklärte, dass es sich um »MacLean's Cross« handelte, das Kreuz des Clans MacLean, der bis ins siebzehnte Jahrhundert die Insel beherrscht hatte. Dann waren die Campbells gekommen und hatten Teile von Tiree gekauft.

Kirsty beschloss, sich näher mit der Geschichte ihrer neuen Heimat zu befassen, vor allem die Reste der alten Kapellen und des Klosters interessierten sie. Sie blieb stehen, betrachtete den Verlauf der Grabsteine, die ein

Muster aus horizontalen und vertikalen Linien in der grünen Ebene bildeten, und in ihrem Kopf formten sich Ideen für ein Bild.

Als sie eine halbe Stunde später in Sandaig vor dem Fitnesscenter hielt, war es beinahe sechs Uhr, und sie hatte ein schlechtes Gewissen, weil Cam sie gewiss früher zurückerwartet hatte. Die Werkstatt war geschlossen, und sie betrat das Center, in dem sich ein kleiner Raum mit Geräten und Freihanteln befand. Auf der anderen Seite gab es einen Surfshop, und weil die Tür offen war, warf Kirsty einen Blick hinein.

Eine junge Frau packte einen Karton mit neuen Neoprenanzügen aus. »Hallo, wie kann ich dir helfen?«

»Ich war eigentlich mit Cam verabredet. Er hat mir ein Rad geliehen, aber ich habe etwas länger gebraucht.«

»Dann bist du Kirsty, er hat mir davon erzählt. Hat es dir gefallen? Tagesmiete acht Pfund, aber gib mir drei Pfund. Ich bin übrigens Sharon.«

Kirsty kramte das Geld hervor. »Vielen Dank, Sharon. Das Rad ist toll. Lässt sich mein altes Rad noch reparieren, oder, vielmehr, lohnt es sich? Und würdet ihr mir das Rad, das ich heute hatte, eventuell verkaufen?«

Sharon, die ihr langes blondes Haar in einem losen Pferdeschwanz trug, riss die Folie von einem Neoprenanzug auf und entfaltete den schwarzblauen Damenanzug. »Super, oder? Die neuen Anzüge sind so toll geschnitten und halten irre warm. Dieser hier hat vier Millimeter und reicht dir über den Winter. Surfst du?«

Kirsty nickte und befühlte den Anzug. Das Material war leicht und soft. »Klasse. Darauf komme ich sicher zurück. Mein altes Brett steht noch bei uns im Schuppen.«

Sharon legte den Kopf schief. »Okay, aber komm mal zum Strand, wenn wir mit einer Gruppe unten sind. Da kannst du neue Bretter testen, lohnt sich. Ist genau wie mit dem Fahrrad.« Sie grinste breit.

»Glaube ich gern, aber ich muss auch schauen, dass ich finanziell klarkomme.«

»Du lebst jetzt hier, ja? Was machst du denn? Der Winter auf Tiree ist schon eine Durststrecke, auch für uns. Aber Tim hat auf Fuerte ein Camp eröffnet, das läuft gut.«

Wenn man auf einer so kleinen Insel wie Tiree finanziell klarkommen wollte, musste man flexibel sein, und für Surfer gab es das ganze Jahr über an verschiedenen Spots rund um den Globus Möglichkeiten, Kurse zu geben.

»Bin noch am Überlegen. Vielleicht jobbe ich in einem Hotel, das habe ich auch in Edinburgh gemacht. Und irgendwann will ich meine Bilder verkaufen.« So, jetzt hatte sie es laut ausgesprochen, das war ein Anfang. Sie würde ihre Bilder ausstellen, wenn sie davon überzeugt war, dass sie gut genug waren. Wann das sein würde, stand in den Sternen, aber immerhin konnte sie es sich jetzt vorstellen.

»Im Winter sind die beiden Hotels geschlossen. Du malst? Cool!« Sharon packte einen weiteren Anzug aus und hängte ihn auf einen Bügel. »Mit dem Fahrrad weiß ich nicht so genau, wie Cam und Tim das handhaben. Willst du morgen noch mal vorbeikommen? Gegen Mittag ist eine gute Zeit.«

»Ja, gerne, danke!«

Sie hatte sich schon umgedreht, als Sharon rief: »Ach so, Cam hat die Reifen bei deinem alten Rad erneuert. Nur die ersten beiden Gänge funktionieren noch, aber du kannst es so fahren, meint er. Mehr zu machen lohnt sich nicht.« Sie ging zur Kasse und fischte einen Zettel aus einer Pappschachtel. »Zwanzig Pfund hat er berechnet.«

Der Preis schien ihr fair, und Kirsty bezahlte. Ihr altes Rad stand vor der Werkstatt. Sie stieg auf und wollte gerade losfahren, als sie einen Hund über die Straße laufen sah. Sie zögerte, denn sie erkannte den Hund. Er gehörte dem alten Mann, den sie im Restaurant gesehen hatte. Wie hieß er noch?

»Otis?«, versuchte Kirsty es. Der Hund wirkte orientierungslos, lief hin und her, und seine Rute war eingeklemmt. Irgendetwas musste passiert sein. »Hey, Otis! Na, komm doch mal her.« Sie lehnte das Rad gegen die Werkstatt und ging langsam auf den Hund zu, der stehen geblieben war und sie anschaute.

»Hey, mein Guter, was ist denn los?« Kirsty hielt ihm die Hand hin, damit er daran schnuppern konnte, und streichelte ihm sacht über den Kopf. Als er nicht zurückzuckte und sein Schwanz sich etwas entspannte, schnalzte sie mit der Zunge und sagte: »Wo ist dein Herrchen, hm? Vielleicht im Restaurant? Komm, da sehen wir mal nach.«

Das schien ihr das Sinnvollste, denn Susan und Patrick wussten sicher Rat. Als hätte der Hund sie verstanden, folgte er ihr über den Parkplatz, auf dem Motorräder und ein Bus standen. Der Schriftzug *McNeil's* leuchtete blau in der Dämmerung, und das Restaurant schien gut besucht. Musik und Gelächter klangen durch die geöffneten Fenster nach draußen. Kirsty stieß die Tür auf, und der Hund lief an ihr vorbei in den Gastraum. Er steuerte auf den Tisch zu, an dem sie ihn mit dem alten Mann gesehen hatte, nur war der Tisch jetzt leer.

»Hey, Kirsty!«, begrüßte Susan sie hinter der Bar. Sie zapfte gerade Bier in ein Pintglas.

»Hallo, Susan. Sag mal, ist der alte Herr nicht da? Ich habe Otis auf der Straße gefunden. Irgendetwas stimmt nicht. Sieh doch, er sucht ihn!«

Tatsächlich schnüffelte der Hund aufgeregt um den Tisch herum, sah zu ihnen herüber und lief wieder zur Tür. Dort jaulte er und kratzte an der Tür.

»Du hast recht, da muss was passiert sein. Otis ist nie allein unterwegs. Patrick!«, rief Susan nach hinten, und ihr Mann kam nach vorn. Er trug eine Kochmütze und passende Arbeitskleidung.

»Ja, was ist denn? Ich habe das Fleisch auf dem Grill und muss schauen. Mach schnell!« Er sah Kirsty und nickte. »Musste einspringen, der Koch ist krank.«

»Otis ist allein hier. Jemand muss nach Murray sehen!«

Cam trat mit einem Tablett voller Geschirr aus dem Gastraum zu ihnen. »Was gibt es? Was macht Otis hier allein?«

»Ich kann nicht weg, keiner von uns kann jetzt weg!« Patrick sah Kirsty an. »Kannst du das übernehmen? Murray wohnt knapp einen Kilometer von hier die Straße hoch. Richtung Kilkenneth. Sein Cottage heißt Calath und liegt in der Nähe der alten Kapelle. Über das Viehgitter und dann rechts.«

»Okay, klar, ich fahr mit dem Rad hoch. Könnt ihr ihn nicht anrufen?«, sagte Kirsty schon halb im Gehen.

»Er hört schlecht, aber ich versuch's«, sagte Susan.

Kaum hatte Kirsty die Tür geöffnet, schoss der Hund hindurch und lief die Straße in Richtung Norden davon. Kirsty rannte zu ihrem Fahrrad und fuhr so schnell sie konnte die holprige Straße entlang. Nach einhundert Metern traf sie auf Otis, der an der Straße auf sie zu warten schien und weiterlief, als er sie sah. Noch war es hell genug, dass sie die weit auseinanderstehenden Häuser erkennen konnte. Rechts von ihr lag das Weideland, links hörte sie das Meer rauschen. Der Wind hatte etwas nachgelassen, und sie kam schnell voran. Sie konnte bereits das Hinweisschild auf die ehemalige Kapelle erkennen, deren Überreste vor dem großen Strand lagen, da sah sie einen Mann aus den Dünen schlendern.

Sie erkannte ihn an der Art, wie er den Kopf hielt, so als betrachte er die Welt mit großer Skepsis.

»Hallo, Finlay!«, rief sie, stieg ab und beobachtete, wie Otis zu dem Haus lief, das ihr am nächsten war.

»Calath« stand auf einem Schild an der niedrigen Steinmauer. Der Hund bellte und sprang gegen die Haustür, die nach innen aufschwang. Kirstys Magen zog sich zusammen.

»Kirsty?«, hörte sie Finlay hinter sich, wartete jedoch nicht, sondern betrat das Haus.

Es war dunkel, und sie suchte den Lichtschalter im Flur. »Hallo, ist jemand zu Hause?«

Sie klopfte laut gegen die Tür, ging weiter, als das Licht brannte, und kam in ein kleines Wohnzimmer. Otis hatte aufgehört zu bellen und winselte jetzt leise und so mitleiderregend, dass Kirsty eine Gänsehaut bekam. Ein Sessel, eine Bank unter dem Fenster, ein Tisch, zwei Stühle und eine Kommode stellten die gesamte Einrichtung dar. Auf dem Fensterbrett stand ein altes Radio, aus dem leise Schlager plärrten. Durch das Fenster fielen die Strahlen der Abendsonne auf den Sessel, in dem der alte Herr saß. Es hätte eine friedliche Szene sein können, wenn nicht der Kopf zur Seite gesackt wäre und seine Augen geöffnet zur Decke starrten. Der Hund hatte sich vor sein Herrchen gesetzt und war jetzt zu einem markerschütternden Jaulen übergegangen.

Kirsty trat zu dem alten Herrn und berührte seinen Arm, doch er zeigte keine Regung. Zögernd tastete sie an seinem Hals nach dem Puls.

Im Haus ertönten Schritte, es klopfte kurz, und dann sagte Finlay Stewart: »Was hoffen Sie denn da zu finden? Der Mann ist tot. Das sieht ja wohl jeder.«

Kirsty fuhr herum. »Verzeihung, ich bin kein Mediziner, und ich habe noch nie einen Toten gesehen.«

»Ich schon«, erwiderte Finlay kühl, trat neben sie, strich dem Alten über die Augen, um sie zu schließen, und meinte: »Nehmen Sie den verdammten Hund hier weg. Das ist ja nicht zum Aushalten.«

»Der arme Hund trauert, und er hat mich überhaupt erst hergeführt.« Verärgert sah sie Finlay an.

Ein Telefon klingelte. Kirsty fand es auf der Kommode und nahm ab. »Ja?«

»Bist du das, Kirsty?«, fragte Susan.

»Ja«, krächzte Kirsty heiser. »Ich glaube, der Mann ist tot, Susan.«

»Dafür muss man nicht glauben, das ist eine Tatsache«, meinte Finlay.

»Ach du liebe Zeit!«, rief Susan. »Okay, Kirsty, ich rufe Doc Macearchana an. Bleibst du solange dort?«

»Ja«, stammelte Kirsty und sah sich unglücklich um. »Ja, ich warte hier.«

Plötzlich wurden ihre Knie weich, und sie musste sich an der Kommode festhalten. Sie wollte den Toten nicht ansehen und öffnete das Fenster, um frische Luft hereinzulassen. Gläser klirrten, und als sie sich umwandte. stand Finlay mit einem Glas Whisky vor ihr.

»Trinken Sie, das beruhigt die Nerven.« Er drückte ihr das Glas in die Hand und hob seines. »Friede seiner Seele!«, murmelte Finlay und trank einen Schluck.

Ihre Hände zitterten, als sie an dem Whisky nippte. »Möge er mit Gott gehen.«

»Wohin auch immer das sein mag«, meinte Finlay.

»Sie sind der unsensibelste Mensch, der mir jemals begegnet ist«, fauchte Kirsty und knallte das Glas auf die Kommode.

»Na, das war jetzt auch nicht sehr zurückhaltend. Sie hätten seine ewige Ruhe stören können.« Ungerührt leerte Finlay sein Glas und sah sie an. »Na, kommen Sie, gehen wir nach draußen. Aber finden Sie eine Leine oder ein Seil, um den Hund mitzunehmen.«

Sie musste zugeben, dass seine sachliche Art ihr half. Es gab Dinge, die getan werden mussten, und Otis brauchte ein neues Zuhause.

11

Kirsty und Finlay warteten mit Otis vor dem Haus, bis ein verbeulter Jeep vorfuhr. Ein dynamischer Mann Mitte dreißig stieg mit seiner Arzttasche aus dem Wagen. »Haben Sie Murray gefunden? Susan McNeil hat mich angerufen. Verzeihung, ich bin Dr. Macearchana.«

»Kirsty Paterson, und das ist Mr Stewart. Otis hat mich auf der Straße abgefangen und uns auf seinen Herrn aufmerksam gemacht. Ich warte hier draußen.«

Der Mediziner war groß und musste sich unter der Tür hindurchducken, als er mit Finlay Stewart ins Haus ging. Es dauerte nicht lange, und die beiden Männer kamen wieder heraus.

»Herzinfarkt. Der alte Herr hatte schon länger Probleme. Ich stelle den Totenschein aus und gebe MacLeod Bescheid, der holt den Leichnam ab und kümmert sich um die Bestattung. Angehörige gibt es, glaube ich …« Der Arzt nahm sein Telefon und trat an seinen Wagen.

Finlay betrachtete Otis, der traurig neben Kirsty lag. »Und was wird mit dem Hund?«

»Na, heute Nacht kann er bei mir bleiben«, meinte Kirsty. »Das arme Tier muss ja vollkommen verstört sein. Haben Sie Hundefutter in der Küche gesehen? Würden Sie vielleicht nachschauen?«

Mit mürrischer Miene verschwand Finlay im Haus.

»So, MacLeod kommt sofort«, sagte der Arzt zu Kirsty. »Sie sind nicht von hier, oder? Ich bin auch erst seit einem Jahr hier tätig, aber so groß ist die Insel ja nicht.«

»Nein, Fiona Paterson war meine Großmutter. Ich lebe jetzt in ihrem Cottage in Sandaig.« Otis winselte leise. »Hat Mr Donleavy Verwandte? Wer nimmt den Hund?«

Dr. Macearchana rieb sich nachdenklich das Kinn. »Ich hatte den Eindruck, dass er allein war. Das ist immer schwierig, wenn ein alter Mensch verstirbt und ein Haustier hinterlässt. Meist müssen die Tiere ins Tierheim. Das nächste ist auf dem Festland.«

»Nein! Das wäre ja furchtbar. Ich kümmere mich gern um Otis, bis geklärt ist, ob es Verwandte gibt, die ihn nehmen würden.« Kirsty ging in die Hocke und streichelte den Hund. »Ins Tierheim kommst du nicht.«

»Ich hab's befürchtet. Sie nehmen den Hund mit?« Finlay war mit einem Sack Trockenfutter zu ihnen gekommen. »Der stand in der Küche.«

»Sie gehören zusammen?«, fragte der Arzt.

»Ich wohne zur Miete im Rosencottage«, erklärte Finlay sofort.

»Wir gehören nicht zusammen!«, betonte Kirsty. »Ich nehme Otis mit. Hier ist meine Nummer, falls Sie mich erreichen wollen.« Kirsty gab dem Arzt einen Zettel mit ihrer Telefonnummer.

Ein dunkler Geländewagen rollte langsam auf sie zu und kam neben dem Wagen des Arztes zum Stehen. »MacLeod's Island Funeral Service« stand in goldenen Buchstaben auf der Fahrertür, und ein Stück weiter fand sich der dezente Hinweis darauf, dass MacLeod's auch eine Autowerkstatt betrieb.

»Hey, Doc!« Ein kantiges Gesicht mit grauem Dreitagebart sah sie durch das offene Autofenster an. »Ich war gerade in Balevullin, deshalb konnte ich gleich hier sein. Der alte Murray ist also von uns gegangen. Arme Seele, war ziemlich einsam, nur sein Hund hat noch zu ihm gehalten.«

Der Bestatter oder Halbtagsbestatter stellte den Motor ab, stieg aus und ging zur Heckklappe seines Wagens. »Dann wollen wir mal. Wer fasst mit an? Doc – und wer sind Sie?«

MacLeod zog einen Zinksarg hervor und sah die beiden Männer erwartungsvoll an. »Ja, allein schaffe ich das auch nicht.«

Finlay stellte den Futtersack auf den Boden und ging zu MacLeod. Gefolgt von Dr. Macearchana trugen sie den Sarg ins Haus.

Kirsty fuhr sich über die Augen. »Verdammt, Otis, ich kann dich ja verstehen.«

Der Hund setzte sich auf und jaulte leise, als die Männer mit dem nun geschlossenen Sarg zurückkamen. Kirsty hielt den Hund am Halsband fest und ging ein Stück die Mauer entlang. Als sie die Wagentüren zuschlagen hörte, wandte sie sich um. Finlay kam mit dem Futtersack zu ihr.

»Lassen Sie uns gehen.«

Irritiert sah sie zu dem Arzt, der am Wagen des Bestatters stand. »Müssen wir nichts unterschreiben oder so?«

»Nein. Sie haben doch Ihre Telefonnummer hinterlassen. Die werden sich schon melden. Wegen dem Hund.«

»Na schön.« Kirsty nahm ihr Fahrrad. »Wollen Sie den Futtersack draufstellen?«

Finlay übernahm das Schieben des Rades, und sie trotteten eine Weile schweigend nebeneinanderher. Otis folgte ihnen widerstandslos, wie Kirsty erleichtert feststellte. Sie hatte im Haus eine alte Leine gefunden und die an seinem Halsband befestigt.

»Wie alt er wohl ist?«, sprach sie ihren Gedanken laut aus.

»An die achtzig war er sicher, nicht der schlechteste Weg, diese Welt zu verlassen, wenn Sie mich fragen«, meinte Finlay.

»Ich meinte nicht den alten Herrn, sondern Otis«, gab Kirsty zurück.

»Mit Hunden kenne ich mich nicht aus.«

Es war jetzt so dunkel, dass nur die Sterne und der volle Mond die Straße erhellten. Aus einigen Fenstern umliegender Cottages schien Licht, doch es gab keine Straßenbeleuchtung, was den Sternenhimmel noch beeindruckender machte.

»Man muss Hunde einfach nur mögen. Mögen Sie überhaupt jemanden außer sich selbst?« Es war ihr herausgerutscht, aber seine abweisende, selbstgerechte Art reizte sie.

»Wer sagt, dass ich mich selbst mag?«, erwiderte er düster.

Touché, dachte Kirsty. »Tut mir leid. Aber Sie machen es einem nicht leicht.«

»Ich erwarte nichts von Ihnen, von niemandem, nebenbei gesagt. Lassen Sie mich einfach in Ruhe, und dann kommen wir schon aus. Ihr Strandbild gefällt mir übrigens, das wollte ich Ihnen noch sagen.«

Sie sah ihn an, ging aber weiter. »Danke! Seit ich hier bin, hat sich ein Teil meiner Seele geöffnet. Das klingt dämlich. Was ich sagen will, ist, dass mich die Insel inspiriert. Sie berührt mich, und ich male, was ich fühle.«

»Das ist nicht dämlich. Das Leben auf einer Insel, auf dieser Insel, fordert uns heraus. Wir müssen uns dem stellen, was in uns arbeitet, unseren Ängsten, Hoffnungen und Träumen. Die Natur macht etwas mit uns. Wenn wir es zulassen …«, sagte er mehr zu sich selbst.

Deshalb war er hier, dachte sie. Das Leben in der Natur auf dieser entlegenen Insel half ihm, sich seinen Dämonen zu stellen. Und ihr ging es ähnlich. Die Nähe zum Meer, das einfache Leben hier draußen hatten sie gezwungen, sich mit sich selbst zu beschäftigen, und sie hatte den Mut zum Malen gefunden. Eine Weile hingen sie beide ihren Gedanken nach.

»Wissen Sie, ich will ja für meine Großmutter herausfinden, was mit ihrer Freundin geschehen ist, und mir wird immer klarer, dass Fiona mir diese Bitte ganz bewusst aufgetragen hat. Sie wollte, dass ich herkomme und mich mit mir und meiner Vergangenheit und, wie Sie sagen, auch mit meinen Träumen auseinandersetze. Das muss ich, wenn ich herausfinden will, wer Livie war und wo sie heute ist.«

»Fiona war eine großartige Frau. Ich habe sie auf Anhieb gemocht.«

»Und bei Ihnen soll das was heißen…«, antwortete Kirsty etwas sarkastischer als geplant.

»Sie haben keine sehr gute Meinung von mir.«

»Das ist nun wieder übertrieben. Sie lassen es gar nicht zu, dass ich mir eine bilden könnte, so verschlossen, wie Sie sind.«

Otis blieb stehen, um zu schnüffeln.

Finlay hielt das Rad fest und rückte den Futtersack auf dem Gepäckträger zurecht.

»Hatten Sie denn auch als Kind keinen Hund oder eine Katze?« Irgendeinen weichen Punkt musste er doch haben. »Wenn Sie Angst haben, dass es morgen im Internet steht, schalten Sie mal einen Gang runter. Ich habe weder einen Facebook- noch einen Instagram-Account oder was es da sonst so gibt.«

»Das ist ja geradezu außergewöhnlich. Sie gehören also nicht zu denen, die alles – vom Frühstücksei bis zur Urlaubsreise – mit der Welt teilen müssen?«

Otis hatte sich erleichtert, und Kirsty ging weiter. »Sagte ich doch eben. Ich teile mich durch meine Bilder mit. Nicht durch Schnappschüsse und Smileys. Für meine Kunst werde ich mir vielleicht mal eine Website machen. Wenn's irgendjemanden interessiert. Ich weiß noch nicht.«

»Warum machen Sie sich so klein? Sie lassen sich schnell verunsichern, das haben Sie nicht nötig«, meinte er.

Zwischen den dunklen Umrissen einzelner Häuser leuchtete ihnen die Reklame vom *McNeil's* entgegen, und Kirsty sah Cam rauchend vor der Küche stehen. Er unterhielt sich mit einem Mann, von dem Kirsty dachte, dass sie ihn schon einmal gesehen hatte, doch als sie näher kamen, verschwand er im Dunkel des Parkplatzes.

»Woher wollen Sie das wissen?«, gab Kirsty zurück.

»Sie können malen, und ich bin wirklich sparsam, was Komplimente betrifft. Das ist eine Begabung, aus der Sie etwas machen können, und ich glaube, das wollen Sie auch. Also hören Sie auf mit vielleicht und irgendwann. Schaffen Sie jetzt Ihre Bilder. Jetzt ist der Moment.«

Sie war so verblüfft, dass sie ihn kurz ansah, um zu prüfen, ob er sie veralberte, doch er wirkte so ernst und mürrisch wie immer.

»Hm, ja. Da vorn steht Cam. Ich spreche mal kurz mit ihm. Kommen Sie mit, oder wollen Sie hier warten?«

»Wozu soll ich hier warten? Ich gehe weiter zum Cottage.« Finlay Stewart schob das Rad über den Parkplatz, während Kirsty mit Otis an der Leine zum Restaurant ging.

Cam riss die Küchentür auf, rief nach drinnen und sagte zu ihr: »Hey, Kirsty, wie war es? Ich meine, du hast Murray gefunden, ja?«

»Furchtbar war es. Ich habe noch nie einen Toten gesehen. Diese blicklosen Augen. Der arme Mann.«

»Kirsty!« Susan kam die Stufen herunter und drückte sie an sich. »Wie geht es dir? Möchtest du etwas essen oder trinken? Ich habe MacLeod am Hafen getroffen. Er hat erzählt, dass sie den armen Murray rausgetragen haben. Ach, er hat mir leidgetan, immer allein.«

Otis saß zwischen ihnen und winselte leise.

»Nein, er war nicht allein, nicht wahr, Otis?« Kirsty streichelte den Hund. »Danke, ich gehe gleich mit Otis nach Hause.«

»Wie konnte ich das vergessen. Behältst du ihn etwa? Kommst du mit ihm klar? Mit dem Restaurant kann ich ihn sowieso nicht nehmen. Aber der Hund tut mir leid.« Susan stieß Cam an. »Hol mal was von dem Reis und Hühnchen und gib es in eine Schüssel. Der Hund hat vielleicht länger nichts gefressen.«

Darüber hatte Kirsty noch nicht nachgedacht. Wie lange mochte der alte Mann schon so dort gelegen haben? »Du hast mit MacLeod gesprochen. Hat er gesagt, wie lange Mr Donleavy schon tot war? Ich stand da etwas neben mir, habe nicht so viel mitbekommen. Zum Glück war Finlay da und hat geholfen.«

»Finlay?«, fragte Susan.

»Mein Untermieter. Er geht viel spazieren und kam gerade vorbei. Mir zitterten die Knie, als ich da vor dem Sessel mit dem alten Mann stand. Das war schrecklich! Aber Finlay hat die Situation ganz ruhig überblickt.«

Mitfühlend sah Susan sie an. »Möchte nicht mit dir tauschen. Gut, dass dieser Finlay dort war. Ach, Moment mal, das ist doch der Schriftsteller, der schon eine

Weile hier lebt. Der war öfters bei uns zum Essen. Er lächelt nie. Wir haben schon Wetten abgeschlossen, wer ihn zum ersten Mal lächeln sieht.«

»Ein einfacher Mensch ist er sicher nicht, aber wer ist das schon. Und, hat MacLeod was gesagt?«

»Der Doc war sich nicht sicher. Ein paar Stunden soll er wohl schon tot gewesen sein. Wird wohl ein Herzinfarkt gewesen sein, meint er.« Susan schaute nach hinten, denn in der Küche ging etwas zu Bruch, jemand fluchte, und dann kam Cam mit einer Schüssel zurück und reichte sie Susan.

»Der Neue hat eine Schüssel mit Mousse au Chocolat fallen lassen. Ich muss da helfen. Wiedersehen, Kirsty!«, rief Cam und verschwand in die Küche.

Susan verdrehte die Augen. »Ausgerechnet die Mousse. Davon habe ich nur noch zehn Portionen. Hier, gib das dem Hund. Komm doch morgen vorbei, zum Lunch, wenn du magst. Dann reden wir, okay?«

»Danke, Susan. Ja gern. Bis morgen!« Sie hielt Otis die Schüssel hin, doch der Hund würdigte sie keines Blickes, sondern sah sie mit traurigen Augen an.

»Okay, wir nehmen das mit, und du kannst bei mir entscheiden, ob du Hunger hast oder nicht.«

Ihr Fahrrad stand neben dem Haus, und es brannte Licht. Sie öffnete die Haustür und wollte Otis vorbeilassen, doch der blieb draußen stehen.

»Otis, na komm schon. Du kannst nicht zurück, tut mir sehr leid, mein Freund.« Sie strich über den dunkel gestromten Kopf, stellte die Schüssel mit dem Futter in den Flur und ging vor ihm in die Hocke.

»Willst du es nicht wenigstens mit mir versuchen? Wenn es dir nicht gefällt, finden wir eine andere Lösung.« Verstand er, was sie sagte? Auf jeden Fall sahen die braunen Hundeaugen sie an, und seine Ohren waren gespitzt. Als er die Nase hob und zu schnuppern begann, stand sie auf und trat in den Flur, die Leine etwas länger lassend. Sie würde ihn eine Weile nicht frei laufen lassen können, denn er würde sofort zum Haus seines verstorbenen Herrchens zurücklaufen.

Es brauchte etwas Geduld, doch irgendwann schaffte Kirsty es, die Tür hinter Otis zu schließen. Sie fand Finlay in der Küche, wo er mit der Bratpfanne hantierte.

»Spiegeleier und Bratkartoffeln, Salat ist auch noch da. Kümmern Sie sich um den Hund, den Sie mit nach oben nehmen wollen, wie ich vermute?«

»Ich hatte noch nicht darüber nachgedacht, aber es ist vielleicht das Beste. Es sei denn, Sie wollen ihn …?«

Er sah sie scharf an. »Nein.«

Die Schüssel im Flur klapperte, während Otis sie ausschleckte und dann ins Wohnzimmer kam, wo er sich kurz umsah und sich schließlich auf den Teppich vor dem Kamin legte.

Kirsty holte sich ein Glas Wasser und wollte sich gerade setzen, als ihr Handy klingelte. »Ja?«

Pfarrer Stevenson meldete sich. »Mrs Paterson, ich hoffe, ich störe nicht?«

»Nein, gar nicht.« Sie setzte sich in einen der Sessel zu Otis.

»Gut, mir ist gerade etwas eingefallen. Sie hatten doch nach Livie McMillan gefragt. Es gab einen Inselarzt, Dr. Jones, der seine Patienten kannte wie kaum jemand. Ich habe mit einem Freund auf Mull gesprochen, der mit dem Enkel von Jones befreundet ist. Der Doc war eine Legende und für seine unkonventionellen Behandlungsmethoden berüchtigt. Der Enkel würde mit Ihnen sprechen, sich aber freuen, wenn er Sie persönlich kennenlernt. Immerhin geht es um Patienten und Vertrauen.«

»Das verstehe ich. Oh, aber sehr gern! Er lebt auf Mull? Gerne komme ich dorthin. Das ist überhaupt kein Problem.«

»Ich sende Ihnen die Kontaktdaten, dann können Sie sich gern direkt mit ihm in Verbindung setzen.«

»Vielen Dank! Wirklich, das bedeutet mir sehr viel!«

»Gern, und vergessen Sie unser Konzert am Sonntag nicht!«

Nachdem sie das Gespräch beendet hatte, wandte sie sich an Finlay: »Das war der Pfarrer, ich habe eine erste Spur. Ist das nicht großartig? Ich muss dafür nach Mull fahren, aber das ist es mir wert.«

Er hob die Augenbrauen. »Das freut mich! Unglaublich, Sie erleben in den Tagen seit Ihrer Ankunft hier mehr als ich in Wochen.«

»Ich spreche ja auch mit meinen Mitmenschen und verkrieche mich nicht in meinem Schneckenhaus.«

Verärgerung blitzte kurz in Finlays Blick auf. Er erteilte anderen gern Ratschläge, nahm aber selbst keine an, so viel hatte Kirsty über ihn gelernt.

»Mich können Sie nicht meinen, denn wir unterhalten uns gerade.«

Sie grinste. »Kommen Sie doch mit nach Mull. Tobermory ist ein hübsches Örtchen und hat eine berühmte Destillerie.«

Er hackte die Zwiebeln blitzschnell klein und warf sie in die Pfanne, wo sie zischten und brutzelten. »Warum eigentlich nicht. Mein Whiskyvorrat könnte eine Auffrischung gebrauchen.« Finlay schenkte ihr ein sardonisches Lächeln.

12

Livie kam müde zur Tür herein und schaute zuerst zum Sofa, doch das war leer. Voller Sorge rief sie: »Mum?«

Da kam ihre Mutter mit einem Arm voller Wäsche die Stiege zum Dachgeschoss herunter. Erleichtert ging Livie zu ihr und wollte ihr die Schmutzwäsche abnehmen, doch Selma schüttelte den Kopf.

»Lass, ich mache das. Wo warst du?«, fragte sie leise und sah ängstlich zum Küchentisch, an dem Donald und Paddy mit düsteren Mienen saßen.

»Bei Großvater Alban. Er braucht Hilfe, Mum. Ich glaube, er wechselt kaum noch seine Kleider. Aber warum bist du schon auf? Du sollst dich doch schonen!«

Erschöpft sah Selma ihre Tochter an. Hilflosigkeit und Resignation lagen in ihrem Blick, doch bevor sie antworten konnte, flog ein Stuhl durch den Raum, und Holz splitterte.

»Ich werde dir zeigen, was es heißt, mich zu belügen!«, brüllte Donald McMillan und schlug Paddy mit der flachen Hand ins Gesicht.

Der alte McMillan war größer und kräftiger als sein jüngster Sohn und sein Schlag hart und ohne Gnade. Paddy taumelte rückwärts gegen den Holztisch in der

Mitte des Raumes, riss einen Stuhl mit sich und fing sich wieder.

»Ich habe dich nicht belogen!«, rief Paddy und rieb sich die rote Wange. Nur der Stuhl trennte ihn von seinem aufgebrachten Vater.

Livie riss ihre Mutter mit sich hinter einen Küchenschrank und beobachtete von dort, wie ihr Vater ihren Bruder packte und ihm mit der Faust in den Magen boxte. Wieder und wieder schlug er seinen Sohn.

»Paddy!«, rief Livie schließlich weinend. »Wehr dich doch! Warum wehrst du dich nicht?!«

Das Blut lief ihrem Bruder aus der Nase, doch er versuchte nur zurückzuweichen und duckte sich unter den Faustschlägen des Vaters weg.

Donald hörte mit einem Mal auf und starrte seinen Sohn keuchend und mit blutunterlaufenen Augen an.

»Ich habe dich nicht belogen«, wiederholte Paddy und wischte sich mit dem Handrücken das Blut von der Lippe. »Ich habe dir nur nicht gesagt, dass ich zu Melville gehe, weil ich wusste, dass du es mir verbieten würdest.«

»Und mit gutem Grund!«, erwiderte Donald wütend und stützte sich auf dem Tisch ab. »Du hilfst mir hier auf dem Hof. Hier ist dein Platz, bei deiner Familie. Freddy ist weg, und Matthew ist wegen seiner Gelegenheitsjobs auch nur einen oder zwei Tage die Woche hier. Wie soll ich das schaffen? Kannst du mir das erklären? Ich war im Krieg! Ich habe für unser Land gekämpft, auch für deine Freiheit, du undankbarer Mistkerl!«

»Glaubst du, das alles weiß ich nicht? Aber die Tiere zu betreuen schafft einer allein, und das Gemüse haben wir bisher auch immer rechtzeitig geerntet. So viel Arbeit macht das ja nun auch nicht. Du weißt genau, dass ich euch niemals im Stich lassen würde. Aber darum geht es dir gar nicht, oder?«

Livie reichte ihrem Bruder ein feuchtes Tuch, das er sich gegen die Nase drückte, die anzuschwellen begann. Und so musste er nun die Testwoche bei Melville in Oban antreten. Ihr Vater schaffte es, jedem seine Träume und Hoffnungen zu zerstören, immer wieder.

»Nicht, Paddy, lass es gut sein«, mahnte Selma mit zitternder Stimme, ließ die Wäsche zu Boden fallen und stellte sich vor ihren Sohn. »Mich kannst du schlagen. Aber lass ihn in Ruhe, Donald!«

Ihr Mann sah sie mit einem merkwürdigen Ausdruck an, so als wüsste er nicht genau, was er mit ihr anfangen sollte. Seine Fäuste waren noch immer geballt, doch langsam wich der unbändige Zorn aus ihm, und er setzte sich auf einen Stuhl.

»Bring mir Whisky und zu essen!«, befahl er und schlug mit der flachen Hand auf den Tisch. »Und du gehst nicht zu Melville!«

Paddy schüttelte den Kopf. »Warum nicht? Warum soll ich diese Chance auf einen gut bezahlten Job nicht wahrnehmen? Davon würde die ganze Familie profitieren. Als Pilot verdiene ich mehr als Freddy und Matthew und könnte der Familie besser helfen, als wenn ich weiter die Kartoffeln aus dem Acker sammle. Warum willst du das nicht sehen?«

Livie beobachtete, wie sich das von tiefen Linien gezeichnete Gesicht ihres Vaters verhärtete und seine Lippen weiß wurden. »Du bist mein Sohn, und solange ich das Sagen habe, machst du, was ich will, verstanden?«

Paddy stand mit trotzig gerecktem Kinn und ohne Furcht zu zeigen vor dem Tisch. Er war vielleicht nicht so muskulös wie seine älteren Brüder, doch im Grunde war er viel stärker, fand Livie und beobachtete ihren Bruder voller Stolz. Er benutzte seinen Verstand und nicht seine Fäuste, und ihr Vater wusste genau, dass Paddy ihm in dieser Hinsicht überlegen war. Solange er irgend konnte, würde er seinen Sohn kleinhalten, nur, um nicht als Verlierer vor ihm gelten zu müssen.

»Ich werde zu Melville gehen, mit oder ohne dein Einverständnis. Er hat mich eingeladen, und diese Chance werde ich mir nicht entgehen lassen. Du musst mich schon totschlagen, damit ich nicht gehe.«

Selma hatte hastig die Whiskyflasche und zwei Gläser auf den Tisch gestellt. »Nun versöhnt euch doch wieder. Donald, warum lässt du ihn nicht gehen? Was kann schon passieren? Er wird den Test sicher nicht bestehen. Die anderen haben eine bessere Schule besucht, da kann Paddy doch gar nicht mithalten.«

Donald zog die Flasche heran und entkorkte sie. Die Worte seiner Frau drangen langsam zu ihm durch, und voller Häme meinte er: »Ja, geh nur und blamier dich und komm nicht zurück, um dich auszuweinen. Wenn sie dich nicht nehmen, baust du den Schuppen für die Ziegen und fährst mit Matty rüber nach Mull, das Holz holen.«

Normalerweise übernahmen diese schwere Arbeit Matty, Freddy und Donald. Die Bewohner von Tiree durften im Wald von Mull in einem ausgewiesenen Gebiet Bäume fällen und das Holz mitnehmen. Im Winter war es besonders hart, die meist nassen Bäume zu fällen, vor Ort zu zerlegen und das Fuhrwerk zu beladen. Es passierten häufig Unfälle, und Livie hatte schon jetzt Angst um Paddy, doch der nickte bloß. »Aye.«

»Und jetzt heb den Stuhl auf. Du kannst ihn morgen reparieren!«, befahl Donald.

»Ich habe ihn nicht kaputt gemacht. Heb ihn selbst auf«, gab Paddy kalt zurück und drehte sich um, doch er kam nicht weit, denn sein Vater war mit überraschender Schnelligkeit aufgesprungen, packte ihn von hinten und stieß ihn gegen den Mauervorsprung, der den Wohnraum von der Küche trennte. Es gab ein hässliches Geräusch, und Livie schrie auf, als sie die Platzwunde an Paddys Stirn sah. Ihr Bruder ging zu Boden und blieb reglos liegen. Selma schlug sich die Hand vor den Mund, weinte und sackte neben dem verletzten Sohn auf die Knie.

Livie riss ihren Mantel von der Garderobe und verließ fluchtartig das Haus. Sie musste Hilfe holen. Im Gehen streifte sie den Mantel über und rannte in der Dunkelheit am Stall vorbei, kletterte über die niedrige Steinmauer und stolperte den Dünenpfad entlang. Nirgendwo auf Tiree gab es nächtliche Beleuchtung. Nur aus den Fenstern der verstreuten Häuser schien manchmal etwas Licht, denn Paraffin war teuer. Wenn der Duke of

Argyll auf der Insel war, dann ging es zumindest in seiner Burg, wie das große Anwesen bei Loch an Eilein genannt wurde, hoch her. Menschen wie er konnten sich Brennholz und Öllampen leisten, großartige Feiern veranstalten und sich im Sommer auf ihrer Yacht vergnügen. Oh ja, den feinen Herrschaften mangelte es an nichts.

Livie spürte den kalten Wind kaum, der ihr ins Gesicht blies, so aufgewühlt war sie. Es war so ungerecht! Alles! Manchmal hätte sie am liebsten laut geschrien und ihrem Vater ins Gesicht gesagt, was sie von ihm hielt, aber sie hatte nicht den Mut dazu. Sie war nur ein Mädchen, kein Mann wie Paddy. Der Sand gab unter ihren Füßen nach, und sie fiel zu Boden, raffte die Röcke und stand wieder auf, suchte nach einem Anhaltspunkt und lauschte in die Dunkelheit. Das Meer lag rechts von ihr, sie hörte die Wellen auf die Felsen rollen, schmatzen und gluckern. Noch eine Steigung, und dann müsste sie den Hof der Grahams sehen können.

Livie atmete schneller, die Lungen brannten ihr, so strengte sie sich an, denn heute Abend, das spürte sie, ging es um Leben und Tod.

Endlich lief sie die Düne hinunter, vorbei am Stall der Grahams. Der Hütehund schlug an und wedelte mit dem Schwanz, als sie näher kam.

»Hey, Boyd, braver Hund!« Sie tätschelte den wachsamen Hund, der sie und Rory oft auf ihren Spaziergängen zum Strand begleitete. Doch heute hatte sie keine Zeit, sondern stürzte zur Haustür und betätigte den

Türklopfer. Sie konnte die Grahams lachen hören. Wie anders ging es in dieser Familie zu, dachte sie mit Bedauern.

Die Tür ging auf, und Kenna, Rorys ältere Schwester, stand vor ihr. »Livie! Was machst du denn noch draußen? Komm rein! Du musst ja ganz erfroren sein.«

Livie hätte gern eine Schwester gehabt. Sie hätte eine Verbündete gehabt, hätte mit der Schwester ein Bett teilen und sich abends Geschichten erzählen können.

»Kenna!« Sie griff nach dem Arm der jungen Frau. »Mein Vater prügelt Paddy zu Tode. Heute ist es furchtbar. Matty und Freddy sind nicht da, und er ist ganz verrückt. Bitte, könnt ihr mitkommen? Ich habe solche Angst!«

Kenna war von rundlicher Figur und hatte ein liebliches Gesicht mit lachenden Augen. Ihre Haare waren schon etwas kürzer geschnitten, und sie trug Hosen und einen Wollpullover. So stellte sich Livie moderne Frauen vor. Aber wenn sie Hosen tragen würde, ach, sie brauchte ja gar nicht daran zu denken …

»Ach, du Ärmste!« Kenna ging voraus in das Wohnzimmer, in dem die Familie vor dem Feuer saß.

Die Mutter und zwei weitere Mädchen strickten, und Paul und sein Vater saßen vor einem Schachbrett. Rory las, klappte sein Buch jedoch sofort zusammen, als er sie erblickte.

»Hört mal zu, Livie hat Angst. Donald dreht durch und schlägt Paddy zusammen«, sagte Kenna und sah ihre Familie an.

Rory stand sofort auf, ging zu Livie und nahm ihre Hand. »Ach, Livie, das ist ja nicht das erste Mal. Was sollen wir denn tun? Du weißt doch, wie er ist.«

Sie hielt seine Hand fest und sagte unter Tränen: »Ich weiß, ja, das weiß ich doch, aber heute Abend ist es anders. Paddy ist mit dem Kopf gegen die Mauer geschlagen, und das Geräusch war so schrecklich! Es war so furchtbar! Das ganze Blut!«

Rorys Vater Grant wechselte einen ernsten Blick mit seinem ältesten Sohn Paul: »Wir bringen dich zurück, Livie, und sehen nach, was los ist. Wenn Paddy Hilfe braucht, greifen wir ein, sonst nicht. Na los!«

Ruth presste die gefalteten Hände ans Kinn und sagte: »Sei vorsichtig, Grant, er ist zu allem fähig, wenn er außer Kontrolle ist.«

»Nicht nur dann, Ruth, nicht nur dann …«, murrte Grant Graham und klopfte Livie auf die Schulter. »Du kannst ja nichts dafür.«

Der Hütehund sprang draußen um sie herum, wurde jedoch von Grant zum Stall geschickt. Schweigend stapften sie durch die Dünen. Rory hielt eine Laterne, die im Wind quietschend hin und her schwang. Je näher sie ihrem Haus kamen, desto furchtsamer wurde Livie. Böse Ahnungen schnürten ihren Magen zusammen, und ihr war so schlecht, dass sie sich fast übergeben hätte. Endlich lag das kleine Crofterhaus vor ihnen. Der Wind pfiff um den Stall und das niedrige Gebäude.

Livie hielt Rory am Ärmel zurück.

»Was ist?«, fragte er leise.

»Es ist so still!«, flüsterte Livie, und auch Grant und Paul lauschten nun aufmerksam.

Aus dem Stall war das Schnaufen der Kühe zu hören, und eine Ziege trat gegen eine Wand, eingebettet in das Rauschen der See und den Wind, der am Dach und losen Brettern des Stalls rüttelte.

»Bevor wir hier einen Streit vom Zaun brechen, gehst du rein und siehst nach, Livie. Wir sind draußen und kommen sofort, wenn du rufst!« Grant nahm sie bei den Schultern und nickte ihr ermutigend zu.

Mit bebenden Händen schob Livie den Riegel auf und öffnete die Tür. Leise setzte sie einen Fuß vor den anderen und schob sich in den Bereich der Küche vor. Dort flackerte eine Kerze im Fenster, und dann hörte sie leises Wimmern, ging weiter und wäre fast über den am Boden liegenden Paddy gestolpert. Neben ihm hockte ihre Mutter und drückte ein Tuch gegen die Platzwunde, aus der noch immer Blut sickerte. Das Wimmern hörte auf, als ihre Mutter sie sah.

»Livie«, sagte sie tonlos.

»Wo ist Vater?«

Ihre Mutter sah zum Schlafzimmer und hielt weiter den Kopf ihres Sohnes.

Sofort lief Livie nach draußen und ließ die Grahams herein. Grant sagte: »Hallo, Selma. Mein Gott! Paddy!«

Grant Graham kniete sich neben Paddy auf den Boden und besah die Kopfwunde. »Das sieht übel aus. Rory, hol Dr. Jones, Livie, setz Wasser auf und bring mir, was ihr an Verbandszeug habt.«

Alle Farmer hatten Salben, Verbandszeug und Camphenol oder Ähnliches im Haus, um kleine Wunden bei Tier und Mensch selbst zu versorgen. Livie holte den Erste-Hilfe-Kasten, eine kleine Blechkiste, und stellte sie geöffnet auf den Boden.

»Mum, hat Vater noch mal zugeschlagen, nachdem ich gegangen bin?«

Selma sagte nichts, sondern wiegte den Körper leicht nach vorn, wobei ihr die Tränen über die Wangen liefen.

»Paddy!«, sagte Grant laut und tätschelte die Wange ihres Bruders, dessen Augenlider flatterten. »Gut, er reagiert. Ich bin kein Arzt, Livie, aber ich habe bei der Armee gelernt, was bei einer Erstversorgung wichtig ist. Habt ihr Alkohol? Wir müssen die Wunde säubern und dann sauber verbinden. Es kann dauern, bis der Arzt kommt.«

Livie konnte kaum hinsehen, als Grant das blutige Tuch gegen eine Kompresse austauschte, die er mit siebzigprozentigem Alkohol aus der Box getränkt hatte. Bei der Berührung der Kompresse zuckte Paddy zusammen und riss die Augen auf.

Paul hielt ihn fest. »Hey, Paddy, alles okay, wir wollen nur helfen. Dich hat es ziemlich erwischt.« Paul war kräftig und als guter Fußballspieler bekannt. Die Grahams hatten Preise für ihre Rinder gewonnen. Reich wurden sie davon nicht, doch sie hatten den einen oder anderen vorteilhaften Verkauf tätigen können. Die Grahams waren in der Gemeinde beliebt, anders als die McMillans, und Livie schämte sich für ihren Vater und die beiden älteren Brüder. Sie wusste, was die Leute redeten, und konnte nichts dagegenhalten, denn ihr Vater, Matty und Freddy galten als Schläger, vor denen viele Angst hatten.

Endlich kochte das Wasser. »Was soll ich damit machen?«, fragte Livie.

»Brüh Tee auf, Livie, starken Tee, den werden wir gleich brauchen«, sagte Grant, während er einen Verband um Paddys Kopf wickelte. »So, mehr kann ich nicht tun. Selma, lass ihn ruhig los. Wir legen ihm ein Kissen unter den Kopf.«

Grant, der bereits ergraut war, wechselte einen beunruhigten Blick mit Paul, was Livie nicht entging.

»Was ist denn? Stimmt etwas nicht?« Beinahe wäre ihr die Teedose aus der Hand gefallen.

Paddy sah sie aus großen Augen ebenfalls an. »Ja, was ist denn los?«

»Bleib liegen und beweg dich möglichst nicht, Paddy«, meinte Grant. »Der Doc ist sicher bald da und wird dann sehen, was zu tun ist.«

Draußen polterte es, und Livie dachte schon, dass der Arzt wohl ganz in der Nähe gewesen sein müsste, doch dann stolperte Matthew herein.

Die Mütze tief ins gerötete Gesicht gezogen, stierte er mit glasigen Augen in die Runde. »Bin ich hier richtig?«

Er griente breit, als er seinen Bruder am Boden liegen sah. »Den kenne ich. Aber …« Matty beugte sich vor, um besser sehen zu können, doch Paul war rasch aufgestanden und stellte sich schützend vor den verletzten Paddy.

»Es hat hier einen Unfall gegeben, Matty. Dein Bruder ist verletzt, und wir warten auf Doc Jones. Livie hat uns um Hilfe gebeten. Livie, mach uns doch einen Tee!«, schlug Paul vor.

Augenblicklich verfinsterte sich Matthews Miene. »Einen Unfall? Habt ihr ihn verprügelt, ihr, ihr …« Er suchte nach den passenden Worten und hielt sich am Tisch fest.

»Nein, Matty, es war keiner von ihnen, sondern Vater«, sagte Livie und goss den Tee auf.

Matthew stützte sich schwer mit seinen großen Händen auf und schien nachzudenken. Plötzlich richtete er sich auf und zeigte gebieterisch zur Tür. »Raus! Verschwindet aus unserem Haus! Ihr habt hier nichts zu suchen!«

»Nein, Matty, sieh doch, Paddy braucht Hilfe«, flehte Livie, doch Matthew baute sich drohend auf.

»Raus, sage ich! Was fällt euch ein, einfach in unser Haus zu kommen! Raus!«, brüllte er.

Grant nahm seinen Sohn am Arm. »Paul, wir gehen. Tut uns leid, Livie, aber der Doktor kommt ja bald. Mach's gut und gib auf dich acht.«

»Ich kann euch nicht genug danken!«, sagte Livie und ging mit den Grahams zur Tür.

Grant sagte leise: »Pass auf, dass Paddy sich nicht bewegt. Sein Schädel, Livie! Vielleicht ist er gebrochen.«

»Mein Gott, was muss denn noch geschehen, dass mein Vater erkennt, was er uns antut«, flüsterte Livie unter Tränen.

»Was tuschelst du da, Livie?«, rief Matthew.

»Wird schon gut gehen«, sagte Grant aufmunternd und ging davon.

Dr. Jones kam eine Stunde später auf seinem Pferd. Matthew war nach einer Tasse Tee etwas ruhiger geworden und half dem Arzt, Paddy aufs Sofa zu legen. Dort nähte Doc Jones die Platzwunde, nachdem er Paddy mit Äther leicht betäubt hatte.

Livie assistierte ihm, so gut sie konnte, und fragte: »Ist sein Schädel gebrochen?«

»Ich glaube nicht. Allerdings ist das schwer zu sagen. Aber die Augen sind nicht blau unterlaufen. Auf jeden Fall wird er eine Gehirnerschütterung haben und muss ruhen, bis er keinen Schwindel mehr verspürt. Das ist wichtig. Ich komme morgen Abend wieder vorbei und sehe mir die Wunde an.«

»Und wenn er auf die Toilette muss?«, wollte Livie wissen.

»Habt ihr keine Bettpfanne?«

Paddy war wieder halb bei Bewusstsein und krächzte: »Ich gehe auf die Toilette!«

»Dann begleite ihn, Livie, pass auf, dass er nicht stürzt. Gebt ihm kräftige Brühe, und dann sollte er das überstehen. Er ist jung und gesund. Nicht wahr, Paddy, das wird schon wieder!«

Matthew hatte ihnen verboten, dem Arzt den Grund für Paddys Verletzung zu verraten, und so verabschiedete Livie Doc Jones, einen erfahrenen Mediziner, der im Krieg in einem flandrischen Lazarett gedient hatte, ohne den wahren Grund für Paddys Verletzung zu nennen. Wahrscheinlich wusste der Arzt ohnehin Bescheid.

»Vielen Dank, Doktor. Ich werde mein Möglichstes tun, damit Paddy gesund wird, aber es liegt nicht allein in meiner Macht.«

Der Arzt sah sie an und schloss seine Tasche. »Unser Leben liegt allein in Gottes Hand.«

Livie lächelte schwach zum Abschied.

13

Februar 1934

Der Gesang erfüllte die Kirche und übertönte sogar den Sturm, der die Insel seit zwei Tagen von der Außenwelt abschnitt. Es gab keine Fährverbindung zu den anderen Inseln, und selbst die Fischer fuhren nicht hinaus. Die Leute saßen in ihren Sonntagskleidern und -anzügen auf den Holzbänken, die Gesangbücher in den Händen, und priesen die Güte des Herrn.

Livie saß neben Kenna Graham mit den Frauen auf einer Seite, die Männer auf der anderen. Am Sonntag war die Kirche von Heylipol meist bis auf den letzten Platz besetzt, zumindest war es über viele Generationen so gewesen. In der jüngsten Zeit jedoch brachen Traditionen auf, die neue Musik aus Amerika hatte auch den Weg nach Schottland und sogar bis auf die Hebriden gefunden. Pfarrer John Campbell verteufelte den Jazz zwar als Höllenmusik und wollte Frauen das Tragen von Hosen, Rauchen und den Kurzhaarschnitt untersagen, doch verhindern konnte er das Eindringen moderner Errungenschaften und Strömungen auf Dauer nicht.

Wie ein dunkler Mahner längst vergangener Zeiten stand er in seinem schwarzen Talar auf der Kanzel und gestikulierte wild, während er die Einwohner Tirees mit düsteren Drohungen von Erzengeln und dem Jüngsten Gericht einzuschüchtern suchte. Ihr Vater hielt große Stücke auf Pfarrer Campbell, der dafür bekannt war, den meisten Whisky auf Trauerfeiern, Hochzeiten oder Taufen zu trinken.

Die Güte des Herrn, dachte Livie, während sie automatisch die Strophen heruntersang, reichte leider nicht bis zu den McMillans. Immerhin war ihr Bruder Paddy wieder genesen. Die Stirnwunde war gut verheilt, doch die Narbe war hässlich und geschwollen. Ihr Bruder war nun gezeichnet. Wann immer Paddy in den Spiegel sah, wurde er an die Brutalität seines Vaters erinnert und daran, dass er nicht nach Oban hatte fahren können, um bei Melville die Eignungsprüfung zur Pilotenausbildung abzulegen.

Rory, Paul und Grant saßen vor den McMillans. Seit der schrecklichen Nacht hatten sie nicht miteinander gesprochen. Weder Donald noch Matthew hatten es für nötig gehalten, sich bei den Grahams für deren Hilfe zu bedanken. Laut Dr. Jones hatte Paddy großes Glück gehabt und das beherzte Eingreifen von Grant schwerwiegende Folgen seiner Verletzung verhindert.

»Wo ist deine Mutter, Livie?«, flüsterte Kenna neben ihr. Das Lied war zu Ende, und sie klappten die Gesangbücher zu.

»Sie hat gesagt, dass es ihr nicht so gut geht, aber sie wollte allein sein«, erwiderte Livie. Nachdem Paddy von seinem Vater beinahe totgeschlagen worden war, hatte

Selma, selbst noch angeschlagen, Tag und Nacht an der Seite ihres verletzten Sohnes gewacht und ihm die Hand gestreichelt. Dabei hatte sie leise Kinderlieder gesungen. Donald hatte sie mehrfach geschlagen und aus dem Zimmer getrieben, doch sie hatte sich wie ein Hund wieder hereingeschlichen, vor das Sofa gehockt und ihre Wange an Paddys Hand gelegt.

Irgendwann hatte Donald aufgegeben und die Verrückte, wie er sie nannte, ignoriert. Dafür war alle Hausarbeit erneut an Livie hängen geblieben. Sie hatte geputzt, gewaschen und gekocht, sich Kritik und Beschimpfungen der Männer anhören müssen und war abends zutiefst erschöpft ins Bett gefallen. Doch das war nun endlich vorbei. Paddy arbeitete wieder auf dem Hof, und ihre Mutter kümmerte sich weitestgehend um den Haushalt. Selma war nicht länger apathisch, und Livie hoffte, dass diese stabile Phase ihrer Mutter von Dauer sein würde.

»Ich bin froh, dass Paddy sich so gut erholt hat«, flüsterte Kenna.

»Und ich erst. Tut mir nur leid wegen der Pilotenausbildung. Er hatte sich das so gewünscht«, gab Livie leise zurück.

»Melville gibt ihm vielleicht eine zweite Chance. Kommst du zum Fest?«

Am Hafen von Scarinish gab es das *Gull's Inn*, eine Gaststätte direkt neben dem Krämerladen und dem Bestatter, der gleichzeitig eine Tischlerei betrieb. In jedem Jahr veranstaltete der Besitzer des Inn am letzten Freitag im Februar ein ausgelassenes Tanzfest, um den Winter zu vertreiben, wie er sagte. Alle Bewohner der Insel, die noch tanzen konnten und Freude an Musik und dem traditionellen Essen des Inn hatten, meldeten sich schon Monate vorher an, um einen Platz an einem der begehrten Tische zu ergattern.

»Ja! Ich freue mich schon.« Livies Wangen röteten sich, als sie daran dachte, dass Rory sie eingeladen hatte.

»Psst!«, zischte die korpulente Frau neben Kenna, eine Farmerin aus Balinoe.

Kenna stieß Livie an und lächelte.

Endlich war der Gottesdienst beendet, und die Glocke läutete, während die Gemeindemitglieder dem Ausgang zustrebten.

Kenna ging neben Livie und sagte: »Ich habe Rory das Tanzen beigebracht.«

Livie errötete. »Ach, Kenna, ich hoffe, ich blamiere mich nicht.«

»Wirst du nicht, dafür bist du zu hübsch und Rory zu verliebt.«

Kenna war nett, aber Livie vermisste Fiona, mit der sie kichern und albern konnte. Wenn Fiona von ihrem Leben in Edinburgh schrieb, fühlte Livie, wie einfach das Leben auf Tiree doch war und dass die Welt dort draußen noch so viel mehr zu bieten hatte. Sie liebte Rory, aber sie hatte Träume, die größer waren als Tiree. Zumindest reisen wollte sie irgendwann.

Sie näherten sich dem Pfarrer, der jedem zum Abschied die Hand schüttelte. Livie fand den großen Mann unheimlich. Noch nie hatte sie jemanden mit derartig buschigen Augenbrauen gesehen. Der habichtartige

Kopf beugte sich vor und beäugte sie, als seine Hand ihre fester als nötig hielt.

»Nun, Livie, bist du deinen Eltern auch eine gute Tochter? Ehrst du die Gebote des Herrn?«

Sie entzog ihm die Hand und nickte. »Ich schon«, murmelte sie und warf einen kurzen Seitenblick auf den Vater und die Brüder, die schon draußen standen und sich unterhielten.

Pfarrer Campbell schien noch etwas sagen zu wollen, doch die Leute drängten nach vorn, denn nach dem Kirchgang wurde ein etwas üppigerer Sonntagslunch aufgetischt. Während Livie die wettergegerbten Gesichter der Insulaner betrachtete, dachte sie, dass sie alle den langweiligen Gottesdienst wohl nur ertrugen, um sich anschließend guten Gewissens die Bäuche vollschlagen zu können. Das Leben auf der Insel war eintönig und hart und gutes Essen eine willkommene Abwechslung.

Kenna nahm ihre Hand und zog sie mit sich. Etwas abseits blieben sie stehen. Der Sturm machte es den anderen unmöglich, ihr Gespräch zu belauschen.

»Jetzt sag mal, Livie, wie geht es deiner Mutter? Meine Eltern machen sich wirklich Sorgen um euch beide.«

»Müsst ihr nicht, wir sind es gewohnt, Kenna. Bei uns hält er sich noch zurück, bei den Jungs ist das was anderes. Und ich glaube nicht, dass er Paddy so übel verletzen wollte, es hat ihm schon leidgetan, auch wenn er das nicht zugibt.« Warum sie ihren Vater in Schutz nahm, war ihr selbst ein Rätsel, aber letztlich war es ihre Familie.

Forschend sah Kenna sie an. Sie trug einen hübschen bunten Schal, und ihre Wachstuchjacke war in gutem Zustand, während Livies Regenmantel seine besten Zeiten längst hinter sich hatte. Wenn sie nur erst selbst Geld verdienen durfte, würde sie sparen und sich ein Kleid und einen neuen Mantel kaufen. Für das Fest in diesem Jahr musste es ihr altes Kleid tun. Mit etwas blauem Stoff hier und da konnte sie es verändern, so dass nicht jeder sofort sah, dass es ein gebrauchtes Kleid war.

»Wenn du meinst, Livie, aber mein Vater hat gesagt …«

Livie konnte sehen, dass sie von Matty beobachtet wurde, und wiegelte ab. »Nein, Kenna, danke, aber wir schaffen das schon. Es war lieb von euch, dass ihr mir mit Paddy geholfen habt, jetzt ist ja wieder alles in Ordnung.«

Nichts war in Ordnung, das wussten sie beide, doch Kenna drang nicht weiter in sie, sondern nickte. »Dann sehen wir uns auf dem Fest in Scarinish. Das wird toll!«

»Ja, das wird es bestimmt. Bis Freitag, Kenna!« Livie ging über den Rasen zu den Männern ihrer Familie. Insgeheim bewunderte sie Paddy, der mit stoischem Gleichmut seinen Aufgaben im Haus nachging, ohne seinen Vater mit Vorwürfen zu konfrontieren. Sie wusste, dass Paddy seinen Weg machen würde. Irgendwann. Er wartete nur den richtigen Zeitpunkt ab.

»Hey, Paddy!« Rodry, ein Fischer aus Caolas, schlug ihrem Bruder kameradschaftlich auf die Schulter. »Was ist dir denn passiert?«

Die rote Narbe auf der Stirn war nicht zu übersehen.

»Ich bin gestürzt und auf einen Stein gefallen, dumme Sache«, tat Paddy die Frage ab, und Livie beobachtete dabei ihren Vater.

Donald McMillan trug wie immer Wollmütze, den dunklen Tweedmantel über einem ausgefransten Anzug und Lederstiefel, die so oft gefettet worden waren, dass sie wohl wasserdichter als Gummistiefel waren. Seine Haltung entspannte sich, als er die Antwort seines Sohnes hörte.

»Eh, Donald, bringst du morgen deine Kuh vorbei?«, rief ein kleinerer Mann mit mächtigem dunklem Schnauzer. Mit den Händen in den Taschen stapfte er über den Rasen auf die McMillans zu.

Livie kannte Alasdair MacFadyen, seit sie laufen konnte, denn sie war immer gern mit auf den Viehmarkt in Crossapol gegangen, der auf dem Croft von MacFadyen stattfand.

Ihr Vater nickte grimmig. »Was ich versprochen habe, halte ich auch, Alasdair. Morgen bekommst du die Kuh!«

Alasdair sah Livie an. »Ich bin kein Unmensch, das nicht, aber ich muss auch leben. Komm doch mit, Livie, meine Frau freut sich immer, dich zu sehen, und wenn ihr zum Lunch kommt, gibt es Würzhühnchen und Früchtekuchen.«

»Sie ist kein Kind mehr. Matty oder Paddy bringen die Kuh vorbei. Einen schönen Tag noch, Alasdair«, erwiderte Donald abweisend.

»Danke«, sagte Livie leise mit einem entschuldigenden Blick.

»Dann ein anderes Mal, Livie, mach's gut!«, meinte Alasdair, tippte sich an die Tweedmütze und schlenderte davon.

Sie mochte den Mann mit dem großen Bauch, der davon zeugte, dass er gern aß, und seine Frau war für ihre gute Küche bekannt. Würzhühnchen, dachte Livie, während sie neben Paddy ging, sich gegen den Sturm stemmend. Als sie verfroren zu Hause ankamen, war ihr Mund wässrig von dem Gedanken an duftendes Hühnchen und saftigen Früchtekuchen. Die Männer duckten sich unter der Tür hindurch und streiften die nassen Stiefel ab. Es roch nach Kohl und Speck, und Selma stand am Herd.

»Livie, hilf mir bitte mit den Kartoffeln«, bat ihre Mutter, und Livie band sich ihre Schürze um und ging ihrer Mutter zur Hand.

Ihr Vater und die älteren Brüder setzten sich an den gedeckten Tisch und gossen sich Bier ein, während Paddy sich um das Feuer kümmerte.

Als Livie dicht neben ihrer Mutter stand, flüsterte ihr diese zu: »Schau nachher in dein Bett. Ich habe dir was fürs Fest gemacht.«

Überrascht sah sie ihre Mutter an, deren Miene so gleichgültig wie immer wirkte. Livie streichelte ihren Arm. »Danke, Mum«, flüsterte sie und konnte es kaum abwarten, bis das Essen endlich vorüber war.

Später konnte sie ihr Glück kaum fassen, denn ihre Mutter hatte eins von ihren eigenen alten Kleidern abgeändert. Sie hatte den Ausschnitt mit einer grünen Seidenborte eingefasst, die Taille gerafft und einen

Gürtel dazugelegt. Es war lange her, dass Livie sich so über etwas gefreut hatte, und sie drückte ihre Mutter heimlich für die gelungene Überraschung.

Am nächsten Morgen ging sie in aller Frühe zum Strand, um Seeschnecken und Muscheln zu sammeln, so musste sie nicht dabei sein, wenn ihre Lieblingskuh weggeführt wurde. Ihr Vater schuldete Alasdair Geld für Gerste und einen Pflug, und es war durchaus üblich, dass man mit dem bezahlte, was man hatte. Selbst wenn der verhasste Zahltag auf Tiree stattfand, zahlten viele Crofter ihre Pacht an den Zahlmeister des Duke of Argyll mit ihren Rindern, Schafen oder Ziegen.

Der Sturm hatte sich gelegt, und die Sonne ging über dem Meer auf, auf dem noch immer weiße Schaumkronen tanzten. Es roch nach Seetang, und Livie schmeckte die salzige Meeresluft. Sie liebte die Insel, auch wenn sie gern etwas mehr von der Welt sehen würde. Aber sie war jung, und irgendwann, dachte sie und kletterte über die nassen Felsen, würde sie ein Schiff zum Festland nehmen und nach Glasgow oder Edinburgh fahren. Vielleicht konnte sie sogar weiter bis nach England, nach London. Sie stopfte die langen Haare unter ihren Schal, damit sie ihr nicht nach vorn fielen, wenn sie sich bückte, um die Muscheln mit einem Messer von den Felsen zu kratzen.

Muscheln konnte man nur bei Niedrigwasser sammeln. Dann lagen die Felsen frei, an denen sich die dunklen Weichtiere festklammerten. Es war erstaunlich, wie viel Kraft die Muscheln hatten, fand Livie, während sie sich abmühte, das Messer zwischen die Fäden der Muscheln und den Felsen zu bringen. Man konnte sich verletzen, wenn man abrutschte. Das war ihr schon einige Male passiert, und gerade heute wollte sie sich nicht schneiden und dann womöglich am Freitag mit einem Verband auf dem Fest erscheinen.

Ein Fischerboot fuhr hinaus. Sie konnte nicht erkennen, wer das war, womöglich Fischer von Coll, der Nachbarinsel. Während sie in die Ferne blinzelte, suchte sie an den glitschigen Felsen nach Halt. Der Seetang überzog große Teile des Gesteins, und ihre Schuhe glitten immer wieder von den rutschigen Kanten.

»Verdammt!«, fluchte Livie, wollte das Messer einstecken, um sich besser festhalten zu können, trat auf den langen Stoffbeutel, in dem sie die Muscheln sammelte, und rutschte ab.

Sie fiel rücklings auf die scharfkantigen Felsen, hatte Glück, dass ihr Kopf nicht verletzt wurde, und blieb in einer Spalte liegen. Ein brennender Schmerz schoss durch ihren linken Knöchel.

»Verflucht, das kann doch nicht wahr sein!«, stöhnte Livie. Sie lag auf dem Rücken zwischen den Felsen, der Fuß so verdreht und eingeklemmt, dass sie kaum in der Lage war, sich zu bewegen.

Das Wasser lief bereits wieder auf und drang in die Spalten zwischen den Felsen. Langsam machte sich Panik in ihr breit. Der niedrigste Wasserstand war vorbei, und in den nächsten sechs Stunden stieg das Wasser wieder an und würde die Felsen, die jetzt freilagen, verschlingen.

»Hilfe!«, schrie Livie und versuchte, sich an den glitschigen Felsen festzuhalten, um sich aus ihrer misslichen Lage zu befreien.

Sonst waren doch auch Leute zum Muschelsammeln unterwegs, warum bloß war heute niemand in der Nähe?

»Hallo! Hört mich niemand? Ich bin hier unten!«, schrie sie.

Das goldene Licht der Morgensonne tanzte auf den bizarren Felsen bei Port Barrapol, doch heute hatte Livie nichts übrig für die Schönheit der Natur. Das Wasser erreichte bereits ihren Rücken, als es ihr endlich gelang, den Fuß aus dem Felsspalt zu ziehen. Der Schmerz war unerträglich, und sie befürchtete, dass der Knöchel gebrochen war. Sie hievte sich auf die Felsen und richtete sich auf. Ihr Herz tat einen Satz, als sie in der Ferne eine einsame Gestalt entdeckte, die ebenfalls Muscheln zu sammeln schien.

»Hey! Hallo! Hilfe!«, schrie sie, und endlich drehte sich die Frau um. Es dauerte viel zu lange, bis sie endlich gehört wurde, und erst dann erkannte Livie in ihr Elsie Walsh, die Frau eines Fischers. Laut rief sie: »Was ist los?«

»Ich habe mir wohl den Fuß gebrochen! Kannst du mir helfen? Ich schaff's nicht allein da rauf.« Livie sah zum Ufer hinauf, das hier höher lag als der Strand in der Bucht.

»Ich komme!«

Als Elsie sie erreichte, war Livie nass und durchgefroren, Tränen standen ihr in den Augen.

»Ach, herrje, du armes Ding«, meinte Elsie, als sie den zerrissenen Strumpf und den geschwollenen Knöchel sah. »Na, komm, gemeinsam wird's schon gehen.«

Elsie lebte mit ihrem Mann in einem winzigen Cottage nördlich von Sandaig. Sie war eine Einzelgängerin, die nicht zur Kirche ging und zwei Kinder kurz nach der Geburt verloren hatte.

»Danke, Elsie«, brachte Livie zwischen zusammengebissenen Zähnen hervor und konnte die Tränen nicht länger zurückhalten. Wie sollte sie am Freitag zum Fest gehen?

14

Elsie war nicht viel größer als Livie, und es kostete sie viel Kraft, dem Mädchen über die Felsen zu helfen. Immer wieder blieb sie stehen, um durchzuatmen, denn ihren gut gefüllten Sack mit Muscheln und Seeschnecken trug sie auf dem Rücken. Livie hatte ihren Sack auf einen Felsen gelegt. Und wenn ihr Vater noch so wütend sein würde, sie konnte einfach nicht mehr.

»Ich hoffe, dass Leith einen Fang mit nach Hause bringt. Ich sage ja nicht mal, dass er viel fangen soll. Letztes Mal waren seine Netze leer!«, erzählte Elsie, nahm erneut Livies Arm, fasste das Mädchen um die Hüfte und ging weiter.

»Leer? Kein einziger Fisch?«, fragte Livie erstaunt. Das war sehr ungewöhnlich, denn die Fischgründe um Tiree waren reichhaltig. Hering, Dorsch, Wittling und Pollack fanden sich seit jeher in den Netzen der Fischer.

»Die großen Schiffe fangen uns alles weg, und keinen schert es. Verdammt sollen sie sein! Aber Leith und die anderen haben schon eine Beschwerde beim Duke eingereicht. Der soll sich drum kümmern, sind ja schließlich seine Leute!«, schimpfte Elsie.

Schwer atmend kamen sie endlich am Strand an. Die Flut war inzwischen so hoch gestiegen, dass sie knietief durchs Wasser gewatet waren. Der direkte Weg über die Felsen ans Ufer wäre zu beschwerlich gewesen, so dass Elsie die Verletzte parallel zum Ufer zum beginnenden Strand mitgeschleppt hatte.

»Puh!« Elsie wischte sich die Stirn, half Livie, sich auf einen Felsen zu setzen, und schaute über den Strand zu den Weiden, wo die Rinder friedlich in der Morgensonne grasten. Nach einem Sturm war die Luft besonders, rein und weich. Möwen kreisten über ihnen und verkündeten den anbrechenden Tag mit ihren heiseren Schreien.

Die Frau des Fischers trug Hosen, hohe Gummistiefel und einen Wachstuchmantel über einem dicken Rollkragenpullover, dessen Kragen ihr bis unters Kinn reichte.

»Wir brauchen Hilfe. Da drüben in den Dünen liegt doch der Hof der Grahams. Haben die Pferd und Wagen?«

Livie biss sich auf die Lippen. Sie wollte die Grahams nicht schon wieder um Hilfe bitten. »Von hier schaffe ich das allein, Elsie. Vielen Dank!«

Die Ältere sah sie skeptisch an, nahm den Rucksack von den Schultern und reckte sich. »Das glaube ich kaum. Versuch doch mal aufzutreten.«

Livie rutschte von dem Felsen und sackte in den nassen Sand, strauchelte und musste mit beiden Füßen auftreten, um nicht zu fallen. Der Schmerz war so heftig, dass sie aufschrie und froh war, als Elsie sie auffing.

»Hab ich mir doch gedacht. Du bleibst hier sitzen. Bin gleich wieder da. Oh, hier!« Die Fischersfrau zog eine kleine Blechdose mit Mintpastillen hervor.

Dankbar wollte Livie eine herausholen, doch Elsie drückte ihr die Dose in die Hand. »Behalt sie, bisschen Zucker ist drin, das tut dir gut.«

Wie lange sie Pfefferminzpastillen lutschend am Strand gewartet hatte, hätte sie später nicht zu sagen vermocht. Wahrscheinlich nicht länger als eine Stunde, doch die Kälte breitete sich von ihren nassen Strümpfen und Schuhen im ganzen Körper aus, der Knöchel fühlte sich an, als würde er explodieren, und ihre Wut über die eigene Ungeschicklichkeit machte alles nur noch schlimmer.

Elsie kam mit Rory auf dem kleinen Fuhrwerk der Grahams zurück, und Livie war erleichtert, dass es nicht sein Vater war, vor dem sie sich geschämt hätte.

Rory befestigte die Zügel und sprang vom Fuhrwerk herunter. »Livie! Du meine Güte, was ist denn passiert? Du siehst ja furchtbar aus!«

Er nahm sie in den Arm und drückte sie an sich. »Das kriegen wir wieder hin. Nicht weinen, Livie!«

Elsie nahm ihren Rucksack. »Soll ich auch noch beim Aufsteigen helfen? Ich würde sonst weiter.«

»Wir schaffen das schon«, versicherte Rory.

Livie schniefte. Ihre Hände waren eiskalt, und die Nase lief ihr. »Vielen Dank, Elsie, was hätte ich nur ohne dich gemacht?«

»Ist doch selbstverständlich.« Die Fischersfrau winkte und ging davon.

Das Pferd schnaubte und scharrte mit den Hufen im Sand. Rory tätschelte das robuste Tier und half Livie auf den Wagen. Mühelos zog das Pferd sie über den

Strand und durch den Dünenweg bis zum Hof der Grahams, wo sie von Ruth und Kenna erwartet wurden. Besorgt nahmen sie Livie in die Mitte, um sie im Cottage auf eine Bank zu setzen, auf der sie das Bein hochlegen konnte.

Ruth Graham schickte ihren Sohn hinaus und zog sich einen Stuhl heran.

»So, nun wollen wir mal sehen, was du mit deinem Knöchel gemacht hast. Kenna, hilf mir bitte mit dem Stiefel.«

Vorsichtig zogen sie Livie den Stiefel und den Strumpf aus.

»Oh je!«, entfuhr es Kenna.

Livie starrte entgeistert auf den geschwollenen Knöchel, der sich blau verfärbte. »Verdammter Mist!«, fluchte sie.

»Das sieht nach einem Bruch aus. Wir können das mit kalten Lappen etwas kühlen, und ich kann dir eine Bandage drummachen, aber dann musst du zum Arzt«, sagte Ruth und schenkte ihr einen mitfühlenden Blick. »Armes Mädchen, bist du auf den Felsen ausgerutscht?«

Livie nickte, und ihre Lippen zitterten. »Wie soll ich das nur meinem Vater sagen? Ich muss doch im Haus helfen. Mutter schafft das nicht allein.«

Kenna kam mit einer Tasse Tee und einem Sandwich zu ihr. »Iss erst mal etwas. Du bist doch bestimmt schon ganz früh raus zum Muschelsammeln, oder?«

Hungrig biss Livie in das Sandwich. Butter und Käse schmeckten himmlisch!

»Danke, Kenna, und jetzt sei so gut und hol einen nassen Lappen, den wir Livie auflegen können, ich schau mal, wo wir Bandagen haben. Wir werden den Doktor holen, und bis er hier ist, bleibst du hier, Livie. Sollen wir deine Leute benachrichtigen?«

Livie sah unglücklich auf. »Dann muss ich gleich wieder fort, und den Doktor will mein Vater sicher nicht bemühen.«

Ruth Graham nickte. »Schon gut. Ich kümmere mich darum.«

Der Wohnraum und die Küche waren behaglich warm, und es duftete nach frisch gebackenem Brot. Auf dem Boden lag ein bunter Teppich, und auf der Fensterbank saß eine Katze. Livie fühlte sich willkommen und sicher, und sie war bei Freunden, nicht in ihrem eigenen Haus. Beschämt wischte sie sich die Krümel vom Mund und trank den heißen Tee, der sie mit wohltuender Wärme erfüllte. So durfte sie nicht denken. Ihre Mutter war krank und tat, was sie vermochte.

Kenna legte ihr vorsichtig den Lappen auf den verfärbten und geschwollenen Knöchel. »Du hast aber wirklich Pech gehabt. Und ausgerechnet jetzt, da kannst du gar nicht mit zum Fest. Der arme Rory …« Sie zwinkerte Livie zu.

»Wie konnte ich nur so dumm sein! Aber die Felsen waren so glitschig von dem Seegras, ach, was soll's, ich habe nicht aufgepasst, und dann war's passiert. Und die Muscheln liegen auch noch alle draußen«, seufzte Livie.

»Na, das ist ja nun egal. Möchtest du ein Stück Kuchen? Ich habe gestern Bannocks gebacken.«

Der traditionelle Hefeteig wurde mit Rosinen vermengt und schmeckte zu jeder Tages- oder Nachtzeit. Livie musste nicht hungern, doch oft hatte sie einfach keinen Appetit und aß nur, weil es sein musste und der Körper danach verlangte. Hier jedoch war Essen eine gesellige Angelegenheit, die Freude bereitete.

»Gern. Danke, Kenna.«

Auf einem Tisch lagen Zeitungen, und Livie blätterte durch die »Oban Times«. Die Tageszeitung wurde im Westen Schottlands gelesen und deckte auch die Hebriden ab. Über Politik wurde kaum bei den McMillans gesprochen, und falls doch, hielt Livie sich heraus und fragte nicht nach, wenn sie die Zusammenhänge nicht verstand. Mit Fiona war das anders gewesen. Ihre Freundin war neugierig und belesen und hatte ihr Bücher geschenkt. Sie vermisste Fiona schmerzlich und nahm sich vor, ihr endlich zu schreiben.

Kenna hatte sich zu ihr gesetzt und ebenfalls eine Zeitung aufgeschlagen. »Nein, so etwas! Hast du das schon gelesen? Zehntausend Menschen sind bei einer Rallye der British Union of Fascists zusammengekommen. Organisiert wurde die Rallye von Oswald Mosley! Mum?«

Ruth Graham faltete Wäsche. »Ja?«

»Was will dieser Mosley denn eigentlich? Hier steht, dass er in Italien war und Mussolini besucht hat und dass er dort die Idee für seine Schwarzhemden hatte«, fasste Kenna den Artikel zusammen.

»Paddy sagt, Mosley ist einer, der seine Fahne nach dem Wind hängt. Der wird sich nicht durchsetzen«, meinte Livie.

»Das können wir nur hoffen!«, sagte Ruth Graham und legte energisch ein Laken in ihren Wäschekorb. »Was ist das überhaupt für ein Politiker, der erst bei den Konservativen ist, dann zur Labour Partei wechselt, und als er dort auch nicht landen kann, eine eigene faschistische Partei gründet? Diese Leute sind das Allerletzte, prügeln Unschuldige, stiften überall Unfrieden und machen nichts besser als die anderen. Aber das Schlimmste ist meiner Meinung nach, dass er den deutschen Nationalsozialisten hinterherläuft. Eine Schande ist das!«

»Hier steht, dass unsere Air Force mit Aufrüstung auf die deutschen Aktivitäten reagiert«, las Livie. »Es darf doch nicht schon wieder einen Krieg geben!«

Kenna seufzte. »So dumm können die da oben nicht sein! Man hat doch gesehen, wie furchtbar der letzte Krieg war und dass er nichts außer Leid und Not gebracht hat.«

Livie dachte an ihren Vater, der an der Front gewesen war und den der Krieg nachhaltig verändert hatte. Jedenfalls sagte das ihre Mutter.

Bald darauf brachte Ruth Dr. Jones mit herein.

»Hier haben wir die Patientin. Ich habe den Knöchel nur notdürftig versorgt, fürchte aber, dass er gebrochen ist«, sagte Ruth, und der Doktor lächelte Livie an.

»Na, junge Dame, wie hast du denn das bloß angestellt? Lass mich mal sehen.« Der Arzt nahm die Bandage von Livies Knöchel und tastete ihn vorsichtig ab.

Als er versuchte, den Knöchel zu bewegen, schrie sie leise auf. »Entschuldigung, aber es tut so weh«, murmelte sie kleinlaut.

»Das soll es wohl. Du hast dir einen Bruch zugezogen, Livie.« Der Mediziner hob seine schwere Tasche auf den Schoß und überlegte. »Ich denke, dass du Glück im Unglück hattest und der Knochen so wieder heilen wird. Ein Kompressionsverband und sechs Wochen absolute Ruhe. Besser wäre noch ein Gips!« Er sah sie durch seine runde Brille eindringlich an. Graues Haar hing ihm zerzaust um den Kopf. »Dazu müsstest du in meine Praxis gebracht werden. Das ist etwas aufwendiger, und der Gips muss zwei Tage durchtrocknen, und du darfst nicht gehen! Keine Belastung für sechs Wochen!«

»Sechs Wochen?« Ungläubig starrte Livie auf den Knöchel, der immer unförmiger wurde. »Das geht nicht, Doktor! Ich werde zu Hause gebraucht!«

Der Arzt, der einen dunkelbraunen Tweedanzug und Schnürstiefel trug, nickte. »Sicher, Livie. Ich weiß doch, wie krank deine Mutter war und dass sie deine Hilfe benötigt. Aber wenn du deinem Knöchel nicht die Zeit zum Heilen gibst, kannst du ihn später nicht mehr richtig bewegen, und dann wirst du humpeln. Willst du das?«

Mit Tränen in den Augen antwortete Livie: »Natürlich nicht, Doktor! Aber Sie kennen meinen Vater, wenn ich da herumsitze und das Bein hochlege, wird er wütend und …« Verzweifelt schüttelte sie den Kopf und schlug die Hände vors Gesicht.

Rory war von draußen hereingekommen und hatte den Wortwechsel verfolgt. Sein Gesicht war von Wind und Kälte gerötet, und er rieb sich die Hände. »Ich fahr dich in die Praxis. Du musst den Gips bekommen,

Livie! Und dann kannst du sowieso nicht viel machen. Das wird selbst dein Vater einsehen.«

Dr. Jones hob einen Zeigefinger. »Wir brauchen das Einverständnis von Livies Eltern. So ist das Gesetz.«

»Verlieren wir also keine Zeit. Der Wagen ist angespannt«, meinte Rory.

Kurz darauf saß Livie erneut neben Rory auf der Bank des Fuhrwerks. Sie lehnte sich an ihn und hielt seinen Arm umklammert. »Deine Familie ist großartig, Rory. Alle sind so verständnisvoll, und keiner wird gleich wütend.«

»Ach, wir streiten uns auch. Besonders Kenna und ich, aber im Grunde wissen wir, was wir aneinander haben. Ich mag Paddy – und, weißt du, Kenna auch, aber verrate ihr nicht, dass ich dir das gesagt habe.« Er lachte und ließ die Zügel locker, damit das Pferd allein den Weg durch den lockeren Dünensand finden konnte.

»Nein, das wusste ich ja gar nicht! Und Paddy? Haben sie miteinander gesprochen, sich geküsst?« Gebannt sah sie ihren Freund an, der breit grinste.

Der Wind wirbelte sein blondes Haar unter der Mütze auf. »Nein, nein, sie hat es nur mir gesagt, weil ich sie kenne. Wäre doch toll, wenn Paddy seine Pilotenausbildung absolviert. Kenna würde überall hinziehen. Sie ist reiselustig und will was sehen.«

»Ich auch, Rory!« Livie drückte ihn kurz zur Bestätigung.

»Das weiß ich doch, und deshalb müssen wir dich wieder gesund bekommen. Lass dich nicht bereden. Deine Gesundheit geht vor!«

Wann immer sie mit Rory zusammen war, wollte sie die Zeit anhalten. Mit ihm war alles leicht und das Leben verheißungsvoll, nicht grau, traurig und voller Angst.

Der Wagen wurde langsamer, schien stecken zu bleiben, doch dann ging es mit einem Ruck weiter. Der Doktor ritt voraus und erwartete sie vor dem Croft der McMillans.

»Ich wünschte, ich könnte bei euch bleiben, Rory«, murmelte Livie, als sie das Cottage der McMillans sah. Die weißen Mauern unter dem schwarzen Filzdach schienen ihr abweisend, und als sie drinnen die Stimme des Vaters hörte, kroch ihr eine Gänsehaut den Rücken hinauf. In der Werkstatt wurde gehämmert.

»Keine Angst, ich bin ja noch da. Der Doktor spricht mit …«, weiter kam Rory nicht, denn der Arzt hatte geklopft, und die große Gestalt von Donald McMillan erschien in der Tür.

Grimmig starrte er auf die unerwünschten Besucher.

»Was machen Sie denn schon wieder hier, Doc?«, begrüßte er den Mediziner, der Kummer gewohnt war und es sportlich nahm.

»Ihre Tochter hat sich den Knöchel gebrochen. Die Grahams haben sie versorgt und hergebracht, und nun braucht sie einen Gips, damit der Fuß heilen kann«, erklärte der Inselarzt in aller Kürze die Situation.

»Livie? Wir haben uns schon Sorgen gemacht!«, rief Selma von hinten und drängte sich ebenfalls nach draußen, wurde jedoch von ihrem Mann zurückgehalten.

»Geh wieder rein!«, herrschte er sie an.

Rory war abgestiegen und stand neben dem Fuhrwerk. »Wir sollten besser gleich zur Praxis fahren. Es wird kalt für Livie hier draußen.«

Er hatte ihr zwar eine Decke über die Beine gelegt, doch langsam begann sie am ganzen Körper zu zittern.

Das Hämmern hatte aufgehört, und Paddy kam aus der Werkstatt zu ihnen. »Ich dachte doch, dass ich etwas gehört hätte. Hallo, Rory, Doktor!«

»Oh, Paddy, mir ist so was Blödes passiert«, sagte Livie, als ihr Bruder zu ihr trat. »Ich habe mir beim Muschelsammeln den Knöchel gebrochen.«

»Ach, du armes Mädchen! Das muss schmerzhaft sein!« Paddy verzog mitfühlend das Gesicht. »Und ihr habt meine kleine Schwester gefunden? Danke, Rory!«

Erleichtert nickte Rory, dem finsteren Blick von Donald ausweichend. »Sie war durchnässt und hungrig. Meine Mutter hat sich um sie gekümmert, nachdem Elsie Walsh sie zu uns gebracht hat.«

»Walsh?«, raunzte Donald. »Die sollen mir ja vom Hof bleiben, nichtsnutziges Volk.«

»Hören Sie, Mr McMillan, ich muss mich noch um andere Patienten kümmern, aber ich würde Livie mit in die Praxis nehmen und ihr dort den Gips anlegen. Das dauert etwas, deshalb wäre es gut, wenn wir gleich weiterfahren könnten«, sagte Dr. Jones.

»Ist das unbedingt notwendig?«, wollte Donald wissen. »Heilt der Knöchel nicht ohne den Gips?«

»Nun, sicher nicht so schnell, und es ist wesentlich schwieriger, den Fuß ruhigzustellen, denn dafür …«

Doch der Arzt wurde rüde unterbrochen. »Wenn es nicht lebensnotwendig ist, braucht sie keinen Gips. Ein Verband wird es tun. Dann kann sie sich besser im Haus bewegen. Schließlich muss sie ihrer Mutter helfen«, meinte McMillan.

»Aber das ist ja gerade der springende Punkt. Wenn sie das Bein nicht absolut ruhig hält, für mindestens sechs Wochen, dann kann es schief zusammenwachsen und Komplikationen können entstehen!«, gab der Arzt verärgert zu bedenken.

»Ich bezahle keinen Gips. Bring sie rein, Paddy!« Donald starrte den Arzt abweisend an.

Rory, der die ganze Zeit geschwiegen hatte, sagte: »Wenn es nur das Geld ist, zahle ich für den Gips. Livie könnte einen steifen oder schiefen Knöchel bekommen! Das können Sie doch nicht wollen, Mr McMillan?«

»Was willst du, Bürschchen? Du mischst dich hier nicht in meine Familienangelegenheiten ein!«, rief Donald. Seine Wangen röteten sich, und die Stimme wurde bedrohlich laut.

Paddy reichte seiner Schwester die Hand. »Na komm, Livie. Wir kriegen das schon hin.«

Tapfer nickte Livie. »Danke, Rory, und grüß deine Mutter und Kenna, sie waren so lieb zu mir. Und auch Ihnen vielen Dank, Dr. Jones!«

Mit gerunzelter Stirn sah der Arzt von ihrem Vater zu ihr. »Das ist nicht richtig, Livie, aber ich kann nichts weiter tun, wenn dein Vater es nicht will. Also, nicht auftreten, auf keinen Fall! Paddy, vielleicht kannst du ihr eine Krücke bauen? Damit sie sich im Haus bewegen kann, was sie eigentlich nicht soll.« Der Arzt drückte Livie eine Pillendose in die Hand. »Gegen die Schmerzen. Und wenn die Schwellung nicht besser wird oder sonst eine Veränderung auftritt, die dir Sorge macht, schick Paddy zu mir. Übermorgen bin ich wieder hier und sehe nach dir.«

Er nahm sein Pferd, saß auf und ritt ohne ein Wort an Donald davon.

15

Das Fährschiff stampfte und schnaufte durch die Wellen. Der Geruch von Diesel hing über dem Deck, auf dem sich nur wenige Passagiere aufhielten. Die meisten hatten sich nach drinnen verzogen, denn es war frisch, und ab und an brachte der Wind einen Schauer vom Atlantik mit. Kirsty machte das nichts aus. Sie war lieber draußen – und Otis ohnehin. Der Hund wich ihr seit jenem Unglückstag nicht von der Seite. Es schien, als hätte er sie und das Rosencottage als sein neues Heim akzeptiert.

Die Überfahrt von Tiree nach Mull war umständlich und dauerte sieben Stunden, denn es gab keine direkte Verbindung. Die *Caledonian MacBray* steuerte erst Coll und dann Oban an. Dort musste man umsteigen auf die Fähre nach Mull. In einem Tag war so ein Ausflug gar nicht zu schaffen, weshalb sie ein Zimmer in Tobermory gebucht hatten.

Finlay Stewart hatte tatsächlich Wort gehalten und begleitete sie. Gerade kam er mit zwei Kaffeebechern über das Deck auf sie zu. »Ich weiß nicht, wie der Kaffee schmeckt, aber heiß ist er.« Er reichte ihr einen Becher.

»Danke! Heiß ist entscheidend.« Sie grinste und probierte den Kaffee, in den er nach Anweisung Milch und Zucker gegeben hatte. »Perfekt!«

»Sie sind seefest, haben diesen Hund adoptiert und ziehen einfach mal von der Stadt auf eine Insel. Das nenne ich Courage«, meinte er anerkennend und stellte sich neben sie an die Reling.

Er hat sich verändert, dachte Kirsty. Der abweisende Mann, der sich in seinem Schmerz eingeigelt und andere mit seinem beißenden Zynismus vor den Kopf gestoßen hatte, war ein klein wenig offener und zugänglicher geworden. Der Zwischenfall mit dem Tod des alten Herrn und die Aufnahme von Otis hatten daran offensichtlich einen großen Anteil, und vielleicht begann er auch, ihr zu vertrauen. Nun, sie wollte das nicht überbewerten, doch sie freute sich über diese Wandlung.

»Ich weiß nicht, ob alle meine Entscheidungen immer richtig sind. Auf jeden Fall bereue ich nicht, dass ich beschlossen habe, mein Leben zu verändern. Ich glaube, meine Großmutter hat gewusst, dass ich hierherkommen muss. In Edinburgh war ich nicht unglücklich, aber auch nicht wirklich glücklich, was gewiss nicht an der Stadt liegt, die ist wundervoll! Edinburgh ist eine der schönsten Städte überhaupt, finden Sie nicht?«

Er hatte sich die Kapuze seines Sweaters über den Kopf gezogen und betrachtete die Wellen, die sich im Fahrwasser der Fähre bildeten und den Schaum hinaufschleuderten. »Hm, ja, ist eine nette Stadt. London hat kulturell mehr zu bieten. Die Theaterszene dort ist einfach unübertroffen. Aber ansonsten mag ich das Land lieber als Städte.« Er machte eine Pause. »Mochte …«

»Sie haben auf dem Land gelebt?«, wagte sie zu fragen.

Die Reling war weiß gestrichen, viele Schichten waren über die Jahre aufgetragen worden, und hinter ihnen befand sich eine Kiste mit Rettungswesten, an der Otis herumschnupperte.

Finlay nickte. »Wir hatten ein Cottage auf Skye, in dem wir die Sommer verbracht haben, manchmal habe ich mich dort auch allein zum Schreiben verkrochen. Meine Tochter war am liebsten in unserem Ferienhaus in Saint-Tropez, und meine Frau liebte London, genau wie ich. Sie war Lektorin. Eine sehr gute Lektorin, meine beste Kritikerin. Die Einzige, der ich vertraut habe.«

Er schwieg. Die Fähre rollte auf den Wellen, und sie mussten die Bewegungen des Schiffs durch Gewichtsverlagerung ausgleichen.

»Was ist passiert?«, fragte Kirsty. Finlay schien ihr offener zu sein, zugewandter. Und sie war der Überzeugung, dass es gut war, über Dinge zu sprechen, die einen belasteten. Wie anders sollte man sie verarbeiten?

Er warf ihr einen prüfenden Blick zu. »Haben Sie nicht darüber gelesen? Die Presse hat sich an meinem Schicksal abgearbeitet, monatelang, als ob es nichts Interessanteres gäbe. Diese Aasgeier!«

»Ich meine nicht das, was berichtet wurde, sondern das, was wirklich passiert ist«, sagte sie sanft.

Finlay holte tief Luft und trank seinen Kaffee. »Warum nicht. Ich werde es Ihnen erzählen, ein Mal, und dann fragen Sie nicht mehr danach.«

Otis kam zu ihnen und setzte sich so, dass er sich an Kirstys Bein lehnen konnte. Automatisch legte sie die

Hand auf den Hund. Seit er bei ihr war, hoffte sie, dass ihn niemand für sich beanspruchen würde.

»Wir waren am Mont Pourri unterwegs, südöstlich von Bourg-Saint-Maurice. Bei bestem Wetter sind wir mit einer kleinen Gruppe und dem Bergführer Jean-Luc losmarschiert. Die Route war anspruchsvoll, aber nicht zu schwierig, und alle waren sportlich und erfahren. Ein älteres Ehepaar aus Kanada war dabei. Jim und Linda hatten sich eine Europareise zum fünfundzwanzigsten Hochzeitstag geschenkt. Joyce war eine vierzigjährige Ärztin aus Birmingham, die eine Auszeit von ihrem stressigen Job suchte, und wir drei. Meine Frau Paige, meine Tochter Leah und ich.«

Es kostete ihn sichtbar Überwindung weiterzusprechen. »Leah war zehn und eine begabte Leichtathletin, die auch gern kletterte. Ein hübsches Mädchen, kam ganz nach ihrer Mutter. Heute wäre sie vierzehn Jahre alt.« Finlay schluckte, räusperte sich und sprach weiter.

»Ich war nach meinem Bestseller sehr erfolgreich, viel unterwegs, und dieser gemeinsame Familienurlaub war der erste seit langem. Meine Frau arbeitete für denselben Verlag, für den ich schrieb. Sie hat ihren Beruf geliebt und war auch viel unterwegs, Messen, Treffen mit anderen Autoren. Es war nicht immer einfach, ich weiß, dass ich ein schwieriger Mensch bin, vor allem, wenn ich an etwas arbeite.«

Das konnte sich Kirsty nur zu gut vorstellen.

»Wir haben wohl eine Zeit lang aneinander vorbeigelebt, und dieser Urlaub war für uns beide, für unsere gemeinsame Zukunft, wichtig. Wir wollten für Leah zusammenbleiben. Ich bin selbst ein Scheidungskind und weiß, wie schmerzhaft so eine Erfahrung ist. Jean-Luc war die Strecke schon viele Male mit Gruppen gegangen. Er war ein umsichtiger und vorsichtiger Bergführer, kein Draufgänger. Sogar kurz bevor wir uns in die Gondel setzten, hat er noch mal den Wetterdienst geprüft. Es war kein Lawinenwetter. Ein verdammt schöner Märztag.«

Finlay leerte seinen Kaffeebecher und stellte ihn auf den Boden. Seine Stimme wurde brüchig, als er fortfuhr: »Wir sind nicht von den abgesteckten Wegen abgewichen, die ersten zwei Stunden liefen problemlos. Dann zogen Wolken auf, und Jean-Luc meinte im Hinblick auf Leah, dass wir besser die Schutzhütte aufsuchen sollten. Dafür mussten wir von der geplanten Route abweichen und über den Chalpass gehen. Der Schnee lag nicht zu hoch, und eigentlich hätte es ein einfacher Marsch werden sollen. In der Hütte hätten wir uns aufwärmen und zur Not übernachten können.

Während wir also dem schmalen Grat folgten, fing Paige an, mir Vorwürfe zu machen, und schlug vor, dass wir einen Paartherapeuten aufsuchen sollten. Ich wurde wütend und meinte, das sei nun wirklich kein Thema für eine Bergtour, und schon gar nicht im Beisein von Fremden. Doch ich drang gar nicht mehr zu ihr durch. Sie redete sich regelrecht in Rage, bis ich genug hatte und ans Ende der Gruppe gegangen bin. Vor mir liefen die Kanadier und Joyce, dann Paige und Leah und vorn Jean-Luc. Ich sehe meine Frau noch gestikulieren und sich zu mir umdrehen, als sich oberhalb ein Schneebrett löste. Es ging alles so schnell, dass keiner reagieren konnte. Die Lawine hat uns mit donnerndem Rauschen überrollt, und plötzlich war Stille. Das werde ich nie vergessen, diese Stille danach. Ich war halb unter einem Felsvorsprung zu liegen gekommen, und um mich herum war etwas Luft. Später hat man mir gesagt, dass die anderen der Gruppe keine Chance gehabt hätten, weil sie direkt von den Schneemassen erfasst und erstickt worden sind. Jean-Luc selbst war es ähnlich wie mir ergangen, doch er hatte schwere Knochenbrüche und lag anschließend Monate im Krankenhaus.«

Mit einem Ruck stieß er sich von der Reling ab und sah sie direkt an. »Ich habe überlebt, fast ohne einen Kratzer. Warum? Warum musste ich mit ihr streiten? Ich hätte besser aufpassen, mich über die Wetterlage informieren müssen! Ich war zu egoistisch, zu sehr auf mich fokussiert. Ein besserer Vater hätte sich mehr gekümmert. Ich verstehe es nicht. Warum konnte nicht meine Tochter überleben oder meine Frau oder …« Er ballte die Hände zu Fäusten und schüttelte sie gen Himmel. »Warum? Wer lässt so etwas Sinnloses und Ungerechtes geschehen? Ich habe mein Leben gelebt, aber Leah nicht, sie hatte noch alles vor sich!«

Darauf gab es keine Antwort. Niemand konnte ihm helfen, ihm seine Zweifel, seine Schuldgefühle nehmen, die unbegründet, aber menschlich waren. Er packte die Reling und starrte hinab in das dunkle aufgewühlte Wasser. Kirsty ergriff seinen Arm, und Otis bellte.

Finlay drehte sich wieder zu ihr um. Tränen standen in seinen Augen, und er wirkte so verzweifelt, dass sie ihn einfach umarmte und festhielt. Anfangs blieb er regungslos stehen, doch dann ging ein Schluchzen durch seinen Körper, und er drückte sie an sich. Stimmen näherten sich, sie waren nicht länger allein. Sofort ließ Finlay sie los, räusperte sich, wischte sich die Augen und reichte ihr die Hand. »Meine Freunde nennen mich Fin.«

Sie schlug lächelnd ein. »Kirsty.«

»Du erzählst niemandem, dass ich ein Säufer und ein Jammerlappen bin?« Ein Lächeln umspielte seine Mundwinkel.

»Würden Freunde das tun?«

»Nein, aber sie würden es mir ins Gesicht sagen.«

»Du bist ein Säufer, aber kein Jammerlappen, Fin.«

Er lachte. »Du bist richtig, Kirsty. Als du im Rosencottage aufgetaucht bist, war ich so sauer, dass ich am liebsten sofort ausgezogen wäre. Aber ich hatte mich da eingerichtet, zum ersten Mal seit Jahren fühle ich mich an einem Ort wohl. Deshalb bin ich geblieben.«

Selbst in seinem Kummer blieb er selbstgerecht und ein wenig überheblich und sah dabei verdammt gut aus, dachte Kirsty.

»Na, da soll ich mich jetzt geschmeichelt fühlen oder wie?«, gab sie scherzhaft, doch mit einer gewissen Schärfe zurück.

»Tut mir leid, das kam jetzt blöd rüber. Was ich sagen will, ist, dass ich sonst als Einsiedler lebe und niemanden in meiner Nähe ertrage, schon gar nicht beim Schreiben.«

Sie hob die Augenbrauen. Er schrieb doch gar nicht!

»Und außerdem koche ich wirklich gern, schon immer, und für jemanden oder mit jemandem zu kochen macht einfach mehr Freude.« Er lächelte entwaffnend.

»Okay, ich fasse das mal zusammen. Ich habe Glück, dass der Untermieter, von dem ich nichts wusste, meine Anwesenheit tolerieren kann, obwohl er eigentlich lieber allein lebt, aber kochen und essen in Gesellschaft bevorzugt.« Sie streichelte Otis. »So in etwa?«

Seine dunklen Augen ruhten mit einem schwer zu deutenden Ausdruck auf ihr. »So, wie du es ausdrückst, klingt es wenig schmeichelhaft für mich, aber wahrscheinlich habe ich es verdient, weil ich gelegentlich etwas barsch bin.«

»Milde ausgedrückt.« Kirsty legte den Kopf schief und wollte noch etwas sagen, entschied sich aber dagegen und deutete stattdessen über das Wasser. »Schau, wir sind gleich in Craignure. Mull ist eine schöne Insel, und Tobermory wird dir gefallen. Fiona hat mich ein paarmal mitgenommen. Sie war die beste Großmutter, die man sich wünschen kann.«

»Das glaube ich sofort. Sie war eine beeindruckende Frau, und sie hat mich für Tiree begeistert. Ohne sie wäre ich kaum auf die Idee gekommen, ausgerechnet dorthin zu fahren«, sagte Finlay.

»Ich bin froh, dass du sie kanntest«, entfuhr es Kirsty.

Darauf sagte er nichts, sondern beobachtete angestrengt das Anlegemanöver der Fähre.

Im Gegensatz zu Tiree war Mull bewaldet, und die Hügel waren wesentlich höher. Der Anleger von Craignure war unspektakulär und zweckmäßig, doch die Insel dafür umso überwältigender. Sie nahmen ihre Rucksäcke, Kirsty Otis' Leine und verließen die Fähre zusammen mit Touristen und Einheimischen, die zwischen Oban und Mull pendelten.

»Und wie kommen wir jetzt nach Tobermory?« Finlay sah den Pier entlang.

»Mit dem Bus. Da vorn!«, meinte Kirsty und lief los.

»Und der Hund?«

»So vorbildlich, wie Otis sich auf der Fähre verhalten hat. Bist ein feiner Hund!« Otis hatte sofort die Ohren gespitzt, als er seinen Namen hörte, und schaute aufmerksam von ihr zu Fin.

Sie fuhren auf der Küstenstraße nach Norden und bewunderten rechter Hand den Sound of Mull und auf der anderen Seite die bewaldeten Hügel, Moore und weiter oben das saftig grüne Machair. Auf halbem Weg begann es zu regnen, doch das störte Kirsty nicht.

»Mull ist sogar im Regen schön«, murmelte sie und machte in Gedanken Momentaufnahmen von den wechselnden Landschaften, knorrigen Bäumen, Wasserfällen und bizarren Felsen – und das alles vor dem grünblauen Meer.

Finlay neben ihr hing schweigsam seinen Gedanken nach, und sie störte ihn nicht, vielleicht bereute er, dass er sich ihr geöffnet und über den Tod seiner Frau und seiner Tochter gesprochen hatte.

Eine Touristengruppe drängte sich vor ihnen aus dem Bus, die Kameras und Handys im Anschlag. Tobermory bot jede Menge attraktiver Motive mit seinen bunten

Häusern, die wie an einer Perlenschnur aufgereiht den Hafen einfassten. Pink, blau, gelb und grün waren die Fassaden der zweistöckigen Häuser, und auch die Destillerie stand dort.

»Unser Hotel ist dort drüben. Ich checke ein und gehe dann erst mal eine Runde mit Otis. Wollen wir uns zum Abendessen treffen?« Kirsty hatte sich inzwischen an die raue, oft schmerzlich direkte Art von Fin gewöhnt und mochte seine Gesellschaft, doch sie wollte ihm ihre Gesellschaft nicht aufdrängen.

Tatsächlich nickte er dankbar. »Wie wäre es mit dem Seafood Restaurant dort hinten? Ich könnte einen Tisch reservieren«, schlug er vor.

»Okay, bis später!«

Nachdem Kirsty ihr Gepäck auf ihr Zimmer gebracht hatte, das klein, aber gemütlich eingerichtet war, ging sie mit Otis zum Hafen hinunter und zog ihr Telefon hervor. Der Regen war zu einem kaum spürbaren Nieseln geworden und war auf dem Foto, das sie von der Häuserfront machte, nicht zu sehen. Sie schickte es ihrer Freundin, die sie prompt anrief.

»Hey, du bist in Tobermory? Ich liebe Mull und hätte dich gern begleitet! Wie geht es dir, Kirsty?«

Mala klang fröhlich. »Gut, nein, sehr gut. Ich habe jetzt einen Hund und bin mit Finlay hier. Stell dir vor, er ist tatsächlich mitgekommen, und eigentlich ist er nicht so furchtbar, wie er vorgibt zu sein.«

»Oh, oh, ich glaube, da verliebt sich gerade jemand. Sei vorsichtig, Kirsty. Lass dich nicht ausnutzen.«

»Wie kommst du denn darauf?«

»Emotional, meine ich. Nicht, dass er dich nur benutzt, und wenn's ihm wieder besser geht, wirft er dich weg wie einen nassen Lappen.« Mala klang ehrlich besorgt.

»Jetzt hör aber auf, Mala. Da läuft gar nichts zwischen uns. Wir sind einfach nur zusammen unterwegs, und er ist ein interessanter Gesprächspartner, wenn er mal nicht so schlecht drauf ist.«

Otis stellte die Nackenhaare auf, als er einen Huskyrüden entdeckte, und Kirsty musste die Leine fester greifen. »Nein, Otis, wir wollen nicht pöbeln.«

Der Husky wurde von seinem Herrchen ebenfalls kürzer genommen, und der Mann grinste entschuldigend. »Er macht sich gern breit.«

»Ich kenne meinen noch nicht so lang. Na, komm, Otis.« Sie nickte und ging weiter, während Otis noch einmal knurrte, dann aber ohne weiteres mit ihr lief.

»Mit wem redest du da?«, wollte Mala wissen.

»Hundeleute unter sich. Otis ist ein Rüde, und die spielen sich gern mal auf.«

»Typisch Mann eben«, meinte Mala lachend.

Kirsty lachte ebenfalls, dachte jedoch an Fins Geschichte. Sie konnte seine Schuldgefühle nachvollziehen, aber er würde sich nicht ewig hinter seinem Schutzwall aus Trauer, Zorn und Schuld verstecken können, und wenn er weiterhin so viel trank, war er auf dem besten Weg, sich zu zerstören, doch das Gespräch heute ließ sie hoffen. Und Hoffnung war ein Anfang.

16

»Das war großartig, danke!« Kirsty legte den Löffel in die kleine Schüssel.

»Freut uns, dass es Ihnen so gut geschmeckt hat«, sagte die junge Frau und räumte die Teller ab. »Haben Sie sonst noch einen Wunsch?«

Fin sah Kirsty fragend an, und als sie den Kopf schüttelte, sagte er: »Einen Tobermory für mich und die Rechnung, bitte.«

»Einen Zehnjährigen oder den Fünfzehnjährigen? Der ist in Byass-Oloroso-Sherryfässern gereift«, erläuterte die Bedienung, die Finlay schon den ganzen Abend über umschwänzelte wie eine Motte das Licht.

»Den Fünfzehnjährigen, danke.« Finlay schenkte ihr ein Lächeln, das die Bedienung mit einem verführerischen Augenaufschlag beantwortete.

»Die würde dir alles servieren, da bin ich mir sicher. Hast du immer diese Wirkung auf Frauen?« Kirsty schaute auf ihr Handy, auf dem zwei verpasste Anrufe ihrer Eltern zu sehen waren.

»Es interessiert mich nicht. Was macht der Hund? Ist er überhaupt noch da?« Er sah unter den Tisch, wo Otis während des Essens geschlafen hatte.

»Otis ist ein vorbildlicher Hund, das muss ich schon

sagen. Der alte Murray hat ihn gut erzogen.« Sie war ein wenig enttäuscht, dass er sich einen Whisky bestellt hatte, denn sie hatte gehofft, dass er wenigstens unterwegs weniger trinken würde. Nun, er hatte sich tagsüber zurückgehalten.

Die Bedienung kam mit dem Tablett an ihren Tisch und servierte das Whiskyglas.

Sie schob ihm die Rechnung und einen Zettel zu. »Würden Sie mir ein Autogramm geben, Mr Stewart? Ich bin ein großer Fan Ihrer Werke! Wann erscheint denn Ihr nächstes Buch? Dürfen Sie darüber sprechen?«

Augenblicklich verdüsterte sich seine Miene. Fin legte ein paar Geldscheine auf das Tablett, signierte den Zettel und sagte leise: »Nehmen Sie das Geld und lassen Sie mich in Ruhe meinen Whisky austrinken. Dafür habe ich bezahlt.«

Irritiert ging die junge Frau davon.

»Ein Fan weniger, würde ich sagen …«, meinte Kirsty.

Er stürzte den Whisky hinunter und sah sie an: »Wollen wir gehen?«

Kirsty sah seinen verschlossenen Gesichtsausdruck, der sie an üble Tage im Rosencottage erinnerte, und nickte. »Danke für das Essen, das köstlich war.«

Vor der Tür hielt Otis die Nase in den Wind. Es regnete nicht, und die Luft war klar. Im Hafen lagen drei Fischerboote, und die Positionslampen von zwei Segelyachten leuchteten weiter vorn. Aus einem Pub klang Folkmusik auf die Straße, und Menschen schlenderten in entspannter Atmosphäre die Straße entlang.

»Ich gehe noch ein Stück mit Otis und dann vielleicht in den Pub?«

Finlay steckte die Hände in die Taschen, er schien mit den Gedanken weit weg. »Wann geht morgen die Fähre?«

»Um zwölf Uhr dreißig, glaube ich. Auf jeden Fall müssen wir dann am Terminal sein. Ich treffe mich um neun Uhr mit Kilkenny. Er wollte ins Hotel kommen.«

»Hm, sollte ich um elf Uhr nicht unten sein, weck mich auf«, meinte Finlay.

»Es ist so ein schöner Abend. Willst du nicht noch mitkommen?«, versuchte Kirsty es noch einmal, denn sie fürchtete, dass er jetzt an der Hotelbar versacken würde.

»Ich muss jetzt allein sein. Tut mir leid. Bis morgen, Kirsty.« Damit drehte er sich um und ging davon.

Traurig sah sie ihm nach. Ein einsamer Mann, der alle Möglichkeiten hatte und sich dennoch selbst zerstörte.

»Na, komm, Otis, drehen wir unsere Runde.« Es war noch nicht allzu spät, weshalb sie auf die Rückruftaste drückte. Ihr Vater meldete sich.

»Hallo, Kirsty, schön, dass du dich noch meldest. Mum hatte es vorhin bei dir versucht. Wie geht es dir?« Ihr Vater klang gut gelaunt.

»Gut, danke, und euch?«

»Alles bestens. Wir haben da ein paar schöne Projekte in Arbeit. Ethan ist gerade nach Glasgow gefahren, um sich mit einem Investor zu treffen. Er überlegt, ob er dich spontan auf Tiree besucht. Mit dem Flieger ist es ja ein Katzensprung.«

Ihr Bruder machte nichts spontan, und schon gar nicht ohne Hintergedanken. »Was habt ihr vor? Es geht doch sicher wieder um das Rosencottage. Fiona hat es mir vererbt!«

»Nein, was denkst du denn. Er ist dein Bruder, und ihr habt euch lange nicht gesehen. Außerdem hat er viel gearbeitet und braucht eine kleine Auszeit. Würdest du dich denn nicht freuen, ihn zu sehen? Ihr habt euch doch früher gut verstanden.«

Sie sah ihren Vater vor sich, wie er in einem edlen Kaschmirpullover, Jeans und teuren Wildlederslippern lässig an der Bar des Golfclubs stand und mit seinen Geschäftsfreunden plauschte. Wahrscheinlich hatte er einem versprochen, dass das Land um das Cottage bald für eine Ferienhaussiedlung frei sein würde.

»Früher, Dad, das ist lange her. Ethan führt sein eigenes Leben, und seit er mit dieser, dieser ... Scarlett verheiratet ist, verstehen wir uns überhaupt nicht mehr gut. Das weißt du genau. Aber das ist in Ordnung. Ich mache mein Ding, und ich bin glücklich, auch wenn ihr das nicht verstehen wollt.«

Otis sah einen Hund und zog sie zum Hafen. »Nein, Otis, hierbleiben!«

»Mit wem redest du da?«, wollte ihr Vater wissen.

»Mit meinem Hund.«

»Seit wann hast du denn einen Hund?«

»Seit einer Woche. Seit der alte Mann, dem der Hund gehörte, gestorben ist. Otis hat mich zu dem Toten geführt. Er ist ein bemerkenswerter Hund«, antwortete Kirsty.

»Geht es dir wirklich gut? Ethan wird dich besuchen. Es scheint nötig, dass mal jemand nach dir sieht. Morgen ist er auf Tiree.«

»Ich bin aber erst spät morgen Abend zurück.«

»Wieso, wo steckst du denn? Ich meine, wohin kann man denn auf der winzigen Insel gehen?«

»Auf Mull. Ich bin mit einem Freund auf Mull.«

»Was? Mit welchem Freund? Und warum ist der Hund dabei?« Er sagte etwas zu seiner Frau. »Deine Mutter will dich sprechen.«

Auch das noch, dachte Kirsty und ging langsam mit Otis zum Hotel zurück.

»Was ist denn bei dir los? Du willst deinen Bruder nicht sehen?«, fragte ihre Mutter scharf.

»Mum, ich muss jetzt auflegen. Da kommt mein Freund. Wenn Ethan tatsächlich kommen will, wird er auf mich warten müssen. Ich komme erst spätabends zurück, und das Gästezimmer im Cottage ist vollgemüllt.«

»Unten ist doch genug Platz, dann schläft er da!«, sagte ihre Mutter bestimmt.

»Wenn er sich eine Luftmatratze mitbringt, kann er auf dem Boden schlafen oder sich mit Fin um das Bett streiten, aber da wird er den Kürzeren ziehen, denn mit Fin streitet man sich nicht.«

»Fin?« Die Verwirrung in der Stimme ihrer Mutter war deutlich.

»Mein Untermieter, den ich von Fiona übernommen habe. Ethan soll mich morgen nach eins anrufen!« Sie war vor dem Hotel angekommen und wollte auflegen, doch ihre Mutter war noch nicht fertig.

»Und was ist mit dem Geburtstag deines Vaters? Du hast dich noch nicht gemeldet, wann du kommst.«

Weil sie es vollkommen vergessen hatte. Kirsty schnaufte. »Ich werde da sein. Wo war es noch gleich?«

»Im Fairmont Hotel«, kam es nachdrücklich zurück. »Das Datum dürfte dir vertraut sein?«

»Weißt du, vielleicht komme ich doch nicht, denn auf deine Sticheleien habe ich einfach keine Lust mehr. Mach's gut, Mum.« Sie legte auf.

Es dauerte nur zwei Sekunden, und ihr Telefon klingelte erneut. Kirsty drückte den Anruf ihrer Mutter weg, stellte das Telefon auf stumm und betrat das Hotel. Ihr Blick ging zur Bar, wo sie Finlay vermutete, doch zu ihrer Erleichterung saß er nicht dort, und dann hörte sie das Klavierspiel. Es kam aus dem Nebenraum, einem kleinen Salon, in den sich die Gäste zum Plaudern oder Lesen zurückziehen konnten. Der Barkeeper, ein Mann mittleren Alters mit einem grauen Pferdeschwanz, begrüßte sie: »Guten Abend! Die Rezeption ist schon geschlossen, aber wenn Sie noch einen Wunsch haben?«

»Danke, nein, das ist sehr freundlich«, antwortete Kirsty. »Wissen Sie, wer dort spielt?«

Der Mann lächelte. »Einer unserer Gäste.«

Kirsty nickte und ging weiter, öffnete vorsichtig die Tür und blieb mit Otis im Türrahmen stehen. Da saß Finlay an einem schwarzen Klavier und spielte Jazzstandards, jedenfalls meinte sie »Autumn Leaves« zu erkennen. Auf einem Sofa saß ein junges Paar und hörte gedankenverloren zu, genau wie drei weitere Gäste, die in ihren Sesseln der perlenden Musik lauschten. Der

Raum war zum Teil holzvertäfelt, viele Bücherregale und Gemälde zeitgenössischer schottischer Maler schufen eine ansprechende Atmosphäre.

Finlay saß mit dem Rücken zu ihr, und sie konnte nur seine flink über die Tasten gleitenden Hände beobachten. Ihr wurde warm ums Herz. Da hörte er auf, und die Zuhörer applaudierten. Finlay stand auf.

»Oh, spielen Sie doch noch etwas, bitte, das war wunderschön!«, bat eine junge Frau, doch Fin schüttelte den Kopf, ging weiter und kam direkt auf sie zu.

Verlegen wischte sich Kirsty eine Träne von der Wange.

»Ist etwas passiert?«, fragte er und sah sie mit gerunzelten Augenbrauen an.

Sie schüttelte den Kopf. »Nein, nein, meine Eltern haben mich angerufen. Wir sind selten einer Meinung.«

Er grinste schief und fuhr sich übers Kinn. Die Schatten unter seinen Augen waren dunkel, er wirkte müde und doch weniger verbittert als noch vor Tagen.

»Du musst morgen früh aufstehen, um diesen Kilkenny zu treffen. Und ich bin müde.«

Gemeinsam gingen sie die Treppe hinauf in den ersten Stock. Ihre Zimmer lagen nebeneinander, und bevor er die Tür öffnete, sagte er: »Mach dir nicht zu viele Gedanken meinetwegen, Kirsty, es lohnt sich nicht. Gute Nacht.«

Die Bemerkung tat weh, doch sie erwiderte: »Man kann auch in Selbstmitleid baden und darin ertrinken. Aber für jemanden, der so intelligent ist wie du, ist das eigentlich ziemlich erbärmlich. Gute Nacht, Fin.«

Sie ahnte, dass er zu einer verärgerten Antwort ansetzte, und verschwand schnell mit Otis in ihrem Zimmer. Wer austeilt, muss auch einstecken können, dachte sie und warf den Zimmerschlüssel auf den Tisch.

Hamish Kilkenny war ein kleiner Mann mit Glatze und Brille, der mit einer Zeitung unter dem Arm suchend in den Frühstücksraum schaute. Die Dame vom Frühstücksservice begleitete ihn und deutete auf ihren Tisch.

»Mrs Paterson?«, fragte er und blieb in respektvollem Abstand vor Otis stehen.

»Ja, das bin ich, und Sie sind Mr Kilkenny?« Sie war aufgestanden und schüttelte seine Hand. »Bitte, setzen Sie sich doch. Haben Sie schon gefrühstückt?«

»Danke, ja, aber einen Kaffee trinke ich gern«, sagte er zur wartenden Bedienung.

Er trug eine Anzugjacke zu Jeans und einem gestreiften Hemd, und an seinem kleinen Finger glänzte ein Siegelring. Arzt oder Anwalt, überlegte Kirsty.

»Verzeihen Sie meine Vorsicht, was unser Treffen angeht, aber wenn es um Informationen geht, die meine Familie betreffen, bin ich zurückhaltend. Eine Berufskrankheit. Ich bin Anwalt«, meinte er mit einem entschuldigenden Lächeln.

Sie schätzte ihn auf Mitte fünfzig. Er wirkte nicht unsportlich, hatte jedoch einen Bauchansatz, und sie stellte sich vor, dass er wohl eher zum Golfen als zum Joggen ging. »Ich bin Ihnen dankbar, dass Sie sich überhaupt die Zeit für meine neugierigen Fragen nehmen.«

Er nickte, lehnte sich zurück und begann zu erzählen: »Livie McMillan. Sie hat 1935 ein Kind zur Welt gebracht. Da war sie fünfzehn oder sechzehn. Das war auf jeden Fall ein Gesprächsthema auf der Insel, da bin ich mir sicher. Und Matthew McMillan wollte nicht mit Ihnen sprechen?«

Kirsty hatte ihr Rührei aufgegessen und wandte sich nun den duftenden Pfannkuchen mit hausgemachtem Erdbeerkompott zu. »Nein. Sein Neffe hat ziemlich deutlich gemacht, dass er keine Fremden auf seinem Land wünscht.«

»Nachdem Sie mich kontaktiert hatten, habe ich mir natürlich ein paar Gedanken gemacht. Wissen Sie, mein Großvater war ein guter Arzt, beliebt bei den Insulanern, weil sie ihm vertrauten.« Er sah sie durch seine Brille an. »Sie vertrauten ihm, weil er Geheimnisse für sich behalten konnte.«

»Oh, verstehe«, murmelte Kirsty enttäuscht.

»Der Hund beißt mich aber nicht?«, wollte Kilkenny mit ängstlichem Blick auf Otis wissen.

Kirsty hatte nicht bemerkt, dass Otis etwas dichter an den Stuhl des Anwalts herangerückt war. »Otis, komm her.« Sie klopfte gegen ihr Bein, und der Hund gehorchte. »Ich habe ihn noch nicht lange. Er ist sozusagen die Hinterlassenschaft eines alten Herrn, der auf Tiree verstorben ist. Aber er ist ein freundlicher Hund.«

Kilkenny musterte sie. »Sie haben ein weiches Herz, Mrs Paterson. Das findet man nicht oft, jedenfalls nicht in meinem Metier. Wenn ich in meiner Funktion als Notar ein Testament verlese, erlebe ich öfter, dass sich die Hinterbliebenen streiten, als dass sie sich in die Arme fallen. Was würden Sie mit der Information machen, die ich Ihnen zu Livie McMillan geben könnte?«

»Sie wissen, wo sie ist?«

Er schüttelte den Kopf. »Nein, das nicht, aber ich möchte dennoch, dass Sie alles, was ich Ihnen sage, vertraulich behandeln. Sie sind doch keine Journalistin?«

Kirsty lächelte. »Um Himmels willen, nein! Es ist, wie ich es Ihnen gesagt habe, ich möchte den letzten Wunsch meiner Großmutter erfüllen und ihre Freundin finden. Wenn ich das getan habe, ist die Sache für mich abgeschlossen. Vielleicht pflanze ich dann eine Rose für Livie in Fionas Garten. Fiona hat Rosen geliebt.«

Der Anwalt zog einen Umschlag aus seiner Jackentasche und reichte ihn ihr. »Das sind die Aufzeichnungen meines Großvaters, die er zu einem Vorfall im Jahr 1934 auf Tiree gemacht hat. Er hat eine Art Falltagebuch geführt. Ich habe das für Sie kopiert. Mein Großvater war danach lange Zeit auf dem Festland und später auf Mull. Ob er über die Zeit auch Aufzeichnungen gemacht hat und ob er noch mal auf Tiree war, weiß ich nicht. Mein Vater hat den Nachlass bei sich in Inverness. Ich wollte Sie zuerst kennenlernen, bevor ich ihn mit Fragen nach seinem Vater belaste. Alles, was mit seiner Kindheit zu tun hat, regt ihn sehr auf. Das liegt wohl an seiner fortschreitenden Demenz.«

»Das tut mir sehr leid. Ich möchte Ihnen auf keinen Fall Unannehmlichkeiten bereiten«, versicherte Kirsty.

»Deshalb bin ich heute hier. Es kann sein, dass ich in zwei Wochen in Inverness bin und selbst nachforschen kann, möglicherweise ist meine Tochter schon vorher dort. Lesen Sie, was ich Ihnen gegeben habe. Es sagt eine Menge über die McMillans. Wir bleiben in Kontakt, Mrs Paterson. Grüßen Sie Pfarrer Stevenson, und richten Sie ihm aus, dass er mir ein Konzert auf Mull schuldet.«

»Ich hatte das Vergnügen, sein Konzert auf Tiree zu hören. Pfarrer Stevenson ist ein Glücksfall für die Insel.« Sie war allein dort gewesen und hatte es nicht bereut.

Der Anwalt erhob sich, und Kirsty stand ebenfalls auf, um ihm die Hand zu drücken. »Vielen Dank, dass Sie sich die Mühe gemacht haben. Es bedeutet mir sehr viel.«

»Es war mir eine Freude. Machen Sie es gut, und vielleicht überdenken Sie Ihre Suche noch einmal.«

Seine Warnung ließ sie erschauern. Was steckte in dem Umschlag?

17

Kirsty setzte sich wieder an den Frühstückstisch, schob den Teller zur Seite, nahm ein unbenutztes Messer und schlitzte den Umschlag auf. Von ihrem Platz aus konnte sie auf das Treiben am Hafen schauen. Die Fischerboote waren bereits ausgelaufen, ein paar Spaziergänger schon unterwegs. Möwen hockten auf dem weißen Geländer und hofften, dass bald die Ersten mit Fish & Chips vorbeiliefen. Doch Kirsty war viel zu neugierig, um sich weiter von Tobermorys malerischer Kulisse ablenken zu lassen.

Sie strich die Blätter glatt. Dr. Jones hatte seine Aufzeichnungen handschriftlich gemacht, und es dauerte eine Weile, bis sie sich an die schwer leserliche Schrift des Arztes gewöhnt hatte.

»Tiree, April 1934 – Der Fall McMillan lässt mir keine Ruhe. Als Inselarzt ist es meine Pflicht, mich um meine Patienten zu sorgen, mir Gedanken zu machen, wie ich ihnen helfen kann. Im Fall der Mutter, Selma, frage ich mich, ob man der armen Frau medizinisch überhaupt helfen kann. Ich habe ihre Lungenentzündung, die aus einem Bad in der winterlichen See resultierte, kuriert. Aber warum ging die Frau ins Meer? Gibt es Anzeichen von geistiger Verwirrung, von einer

Psychose? Ich halte das für möglich, aber da der Ehemann nicht in eine weitergehende Untersuchung einwilligt, lässt sich diese Theorie nicht weiterverfolgen.

Während meiner Zeit am Hospital in Edinburgh habe ich Patientinnen mit suizidalen Neigungen untersucht. In der Psychiatrie haben wir Schockkuren mit Stromschlägen angewandt, die in einigen Fällen durchaus zu Erfolgen geführt haben. Interessant war die Verwendung von Cardiazol, womit wir den Kreislauf stimulierten, um die Selbstheilungskräfte der Patienten anzuregen. Ich würde im Fall der Selma McMillan zu einer solchen Behandlung raten, denn die Patientin redet teils wirr und scheint in einer eigenen Welt zu leben.

Nun hat sich kürzlich ein Unfall ereignet, der mich meine Beobachtungen in einem anderen Licht sehen lässt. Livie, die fünfzehnjährige Tochter der McMillans, hat sich beim Muschelsammeln eine Malleolarfraktur zugezogen. Die Erstbetrachtung ergab Schwellungen und Blutergüsse im Bereich des Sprunggelenks und eine deutlich schmerzhafte Bewegungseinschränkung. Das Band war nicht gerissen, Bruch unterhalb der Syndesmose, Gelenk stabil.

Therapeutische Maßnahmen: Gabe von Schmerzmitteln, Hochlagerung des Beins, Druckverband. Nötig wäre eine sechswöchige Ruhigstellung des Bruchs mithilfe eines Gipsverbandes. Das wurde vom Vater abgelehnt. Hier wäre meine Tätigkeit als Arzt beendet gewesen, aber mir ging das Schicksal des jungen Mädchens nahe.

Der Bruch verheilte schlecht, was ich auf die mangelnde Sorgfalt bei der Ruhigstellung zurückführe. Möglicherweise waren weitere Knochen betroffen. Ich habe die Patientin im Beisein der Eltern über meinen Verdacht in Bezug auf Knochenfragmente, die Gefäßverletzungen verursachen können, aufgeklärt. Auch kann eine bleibende Veränderung, Fehlstellung des Gelenks oder ein Morbus Sudec die Folge sein, sollte der Bruch nicht entsprechend behandelt werden. Vor allem der Vater zeigte sich uneinsichtig und war angesichts auftretender Behandlungskosten nicht willens, seine Tochter weiterer Examinationen unterziehen zu lassen.

Bei meinem Patientenbesuch im März stellte ich dann die befürchtete Entzündung fest und riet den Eltern, das Mädchen in ein Krankenhaus auf dem Festland zu bringen. Es wäre mir sogar möglich gewesen, einen befreundeten Chirurgen in Glasgow mit der Sache zu betrauen. Donald McMillan wurde jedoch derart zornig, dass seine Söhne ihn packen und zur Ruhe mahnen mussten. Ich kenne einige Familien, in denen nicht alles zum Besten steht, wo die Erziehungsmethoden dem harten Leben in der Einsamkeit angepasst werden. Mr McMillan ist noch dazu ein Kriegsveteran, was ich bei meiner Beurteilung der Gesamtlage in Betracht ziehe. Ich weiß nicht, ob seine Drohungen gegen mich und meine Familie ernst gemeint waren, doch als eine Woche nach dem Vorfall mein Pferd tot im Stall lag, obwohl es kerngesund gewesen war, gab mir das sehr zu denken. McMillan ist unberechenbar, und ich bin es leid, mich mit Leuten wie ihm streiten zu müssen. Vor allem aber will ich nicht mehr mitansehen müssen, wie ein Kind unnötig leidet, wenn man doch mehr hätte unternehmen können.

Ich liebe meinen Beruf, und ich möchte allen Patienten gerecht werden, wenn jedoch meine Familie dadurch in Gefahr geraten sollte, ziehe ich die nötigen Konsequenzen. Für Livie McMillan tut es mir leid, denn das Mädchen wird einen dauerhaft schmerzenden Knöchel und eine Fehlhaltung davontragen.

Wir gehen vorerst für ein Jahr nach Edinburgh. Danach sehe ich weiter. Einen Nachfolger habe ich bereits gefunden, und ich wünsche ihm mehr Glück auf Tiree, als ich es hatte.«

Erschüttert faltete Kirsty die Seiten und schob sie in den Umschlag zurück. Der Inseldoc war vor dem alten McMillan geflohen. Wie konnte ein Mann wie McMillan überhaupt Freunde haben? Und wo blieb Fin? Ein tiefer Seufzer entfuhr ihr.

»Ist alles in Ordnung bei Ihnen?«, riss eine sanfte Frauenstimme sie aus ihren Gedanken.

Kirsty sah hoch und entdeckte am Nebentisch eine ältere Dame, die einen Füllfederhalter in ein Notizbuch legte und sie freundlich anschaute. Dem Akzent nach zu urteilen kam sie aus Wales.

»Ja, danke. Unerwartete Nachrichten. Aus der Vergangenheit«, erwiderte sie.

Die Dame schraubte die Kappe auf ihren Füller. »Wir denken immer, dass wir die Dinge hinter uns lassen, dass wir nach vorn schauen können, ohne jemals einen Blick zurückwerfen zu müssen. Und dann holt uns die Vergangenheit doch wieder ein. Ich frage mich oft, was Zeit eigentlich ist. Das Jetzt, das Morgen, das Gestern. Je älter ich werde, desto enger scheint alles zusammenzurücken. Aber ich will Sie nicht langweilen.«

»Ganz und gar nicht. Sind Sie Waliserin?« Otis hatte den Kopf gehoben und stand auf, um die Gesprächspartnerin zu beschnuppern.

Die Frau streckte ihm die Hand entgegen und streichelte ihm über den Kopf. »Es lässt sich nicht verleugnen, nicht wahr? Ich liebe unsere Sprache, mein Land. Es kommt wohl nicht von ungefähr, dass ich Dozentin für Literatur, natürlich mit dem Schwerpunkt auf walisischen Dichtern, gewesen bin. Und Sie stammen von hier?«

»Von Mull? Nein, ich lebe jetzt auf Tiree. Meine Großmutter hat mir ihr Haus vermacht. Ich bin immer gern dort gewesen, eigentlich waren das meine schönsten Momente, mit ihr auf Tiree.«

Die Dame schloss die Augen, um dann leise zu sagen: »*In the land below the waves, the beach is a boundless hourglass.* Im Land unterhalb der Wellen ist der Strand ein endloses Stundenglas. Das ist aus einem Gedicht von Julie Leibrich. Eine Neuseeländerin, aber sie war auf Tiree und hat diese schönen Zeilen verfasst.«

»Das ist wunderschön.« Kirsty sah sofort die weißen Buchten, das türkisblaue Meer und die Dünen im Wind vor sich. »Tiree ist mein Herzensort. Viele Menschen würden das nicht verstehen. Eine kleine Insel mitten im Atlantik, wo es ständig windig ist …«

»Und wo öfter die Sonne scheint als an anderen Orten in Großbritannien«, ergänzte die ehemalige Dozentin.

»Dagegen ist Mull ein Regenloch«, meinte Kirsty mit Blick auf die regenschweren Wolken, die sich über dem Hafen ballten.

»Da kann ich nur zustimmen, und ich bin einiges gewöhnt. Wir leben in Aberystwyth. Mein Mann stammt von hier. Ah, da kommt er. Es hat mich gefreut.« Die Dame stutzte, als zwei Herren den Frühstücksraum durchquerten.

Der eine war ein älterer Herr in Sakko und gedeckter Hose, der andere Finlay Stewart, der ausgeschlafen wirkte und anscheinend bester Stimmung auf sie zusteuerte.

»Ist das nicht der Autor von ›Das Meer‹?«, überlegte die Literaturdozentin.

Doch Kirsty hielt einen Finger an die Lippen. »Ja, er ist es, aber sagen Sie bitte nichts.«

Die Ältere zwinkerte ihr zu und begrüßte stattdessen ihren Mann: »Malcom, komm, setz dich doch ein wenig zu mir. Ich trinke noch einen Kaffee, und dann können wir aufbrechen.«

Finlay nickte höflich zum Nebentisch und setzte sich zu Kirsty. Er wirkte frischer als gestern, die Stirnfalte war nicht ganz so tief, und er lächelte. »Guten Morgen, Kirsty, und da ist ja auch Otis. Hey, ja, bist ein guter Hund.«

Otis wedelte und ließ sich von Fin streicheln.

»Guten Morgen!« Kirsty schenkte ihm Kaffee aus der noch warmen Cafetiere ein.

»Ist dein Informant schon wieder weg?«, erkundigte sich Fin und nahm sich ein Croissant.

Kirsty schob ihm den Teller mit der Marmelade zu. »Mein Informant, das klingt nach verdeckter Ermittlung.«

Er tauchte das Croissant in seinen Kaffee. »Wie würdest du denn nennen, was du tust? Ist doch eine Art Detektivarbeit. Du suchst nach einer verschwundenen Person.«

»Ja, schon, aber sie wird ja nur von meiner Großmutter vermisst. Wurde.« Sie hielt inne. »Eigentlich eine seltsame Geschichte. Traurig.« Kirsty tippte auf den Umschlag. »Und das da zeigt eine brutale Wahrheit über Livies Familie. Du kannst es gern lesen. Kilkenny wollte erst nicht damit rausrücken, weil er dachte, ich wäre eine neugierige Journalistin.«

Am Nebentisch erhoben sich die ehemalige Dozentin und ihr Mann. »Auf Wiedersehen! Grüßen Sie mir Tiree!«, sagte die Dame zu ihr.

»Kommen Sie gut nach Wales, und ich werde nach den Gedichten Ausschau halten!«, sagte Kirsty und nickte der Reisebekanntschaft freundlich zu.

Nachdem das Paar gegangen war, hob Fin den Blick von den Aufzeichnungen des Inselarztes. »Freunde von dir?«

»Nein, nur Gäste, wie wir. Aber sehr nett. Sie hat Walisisch unterrichtet.«

»Wirklich? Eine faszinierende Sprache. Und das Land erst. Wenn meine Mutter nicht Schottin gewesen wäre, vielleicht wäre ich nach Wales gezogen.« Er legte die

Blätter vor sich. »Das ist harter Stoff. Verdammt, was war denn dieser Donald McMillan für ein Unmensch?«

»Schrecklich. Mir tut die Familie leid. Livie wird wohl fortgegangen sein. Vielleicht ist sie weggelaufen und wollte nicht gefunden werden. Verständlich wäre es. Aber dann gab es ja das Kind und Rory Graham.«

»Hast du die Grahams schon kontaktiert? Das hätte ich zuerst gemacht.«

»Ich weiß nicht, wohin die gezogen sind. Aber du hast recht, das sollte ich herausfinden.«

Ihr Telefon klingelte. »Entschuldige. Ja?«

»Kirsty? Endlich, ist ja einfacher, den Papst zu erreichen. Wo steckst du? Ich fliege jetzt los. Du holst mich auf dem Rollfeld ab, ja?«

Ihr Bruder, kurz angebunden und bestimmt wie gewöhnlich. »Ich kann dich nicht abholen, weil ich noch auf Mull bin. Das habe ich Mum und Dad gestern gesagt, aber mir hört ja niemand zu. Außerdem habe ich keinen Platz im Haus, es sei denn, du bringst dir eine Luftmatratze mit.«

Geräusche von Flugzeugmotoren und Wind waren zu hören. »Ist nur für eine Nacht, das wird ja wohl irgendwie gehen. Wieso auf Mull? Was willst du auf Tiree überhaupt machen? Da kann man Urlaub machen, aber doch nicht leben! Na ja, wir besprechen das, wenn ich da bin. Bis nachher!«

Die Verbindung brach ab, und Kirsty hätte das Handy am liebsten durch das Fenster geworfen. »Verdammt noch mal!«, fluchte sie zwischen den Zähnen und erntete einen amüsierten Blick von Fin.

»Entschuldige.« Sie stürzte den letzten Schluck Kaffee herunter. »Sollen wir aufbrechen?«

Während der Busfahrt zum Fährterminal suchte sie im Internet nach den Baubestimmungen für Tiree. Wie kam ihre geldgierige Familie überhaupt auf die Idee, dass man dort ein Feriendorf errichten könnte?

»Sag mal, Fin, kannst du dir vorstellen, dass man auf Tiree Ferienhäuser bauen darf? Ich nicht. Ich komme darauf, weil ich eben mit meiner Familie gesprochen habe. Die meisten Hausbesitzer auf Tiree vermieten ja schon. Da kommen doch bereits genug Touristen auf die kleine Insel.«

Er hatte gedöst und setzte sich in seinem Sessel auf. »Noch mal. Ferienhäuser? Die müssten schon im Stil der Crofterhäuser sein, denke ich. Kommt darauf an, wem das Land gehört und wie der Bebauungsplan aussieht.«

Sie zog eine Grimasse. »Es geht um das Land, das zum Rosencottage gehört, die Wiese, auf der Schafe weiden. Fiona hat es mir vermacht. Wie die Besitzverhältnisse sonst sind, weiß ich gar nicht. Über die Hälfte von Tiree gehört noch immer dem Duke of Argyll.«

»Ah, ich erinnere mich, dein Vater ist ja Architekt. Daher weht der Wind. Deine Familie will das Land gewinnbringend bebauen.«

»Nur über meine Leiche!«, knurrte Kirsty.

Fin lachte. »Okay, wenn es dir gehört, hast du doch nichts zu befürchten. Fiona hat schon gewusst, warum sie es dir und nicht deiner Familie vererbt hat.«

»Du kennst meine Familie nicht. Wenn die ein Geschäft riechen, werden sie zu Hyänen, die alles tun, um dich rumzukriegen. Mein Bruder Ethan ist die Vorhut. Er wird da sein, wenn wir ankommen.«

Fin runzelte die Stirn. »Ich halte mich da raus.«

»Schon klar, ich habe dich ja auch um nichts gebeten, oder?«

Er drehte sich zu ihr. »Solltest du auch nicht. Verwechsle diesen Ausflug bitte nicht mit irgendwas Persönlichem. Ich bin gern mitgekommen. Mull war eine Abwechslung, aber mehr auch nicht.«

Da war er wieder, der unausstehliche, abweisende Fin. »Kein Grund, so hässlich zu werden. Ich bin ein mitfühlender Mensch, wie es ja auch normal ist. Für dich nicht, aber für einen Großteil der Menschheit schon. Empathie nennt man das. Ich habe mich gestern gefreut, als ich dich nicht an der Bar, sondern am Klavier gesehen habe. Aber nicht …«

Er hob die Hand. »Hör auf damit, Kirsty. Was ich tue, geht dich nichts an. Und wenn ich mich zuschütte, ist das mein Problem. Es ist mein Leben. Ach, ich hätte dir gar nichts erzählen sollen. So ist es immer. Da denken die Leute gleich, sie wüssten, wie ich mich fühle, wie ich mich verhalten sollte, die Zeit heilt alle Wunden, bla bla bla. Aber so ist es nicht!«

Sie saßen nebeneinander in der vorletzten Reihe. Vor ihnen saß niemand, und Fin bemühte sich, seine Stimme gesenkt zu halten, doch das gelang ihm kaum. Sein Gesicht war ihr so nah, dass sie die goldenen Sprenkel in seiner Iris sehen konnte. Er hatte schöne Augen, auch wenn der Rest seines Gesichts gerade etwas angespannt, wenn nicht wütend wirkte.

»Es hört nicht auf, und es wird niemals aufhören. Der Schmerz ist da. So ist das, und niemand wird das ändern können. Also lass mich bitte in Ruhe!«

Otis hatte sich erhoben und sah Fin mit angespannter Haltung an.

»Vielleicht setzt du dich lieber eine Reihe weiter, wenn du so sauer bist. Ich glaube, Otis gefällt das nicht besonders«, meinte Kirsty kühl.

Wortlos setzte sich Fin in die gegenüberliegende Reihe. Den Rest der Fahrt und auch auf der Fähre sprachen sie kaum miteinander, und Kirsty nutzte die Zeit für ihre Recherche.

Ab und an warf sie ihm einen Blick zu, diesem verbitterten, von Trauer und Schuld zerfressenen Mann, der dennoch das Leben liebte, davon war sie überzeugt. Wäre er sonst mitgekommen, und würde er sonst Klavier spielen? Und wenn er ihre Gegenwart nicht ertragen könnte, hätte er längst seine Koffer packen und ausziehen können. Sie streichelte Otis, der neben ihr an der Reling stand und sich den Seewind um die Nase wehen ließ.

18

Die Lichter im Hafen von Scarinish erschienen in der Dunkelheit, und das Fährhorn durchschnitt dröhnend die Nacht. Die Passagiere machten sich zum Verlassen des Schiffs bereit. Jetzt im September waren nicht mehr ganz so viele Touristen darunter wie noch im August. Nur Surfer schienen zu jeder Jahreszeit den Weg nach Tiree zu finden.

Fin lehnte an der Reling. Den Kragen seiner Windjacke hochgeschlagen schaute er auf das aufgewühlte Fahrwasser.

»Wir sind gleich da. Ich würde mich für deine Gesellschaft bedanken, aber du machst es einem nicht leicht. Auf jeden Fall danke, dass du das Hotel bezahlt hast. Das Abendessen war auch sehr gut, also, alles in allem war das ein netter Ausflug«, sagte Kirsty, die neben ihn getreten war.

Er warf ihr einen nachdenklichen Blick zu. »Du musst dich nicht bedanken, Kirsty. Es tut mir leid, dass ich manchmal so verletzend bin, aber ich kann es nicht ändern. Es gibt wohl keinen Menschen, der es seit dem Unglück so lange mit mir ausgehalten hat wie du.«

Sie grinste. »Wundert mich nicht, aber wir wurden ja auch quasi zusammengeworfen im Rosencottage. Eine unfreiwillige Wohngemeinschaft. Und ich bin mir sicher, dass Fiona sich köstlich amüsiert.«

Er drehte sich um, und die Wärme in seinem Blick überraschte sie. »Ich hatte gehofft, sie wiederzusehen.«

»Sie fehlt mir so sehr«, murmelte Kirsty. »Und deshalb erfülle ich ihren letzten Wunsch.«

Der Kapitän hatte den Motor gedrosselt und steuerte die Fähre langsam an den Pier. Es ruckelte und quietschte, als der eiserne Schiffsrumpf gegen die Autoreifen drückte und sich in die gewünschte Position schob. Sie warteten, bis die Mitarbeiter des Fährschiffs die Sicherheitsgatter lösten und den ersten Schwung Passagiere durchgelassen hatten. Dann erst gingen sie mit Otis über die Rampe an Land. Der Hund zeigte keine Furcht vor dem unebenen Boden und schien sich überhaupt sicher neben Kirsty zu fühlen, was sie als gutes Zeichen wertete.

Kirstys Wagen wartete auf dem Parkplatz, und als sie eingestiegen waren, entfuhr ihr ein Seufzer: »Ich fürchte, mein Bruder erwartet uns. Die Patersons sind ziemlich stur und geben selten auf, bevor sie ihr Ziel erreicht haben.«

Da sie sich auf die Dunkelheit und die Straße konzentrierte, konnte sie sein Gesicht nicht sehen, hatte jedoch das Gefühl, dass er schmunzelte. Und tatsächlich – im Rosencottage brannte Licht!

»Verdammt«, fluchte Kirsty, fuhr den Wagen in die Einfahrt und stellte den Motor ab. »Und woher zum Teufel hat er einen Schlüssel?«

Fin stieg aus, holte beide Taschen aus dem Wagen

und ließ sie vorgehen. Otis lief sofort ins Haus und bellte lautstark, als er Ethan im Sessel entdeckte. Ihr Bruder sprang erschrocken auf, denn Otis wirkte mit seinem dunkel gestromten Fell und den aufgestellten Nackenhaaren durchaus furchteinflößend.

»Hey, Kirsty. Rufst du jetzt den Köter zurück, oder was?!«

»Hallo, Ethan!«, sagte Kirsty und stieß einen lautlosen Seufzer aus.

Fin stellte Kirstys Tasche ab und verschwand in seinem Zimmer.

»Otis, lass ab«, sagte sie, und der Hund trat zurück, blieb jedoch neben ihr stehen. »Das ist kein Köter, sondern ein Hund.«

Ihr Bruder war etwa so groß wie Fin, hatte rotbraunes Haar, das akkurat geschnitten war, und trug Designerjeans, Wanderschuhe und einen grünen Pullover mit dem Wappen seines Golfclubs.

»Warst du golfen?«

»Warum? Ach so, der Pullover, ja, ich habe tatsächlich eine Runde auf eurem Platz gedreht. Bot sich ja an, da ich warten musste. Spielst du noch immer nicht?« Er wollte auf sie zugehen, doch Otis begann sofort wieder zu knurren.

»Otis, nicht. Der gehört zur Familie, auch wenn er sich nicht so aufführt.« Kirsty nahm den Hund am Halsband und ging in die Küche, wo sie das Hundefutter hervorholte und eine Schüssel füllte.

Als Otis mit seinem Fressen beschäftigt war, entdeckte sie, dass Ethan sich eine Flasche Rotwein aus dem Regal geholt hatte. Es war eine von Fins teuren Flaschen. Ihr Bruder kam zu ihr und breitete die Arme aus.

»Lass dich wenigstens umarmen, Sis, auch wenn du sauer auf mich bist.«

Sie erwiderte die Umarmung und sagte: »Der Wein, den du da geöffnet hast, gehört Fin. Du hättest fragen sollen.«

Ethan holte sein Glas und schwenkte es. »Ein feiner Tropfen. Ich hatte mich schon gewundert. Du hattest nie viel für guten Wein oder die feine Lebensart übrig. Da bist du ganz aus der Art geschlagen.«

Er stolzierte durch den Raum und schaute sich prüfend um, als Fin aus seinem Zimmer kam.

»Schön, dass Ihnen mein Château Lynch-Bages schmeckt. Es hat mich einige Mühe gekostet, eine Kiste aus Pauillac herfliegen zu lassen.« Fin nahm zwei Gläser aus dem Schrank und goss für sich und Kirsty von dem edlen Wein ein. »Cheers, Kirsty. Es war mir ein Vergnügen!«

Sie errötete und stieß mit ihm an.

Ethan trat zu ihnen, ohne ein Anzeichen von Verlegenheit. »Aus Pauillac? Sieh an. Sie sind wohl ein Kenner. Ich bin Ethan, Kirstys Bruder.«

»Finlay Stewart. Kirsty war so freundlich, mir ein Zimmer zu vermieten«, erklärte der Autor kühl.

»Und für mich hast du nicht mal ein Bett? Na, schönen Dank auch«, sagte Ethan und trank einen Schluck. »Der ist wirklich gut!«

»Sollte er auch, bei dem Preis«, meinte Fin trocken.

»Tut mir leid, Fin, mein Bruder ist immer so rücksichtslos!«

Ethan hob die Schultern. »Wenn du das so siehst. Ich bin zielstrebig, das ist doch nicht falsch.«

»Hast du eine Luftmatratze mitgebracht, wie ich es empfohlen habe? Und woher hast du einen Haustürschlüssel?«, fragte sie, die Stichelei ignorierend.

»Nein, aus dem Alter bin ich raus. Das war ja wohl ein Scherz!« Ganz der erfolgreiche Architekt stand er vor ihr und machte eine Geste, die wohl eine geeignete Schlafstatt herbeizaubern sollte. »Na, hör mal, Mum und Dad haben noch einen. Hätte ja auch ihr Haus werden sollen, oder zumindest hätte Granny es uns beiden vermachen sollen. Das wäre fair gewesen.«

»Vielleicht. Nun ist das aber ihr letzter Wille, und wir sollten ihn respektieren. Das Rosencottage ist ein Juwel, ein wundervoller Ort zum Leben, und sie wusste, dass ich ihn nicht zerstören würde. Ich liebe das Cottage, und ich will hier keinen Trubel!«, erklärte sie nachdrücklich.

»Jetzt hör dir doch erst mal an, was wir dir bieten können. Du brauchst Geld. Oder hast du schon einen Job hier auf der Insel? Stelle ich mir schwierig vor.« Ethan sah zu Fin, der sich Brot und Käse aus dem Kühlschrank holte.

»Was sagen Sie denn dazu? Sind Sie so ein Vogelforscher, oder trainieren Sie für den Surfcup? Der findet ja bald auf Tiree statt.«

Kirsty berührte ihren Bruder am Arm. »Nicht, Ethan, lass Fin in Frieden.«

Ihr Bruder hob die Augenbrauen. »Wieso denn? Ist doch eine normale Frage. Wer hier unhöflich ist, bist du. Wolltest mich ja nicht mal hierhaben.«

Fin ließ sein Messer auf den Teller fallen und nahm sein Handy. »Scarinish Hotel? Ja, wir brauchen ein Zimmer für heute Nacht.«

Ethan und Kirsty sahen ihn erstaunt an.

»Was macht er denn jetzt?«, meinte Ethan perplex.

»Ich buche ein Zimmer für Sie. Hier ist kein Platz. Das haben Sie doch gehört. Ja, ich bin noch dran. Sehr schön, der Gast heißt Ethan Paterson und ist in zehn Minuten bei Ihnen. Haben Sie vielen Dank.« Fin legte das Telefon ab und sagte zu Kirsty: »Ich fahre deinen Bruder rüber, oder willst du?«

»Nein, danke, das ist sehr nett von dir.« Sie warf ihm die Autoschlüssel zu und klopfte Ethan auf die Schulter. »Das ist die beste Lösung. Gute Nacht, Ethan.«

Ihr Bruder sah von einem zum anderen, griff nach seiner Jacke und meinte beim Hinausgehen: »Wir sehen uns morgen früh, Kirsty.«

Die Worte, die wie eine Drohung geklungen hatten, hingen noch im Raum, als er längst mit Fin weggefahren war. Ihre Familie hatte doch etwas vor. Ethan war die Vorhut und sollte sie weichkochen. Aber das würde ihm nicht gelingen. Als sie an Fins beherztes Eingreifen dachte, schüttelte sie lächelnd den Kopf.

Sie wurde nicht schlau aus dem Mann. Auf Mull war er so wütend über eine Bemerkung von ihr gewesen, die ihm allzu persönlich erschienen war, dass sie kaum noch miteinander gesprochen hatten, und jetzt brachte er ihren Bruder nach Scarinish! Kopfschüttelnd ging sie in die Küche und schmierte ihm das begonnene Käsesandwich. Bei der Zubereitung merkte sie, wie hungrig sie selbst war, und aß Käse, Brot und einen Apfel.

Otis hatte sich auf dem Teppich in der Raummitte ausgestreckt und schlief. Bei dem kleinsten Geräusch hob er sofort den Kopf. Ob er sein Herrchen vermisste? Vielleicht hoffte er, dass der alte Donleavy zur Tür hereinspazierte und ihn wieder mitnahm.

»Ach, Otis, ich wünsche mir so sehr, dass du dich hier wohlfühlst«, sagte sie, und der Hund blinzelte sie müde an.

Sobald ihr Auto wieder in die Einfahrt fuhr, spitzte Otis die Ohren, erkannte Fin aber am Schritt und bellte nicht. Fin kam herein, warf seine Jacke auf einen Stuhl und rieb sich die Hände.

»Seid ihr überhaupt verwandt? Dein Bruder ist ja ein vollkommen anderer Mensch als du. Oh, ist das mein Sandwich?« Er deutete auf den Teller, den sie vorbereitet hatte.

»Ja, ich dachte, das wäre das Mindeste. Danke, dass du dir die Mühe gemacht hast. Das wäre aber nicht nötig gewesen«, meinte sie und stellte den Wasserkocher an.

Fin biss in das Käsesandwich, kaute und sagte: »Doch, das war es, denn du hättest dich nicht gegen ihn durchgesetzt. Dein Bruder ist so von sich überzeugt, dass er kaum zuhören kann, und hält dich für eine Träumerin, die es zu nichts gebracht hat. Wie kann es sein, dass ihr so verschieden seid?«

Kirsty nahm zwei Becher aus dem Regal. »Tee?«

Er nickte.

»Früher habe ich mich auch manchmal gefragt, ob ich vielleicht das Kuckucksei der Familie bin. Das hätte einiges erklärt.« Sie legte in jeden Becher einen Teebeutel. »Es fing schon damit an, dass meine Mutter aus mir eine Prinzessin machen wollte. Du weißt schon, Kleidchen, rosa überall, Ballett und Reitunterricht. Ich habe geschrien, als ich das Tutu anziehen sollte. Das war die erste große Enttäuschung für meine perfektionistische Mutter. Pferde fand ich toll, aber ich wollte sie nur streicheln und putzen, mich nicht draufsetzen. Sagen wir es so, ich habe ihre Erwartungen nicht erfüllt, und das hat sie ziemlich sauer gemacht. Weißt du, wenn ich so darüber nachdenke, hat sie mich nie gefragt, was mir Freude machen würde, sondern mich von einem Lehrer zum nächsten geschleppt. Dabei war ich eigentlich ein glückliches Kind, wenn man mich allein vor einen Zeichenblock gesetzt hat. Es war ganz einfach.«

Das Wasser sprudelte, und Kirsty goss die Becher voll. »Mein Bruder war eine Sportskanone. Ist er heute noch. Ich habe ihn bewundert, und meine Freundinnen waren alle in ihn verknallt. Wenn ich etwas von ihnen wollte, musste ich nur Ethan ins Spiel bringen, und sie haben mir jeden Aufsatz geschrieben.«

Fin lachte. »Clevere kleine Kirsty.«

»Na ja, Ethan hat Architektur studiert, wusste immer, dass er bei Dad in die Firma einsteigen wird, und ich bin nach der Schule um die Welt gereist. Aber ich habe alles selbst finanziert, auf Kreuzfahrtschiffen gekellnert, war bei der Weinernte in Frankreich, und in Australien habe ich Rinder eingetrieben und dann vier Wochen nur gesurft. Was mich daran erinnert, dass ich mir hier unbedingt ein Brett kaufen muss.«

Er hatte sein Sandwich verspeist. »Danke, das war genau richtig. Und das bist du auch, Kirsty. Der eine findet seinen Weg direkt, bei dem anderen braucht es eine gewisse Zeit und einige Umwege, nein, Erfahrungen. Wir sind die Summe unserer Erfahrungen. Irgendjemand hat das mal gesagt, ach ja, Prentice Mulford. Und ich finde, der gute Mulford hat das schon im neunzehnten Jahrhundert gut erkannt.«

Warum konnten ihre Eltern das nicht so sehen? Kirsty schluckte und hoffte, dass er ihre feuchten Augen nicht bemerkte. Dieser kluge Mann, der noch dazu verdammt gut aussah und in dessen Gegenwart ihre Knie dummerweise weich wurden, gab ihr, was sie von ihrer Familie erhoffte, ein wenig Anerkennung und Wertschätzung. Ethan hatte es mit wenigen Worten wieder einmal geschafft, dass sie sich als Versagerin fühlte. Sie räusperte sich und wollte sich abwenden, doch Fin legte ihr einen Finger unters Kinn und drehte sie sanft zu sich.

»Du bist eine bemerkenswerte Person, Kirsty. Lass dir das nie von jemandem ausreden.« Seine dunklen Augen ruhten auf ihr und jagten unerwünschte Schauer über ihren Körper.

Wusste er denn nicht, welche Wirkung er auf sie hatte? Sie betrachtete seinen schön geschwungenen Mund, die Bartstoppeln, die sicher ein wenig kitzeln würden, wenn er sie küssen würde. Als sie sich bei diesem Gedanken ertappte, senkte sie verlegen den Blick. Dort, wo sein Finger sie berührt hatte, brannte ihre Haut. Doch als sie wieder aufsah, stand er noch immer vor ihr, und der Ausdruck in seinen Augen hatte sich verändert, nur kurz, doch sie hatte das Verlangen nach mehr erkannt. Seine Atmung ging schneller, da trat er zurück, nahm seinen Teebecher und sagte: »Wir haben einen langen Tag hinter uns. Schlaf gut, Kirsty.«

»Du auch«, antwortete sie leise.

Dass sie in dieser Nacht ruhig schlafen würde, war unwahrscheinlich.

19

Die Sonne schien durch das offene Fenster auf ihr Bett, und die Wellen klangen aufgewühlt. Aber nicht nur das Meeresrauschen hatte sie geweckt, sondern ein beständiges Winseln. Sie drehte sich zur Seite und blickte in Otis' Augen. Er saß neben dem Bett und hatte die Pfoten aufs Bett und den Kopf dazwischengelegt.

»Guten Morgen, Otis!« Sie stand auf, sprang kurz unter die Dusche, schlüpfte in Jeans und Sweatshirt, schnappte sich den Haustürschlüssel und ließ Otis zur Tür hinaus.

Inzwischen traute sie ihm so weit, dass sie ihn ohne Leine laufen ließ. Fin schlief noch, zumindest hatte er die Gardinen noch nicht aufgezogen. Kirsty wählte den Weg durch die Dünen in südlicher Richtung. Die Luft war herbstlich frisch, und sie musste sich bewegen, um nicht zu frieren. Otis lief vorweg, schnüffelte und sah sich immer wieder nach ihr um, was ihr ein beruhigendes Gefühl vermittelte. Seit sie hier war, verstrich die Zeit, ohne dass sie es merkte. Es spielte keine Rolle, welcher Wochentag war. Doch langsam musste sie anfangen, strukturiert zu arbeiten, wenn sie mit der Malerei weiterkommen wollte.

Gleich wenn sie zurück war, würde sie mit den Vorzeichnungen für ein Gemälde beginnen. Sie hielt inne, breitete die Arme aus und sog tief die würzige Meeresluft ein. Dabei hörte sie nur das Meer, das gegen die Felsen schlug, und ein paar Möwen, die ein Fischerboot umkreisten, das von nächtlicher Fahrt zurückkehrte. Die Weite hier war es, die ihr ein Gefühl von Freiheit gab, sie berauschte und ihren Geist beflügelte. Vor ihr war nur der Atlantik, unendlich, geheimnisvoll, wild, unbezwingbar, eine elementare Gewalt. Kein Wunder, dass Fin die Faszination des Meeres, seine Wirkung auf die Menschen in seinem Roman verarbeitet hatte.

Ein Geräusch, das nicht in die urwüchsige Natur gehörte, ließ sie herumfahren. Otis knurrte.

»Wenn das Ihr Hund ist, rufen Sie ihn zurück, oder ich zieh ihm eins über«, meldete sich eine drohende Männerstimme aus dem Dünental vor ihr.

Sie erkannte ihn sofort. Es war Brodric McMillan. Heute hielt er zumindest kein totes Huhn in der Hand, dafür ein Seil.

»Otis!« Der Hund, dessen Nackenhaare sich aufgestellt hatten, hörte auf zu knurren und kam zu ihr. »Braver Hund«, sagte sie und streichelte ihn.

»Was machen Sie denn so früh hier draußen?«, fragte sie mit Blick auf das Seil in seiner Hand.

»Das geht Sie zwar nichts an, aber ich will eine Kuh einfangen, die zum Strand gelaufen ist. Da unten zwischen den Felsen kann sie sich verletzen«, erwiderte der Mann erstaunlich auskunftsfreudig.

»Ich habe schon öfter Kühe am Strand gesehen und dachte, dass die Tiere sich wohl zurechtfinden.«

Der Mann, der eine Wollmütze trug, unrasiert war und einen alten Wollpulli trug, sagte: »Manchmal geht es eben auch schief. Matty hat nicht viel Geld, und eine Kuh zu verlieren wäre ein großer Verlust für ihn.«

»Wie geht es Ihrem Onkel?«

Brodric stiefelte weiter, und sie schlug in gebührendem Abstand seine Richtung ein.

»Was interessiert Sie das?«

»Haben Sie ihn nach Livie gefragt?«, bohrte sie weiter.

Brodric blieb stehen und rollte das Seil auf. »Nein, werde ich auch nicht, weil es ihn aufregen würde. Er ist ein alter Mann, lassen Sie ihn zufrieden.«

»Warum würde es ihn aufregen? Sie ist seine Schwester! Meine Großmutter war die Freundin seiner Schwester.«

Der Blick des untersetzten Mannes wurde abweisend, und seine Miene verdüsterte sich. »Kümmern Sie sich um Ihren Mist und hören Sie auf, die Vergangenheit aufzuwühlen. So was kann schlimme Folgen haben.«

»Ach ja? Warum? Dann hat Ihr Onkel etwas zu verbergen? Jetzt helfen Sie mir doch! Wo ist Livie hingegangen? Das ist alles, was ich wissen möchte.«

»Weg!«, knurrte er. »Sie ist abgehauen, weil sie es hier nicht ausgehalten hat. Mit einem kanadischen Soldaten ist sie fort, nach Québec. Es hat ihrer Familie das Herz gebrochen, dass sie einfach gegangen ist. So war das! Sind Sie jetzt zufrieden?«

»Nach Québec? Und sie ist nie zurückgekehrt? Hat sie geschrieben?«

»Weiß ich nicht, nein, ich glaube nicht. Ein Anruf, das war wohl alles.« Er warf ihr einen letzten bösen Blick zu und marschierte durch die Dünen zum Strand hinunter.

»Na, komm, Otis, gehen wir.« Dankbar, dass der Hund sie begleitete, ging sie zügig zurück zum Cottage.

Dort kochte sie als Erstes Kaffee, fütterte Otis und machte sich einen Toast. Anschließend ging sie zu ihrer Staffelei im Wohnzimmer, öffnete alle Fenster, um so viel Licht wie möglich einzufangen, und machte eine Vorzeichnung mit Kohle. Kaum war die Grundkomposition festgelegt, griff sie zu Pinsel und Farbe und ließ ihren Gefühlen auf der Leinwand freien Lauf. Als die erste Schicht aufgetragen war, trat sie zufrieden einige Schritte zurück und nickte. Das war Tiree, und das war sie. Ein Meer aus Blau und Orangetönen.

Eine Tür klapperte, und Fin trat in den Raum. Er hatte sich rasiert und trug nur eine Jeans. Ein Handtuch lag über der Schulter seines muskulösen Oberkörpers. Er kann jede Frau haben, dachte Kirsty und konzentrierte sich auf ihr Bild.

»Du warst ja schon früh unterwegs«, sagte er und warf einen Blick auf die Staffelei. »Der Sonnenaufgang heute?«

»Hm, und das Meer. Ich war spazieren und habe diesen Brodric getroffen.« Sie wischte den Pinsel in einem Tuch ab und steckte ihn in ein Glas mit Terpentinlösung.

Interessiert hob Fin eine Augenbraue.

»Er behauptet, dass Livie damals mit einem Soldaten nach Québec gegangen ist. Seither kein Lebenszeichen.«

»Wirst du es dabei belassen?«

Doch sein Tonfall sagte bereits, dass er das nicht glaubte. Sie schüttelte den Kopf. »Nein. Ich will noch mit den Grahams sprechen. Immerhin war Rory der Vater von Livies Kind. Warum hat er sie nicht geheiratet? Wenn er ein anständiger Junge war, hätte er sie geheiratet.«

»Sie waren beide sehr jung. Vielleicht wollten die Familien das nicht«, gab Fin zu bedenken.

»Vielleicht, aber ich habe herausgefunden, dass die Grahams nach Kilmarnock gezogen sind, zumindest sagt das eine Seite der Heimatforschung von Tiree.«

»Und da steht nichts über die McMillans?«, wollte Fin wissen.

Er stand neben ihr und roch nach Seife.

Sie verdrehte die Augen. »Von denen ist laut der Seite niemand ausgewandert. Nun weiß ich nicht, ob Frauen aufgeführt wurden, es ging da mehr um Familien, die abgewandert sind. Jedenfalls habe ich den Familiennamen Graham zwanzig Mal in Kilmarnock gefunden.«

»Na dann, viel Spaß. Oh, wir bekommen Besuch. Ich gehe.« Er verschwand in sein Zimmer.

Otis sprang auf das Fenstersims und bellte, als Ethan aus einem SUV stieg.

»Danke!«, rief er dem Fahrer zu, der wendete und davonfuhr.

»Hallo, Ethan«, meinte Kirsty angesäuert durch das

Fenster, denn sie hatte keine Lust, sich erneut mit ihrem Bruder auseinanderzusetzen.

»Lässt du mich rein?«

Ein Schulterzucken war ihre Antwort, und gleich darauf stand Ethan im Wohnzimmer.

»Den Haustürschlüssel leg doch bitte auf den Tisch«, sagte Kirsty. »Sonst tausche ich das Schloss aus.«

»Das ist ja wohl nicht dein Ernst?«, entrüstete sich Ethan und warf einen kurzen Blick auf seine teure Armbanduhr.

»Ich will dich nicht aufhalten, wenn du deinen Flieger erreichen musst. Ethan, ehrlich, was soll das? Ich verkaufe weder das Land noch das Cottage.«

Er sah ihrem Vater noch ähnlicher, wenn er sich ärgerte. »Aber wenn wir hier mehrere Häuser bauen, natürlich ganz im Stil der Crofterhäuser, und das Rosencottage bleibt im Grunde so erhalten, dann erhältst du eine Summe ausgezahlt und kannst dir woanders was Neues kaufen und hast sicher noch etwas über, um davon zu leben. Aber das hier, das ist doch alles renovierungsbedürftig. Das Dach muss erneuert werden. Und das Land liegt brach.«

»Darauf weiden Schafe und Kühe. Vielleicht kaufe ich mir eine Ziege und stell sie dazu.«

»Bitte?« Ethan sah sie an, als hätte er eine Geisteskranke vor sich.

»Ich mag Ziegen. Die sind putzig. Schafe mag ich auch. Kühe auch, aber die sind mir zu groß …«, sinnierte sie weiter und beobachtete, wie ihr Bruder langsam merkte, dass sie ihn veralberte.

»Okay, du hattest deinen Spaß. Wir arbeiten ein Angebot aus und legen dir vor, wie groß dein Anteil sein könnte. Dann kannst du Ja oder Nein sagen. Wenn du es ablehnst, später in Schwierigkeiten bist und um Hilfe bettelst, sei sicher, Schwesterherz, dann wird dein Anteil nicht mehr so groß sein.«

»Das wäre dann wohl jetzt der passende Moment für dich, das Rosencottage zu verlassen. Ich wünsche dir einen guten Flug. Grüß Mum und Dad von mir. Ach ja, und deine reizende Gattin.«

Ethan kochte vor Wut, das sah sie an der Ader, die an seiner Schläfe pochte, doch er gab nicht auf. Der mögliche Profit musste erheblich sein, sonst würde er sich nicht so ins Zeug legen. Er holte tief Luft und ging auf sie zu, blieb aber stehen, als Otis den Kopf hob und ihn fixierte. »Kirsty, die Zeiten haben sich geändert. Du wirst auch nicht jünger. Wovon willst du leben? Hiervon?« Er deutete auf die Leinwand. »Was soll das sein?«

»Ihr bekommt doch gar keine Genehmigung, um auf dem Land zu bauen. Ein Croft höchstens, so war es immer.«

Ein wissendes Grinsen glitt über sein Gesicht. »Dad hat mit dem Duke gesprochen, dem noch immer mehr als die Hälfte von Tiree gehört. Er kann das Baurecht kippen.«

Das war übel, damit hatte sie nicht gerechnet. »Gibt es denn noch mehr Investoren?«

»Die gibt es immer, wenn Bauland zur Verfügung steht.«

Kirsty biss sich auf die Unterlippe. Dagegen musste man beizeiten vorgehen. »Tja, wollen wir erst mal sehen. Willst du noch einen Kaffee trinken, oder soll ich dich gleich zum Flughafen bringen?«

Als Kirsty aus Crossapol zurückkam, war das Haus leer. Die Tür zu Fins Zimmer stand offen, doch er war nicht da, und zum ersten Mal wurde ihr schmerzlich bewusst, dass sie sich an ihn gewöhnt hatte. Sie freute sich darauf, nach Hause zu kommen, zu wissen, dass er da war und vielleicht mit ihr streiten würde. Ja, sie mochte seine spitzen Bemerkungen, die immer klug waren. Er sah in die Menschen hinein, viel besser als sie. Außerdem kochte er gern, zum Teufel, so ein Mann war ein Sechser im Lotto! Nur hatte die Sache einen großen Haken – sie wusste nicht, ob er sich etwas aus ihr machte, und befürchtete zudem, dass er in seiner Trauer gefangen war und sich in seinem Schutzpanzer aus zynischer Abwehr und Selbstmitleid bequem eingerichtet hatte. Seit sie mehr miteinander redeten, trank er weniger, jedenfalls hatte sie den Eindruck. Vielleicht versteckte er in seinem Zimmer einen Whiskyvorrat, aber eigentlich glaubte sie das nicht. Das war nicht sein Stil.

Kirsty warf einen letzten sehnsüchtigen Blick in sein Zimmer, nahm ihr Telefon und die Liste der Grahams, die sie in Kilmarnock ausfindig gemacht hatte, und setzte sich in einen Sessel am Kamin. Danach wollte sie zum Fitnesscenter und sich ein Surfbrett kaufen. Es kribbelte ihr in den Fingern, endlich wieder aufs Wasser zu gehen.

Nachdem sie fünfzehn Nummern abtelefoniert hatte, hielt sie ihre Idee schon fast für sinnlos.

»Jill Graham?«, meldete sich eine junge Frauenstimme.

Kirsty stellte sich mit ihrem Anliegen vor. »Livie McMillan und Rory Graham waren 1935 ein Paar. Ich weiß, es ist eher unwahrscheinlich, und Sie haben sicher andere Dinge zu tun.«

»Nein, warten Sie, das ist gar nicht so abwegig. Wissen Sie, mein Großvater stammte von Tiree. Und soweit ich mich erinnere, hatte er einen Bruder namens Rory. Das war aber eine sehr traurige Geschichte, daran erinnere ich mich. Großvater hat nie darüber sprechen wollen. Meine Großmutter wird das vielleicht noch wissen. Sie lebt bei meiner Tante in Troon.«

Kirsty konnte ihr Glück kaum fassen, denn die Großmutter musste sehr alt sein. »Und Sie denken, dass Ihre Großmutter mit mir sprechen würde?«

»Warum nicht? Sie liebt es, über die alten Zeiten zu reden. Wissen Sie, ich frage meine Tante, was sie davon hält, und dann melde ich mich bei Ihnen. Unter dieser Nummer?«

»Ja, sehr gern! Ach, das wäre mir eine solche Hilfe. Ich wäre Ihnen unendlich dankbar dafür.«

»Klar, ich bin gerade im dritten Semester«, sagte Jill. »Kommunikationswissenschaft und Geschichte. Recherche ist spannend. Und jetzt, wo Sie mich drauf gestoßen haben, möchte ich selbst gern wissen, was damals passiert ist. Okay, Sie hören von mir, versprochen.«

Ermutigt machte sich Kirsty mit Otis und einem Rucksack, mit Badeanzug und Handtuch auf den Weg zum Fitnesscenter. Auf halbem Weg klingelte ihr Handy. Es war Dr. Macearchana.

»Mrs Paterson, es geht um den Verbleib des Hundes des verstorbenen Mr Donleavy.«

»Ja?«, sagte sie, und ihre gute Stimmung war verflogen. Die Beisetzung des alten Herrn war von den Angehörigen in aller Stille auf dem Festland durchgeführt worden. Das war bislang alles, was sie wusste.

»Von Susan McNeil habe ich erfahren, dass Sie den Hund noch immer betreuen. Das ist wirklich sehr nett von Ihnen. Es gibt tatsächlich niemanden, der Anspruch auf den Hund erhebt. Die Erben, entfernte Verwandte, die sich nie um den alten Herrn gekümmert haben, werden das Haus verkaufen, und damit ist die Sache abgeschlossen. Was für den Hund bedeutet, dass er bei Ihnen bleiben kann, oder er geht ins Tierheim.«

»Nein, das nicht! Ich möchte Otis sehr gern behalten. Er ist ein toller Hund, und wir verstehen uns gut!«, beteuerte Kirsty sofort.

»In diesem Fall, Mrs Paterson, wünsche ich Ihnen und Otis alles Gute. Es hat mich gefreut, Ihre Bekanntschaft zu machen. Auch wenn die Umstände nicht erfreulich waren.«

»Ich danke Ihnen, Doktor! Sie können sich gar nicht vorstellen, was das für mich bedeutet.«

Nachdem sie das Handy in ihre Tasche gesteckt hatte, ging sie in die Hocke, rief Otis zu sich und umarmte den Hund. »Jetzt hast du ein neues Für-immer-Zuhause.«

Otis schnaufte und leckte ihr über die Nase. Für Kirsty war das ein eindeutiges Zeichen dafür, dass er verstanden hatte, was sie ihm gerade gesagt hatte. Als sie zum Fitnesscenter kamen, schaute Otis zum Restaurant hinüber, und sie ließ ihn gehen. Er sollte ruhig nachsehen, ob sein altes Herrchen dort war. Susan oder Cam würden ihm zum Trost sicher etwas zu fressen geben.

20

Noch am selben Nachmittag hatte Kirsty ihr neues Surfbrett mit hinunter zum Strand genommen. Sharon hatte sie ausgiebig beraten, und nun zog Kirsty den Reißverschluss des Surfanzugs zu und nahm ihr Surfbrett unter den Arm. Otis war nach einer kurzen Visite im Restaurant zurückgekommen und schnüffelte den Sand ab. Er war ein aufmerksamer, selbstständiger Hund, und Kirsty wusste, dass ihre Habseligkeiten bei ihm gut aufgehoben waren.

Am Strand Traigh nan Gilean, unterhalb von Sandaig, hatte sie die gesamte Bucht mit dem kristallklaren Wasser und den perfekt einlaufenden Wellen für sich. Innerlich jubelnd über den schönen Tag, der ihr wie ein Geschenk erschien, legte sie sich auf ihr Surfboard und paddelte mit geübten Bewegungen in die Bucht hinaus. Es war ein unvergleichliches Gefühl, auf dem Wasser zu sein, nur das Rauschen der Wellen und die Schreie der Vögel zu hören.

In der Ferne sah sie ein Fischerboot, und oberhalb des Sandstrands meinte sie, einen Spaziergänger in den Dünen zu sehen. Doch irgendwann sah sie nur noch das Wasser, las die Strömungslinien und konzentrierte sich auf die Wellen, die sie mitnahmen, trugen und sie jubeln ließen, als sie auf dem Board stand und ihre Manöver fuhr.

Wie lange sie auf dem Wasser war, hätte sie danach nicht zu sagen vermocht, doch die Sonne hatte sich gesenkt, und sie dachte an Otis, der allein am Strand herumstrolchte. Hin und wieder war sie an Land gegangen und hatte ihn gestreichelt, doch er schien zufrieden und lief nicht fort. Sie nahm die letzte Welle des Tages und ließ sich bis an den Strand spülen. Glücklich und ein wenig erschöpft fuhr sie sich mit der Hand durch das nasse Haar und suchte nach Otis.

Endlich entdeckte sie ihn in Begleitung eines Mannes. Sie winkte und rief: »Hey, Fin!«

Otis bellte und stürmte auf sie zu, während Fin langsam von den Dünen herunterkam. Sie nahm ihr Handtuch und rieb sich Gesicht und Haare ein wenig trocken. Sie strahlte Finlay an, als er sie erreichte.

Es war nicht kalt. Windig, wie immer auf Tiree, und er trug einen Sweater und Jeans, seine Schuhe hielt er in einer Hand. Die frische Luft bekam ihm. Wenn sie daran dachte, wie blass er bei ihrer ersten Begegnung gewesen war.

»Du bist ja ein richtiger Profi!«, sagte er und fuhr sich durch die dunklen Haare.

Sie lachte. »Weit davon entfernt, aber ich habe das schon als Kind geliebt. Das verlernt man nicht.«

Otis sprang um sie herum, entdeckte eine Muschel oder Seetang und lief am Spülsaum entlang. Fin stand vor ihr, und plötzlich wechselte der Ausdruck in seinen Augen. Sie ließ das Handtuch sinken und wollte etwas sagen, doch er streckte die Hand nach ihr aus, strich ihr die nassen Haare aus der Stirn, ließ seine Hand an ihrem Nacken liegen und küsste sie.

Sie hörte den Wind und die Wellen, schloss die Augen und lehnte sich in diesen unerwarteten Kuss. Seine Lippen waren warm und weich und so zärtlich, dass sie nicht anders konnte, als ihn zu umarmen und sich an seinen festen Körper zu schmiegen. Als hätte er auf ihre Reaktion gewartet, zog er sie fester an sich, und sie spürte seine Zunge, die ihre Lippen erkundete. Aus Zärtlichkeit wurde Leidenschaft, und es schien ihn nicht zu stören, dass ihr Surfanzug nass war, denn seine Hände glitten über ihren Körper und drückten sie noch ein wenig enger an sich. Dass er genauso erregt war wie sie, spürte sie deutlich, und sie stöhnte auf, als er mit einer Hand über ihre festen Brüste glitt.

Otis bellte und kam mit einem Stück Treibholz zu ihnen, das er ihr vor die Füße warf. Sie lösten sich voneinander, und Kirsty berührte sanft Fins Brust, wo ein dunkler Fleck auf seinem Poloshirt zu sehen war.

»Ich habe dich ganz nass gemacht.«

»Der Kuss war es wert.« In seinen Augen brannte noch immer das Feuer. »Du sahst so verdammt sexy aus, als du aus dem Wasser kamst.«

Sie lächelte und drehte sich um. »Ziehst du mal an dem Band?«

Er zog den Reißverschluss des Surfanzugs auf, und sie pellte sich aus dem engen Neopren.

»Das ist nicht sexy, aber die Anzüge sind genial, halten warm.« Sie stieg aus dem Neoprenanzug, nur mit einem Bikini bekleidet, und suchte fröstelnd nach ihrem Handtuch, das er ihr hinhielt.

Er legte es um ihren Körper und zog sie an sich. »Kirsty, das ist mir seit Jahren nicht passiert. Du bist die ungewöhnlichste, natürlichste und anziehendste Frau, die mir seit langem begegnet ist, und ich weiß nicht, wie ich damit umgehen soll.«

Sie schmiegte sich in das Handtuch und seine Arme und küsste ihn auf die Lippen. »Der Kuss war ein guter Anfang.«

Er runzelte leicht die Stirn, und sie wusste, dass er wieder zu grübeln begann. »Ich …«

Sie legte ihm den Finger auf die Lippen. »Lass uns nach Hause gehen. Weißt du eigentlich, wie hungrig so eine Session auf den Wellen macht?«

Fin nahm das Brett, und Kirsty trug ihren Rucksack und den nassen Anzug. Sie fand, dass ihm das Brett gut stand. Noch nie hatte sie ihn so entspannt gesehen. Als sie im Rosencottage ankamen, stellte er das Brett in den Schuppen, und Kirsty ging unter die Dusche. Beim Ankleiden und Haareföhnen gab sie sich ein wenig mehr Mühe als sonst, verzichtete jedoch wie immer auf Make-up. Sie hatte von Natur aus dunkle Augenbrauen und Wimpern, und ihr Mund war auch nicht übel, dachte sie bei einem kritischen Blick in den Spiegel. Wenn sie lachte, bildeten sich Grübchen auf ihren Wangen, und ihre meist eher ungezähmten Haare unterstrichen ihre Natürlichkeit. Sie grinste ihr Spiegelbild an. So bist du halt, Kirsty, dachte sie. Ihre Versuche, auf Festivitäten der Eltern elegant zu erscheinen, waren nie von Erfolg gekrönt gewesen. Ihre Mutter und auch Scarlett hatten an jedem ihrer Outfits etwas auszusetzen gehabt, weshalb sie zum Entsetzen aller nur noch in Jeans und T-Shirt erschien.

Als sie die Treppe herunterkam, duftete es nach Bratkartoffeln und Fisch, und ihr lief das Wasser im Mund zusammen. Auf Socken kam sie in die Küche und schaute Fin neugierig über die Schulter.

»Wo hast du nur so kochen gelernt?«

»Ich koche einfach gern. Das ist das ganze Geheimnis. Es entspannt mich. Möchtest du?« Er deutete auf eine geöffnete Flasche Weißwein.

Sie goss sich einen Schluck ein. »Tut mir echt leid, dass mein Bruder deinen guten Wein aufgemacht hat.«

Fin wendete den Fisch. »Geschenkt. Dieser Butt ist fangfrisch, der Verkäufer in Scarinish hat nicht gelogen.«

Sie hätte ihn gern berührt, ihn umarmt, ließ es aber, weil sie nicht wusste, wie er reagieren würde. Vielleicht war der Kuss ein Versehen gewesen, das er bereits bereute.

Otis leckte genüsslich seine Schüssel aus und schaute dann sehr zufrieden zu ihnen hin. »Hat er auch Fisch bekommen? Scheint ihm geschmeckt zu haben.«

»Ja, ich hatte noch ein Stück übrig. Und du hattest tatsächlich Erfolg mit den Grahams?«

Sie hatte das Telefonat kurz erwähnt. »Unglaublich, oder? Jill Graham will mit ihrer Tante sprechen und die mit Pauls Frau. Paul war Rorys Bruder. Ich kann's kaum erwarten, von ihr zu hören. Ich glaube Brodric nicht so recht. Ein Anruf aus Kanada! Das ist so vage. Sie hätte ja an Fiona schreiben können. In der Ferne denkt man doch besonders an die Heimat.«

Fin drehte sich um und wäre fast mit ihr zusammengestoßen. Der Teller mit einer aufgeschnittenen Zitrone stand so, dass er um sie herum greifen musste, was er tat und eine Hand über ihren Rücken gleiten ließ, so, als wäre es ganz normal. Okay, dachte sie, ich lasse mich auf dein Spiel ein.

»Vielleicht wollte Livie aber alle Brücken abbrechen, wollte alles hinter sich lassen. Das ist auch denkbar. Wir brauchen noch Salat. Willst du das übernehmen?«

Sie nickte, verteilte Pflücksalat und Tomaten auf zwei Teller und mischte ein Dressing an. »Ich hoffe sehr, dass Annie, so heißt Pauls Witwe, mir mehr sagen kann. Aber weißt du, das Beste am heutigen Tag war der Anruf von Dr. Macearchana.«

Sie hatte es Fin schon am Strand erzählt, doch ihre Freude über die Gewissheit, die sie nun hatte, war einfach zu groß. »Nicht wahr, Otis? Wir feiern heute deine offizielle Adoption! Ich muss ihn noch anmelden, und eine Versicherung braucht er wahrscheinlich auch.«

Fin berührte ihren Arm: »Du bist so glücklich, das ist irgendwie ansteckend. Danke, Kirsty. Du weißt gar nicht, was deine Gesellschaft für mich bedeutet.«

Sie sah ihn an. Die dunklen Schatten unter seinen Augen waren weniger geworden, und die Verbitterung, die sich so tief um seinen Mund gegraben hatte, war einem Lächeln gewichen.

»Ich fühle mich geschmeichelt, denn meine Familie sieht das ganz anders. Die würden dich für verrückt halten.«

»Sie verstehen dich nicht und haben dich nicht verdient. Manche Menschen muss man einfach ziehen lassen, selbst wenn es die eigene Familie ist.«

Er machte keine Anstalten, sie erneut zu küssen, und doch fühlte sie, dass er sich öffnete, ihr zu vertrauen begann. Sie hatte einige Beziehungen gehabt, nie besonders lang und nie besonders intensiv, denn bevor es zu grundsätzlichen Diskussionen über das Zusammenziehen gekommen war, hatte sie meist den Ort gewechselt. Es war aber auch nie ein Mann darunter gewesen, dem sie eine Träne nachgeweint hätte. Bei Fin, das spürte sie instinktiv, war das anders. Ausgerechnet dieser verkorkste Kerl, der dem Leben den Rücken gekehrt hatte, ließ ihre Knie weich werden, und ihr verdammter Magen fühlte sich an, als ob ein Schwarm Schmetterlinge darin herumflog.

Kirsty bemühte sich um einen leichten Tonfall. »Du hast ja recht, sie werden ihren Willen nicht durchsetzen. Das Rosencottage steht nicht zum Verkauf, selbst wenn der Duke persönlich hier aufkreuzt.« Sie nahm zwei Essteller aus dem Schrank. »Das wäre mir überhaupt ein Fest. Mein Vater bringt es nämlich fertig und schleppt Seine Hoheit hier an, um mich einzuschüchtern.«

»Mehr Bratkartoffeln?« Er hatte eine beträchtliche Portion auf ihren Teller geschoben.

»Danke, das langt.«

Als sie am Tisch saßen, meinte Fin: »Solange du weißt, was du willst, ist doch alles klar. Guten Appetit.«

In den kommenden Tagen malte Kirsty mit neu gefundener Energie an ihren Bildern, darunter eins von Otis. Sie hatte schon früher gern Tiere gezeichnet, und Otis sah sie oft mit diesem berührenden Ausdruck an, in dem sie Trauer, Dankbarkeit und Lebensfreude zu sehen glaubte. Genau diesen Blick wollte sie auf die Leinwand bannen. Fin sah ihr manchmal über die Schulter, und seine wenigen Kommentare waren durchweg positiv. Er sprach nicht darüber, ob er schrieb oder was er in seinem Zimmer tat, und Kirsty fragte nicht nach. Nachmittags ging sie jetzt zum Surfen, und immer hielt sie nach ihm Ausschau. Einmal holte er sie vom Strand ab, und abends aßen sie gemeinsam. Die körperliche Anziehung zwischen ihnen hing elektrisierend in der Luft, und es gab zufällige Berührungen, doch oft entdeckte sie in seinem Blick eine Verletzlichkeit, die sie tief berührte.

Ethan hatte sich nicht wieder gemeldet, was nur bedeuten konnte, dass die Familie noch an ihrem Angebot oder einem anderen Druckmittel arbeitete. Je länger sie nichts aus Dundee hörte, desto mehr geriet diese Sorge jedoch in den Hintergrund. Vielleicht hatten sie es doch aufgegeben. Das Malen zog sie vollkommen in seinen Bann, und sie hatte entschieden, so intensiv wie nur möglich zu arbeiten. Noch hatte sie genügend Rücklagen, um sich sparsam durchzuschlagen. Wenn sich das änderte, würde sie sich nach einem Job umsehen. Die Galerie wollte sie aufsuchen, wenn sie genügend Material erarbeitet hatte. Das würde ein großer Schritt für sie sein, und der wollte gut geplant sein.

Tiree war ein Ort, der alles forderte und alles gab. Es gab nur das Meer und die Dünen, keine Ablenkungen, wie sie es aus der Stadt kannte. Und hier jeden Tag aufs Neue mit sich konfrontiert zu sein tat ihr gut, ließ sie ruhiger werden und gelassener. Manchmal dachte sie an Jill Graham und wollte nachfragen, doch dann entschied sie sich dagegen. Sie lernte zu warten und die Dinge sich entwickeln zu lassen.

An einem bewölkten Sonntagmorgen Anfang Oktober stand Kirsty vor einer großen Leinwand und tupfte einen letzten grauen Punkt in den Himmel. Die abstrakte Meereslandschaft war fertig. Zufrieden trat sie zur Seite, um das Bild aus einem anderen Winkel zu betrachten, als ihr Telefon klingelte.

»Ja, Kirsty Paterson?«

»Hallo, tut mir leid, dass ich Sie so früh am Sonntag störe, aber es hat sich etwas ergeben.« Jill Graham.

Sofort legte Kirsty Palette und Pinsel zur Seite. »Sie haben meine volle Aufmerksamkeit!«

»Also, ich habe mit meiner Großmutter gesprochen, und sie ist in Tränen ausgebrochen. Das war ihre erste Reaktion, als ich sie auf Rory ansprach.«

Kirsty setzte sich und sah durch das Fenster auf die Dünen, über die dunkle Wolken zogen. Der Herbst kam mit ersten Stürmen, und die See grollte unten am Strand.

»Was ist damals passiert?«, fragte Kirsty leise.

21

Tiree, Mai 1934

Livie benetzte ihre Finger mit Wasser und strich die widerspenstige Strähne glatt, die sich immer wieder aus ihren sorgfältig aufgesteckten Haaren löste. Ihre Mutter hatte ihr dabei geholfen, die glänzenden Locken mit Seidenbändern und Haarklemmen zu fixieren. Nun hatte sie zwar noch immer keinen modernen Kurzhaarschnitt, doch für das Hafenfest war es genau richtig. Gemeinsam mit ihrer Mutter hatte sie ein hellgrünes Sommerkleid umgearbeitet, das nun ein wenig eleganter wirkte und ihre grünbraunen Augen betonte.

Als sie in ihre dunkelblauen Tanzschuhe stieg, schwand ihre gute Laune für einen Moment, denn ihr Knöchel war nicht mehr so beweglich wie vor dem Unfall. Die stechenden Schmerzen wurden zwar weniger, kehrten aber in regelmäßigen Abständen zurück. Und das würde sich auf lange Sicht nicht ändern. Es war genauso gekommen, wie Dr. Jones es befürchtet hatte. Wenn sie an den hilfsbereiten Arzt dachte, der sich so für sie eingesetzt hatte, kamen ihr die Tränen. Er hatte die Insel mit seiner Familie verlassen, und jeder wusste, dass er wegen ihres cholerischen Vaters gegangen war.

Was genau ihr Vater dem Arzt angedroht hatte, würde sie wohl nie erfahren, doch es musste so gravierend gewesen sein, dass der Mediziner es vorgezogen hatte, seine Praxis auf Tiree aufzugeben.

Sie biss sich auf die Lippen, *nicht weinen, Livie, sonst lässt er dich vielleicht nicht gehen*. Oh, ihr Vater war ein Teufel, der es liebte, andere Menschen zu drangsalieren und zu manipulieren. Darin war er ein Meister. Sie fragte sich manchmal, warum nicht alle erkannten, was für eine böse Seele in ihm steckte. Aber es gab tatsächlich einige, die ihn unterstützten, ehemalige Kameraden und solche, die glaubten, ihm etwas schuldig zu sein. Das waren vor allem jene Männer seiner Generation, die nicht im Krieg gewesen waren. Letzten Endes hielten die Männer zusammen, und Frauen wurden beiseitegeschoben. Seufzend legte sie die Goldkette mit dem Kreuz an, ein Erbe ihrer Großmutter. Das war das Problem, sein Wort hatte Gewicht in der Gemeinde, das der Frauen nicht.

Leicht humpelnd verließ sie ihre Kammer und stieg die Treppe hinunter, wo Paddy sie bereits erwartete. Auch er war ein Opfer ihres Vaters, und wenn selbst er der Gewalt nichts entgegenzusetzen vermochte, was sollte sie dann erst tun? Sie lächelte Paddy zaghaft an.

»Wie gefalle ich dir?« Sie drehte sich hin und her.

Ihr Bruder sah in seinem dunklen Anzug besonders gut aus. Im Knopfloch steckte eine Strandnelke. Er nahm ihre Hände und betrachtete sie mit breitem Grinsen.

»Wunderschön, Livie! Ich werde auf dich aufpassen müssen. Du bist das hübscheste Mädchen der Insel, das steht mal fest!«

»Ach, du Schmeichler«, kicherte sie, freute sich jedoch über das Kompliment.

Ihr Vater saß im Wohnzimmer auf dem Sofa und las eine Tageszeitung. »Das wird noch übel ausgehen, ich sage es euch! Diese verfluchten Krauts machen mobil! In Österreich haben sie die Sozialdemokraten verboten, und der Dollfuß hat die Regierung übernommen. Das ist der Anfang einer Diktatur!«

Paddy half ihr in ihren Mantel. »Die werden schon keinen Krieg beginnen. Nicht nach dem, was im Großen Krieg passiert ist.«

Ihr Vater verzog das Gesicht. »Du warst nicht dabei, ich schon. Und ich habe die Krauts kennengelernt. Die sind brutal und gnadenlos. Die wollen Rache für die Schmach. Ehre und Moral sind Fremdworte für diese Hunnenbrut. Ich habe die Hölle gesehen auf den Schlachtfeldern. Welche verfluchte Kreatur setzt denn Senfgas ein, um seine Gegner zu töten? Die Hunnen! Nur diese barbarischen Schlächter, nur die! Selma, bring mir den Whisky!«

Paddy griff seinen Regenmantel und schob Livie zur Tür. »Bis später, wir gehen jetzt!«

»Und bring mir das Mädchen unversehrt zurück. Du bist dafür verantwortlich, Paddy!«, rief Donald vom Sofa.

Als endlich die Tür hinter ihnen ins Schloss fiel, atmeten die beiden Geschwister auf. Paddy hatte das

Fuhrwerk bereits angespannt, so dass sie sofort losfahren konnten. Es war ein lauer Maiabend, wie man sich ihn nicht schöner wünschen konnte. Livie lehnte sich auf der Holzbank an ihren Bruder.

»Danke, dass du mit mir hinfährst, Paddy.«

»Na klar, du hast dir ein bisschen Spaß verdient, Livie. Nach allem. Ich wünschte, er hätte dich ins Krankenhaus bringen lassen, dann hättest du jetzt nicht diese Schmerzen.«

»Lass, Paddy, es ist geschehen. Ich komme schon klar. Irgendwann bin ich alt genug, und dann gehe ich von hier fort. Du solltest schon längst weg sein.«

Das Pferd zog den Wagen über den unebenen Sandweg, der sie durch die Dünen nach Osten führte, vorbei an Crossapol nach Scarinish, der größten Siedlung der Insel. Es war bereits dunkel, und die Sterne leuchteten neben dem beinahe vollen Mond. Sie hörten das Meer gegen die Felsen schlagen, und nur ein leichter Ostwind wehte vom Festland herüber.

»Ich bleibe, solange du noch im Haus lebst, Livie. Vielleicht mache ich die Pilotenausbildung, aber ich werde immer nach dir sehen, das habe ich dir versprochen.«

»Du bist der beste Bruder, Paddy. Und glaubst du, Vater hat recht, und es wird Krieg geben?«

»Ich hoffe nicht. Aber er war dabei, das hat er uns voraus. Und was man so liest, klingt nicht gut. Ich meine, warum haben wir, die Franzosen und Italiener denn eine Sicherheitsgarantie für Österreichs Selbstständigkeit übernommen? Doch nur, weil die Sorge besteht, dass die Deutschen sich Österreich einverleiben. Aber weißt du was? Jetzt reden wir nicht mehr über Politik. Heute Nacht wird getanzt, gelacht und gefeiert. Ich wette, dein Rory wartet schon sehnsüchtig auf dich.«

Im Hafen lagen eine Reihe von offenen, flachen Schiffen, *sgoithean* genannt. Sie fuhren zwischen Tiree, dem Ross of Mull und Coll hin und her und transportierten Torf. Die Hafenanlage war Ende des achtzehnten Jahrhunderts erbaut worden und bestand aus einem kleinen Pier und der befestigten Einfahrt in die Bucht, die wie überall auf Tiree in einem flachen Sandstrand endete. Auch hier waren die Schiffe zum Ein- und Auslaufen von den Gezeiten abhängig. Heute Abend leuchteten entlang des Ufers Lampions, und aus dem größten Haus, das direkt am Strand lag, klang Musik.

Das zweigeschossige Gebäude war über viele Jahre durch Anbauten gewachsen und beherbergte einen Gemischtwarenladen, einen Pub und drei Gästezimmer. Und auf dem Hof befand sich seit einiger Zeit die einzige Dieselpumpstation der Insel. Gus Dunnett führte Laden und Pub mit seiner Frau und seinen drei Töchtern, May, Doris und Evelyn. Die Mädchen galten als gute Partien und wurden entsprechend von den jungen Männern umschwärmt.

Neben den Viehmärkten und dem Erntedankfest feierten die Insulaner auch das Hafenfest mit großer Begeisterung. Jede Abwechslung vom oft harten und eintönigen Inselleben war willkommen. Livie kannte fast alle Gäste, und doch gab es auch immer wieder ein paar Fremde, die von den Nachbarinseln herüberkamen, um die Gelegenheit zu nutzen, das Tanzbein zu schwingen oder alte Bekannte zu sehen.

Paddy nahm ihren Mantel und gab ihn an der Garderobe ab, die von May, der ältesten Dunnett-Tochter, betreut wurde. Sie war eher klein, rundlich und hatte die Lippen knallrot geschminkt.

»Hallo, Paddy. Deine Brüder sind ja auch schon da. Ist das da hinten Livie?«, wollte sie wissen, und Livie nickte freundlich.

»Ja, ihr erstes Fest seit dem Unfall.« Paddy nahm den Zettel mit der Nummer entgegen. »Danke.«

»Na, dann viel Spaß heute. Die Band kommt vom Festland, die spielen alle neuen Songs. Tanzen wir nachher, Paddy?«

»Wenn du dir gern auf die Füße treten lässt …«, meinte er grinsend.

May zwinkerte ihm zu und nahm dem nächsten Gast die Mäntel und Tücher ab.

Das Fest war so gut besucht, dass sich die Gäste in den Räumen drängten und auch draußen standen. Freddy und Matthew saßen mit einigen Fischern an einem Tisch im Pub. Kapitän MacFaul hatte Freddy einen festen Job auf der *Carron* gegeben, und seither war ihr ältester Bruder oft Tage oder Wochen auf See. Livie hörte die Männer grölen und feixen, und es wurde gewürfelt. Paddy nahm ihren Arm und führte sie nach hinten, wo die Tanzkapelle spielte. Die Combo bestand aus einem Pianisten, einem Kontrabassspieler und einer Sängerin mit einer überraschend weichen Jazzstimme, die »I belong to Glasgow«, einen Hit von Will Fyffe, sang.

Livie versuchte, so gut es ging, ihr Humpeln zu unterdrücken, doch ganz ließ es sich nicht verbergen. Viele junge Leute standen in einer Ecke, eine Gruppe älterer Männer in einer anderen, die Frauen mittleren Alters saßen an Tischen, und sogar der Pfarrer war mit seiner Frau erschienen. Allerdings war Livie davon überzeugt, dass der Pfarrer nicht zum Tanzen gekommen war, sondern als moralische Instanz, denn oftmals wurde auf den Inselfesten mehr getrunken, als manchem guttat, und es kam zu Raufereien.

»Hallo, Livie!«, rief Rory, der mit seiner Schwester Kenna bei einer Gruppe jüngerer Leute gestanden hatte.

Livie strahlte und strich automatisch über ihren Rock. »Wir sind gerade gekommen.«

Er nahm ihre Hand und sah sie verliebt an. »Du siehst wunderschön aus, Livie McMillan. Paddy, darf ich deine Schwester zu einem Glas Bowle einladen?«

Paddy nickte. »Habt Spaß, ihr beiden. Um Mitternacht fahren wir zurück, Livie.«

Doch sie hatte nur noch Augen für Rory, der in seinem feinen Anzug erwachsen und sehr männlich aussah. Das blonde Haar hatte er sich mit Pomade aus der Stirn gekämmt, aber seine Locken waren so widerspenstig, dass sie sich kaum bändigen ließen. Er legte sich eine Hand auf die Brust und streckte die andere nach ihr aus. »Das schönste Mädchen von Tiree wird mit mir tanzen!«

Livie errötete und legte ihre Hand in seine. »Du machst mich ja ganz verlegen, Rory.«

»Was kann ich dafür, wenn du so schön bist, Livie!« Er neigte sich vor und küsste sie auf die Wange. »Möchtest du etwas trinken?«

Er war sehr fürsorglich und liebevoll, und er schien ihr Humpeln überhaupt nicht zu bemerken und tanzte mit ihr so lange, bis ihnen beiden die Füße schmerzten. Sie hatten nur Augen füreinander, und Livie war so glücklich an diesem Abend wie seit ihrem Unfall nicht mehr.

»Na, ihr beiden, amüsiert ihr euch?« Paddy hatte ein Pintglas in der Hand, wirkte jedoch nicht angetrunken. Er trank nie mehr, als er vertragen konnte.

Rory und Livie standen mit erhitzten Gesichtern am Rand der Tanzfläche. Kenna wurde von einem Burschen der Nachbarinsel Coll zu ihnen geführt, der sich verneigte und artig für den Tanz bedankte.

»Paddy, wir haben noch gar nicht miteinander getanzt!«, sagte Kenna, die in einem blassrosa gestreiften Kleid mit Schmetterlingsärmeln gekommen war. Das Kleid war vorn raffiniert gerafft und brachte ihre Kurven vorteilhaft zur Geltung. Das entging auch Paddy nicht, der sie bewundernd anschaute.

»Lass mich das hier austrinken, dann tanzen wir«, versprach Paddy.

Der Abend war bereits fortgeschritten, und die Stimmung wurde ausgelassener, die Krawatten wurden gelockert, und die Gesichter einiger Herren waren verdächtig gerötet. Gus Dunnett, der Wirt, rollte gerade ein neues Bierfass hinter den Tresen, was mit lautem Grölen und Beifall quittiert wurde.

»Du betrügst, du Hurensohn!«, brüllte plötzlich jemand im Nebenraum, und Livie und Paddy sahen einander sofort alarmiert an. Das war Freddys Stimme.

»Sag das noch mal und …« Die Worte des anderen gingen in lautem Tumult und dem Umstürzen von Stühlen unter.

»Bleib hier, Livie!« Paddy lief los, doch Livie konnte nicht anders.

Sie musste wissen, was dort drüben vor sich ging, und vor allem wollte sie nicht, dass Paddy sich für einen ihrer älteren Brüder einsetzte und womöglich verletzt wurde. Paddy hatte genug durchgemacht, und sie waren es nicht wert.

Rory wollte sie festhalten, doch sie zog ihn mit sich. »Komm, Rory, komm schon!«, rief Livie.

Einige Gäste kümmerten sich nicht um den Aufruhr, denn so etwas gehörte zu beinahe jedem Fest, und andere rannten neugierig hinüber in den Pub, wo sich ein Halbkreis um Freddy und seinen Gegner gebildet hatte. Der große Freddy schnaufte wie ein Stier und tänzelte mit geballten Fäusten auf der Stelle. Das Schlimme war, dass er zu boxen verstand, und wenn er richtig zuschlug, konnte er sein Gegenüber schwer verletzen. Matty stand vor dem Tresen und hielt andere Männer davon ab, sich einzumischen.

»Los, Freddy, zeig's ihm! Na los, schlag ihn!«, feuerte er seinen Bruder an.

Wo war denn nur Mr Dunnett? Livie suchte die Menge nach dem Hausherrn ab und sah seine Tochter Evelyn im hinteren Hausteil verschwinden, während

May aus der Garderobe herbeigeeilt kam und rief: »Hört auf, ihr dämlichen Ochsen!«

Aber ihr Rufen verhallte im allgemeinen Grölen und Feixen der Männer, die anscheinend nur auf diese Gelegenheit gewartet hatten.

»Freddy! Freddy!«, brüllte die eine Hälfte, »Gordon, Gordon!«, die andere.

Gordon MacBain war einen halben Kopf kleiner als Freddy, dafür breiter und kräftiger. Seine Haare waren nur auf dem Oberkopf lang und über den Ohren drei Finger breit geschoren. Das weiße Hemd hatte er geöffnet, die Ärmel hochgekrempelt, die Hosenträger hielten die graue Anzughose. Livie wusste nur, dass Gordon auf einem der *smacks*, der Transportschiffe, arbeitete und Torf auf den Inseln stach. Er hatte kräftige Arme, und sein Nacken war so breit wie sein Kopf. Auch wenn Freddy höhnisch die Oberlippe hochzog und Gordon winkte, er solle doch zuschlagen, war Livie nicht davon überzeugt, dass ihr Bruder als Sieger aus diesem Zweikampf hervorgehen würde.

Paddy versuchte, durch den geschlossenen Kreis zu den Streithähnen vorzudringen, wurde jedoch zurückgestoßen. »Freddy! Hör auf damit!«, rief Paddy.

Seine Worte verhallten unbeachtet. Stattdessen lachten einige Männer.

»Verzieh dich, Paddy. Das wird unter Männern so geregelt.«

Kaum hatte einer der Zuschauer das gesagt, landete Freddy den ersten Schlag. Gordon taumelte zurück, und Blut lief aus seiner Nase. Mit irrem Brüllen stürzte der

Verwundete nach vorn und drosch auf Freddy ein. Ein Trommelfeuer aus Faustschlägen traf den perplexen Freddy in Bauch, Rippen und Nieren. Doch er fand seinen festen Stand wieder, umklammerte seinen Gegner und stieß ihn mit seinem Schädel vor den Kopf. Das Geräusch war grässlich und die Platzwunde an der Stirn von Gordon das verheerende Resultat.

Blut tropfte auf den Fußboden, und die Zuschauer klatschten begeistert. Doch endlich kam der Wirt mit seiner Tochter zurück. In der Hand schwang er einen Knüppel, und Evelyn folgte ihm mit einem Wassereimer.

»Sofort aufhören!«, donnerte Gus Dunnetts Stimme durch den Raum, und diesmal ging ein Ruck durch die aufgepeitschte Menge.

Die Augen richteten sich auf Gus und den Knüppel, der drohend durch die Luft schwang und mit lautem Krachen auf einem Tisch landete. Das Scheppern und Klirren von Glas und Tellern erreichte auch die Kämpfenden. Gordon war als Erster abgelenkt und sah zum Wirt. Freddy nutzte die Gelegenheit und verpasste ihm einen Kinnhaken, woraufhin der Getroffene zu Boden ging.

Die Menge johlte, und Matty riss Freddys Arm hoch. »Er hat gewonnen!« Dann schwenkte er eine Hand mit Geldscheinen und einem Zettel in der Luft.

Sie hatten vorher Wetten abgeschlossen. Schon als Jugendliche hatten Matty und Freddy Kämpfe angezettelt und gewettet, meist mit Erfolg. Unfair, dachte Livie angewidert, sie kämpften mit hinterlistigen Methoden, niemals offen und gerade heraus. Paddy ließ die Schultern sinken und wandte sich mit kaum verhohlener Verachtung ab.

»Los, wischt das auf! Das Spektakel ist vorbei. Ihr habt Glück, dass nichts zu Bruch gegangen ist. Ihr McMillans verschwindet aus meinem Pub! Für heute Abend reicht es mir mit euch!«, schimpfte Gus Dunnett. Zu seiner Tochter sagte er: »Eve, hol den Verbandskasten. Wir müssen Gordon hier versorgen. Ist der neue Doc hier?«

Der Wirt sah sich um. Eben noch hatten die Männer gefeixt und gegrölt, jetzt wandten sie sich ab, nahmen ihre Gläser und taten so, als wäre nichts gewesen. Nebenan spielte die Band »Love for Sale« von Cole Porter.

Es dauerte nicht allzu lang, und der neue Inselarzt kam mit seiner Tasche und säuerlicher Miene in den Pub.

»Wo ist der Verletzte?«, rief Dr. Adamson, ein stattlicher Mann in den Dreißigern. Anzug und Mantel wirkten sehr gepflegt, und er trug goldene Manschettenknöpfe.

Die Menge teilte sich und ließ den Mediziner zu Gordon vor, der noch immer auf dem Boden lag. Livie sah, wie er die Stirn runzelte, als er den Kopf des Verletzten untersuchte.

»Der Kiefer ist gebrochen. Ich nehme ihn mit in die Praxis, und morgen sollte er ins Krankenhaus gebracht werden. Wer ist dafür verantwortlich?« Der Arzt hob den Blick und sah vorwurfsvoll in die Runde.

»Freddy McMillan«, sagte Gus Dunnett. »Ob er angefangen hat, weiß ich nicht. Aber die beiden haben sich geprügelt.«

Einer der Seeleute stand mit vor der Brust verschränkten Armen da und sagte: »Freddy hat Gordon beschuldigt, falsch zu spielen. So fing es an.«

Ein anderer Seemann, auf dessen Unterarmen Anker und barbusige Frauen tätowiert waren, meinte: »Wäre nicht das erste Mal, dass Gordon betrügt, aber ob er das heute gemacht hat, keine Ahnung. Mit den McMillans legt sich niemand leichtfertig an.«

»Ich brauche zwei kräftige Männer, die mir helfen, den Patienten auf einen Wagen und in die Praxis zu schaffen.« Der Arzt sah in die Runde, und Paddy trat vor. »Sir, ich bin mit dem Pferdefuhrwerk hier und werde helfen. Immerhin ist mein Bruder dafür verantwortlich.«

»Nein, Paddy«, flüsterte Livie leise und presste sich die Hand vor den Mund. Warum tat er das? Er war der Anständigste von allen und tat, was eigentlich die Aufgabe seiner Brüder wäre, doch die hatten sich längst aus dem Staub gemacht und ließen wie immer einen Scherbenhaufen zurück.

Rory hielt sie fest. »Ich bringe dich nach Hause, Livie. Mach dir keine Sorgen. Paddy ist ein großartiger Kerl.«

Neben ihnen seufzte Kenna. »Wenn er mich doch nur mal richtig ansehen würde …«

»Kenna, also wirklich«, meinte Rory tadelnd.

»Ist doch nur ein Scherz. So, dann sollten wir mal aufbrechen, was?«, sagte seine Schwester.

Als sie zu dritt auf dem Pferdewagen der Grahams saßen und durch die sternenklare Nacht fuhren, war Livie für eine kurze Zeit glücklich. So unbeschwert wie mit Rory und Kenna durfte sie sich nur selten fühlen.

22

Tiree, Juni 1934

Der Sommer hatte die Inselwelt erreicht und brachte wärmere Tage. Die Sonne verwöhnte Tiree mit ihren lebenspendenden Strahlen und ließ Flora und Fauna aufblühen. Im sattgrünen Gras des Machair reckten Gänseblümchen und Klee die Köpfe dem Licht entgegen, und dichter am Strand wuchsen Nelken. Auch wilde Orchideen fanden sich an vielen Orten. Livie und Rory saßen nebeneinander im Nordosten der Insel an der Balephetrish Bay neben einem riesigen Felsblock. Der Clach a'Choire, auch Ringing Stone genannt, gehörte zu den Besonderheiten von Tiree. Der wuchtige Felsblock war vor über zehntausend Jahren in der letzten Eiszeit hier an den Strand gespült worden.

Livie berührte die runden Markierungen in der glatten Oberfläche des Steines. »Wer hat die wohl reingeschlagen?«

Rory grinste. »Na, die Legende sagt doch, dass ein Riese den Stein von Mull herübergeworfen hat und dass Tiree untergeht, wenn der Stein weggebracht oder zerstört wird.«

Ein winziges Körnchen Wahrheit steckte in jeder Legende, und wann immer Livie den Stein berührte, wurde sie von Ehrfurcht erfüllt. Außerdem trug er seinen Namen nicht von ungefähr. Sie schlug mit einem kleinen Stein gegen den riesigen Brocken, und ein seltsam metallisches Klingeln ertönte, sirrte durch die Luft und wurde über das Meer davongetragen. Die Eiderenten und Austernfischer, die am sattgelben Sandstrand entlangspazierten, ließ das unbeeindruckt, doch Livie war fasziniert.

»Wie kann das sein?« Erneut schlug sie gegen den Brocken und lauschte dem überirdisch erscheinenden Ton.

»Keine Ahnung, aber weißt du, was mich viel mehr fasziniert?« Rory nahm ihre Hand, drehte sie um, strich über ihre Innenfläche und drückte sie an seine Lippen.

Livie kicherte, doch die Berührung seiner Lippen sandte einen wohligen Schauer durch ihren Körper, und plötzlich war ihr nicht mehr nach Albernheiten zumute. Sie war kein Kind mehr und wusste, was zwischen Mann und Frau passieren konnte. Es musste nicht so hässlich und erzwungen sein wie bei ihren Eltern. Sie las Bücher, und Fionas Schwester Bessie hatte ihnen von ihrem ersten Mal erzählt. Es war schön und seltsam zugleich gewesen, und so, wie Bessie darüber gesprochen hatte, musste es etwas ganz Besonderes gewesen sein. Und Livie hatte nach ihrem Unfall beschlossen, dass sie es mit Rory erleben wollte.

Sie sah ihm tief in die Augen und flüsterte: »Ich möchte, dass wir es tun, Rory.«

Für eine Sekunde stockte ihm der Atem. Er streichelte ihre Wange und ließ seine Hand oberhalb ihres Brustansatzes liegen. »Ich kann warten, Livie. Wir müssen nichts tun, was du nicht willst, und ich will dich nicht in Schwierigkeiten bringen.«

Sie presste seine Hand gegen ihre Brust und ließ ihn ihren Herzschlag spüren. »Ich will wissen, wie es sich anfühlt, wenn du mich liebst, Rory. Wir können doch aufpassen.«

Sein Atem ging schneller, und er fuhr sich mit der Zungenspitze über die Lippen. »Gott, Livie, natürlich möchte ich, du bist so wunderschön, und ich möchte dich überall berühren, dich küssen, bis dir ganz schwindelig wird.«

Sie lachte und zog ihn zu sich. »Dann küss mich, Rory Graham!«

Das musste sie ihm nicht zweimal sagen, doch er war nicht ungestüm und fordernd, sondern küsste sie zärtlich, nahm ihre Hand und zog sie mit sich hoch. »Komm. Ich weiß einen Ort, an dem wir nicht gestört werden.«

Sie folgte ihm durch die Dünen ins angrenzende Machair bis zu einem Hügel, vor dem eine Senke durch aufgeschichtete rechteckige Felsbrocken abgegrenzt wurde. Es gab einige dieser Hügel auf den Hebrideninseln. Manche waren freigelegt worden und zeigten die Reste von runden, steinzeitlichen Wehrtürmen. In der Schule hatten sie gelernt, dass dieser Hügel Dùn Mòr Broch hieß und von den Wikingern als Festungsanlage benutzt worden war. Rory führte sie zu einem niedrigen

Tor, das durch hohes Gras verborgen war. Nur wer wusste, wo er suchen musste, würde diesen Eingang finden.

»Wann hast du das hier entdeckt?«, fragte Livie und duckte sich unter dem Felsblock hindurch, der auf den Resten der unter Gras und Erde verborgenen Mauer lag.

»Ist noch gar nicht lange her. Der Hund ist weggelaufen, und hier habe ich ihn gefunden. Also hat eigentlich Boyd den Eingang entdeckt. Pass auf, hier liegen Steine.«

Er hielt sie an der Hand und half ihr über lose Steine, die zu der ehemaligen Wehranlage gehört haben mochten, in eine halbrunde Mulde aus saftigem Gras. Von außen konnte man sie nicht sehen, doch sie waren umgeben von dem erst halb freigelegten steinzeitlichen Turm, und über ihnen breitete sich der Himmel aus. Rory zog seinen Mantel aus und legte ihn auf das Gras. Die Sonne wärmte den geschützten Platz, und der Wind fegte oberhalb über sie hinweg.

»Oh, Rory, das ist wunderschön! Unser geheimer Ort!« Livie drehte sich im Kreis und breitete die Arme aus.

Eine Ente flog über den Hügel und landete am Strand, wo sie mit ihren Artgenossen schnatterte. Das Meer umspülte die Felsen, und nur das friedliche Gluckern und Plätschern klang herauf.

Sie drehte sich so schnell, dass ihr schwindelig wurde, und fiel in Rorys Arme. Er hielt sie, und Livie bog den Oberkörper zurück. »Küss mich, Rory …«, seufzte sie.

Es bedurfte nur dieser Aufforderung, und seine von harter Farmarbeit gestählten Arme zogen sie an sich. Sie spürte jeden Muskel seines Körpers, als sie sich an ihn schmiegte, und gab jegliche Scheu und Zurückhaltung auf. Durch den dünnen Stoff ihres Sommerkleids reckten sich ihre Brüste dem gierigen Mund des Geliebten entgegen, der sie streichelte und rieb, bis sie hart wurden.

»Oh, Livie«, murmelte er und sank mit ihr auf den Mantel.

Sie waren beide unerfahren, doch eine archaische Kraft, der älteste Instinkt, nahm von ihnen Besitz, und sie ließen sich von ihrer ungestümen Lust leiten. Rory strich über ihre Beine, glitt die Innenseite ihrer Oberschenkel entlang und legte seine Hand auf ihre intimste Stelle.

Livie stöhnte auf, drängte sich ihm entgegen und wollte mehr, wollte seinen Körper ganz auf sich spüren. »Zieh das aus, Rory, lass uns nackt sein.«

Noch einmal zögerte er. »Livie!« Er nahm ihre Hand und legte sie auf seine harte Erektion, die deutlich unter seiner Hose zu spüren war. »Wenn wir uns ausziehen, will ich dich ganz. Du machst mich verrückt, verstehst du das?«

Ihre Augen waren dunkel, und sie strich über ihre Brüste, öffnete selbst die Knöpfe ihres Kleides. »Ich will dich, Rory, weil ich dich liebe.«

Eine Träne lief über ihre Wange.

»Nicht! Du weinst?« Er beugte sich vor, um sie zu küssen. »Ich liebe dich, Livie, mehr als irgendetwas, irgendjemanden. Und wenn sie uns nicht heiraten lassen, laufen wir gemeinsam weg!«

Sie fühlte die Erregung in ihrem Körper aufwallen und schlang ein Bein um seine Hüfte. »Ich gehe überall mit dir hin, Rory.«

Ihre Hände zogen den Stoff auseinander, so dass die frische Luft ihren nackten Oberkörper streicheln konnte. Rory küsste sie und strich über ihre Brüste. Mit fliegenden Händen entledigte er sich seiner Schuhe, Strümpfe, riss sich das Hemd über den Kopf, und zuletzt öffnete er den Gürtel seiner Hose und warf auch diese zur Seite. Fasziniert und ein wenig skeptisch beobachtete Livie, wie sich seine Männlichkeit aufrichtete. Er kniete sich neben sie, half ihr aus dem Kleid und ihrer Unterwäsche und streckte sich neben ihr aus, so dass sie einander erkunden konnten.

»Wenn ich dir wehtue, musst du es sagen, Livie, hörst du?«

Sie nickte, doch jetzt gab es kein Zurück.

Sie ließen sich Zeit, und Rory murmelte Zärtlichkeiten und liebkoste sie so lange, bis sie sich entspannte und sich ihm ganz hingab. Es tat weh, aber nicht so sehr, wie sie befürchtet hatte, und als der erste Schmerz überwunden war, fühlte es sich so gut an, dass sie nicht genug von ihm bekommen konnte. Mit langsamen Stößen brachte er sie so weit, dass sie nicht wusste, was ihr geschah, ein Zittern von nie gekannter Kraft überfiel ihren Körper, ebbte ab und wiederholte sich. Sie stöhnte und presste sich ihm entgegen, was ihm zu gefallen schien, denn seine Bewegungen wurden schneller, und dann schlang sie ihre Beine um seine Hüften und wollte ihn nicht loslassen.

Er stöhnte. »Nicht, Livie, nicht, oh, ich kann nicht aufhören …«

Eng umschlungen lagen sie später im Gras, über sich den Himmel, nur eine Möwe war Zeuge ihres jungen Liebesglücks geworden.

Rory lag hinter ihr und wärmte sie mit seinem Körper. »Livie, das war nicht richtig. Wir hätten vorher aufhören müssen. Aber es hat sich so verdammt gut angefühlt.«

»Wir haben es beide gewollt. Vielleicht ist ja nichts passiert. Und wenn, müssen sie uns sowieso heiraten lassen«, meinte Livie, nahm seine Hand und legte sie auf ihre Brüste.

Von nun an trafen sie sich an ihrem geheimen Ort, sooft es ihnen möglich war. Der Juni war warm und trocken und schien es gut mit dem jungen Liebespaar zu meinen. Der Juli brachte noch mehr Sonnenschein, und manchmal liebten sie sich und gingen danach schwimmen. Livie wurde Meisterin im Erfinden von Notlügen, und ihre Mutter fragte nicht. Es gab Augenblicke, da schaute Selma ihre Tochter prüfend an und strich ihr über die Haare, doch sie schwieg, ließ sie gehen, und wenn ihr Vater einmal früher nach Hause kam oder fragte, warum Livie schon wieder nach Scarinish gehen musste, erfand Selma eine Ausrede. Livie hatte das Gefühl, dass ihre Mutter wusste, was sie tat, dass sie ihr das kleine Glück aber gönnte, von dem sie wohl dachte, dass es nur von kurzer Dauer sein konnte.

Ende Juli kamen die Patersons nach Tiree. Livie konnte es nicht erwarten, ihrer Freundin von ihrer heimlichen Liebe zu erzählen. Fiona hatte sich verändert, war städtischer geworden, trug die Haare modisch geschnitten, und auch ihre Kleidung war nicht mehr die der einfachen Farmerstochter. Ihr Sommerkleid war aus Leinen und Seide, die hübschen Schuhe waren aus feinem Leder und nicht dazu geeignet, über Felsen zu klettern und durch das matschige Machair zu laufen.

Ein wenig verlegen betrachtete Livie ihr immer noch langes Haar, das sie zu einem Zopf geflochten hatte. Ihr Kleid war einfach geschnitten und aus festem Baumwollstoff, das Muster verblichen, doch Fiona umarmte sie, und sie lachten und kicherten wie früher miteinander. Sie liefen zum Strand hinunter, hatten ihre Badesachen an, einen Picknickkorb und Decken mitgenommen. Am Dünenrand breiteten sie ihre Decken aus und legten sich in die Sonne. Fiona, die früher immer besonders schnell braun geworden war, hatte noch nicht viel Farbe bekommen.

»Schau dir deine Käsebeine an!«, neckte Livie sie. Ihr eigener Körper war gebräunt, und das überall, denn mit Rory lag sie nackt im Schutz des Dùn Mòr Broch und sonnte sich.

»Und sieh dich an!« Fiona schob den Träger vom Badeanzug ihrer Freundin zur Seite. »Wie machst du das, Livie? Du bist ja nahtlos braun!«

Livie sah sich um, doch außer ihnen waren nur zwei Schwimmer im Wasser, und am Spülsaum stand ein Angler. Sie waren am Strand The Maze, gälisch Traigh

Thodhrasdail. Hierher verirrten sich selten Touristen. Überhaupt verschlug es nur selten Badegäste nach Tiree, dafür war die Insel zu einsam und zu abgelegen. Mull hatte mehr zu bieten und war direkt mit der Fähre zu erreichen.

Mit verschwörerischer Miene sah Livie die Freundin an. »Ich muss dir was erzählen, Fiona, aber du darfst es niemandem verraten! Schwörst du das?«

Fiona hob die Augenbrauen. »Huh, jetzt bin ich neugierig. Aber ja, ich verrate dich nicht, das ist doch klar!«

Der Sand war fein und schneeweiß und bedeckte einen breiten Streifen bis in die Dünen hinein, die die Bucht einschlossen. Livie nahm eine Handvoll Sand und ließ ihn auf ihren Oberschenkel rieseln. Es fühlte sich warm und sanft an, wie die Berührung von Rorys Händen.

»Ich hab's getan, Fiona«, sagte sie leise.

»Was? Was hast du …« Es dauerte einen Augenblick, doch dann verstand Fiona. »Mit Rory?«

»Natürlich mit Rory! Mit wem denn sonst?«, entrüstete sich Livie. »Ich liebe ihn, und er liebt mich! Wir wollen sowieso heiraten.« Trotzig sah sie Fiona an.

Die biss sich auf ihre Lippe. »Wie war es, Livie? Hat es wehgetan?«

Jetzt war sie es, die Erfahrung hatte, obwohl sie doch nur auf einer Insel lebte. Livie hob das Kinn und sagte: »Nicht wirklich, nur einen Moment. Oh, Fiona, es ist die wunderbarste Erfahrung, die ich jemals gemacht habe. Und es wird besser, mit jedem Mal.«

Fiona schlug sich die Hand vor den Mund. »Ihr macht es öfter?«

»Wir sehen uns am Broch oben beim Ringing Stone. Da haben wir einen geheimen Platz, wo uns niemand sehen kann. Es ist schrecklich aufregend!« Livie hockte sich auf die Fersen und öffnete den Picknickkorb. »Einmal hörten wir einen Viehtreiber, und sein Hund kam durch das versteckte Tor zwischen den Steinen. Aber wir haben ihn zurückgescheucht!« Sie nahm eine Flasche mit Zitronenlimonade heraus und öffnete den Verschluss.

Fiona wickelte die Sandwiches aus dem Papier. »Livie, ich freue mich ja für dich, aber was ist mit, ich meine, passt ihr denn auf? Du könntest doch guter Hoffnung sein.«

Sie reichte Livie eins der Käse-und-Pickles-Sandwiches. Hungrig biss Livie in das weiche Brot und schloss die Augen. »Deine Mutter macht die allerbesten Sandwiches, Fiona!«

»Livie, ehrlich, ich habe vielleicht keine Erfahrung, aber ich weiß schon, was passieren kann. Hast du denn deine Menstruation noch?«

Livie winkte ab. »Die ist unregelmäßig. Ich bin jetzt zwei Wochen drüber, aber das muss nichts heißen, das ist öfter so bei mir.«

Ihre Freundin verdrehte die Augen. »Das ist eine ernste Sache, Livie. Denk doch mal an deinen Vater. Der wird vor Wut toben, wenn du tatsächlich schwanger bist! Was dann?«

Für eine Sekunde kroch Angst in Livie hoch, doch sie hatte es sich zur Gewohnheit gemacht, schlechte

Gedanken zu verdrängen, anders konnte sie nicht überleben.

»Dann heiraten wir. Was denn sonst?«, gab sie ein wenig schnippisch zurück.

»Und wenn eure Eltern das nicht erlauben? Ihr seid erst fünfzehn!« Fiona aß ihr Sandwich auf und nahm eine Schale mit Erdbeeren heraus.

»Warum sollten sie es nicht erlauben? Wenn ein Kind da ist, müssen wir doch heiraten! So einfach ist das. So, und jetzt lass uns nicht über das Wenn reden. Das schmeckt so köstlich. Ist da noch ein Sandwich?«

Fiona warf ihr einen schwer zu deutenden Blick zu und gab ihr ein weiteres Brot.

23

Es war Oktober, die ersten Stürme zogen über die Insel, und der große Viehmarkt stand bevor. Jedes Jahr am dritten Mai und am dritten Oktober kamen die heimischen Crofter und viele von den Inseln und teilweise sogar vom Festland nach Tiree auf die Farm von Alasdair MacFadyen, um die besten Tiere zu kaufen oder zu verkaufen. Livie wollte ihre Brüder und den Vater zum Viehmarkt begleiten. Rory und die Grahams würden auch dort sein, und sie freute sich darauf, mit ihnen zu plaudern und sich die Pferde anzusehen.

Da es seit Tagen regnete, wollte sie ihr Tweedkostüm mit dem schmalen Ledergürtel anziehen. Der Rock passte gerade noch, doch als sie den Gürtel schließen wollte, stutzte sie. Normalerweise nahm sie das dritte Loch, doch heute war das nicht möglich. Nun, es war eine Weile her, seit sie das herbstliche Kleidungsstück getragen hatte. Sie strich über den Leib, der leicht gewölbt war, und dann überlief es sie eiskalt. Ihre Menstruation war zwar einmal in den vergangenen Monaten gekommen, doch nur spärlich. Oh Gott! Sie starrte in den Spiegel auf ihrem Ankleideschränkchen. Wie hatte sie nur so blind sein können. Ihre Brüste waren voller geworden, und sie aß mehr als sonst. Nun gab es kein

Zurück. Doch solange es irgend ging, würde sie die Neuigkeit für sich behalten. Von heute an kamen nur noch lose geschnittene Kleider in Frage, in denen sie ihren sich verändernden Körper verbergen konnte.

»Livie!«, rief Paddy von unten. »Wir wollen los!«

»Ich komme gleich!«, antwortete sie und zog einen Pullover über die Bluse. Ihre Haare hatte sie auf Schulterlänge schneiden dürfen und sich große Mühe gegeben, sie in Wellen zu legen, wie es jetzt die Mode war. Sie fand sich sehr erwachsen und lief die Treppe hinunter.

Paddy hielt ihren Mantel für sie bereit und half ihr auf den Wagen, zu ihrem Vater und Freddy. Matty hatte bereits die Zügel in den Händen, und Paddy kletterte neben ihn auf die Bank. In gemächlichem Tempo ging es über die schmalen Pfade Richtung Crossapol.

Das Croft von Alasdair MacFadyen sah aus wie die meisten auf Tiree, doch die Stallungen waren größer, und es gehörte mehr Land zum Besitz. Schon von weitem entdeckten sie die Menschen und Tiere, die sich auf der Koppel versammelten. Es wurde gefeilscht und getratscht, die Rinder und Schweine begutachtet und das Gebiss der Pferde geprüft. Livie suchte nach den blonden Haaren von Rory, die sich hell von den anderen abhoben, und fand ihn bei seiner Familie neben einem braunen Rind, dessen Fell glänzte.

Ihr Vater und die Brüder waren sofort in Gespräche mit anderen Croftern vertieft, denn Donald wollte seine Kuh decken lassen und ein Ferkel kaufen. Auch die Hühner brauchten Zuwachs. Darum kümmerte sich Paddy. Livie trat zu den Grahams und wurde herzlich begrüßt. Paul und Grant umarmten sie kurz, bevor sie sich wieder dem Rind zuwandten.

»Hey, Livie, ich dachte schon, ihr kommt nicht mehr!« Rory nahm ihre Hand und küsste sie auf die Wangen.

»Rory, ich muss dir was sagen«, sagte sie leise, und etwas in ihrer Stimme ließ ihn aufhorchen.

»Komm«, sagte er und zog sie mit sich zu einem Stand in einem Anbau des Hauses, in dem Tee ausgeschenkt wurde.

In einer Ecke fanden sie Platz, sich ungestört zu unterhalten. Seine blauen Augen hefteten sich besorgt auf sie. »Was ist passiert?«

Sie holte tief Luft. »Ich bin schwanger, Rory. Es tut mir so leid, aber ich bin mir sicher.«

Tränen füllten ihre Augen, denn mit einem Mal wurde ihr die ganze Tragweite ihres Fehltritts bewusst. Rorys Zukunft war nun festgelegt, genau wie ihre. Alle Träume von großen Reisen und einer Ausbildung auf dem Festland zerplatzten mit dem zu erwartenden Kind. Sie hatten sich von ihren Gefühlen verführen lassen und die Konsequenzen nie zu Ende gedacht.

»Oh, verdammt«, meinte Rory, grinste jedoch und strich ihr über die Wange. »Wenn du ganz sicher bist, müssen wir es den Eltern sagen. Wann wollen wir zu ihnen gehen? Ich werde deinen Vater um deine Hand bitten, nachdem ich mit meinen Eltern gesprochen habe.«

Am liebsten hätte sie ihn umarmt, schniefte erleichtert und nickte. »Ich hab's meinen Eltern noch nicht gesagt.«

»Dann warte noch, und wir erklären uns ihnen gemeinsam«, schlug Rory vor und sah sie mit einem zuversichtlichen Lächeln an.

Wie sie ihn liebte, ihren unerschütterlichen, ehrlichen Rory, und plötzlich schien die Zukunft viel heller!

Donald McMillan verhandelte erfolgreich mit dem Besitzer eines preisgekrönten Bullen und durfte nun auf vielversprechenden Nachwuchs von seiner Zuchtkuh hoffen. Seit Paddy sich mehr um die Tiere kümmerte, sahen sie besser aus, doch Livie wusste, dass ihr Bruder daran arbeitete, endlich die Ausbildung zum Piloten absolvieren zu können.

In Gesellschaft anderer gab sich ihr Vater jovial und machte sogar Scherze. Die große Gestalt von Donald McMillan war nicht zu übersehen, und gerade stand er mit dem Pfarrer und MacFadyen zusammen, und die beiden hörten ihm zu. Verlogener Mistkerl, dachte Livie, die an einem Pfosten im Eingang des Pferdestalls lehnte und sich untersagte, die Hände auf ihren Leib zu legen. Die verräterische Geste war ein natürlicher Impuls, den sie immer wieder unterdrücken musste.

Kenna trat zu ihr und legte den Arm um sie. »Rory hat's mir gesagt«, flüsterte sie ihr ins Ohr. »Ihr seid noch so jung, Livie«, seufzte sie, drückte sie jedoch an sich. »Aber nun ist es einmal so, und ihr müsst das Beste daraus machen. Meine Mutter wird natürlich entzückt über einen Enkel sein, darauf wette ich. Sie bemuttert uns sowieso zu viel!«, meinte Rorys Schwester lachend.

»Danke, Kenna!«, sagte Livie und legte ihren Kopf an die Schulter der Älteren, die bald ihre Schwägerin sein würde.

»Na, komm, das wird schon! Auf jeden Fall wird es eine wundervolle Hochzeitsfeier geben! Und ein Häuschen finden wir auch für euch.«

»Wir könnten zu meinem Großvater ziehen. Wir bringen ihm das Haus in Ordnung und kümmern uns um ihn, und er wäre nicht allein«, überlegte Livie laut.

Kenna hatte sie losgelassen, und sie beobachteten beide die Gruppen von diskutierenden Männern, die um die Tiere standen.

»Meinst du das ernst?«

»Großvater Alban braucht Hilfe. Er kann sich kaum noch selbst versorgen, und er will nicht woandershin. Es wäre wirklich eine gute Idee«, versicherte Livie ihr. Sie besuchte ihren Großvater noch immer regelmäßig, doch der alte Mann blieb stur und wollte sein Haus nicht verlassen. Auch ihre Tante hatte ihn nicht zu einem Umzug bewegen können.

Staub wirbelte auf, als ein Windstoß in den Stall fuhr, und sie husteten beide und klopften sich Staub und Stroh von den Röcken.

Livie griff in Kennas Locken und zog etwas Stroh heraus. »Und was ist mit dir, Kenna? Hast du denn keinen Liebsten?«

Das Leben auf den entlegenen Inseln war hart und einfach. Es richtete sich nach den Jahreszeiten, und die Menschen lebten von dem, was die Natur ihnen gab. Erst nach dem Krieg hatte sich das ein wenig geändert.

Doch die Wirtschaftskrise hatte den leichten Aufschwung im Keim erstickt. Es würde noch lange dauern, bis sich wirklich etwas auf Tiree änderte. Wer raus aus dem ewigen Kreislauf der Inselroutine wollte, musste anderswo sein Glück suchen. So wie Fionas Familie und viele andere, die nicht nur aufs Festland, sondern in die Fremde gezogen waren.

»Nicht wirklich, nein. Ich mag Paddy, aber er sieht mich gar nicht richtig. Er ist immer freundlich, doch mehr auch nicht«, meinte Kenna bedauernd.

»Das tut mir leid, Kenna. Paddy hat ein gutes Herz, aber er hat auch Träume. Er will Flieger werden. Pa hat ihm das ja verbaut, als er ihn damals so übel zusammengeschlagen hat, aber Paddy gibt nicht auf. Davon bin ich überzeugt. Das ist der Grund, Kenna. Du bist so hübsch!«

Kenna strich über ihren Arm. »Das ist lieb von dir. Ich kann warten. Jedenfalls will ich mal genauso verliebt sein, wenn ich heirate, wie du und Rory.«

Es tat gut, mit Kenna zu sprechen, doch Livie wusste, dass ihnen das Schlimmste noch bevorstand – die Konfrontation mit ihrem Vater. Erst wenn Donald McMillan seine Zustimmung gegeben hatte, würden sie heiraten können.

Spät kehrten sie an diesem Abend zum Hof zurück. Matty und Freddy hatten sich ausnahmsweise nicht geprügelt und gingen sofort schlafen. Beide mussten am nächsten Morgen bei Sonnenaufgang aufstehen. Auch ihr Vater ging zu Bett, und so stand Livie allein in der

Küche und wusch Töpfe und Teller ab. Sie versuchte gerade, angebranntes Porridge aus einem Topf zu kratzen, als ihre Mutter zu ihr trat.

»Livie«, sagte Selma leise und legte ihrer Tochter eine Hand auf den Leib. »Wie lange noch?«

Erschrocken fuhr Livie herum und hätte beinahe den Topf fallen gelassen. »Ich, nein, Mum …«

Ihre Mutter musterte sie mit gleichmütiger Miene. »Ich habe vier Kinder zur Welt gebracht, glaubst du, mir kannst du etwas vormachen? Es ist von Rory, nicht wahr?«

Livie drehte sich zu ihr um und nickte. »Wir werden heiraten, Mum.«

Ihre Mutter schloss kurz die Augen und schüttelte den Kopf. Dann packte sie ihre Tochter bei den Schultern. »Was hast du dir nur dabei gedacht? Du bist gerade fünfzehn! Herrgott, Livie. Du bist ein hübsches Mädchen und hättest bessere Chancen gehabt. Ausgerechnet einen Graham!«

»Und was spricht gegen Rory? Er ist ein anständiger Junge, fleißig und nicht dumm! Wir könnten zu Grandpa Alban ziehen. Er braucht dringend Hilfe. Rory kann das Dach reparieren, und ich kann Näharbeiten annehmen oder im Laden in Crossapol arbeiten.«

Selma sah sich um, doch sie waren allein im Wohnraum. »Das wird dein Vater nicht zulassen. Er wird dich niemals einen Graham heiraten lassen.«

»Warum denn nicht?«, fragte Livie verzweifelt.

»Eine alte Geschichte, aber du kennst deinen Vater. Was er nicht will, wird er nicht zulassen. Ganz einfach.

Außerdem hat er eine bessere Partie für dich im Auge. Einen der MacLeary-Jungs von Coll.«

»Was? Niemals! Ich bin doch kein Stück Vieh, das er an den Meistbietenden verschachern kann. Mum, diese Zeiten sind ja wohl vorbei!«

Selma rieb sich die Stirn, als hätte sie Kopfschmerzen. »Ich habe es dir gesagt, Kind. Du bist schlank, noch wird es nicht auffallen. Wann hast du empfangen?«

Livie errötete. »Ich weiß nicht genau, im Juni oder Juli.«

Selma rechnete nach. »Dann kommst du im Februar nieder. Ein Winterkind. Das wird es nicht leicht haben.«

Alle Freude und Zuversicht, die sie noch am Nachmittag empfunden hatte, war verflogen, und Angst erfasste sie. »Wann sage ich es ihm?«

Ihre Mutter hob die knochigen Schultern. »Ich weiß es nicht. Helfen kann ich dir nicht, Livie. Ich bin müde, so müde, und ich gehe jetzt schlafen.«

Livie sah der gebeugten Gestalt nach, deren lange kastanienbraune Haare von Grau durchzogen waren und offen über den schmächtigen Rücken fielen. Was hatte sie erwartet? Hilfe, dachte Livie, Unterstützung. Konnte man das nicht von der eigenen Mutter erwarten? Aufmunternde Worte, dass alles nicht so schlimm werden würde, dass sie das gemeinsam schon schaffen würden. Doch im Grunde ihres Herzens wusste sie, dass ihre Mutter nicht anders konnte, weil sie keine Kraft mehr hatte. Selma war ihres Lebens schon lange überdrüssig und schleppte sich von einem Tag zum nächsten. Livie musste dankbar sein, dass ihre Mutter noch da war. Und letztendlich, was sollte ihr Vater schon tun, wenn sie hochschwanger war und alle wussten, von wem das Kind war?

Drei Tage nach dem Viehmarkt platzte Paddy mit einer überraschenden Neuigkeit ins Haus. Er war heimlich nach Scarinish gegangen, um sich erneut mit Andrew Melville zu treffen, der anscheinend große Stücke auf ihn hielt. Livie wusste von Paddys Plänen und sah gespannt auf, als ihr Bruder den Raum betrat und seine vom Regen durchnässte Mütze abnahm. Das Abendessen war gerade fertig, und Matty und ihr Vater saßen am Tisch. Freddy war für vierzehn Tage mit dem Schiff unterwegs.

»Jetzt ist es offiziell. Vater, Mutter, ich habe einen Ausbildungsplatz bei Melville in Glasgow bekommen. Er wird mich zum Flugzeugmechaniker ausbilden und zum Flieger, wenn ich mich dafür eigne. Ich hoffe, ihr könnt euch für mich freuen. Diesmal lasse ich mich nicht davon abbringen.« Fest sah er seinen Vater an.

Donald kniff die Augen zusammen und schlug mit der Hand auf den Tisch. »Ich habe es dir verboten! Wir brauchen dich hier, du undankbarer Hurensohn!«

Paddy zog einen Umschlag aus seiner Jackentasche. »Hier sind die unterzeichneten Verträge. Ich verlasse Tiree gleich morgen mit der ersten Fähre. Du kannst es mir nicht verbieten, weil ich volljährig bin. Wenn du mich zusammenschlagen willst, nur zu. Ich habe Melville gesagt, dass ich unter allen Umständen komme, und wenn ich nicht erscheine, dann nur, weil ich tot bin.«

Donald erhob sich, die Fäuste geballt, doch Matty winkte ab. »Lass ihn ziehen, Dad. Wenn er was verdient, kann er uns Geld schicken. Das machst du doch, Paddy? Bist doch ein braver Sohn. Denkst an deine Schwester, oder?«

Eine eisige Faust schien ihren Magen zu drücken, und Livie wurde übel, was ihr überhaupt oft in den letzten Wochen passierte. Sie lief nach draußen, um sich zu übergeben.

Die Haustür klappte, und Paddy kam zu ihr. »Was ist los, Livie? Bist du krank?«

»Nein, nein, alles in Ordnung.« Sie richtete sich auf und wischte sich den Mund. »Der Schock, dass du jetzt tatsächlich fortgehst, war zu groß. Aber ich freue mich für dich. Mach dir keine Sorgen um mich.«

»Irgendwas ist anders an dir, Livie.« Ihr Bruder sah sie besorgt an und legte den Arm um sie. »Ich muss jetzt einfach gehen. Melvilles Angebot ist zu gut, und wenn ich erst Flugzeugmechaniker bin, kann ich dich nachholen! Dann kommst du nach Glasgow und gehst dort zur Schule!«

Sie seufzte. »Ja, vielleicht, Paddy. Ich werde schon klarkommen.« Bald würde sie ihm sagen, dass sie ein Kind erwartete, aber nicht heute.

24

In der Nacht wurde Livie von Albträumen geplagt und schreckte einmal auf. Es schien ihr, sie hätte einen unterdrückten Schrei gehört, doch als sie auf den Flur tappte, war alles ruhig. Am nächsten Morgen ging sie, noch ein wenig verschlafen, in den Kuhstall zum Melken. Sie hängte die Laterne an einen Haken am Pfosten in der Stallmitte. Die Tiere kannten sie und scharrten mit den Hufen, denn sie brachte ihnen immer etwas Heu und einen Becher Hafer mit. Es roch streng nach den Ausscheidungen der Kühe und Ziegen, die in ihrem eigenen Verschlag standen. Livie passte auf, dass die Ziegen genügend Stroh bekamen, und Paddy hatte auf ihren Wunsch einen Kletterbaum für die übermütigen Ziegen gebaut.

Seufzend streichelte sie die junge braune Kuh, die vor zwei Wochen gekalbt hatte, über die Seite. »Guten Morgen, Buttercup. Sei mir nicht böse, aber ich muss dir etwas Milch wegnehmen.«

Der große Kopf wurde langsam gedreht, so dass die sanften braunen Augen sie betrachten konnten. Ein Schmatzen und leises »Muh« waren die Antwort. Das Kälbchen lag noch im Stroh und schlief. Livie hatte einen Eimer mit warmem Wasser und ein Tuch mitgebracht, um das Euter sanft zu reinigen. Anschließend nahm sie einen Tiegel mit Melkfett aus ihrer Schürze und strich ein wenig davon auf die Zitzen, denn die waren äußerst empfindlich. Während sie dieser morgendlichen Routine nachging, sprach sie mit dem Tier, das zwar mit dem Schweif nach den lästigen Fliegen schlug, ansonsten jedoch geduldig wartete, bis Livie sie gemolken hatte.

Schließlich hatte Livie genügend Milch in ihren Eimer gezapft und klopfte der Kuh auf den Rücken. »Bist ein braves Mädchen, Buttercup.«

Ein wenig schwerfälliger als sonst bewegte sich Livie und drückte den Rücken durch. Wie sollte es nur werden, wenn ihr Leib anschwoll und das Kind an Gewicht zulegte? Nun, eins nach dem anderen, dachte sie und goss die Milch in eine Kanne, die dafür bereitstand. Diese nahm sie mit ins Haus und wunderte sich, dass Paddy noch nicht aufgestanden war. Er wollte doch in aller Frühe abreisen.

Sie goss noch etwas Wasser in den Topf auf dem Herd, legte Torf auf die Feuerstelle im Wohnraum und entfachte ein leise knisterndes Feuer. Langsam würde die Wärme durch das alte Haus ziehen und die feuchte Luft vertreiben. Nicht die Kälte, sondern die Feuchtigkeit war unangenehm, machte die Bettwäsche klamm und hinterließ hässliche Stockflecken, die nur schwer zu entfernen waren. Livie arbeitete, wie sie es jeden Morgen tat, seit sie nicht mehr zur Schule ging. Ihr Vater hatte sie nur die Pflichtjahre absolvieren lassen. Mädchen brauchten keine Bildung, war seine Überzeugung.

Sie waren im Haus nützlicher und sollten heiraten und Kinder bekommen.

Sie gab Haferflocken in das kochende Wasser, rührte um, bis das Porridge dickflüssig war, und stellte den zugedeckten Topf zur Seite. Dann goss sie Tee auf, stellte einen Becher auf den Tisch und gab die Zutaten für einen Früchtekuchen in eine Emailleschüssel. Trockenfrüchte gehörten dazu, genau wie die Gewürzmischung, ein Rezept ihrer Großmutter, und brauner Zucker. Nachdem sie die Form mit dem Teig in die kleine Luke im Herd geschoben hatte, wusch sie sich die Hände und schaute aus dem Fenster. Die ersten Sonnenstrahlen trafen die Dünen, und in der Ferne glitzerte das Meer. Nur kleine Wellen waren zu erkennen. Ein guter Tag für Paddy, um mit dem Schiff nach Oban zu fahren. Aber wo blieb ihr Bruder nur? Er durfte doch nicht zu spät kommen.

Die Tür zum Schlafraum ihrer Eltern knarrte, und Selma kam heraus. Sie trug ein graues Kleid, ihre Schürze, und die Füße steckten in Wollsocken und Schnürschuhen. »Guten Morgen, Livie. Es duftet schon so gut. Du bist so ein fleißiges Mädchen.«

Die hagere Gestalt von Selma McMillan schlurfte durch den Raum und verschwand nach draußen, denn dort befand sich der Abort.

Sie hatte ihre Tochter kaum angesehen, doch sie hatte mit ihr gesprochen. Das war mehr als an den meisten Tagen. Livie lauschte ins Haus, hörte jedoch nur das Schnarchen ihres Vaters. Entschlossen stieg sie die Treppe hinauf und öffnete sacht die Tür zu Paddys Kammer, in der lediglich Platz für eine Pritsche war.

Freddy und Matty schliefen nebenan. Das Bett war leer, und seine Sachen waren fort. Ein dunkler Fleck erregte ihre Aufmerksamkeit, und sie trat näher an die schmale Bettstatt. Durch die winzige Dachluke fiel etwas Licht herein, und es bestand kein Zweifel daran, dass die Flecken auf dem Kissen Blut waren. Ein Schrei entfuhr Livie, und sie schlug die Decke zurück. Kissen und Laken waren voller Blut, so als hätte Paddy starkes Nasenbluten gehabt. Auch auf den Holzdielen entdeckte sie Blut.

Sie stürmte aus dem Zimmer und stieß die Tür zu Mattys Schlafkammer auf. »Was ist mit Paddy passiert? Was habt ihr mit ihm gemacht?«, rief sie und schubste ihren schlafenden Bruder.

Es dauerte, bis dieser erwachte und sich umdrehte. Livie ging rückwärts und stellte sich in die offene Tür, bereit, sofort die Treppe hinunterlaufen zu können.

»Was willst du denn hier?« Er rieb sich die Augen und kratzte sich den Schädel.

»Paddy! Was ist mit Paddy? Sein Bett ist voller Blut!«

Matty gähnte, setzte sich auf und grinste schief. »Da wird er wohl Nasenbluten gehabt haben. Ist ja nicht von unserem Schlag, kein echter McMillan, sondern ein Streber, der meint, er wäre was Bessres.«

»Du Teufel! Du hast ihm eine Abreibung verpasst, nicht wahr? Du kannst es nicht ertragen, dass er schlauer ist als ihr alle zusammen! Paddy ist der Beste von uns, der Einzige, der mehr Verstand als Muskeln hat.«

Mattys Augen wurden schmal. »Sei vorsichtig mit dem, was du sagst, Livie. Ich hab ihn nicht angerührt, den feinen Paddy. Ist das Frühstück fertig? Ich muss heute das Vieh hochtreiben.« Er schlug die Decke zurück. Wie alle Männer der McMillans trug er ein langes Nachthemd und schwang die Beine über die Bettkante.

Livie wollte gehen, doch die dunklen Flecken auf seinem Hemd hielten sie an ihrem Platz. »Hattest du auch Nasenbluten?«

Überrascht wischte Matty über sein Hemd. »Das meinst du? Sind alte Flecken.«

»Sind es nicht, denn ich habe euch gestern frische Nachtwäsche rausgelegt. Die Flecken sind neu«, sagte sie tonlos und sah ihren Bruder an. »Du hast Paddy geschlagen. Du bist wirklich das Letzte! Ich hasse dich!«

Sie drehte sich um und lief die Treppe hinunter, wo ihre Mutter mit dem Decken des Frühstückstisches beschäftigt war.

Livie konnte die Tränen nicht zurückhalten. »Mum, er hat Paddy geprügelt. Matty hat Paddy gestern Nacht geprügelt, und ich hab's gehört, im Schlaf, aber gedacht, dass ich träume! Oh, verdammt, ich hätte ihm helfen müssen. Wo ist er jetzt? Geht es ihm gut?«

Selma ließ das Besteck fallen und nahm ihre Tochter an den Schultern. »Reiß dich zusammen, Livie. Paddy ist fort, das allein zählt. Ich habe ihn gehen sehen, hörst du? Er lebt. Ich habe ihn aus dem Haus gebracht!«

Schluchzend versuchte Livie, sich zu konzentrieren. »Du? Wieso? Was ist denn passiert?«

Im Zwielicht des anbrechenden Morgens wirkte der Raum einladender als sonst. Die goldroten Sonnenstrahlen tauchten den Tisch und die gegenüberliegende Wand mit den alten Fotografien in ein weiches Licht.

»Setz dich hierhin und trink einen Tee.« Selma holte eine Tasse und gab sie Livie. Dann strich sie ihrer Tochter über die Haare. Eine seltene Geste mütterlicher Zuneigung. »Wir sind nur Frauen, Livie. Was wolltest du denn tun? Dich gegen sie stellen? Matty und dein Vater sind viel stärker. Ein Schlag, und du bist erledigt. Und jetzt musst du an dein Kind denken. Hör mir zu, Livie.« Sie schaute sich um, doch von den Männern war keiner zu sehen. »Sei fügsam und widersprich nicht. Dann lassen sie dich in Ruhe. Ich kann dir nicht helfen.« Die großen, einstmals schönen Augen ihrer Mutter sahen sie an und gleichzeitig durch sie hindurch. »Das ist unser Schicksal, Livie, wir dulden und ertragen und bringen die Frucht zur Welt, die sie uns einpflanzen.«

»Mum, nein, aber so ist es doch nicht. Rory ist ganz anders …«, begann Livie, wurde jedoch von ihrer Mutter zum Schweigen gebracht.

Selma legte ihr einen Finger auf die Lippen: »Das hast du gut gemacht, mein Kind. Jetzt geh und sieh nach dem Kuchen, dein Vater hat sicherlich Hunger.«

Widerwillig erhob sich Livie und gab Porridge in zwei Schalen. Eine für den Vater und eine für den verhassten Bruder.

Weil sie den Zorn ihres Vaters so sehr fürchtete, sagte Livie weiterhin nichts. Zudem war sie so schlank, dass ihr Bauch sich auch im November noch mühelos unter weiten Kleidern und Pullovern verstecken ließ. Paddy hatte ihr geschrieben, dass er in Glasgow ein Zimmer bei einer Witwe mit vier Kindern gefunden hatte, der er im Haus mit Reparaturen half. Er klang glücklich und war voller Begeisterung über die Ingenieursschule. Am liebsten jedoch war er auf dem Flugplatz, und Livie wusste, dass ihn nichts davon abbringen würde zu fliegen. Sie gönnte es ihm von Herzen, auch wenn sie ihn vermisste. Aber er hatte sich richtig entschieden, denn von seiner Familie hatte er nichts als Gewalt und Ignoranz zu erwarten.

Heute war schon früh der Seenebel über die Insel gezogen und hatte sich nicht gehoben. Wie ein nasser Schleier hing er über dem Land und schien mit kalten Fingern nach allem zu greifen. Solche Tage waren furchtbar, legten sich auf das Gemüt, und die Menschen verkrochen sich am liebsten in ihren Häusern. Doch heute war auch Zahltag auf Tiree. Der Duke of Argyll hatte seinen Chamberlain, den Zahlmeister, von Inveraray herübergeschickt, um die Pacht einzutreiben. Der Nebel passte zur gedrückten Stimmung der Bewohner, denn nur die wenigsten waren in der Lage, die Pacht aufzubringen. Die McMillans mussten ihre beste Milchkuh hergeben, um ihren Anteil zahlen zu können.

Livie hatte die braune Kuh mit den sanften Augen gesäubert und gestriegelt und umarmte das Tier, das ihnen drei Kälber und viele Liter nahrhafter Milch geschenkt hatte, ein letztes Mal.

»Ach, Buttercup, ich hoffe, du hast es gut, da, wo sie dich hinbringen.« Sie kraulte noch einmal die Ohren, strich über die gekräuselten Stirnlocken und wandte sich weinend ab.

»Es ist nur eine Kuh, zum Henker!«, raunzte Matty und nahm den Führstrick, um Buttercup hinter sich herzuziehen.

»Ich habe sie aber gern! Sie ist eine liebe Kuh, hat mich nie getreten und uns viel Milch gegeben«, erwiderte sie.

»Dummes Frauenzimmer!«, gab ihr Bruder zurück.

Ihr Bruder und der Vater trugen ihre besten Anzüge und wurden im Island House erwartet, der Residenz des Dukes, wenn er auf der Insel war. Das herrschaftliche Haus lag am Loch an Eilein und wurde auch die Burg genannt. Es verdeutlichte den Herrschaftsanspruch des Dukes mit einem noch immer vorhandenen Gerichtszimmer und einer Gefängniszelle.

Ihr Vater setzte grimmig seine Tweedmütze auf und vergrub die Hände in den Manteltaschen. »Sie vergessen uns das ganze Jahr über, nur am Zahltag, da sind sie hier und fordern von dem Wenigen, was wir uns abpressen. Denen geht's doch gut, was müssen sie uns noch das Wenige nehmen, was wir erwirtschaften!«, beschwerte sich ihr Vater, wie in jedem Jahr, wenn der gefürchtete Zahltag kam.

Dabei ging es ihnen noch vergleichsweise gut, andere, vor allem viele Fischer, konnten kaum etwas geben, brachten Eier, Hühner und verpfändeten schlimmstenfalls ihr Boot.

Ihr Vater legte ihr die Hand unter das Kinn und sah sie eindringlich an. »Mach mir keine Schande, Livie. Ich hab da so ein ungutes Gefühl mit dir, und meine Nase hat mich noch nie getrogen.« Er packte fester zu, so dass es schmerzte und sie aufschrie und sich aus seinem Griff wand.

»Lass mich!« Sie stolperte rückwärts und fand gerade noch Halt an der Mauer, die ihr Croft umgab.

»Wenn ich heute Abend zurückkomme, sprechen wir über deine Zukunft, Livie. Das ist längst überfällig.« Er musterte sie prüfend, fuhr sich über seinen Bart und rief: »Na los, was starrst du Löcher in die Luft, Matty, beweg dich!«

Der Nebel zog auch um die Mittagszeit noch in dichten Schwaden über die Insel. Livie hatte sich warm angezogen und ihre Haare unter einer Wollmütze versteckt. Viel zu selten hatte sie Rory in den vergangenen Wochen gesehen, und es war nicht seine Schuld. Aus Angst vor dem Zorn des Vaters hatte Livie sich verkrochen, versucht, die drohende Konfrontation auszublenden, zu verdrängen, was sie erwartete. Heute jedoch musste sie Rory sehen, denn ihr Vater schien etwas zu planen. Sie folgte dem Trampelpfad, den die Schafe auf ihren Wanderungen durch die Dünen hinterließen, und lauschte dem Rauschen des Meeres. Es war beinahe windstill, was die Nebelbildung begünstigte. Kaum ein Vogel krähte, denn im dicken Nebel waren die Tiere so orientierungslos wie die Menschen. Ihre Füße wussten jedoch ganz genau, wohin sie treten mussten, wobei hin und wieder ein stechender Schmerz durch ihren Knöchel fuhr, ein Andenken an ihre Verletzung. Der weiche

Sand war feucht und das Dünengras braungrün. Sie liebte den Geruch des Meeres, den Duft von Sand und Gras und fand, dass sie auf einem schönen Flecken Erde lebte. Wenn nur ihr Vater nicht der Mann wäre, der er war – brutal, engstirnig, herrschsüchtig. Sie verlor den Halt und sackte mit dem Sand ab, fiel auf die Knie und kroch wieder auf den Dünenrücken.

Seine Worte am Morgen waren keine leere Drohung gewesen. Wenn er mit ihr reden wollte, dann nur, um sie vor vollendete Tatsachen zu stellen. Und deshalb musste sie mit Rory sprechen. Sie hoffte, dass er die Schafe aus den Dünen holen würde, damit sich keines an den Strand verirrte und ertrank, wenn das Wasser im Nebel anstieg.

»Rory!«, rief sie in das undurchdringliche Grau, das sich wie ein feuchter Schleier um alles legte und sich nicht abschütteln ließ.

»Rory! Ich bin hier oben auf der Düne!«, rief Livie lauter.

Gedämpft war ein Bellen zu hören, und Livie rief: »Boyd, hol Rory!«

Der Hütehund war schlau und würde Rory, wenn er dort war, auf sie aufmerksam machen. Das Bellen kam näher, und plötzlich kam Boyd durch den Nebel auf sie zugesprungen.

»Uh, du nasser Hund!« Livie versuchte, den sandigen Pfoten und der freudig schleckenden Hundezunge zu entgehen.

»Boyd, wo steckst du?«

Erleichtert seufzte Livie und rief: »Er hat mich gefunden, Rory. Ich bleibe hier oben auf der Düne. Meine

Güte, ist der Nebel heute dicht. Das haben wir lange nicht gehabt.«

Sie konnte kaum die ausgestreckte Hand vor Augen sehen. Es brauchte nur wenige Augenblicke, und die Umrisse einer männlichen Gestalt lösten sich aus den grauen Schwaden. Seenebel kam oft plötzlich und brachte manchem Fischer oder Seemann den Tod. Bei Niedrigwasser war es gefährlich, draußen auf dem Meeresboden nach Muscheln zu suchen und die Zeit zu vergessen. Zog dann Nebel von der See herauf, geriet mancher Wanderer in Lebensgefahr oder ertrank. Die Insulaner kannten die Gefahren und achteten auf die kleinsten Anzeichen, und dennoch kam es immer wieder zu tragischen Unglücksfällen.

»Rory!« Sie flog in seine Arme und vergrub ihr Gesicht an seinem Hals, dort, wo es so warm war und nach ihm duftete.

Er schob seine Wollmütze etwas aus der Stirn, drückte sie an sich und küsste sie. Als er sie losließ, berührte er ihren Bauch. »Du wirst runder, Livie. Langsam sollten wir es deinen Eltern sagen. Du kannst es nicht ewig verstecken.«

Sie nickte und legte ihr Gesicht an seine Jacke, die aus dunkelblauer Wolle fest gewebt war und mit dicken Knöpfen geschlossen wurde. »Nein, ich weiß, und deshalb bin ich hier. Ich werd's ihm heute sagen. Oh Gott, ich habe solche Angst, Rory!«

Boyd bellte, es folgte ein dumpfer Schlag, ein Winseln, und dann war es still. Livie zuckte zusammen und krallte sich an Rorys Jacke fest. »Was war das?«

Rory packte sie und schob sie hinter sich. Kaum hatte er das getan, schob sich ein massiger Umriss durch den Nebel, und Donald McMillan stand mit einem Knüppel in den Händen vor ihnen.

»Hier versteckt ihr euch also! Ich bin früher zurückgekommen, und schon ist die Maus aus dem Haus und hurt herum!« Das finstere Gesicht unter der Mütze verzog sich zu einer Fratze. Er trug seinen dunklen Mantel über dem Anzug und stand vor ihnen wie ein Dämon.

»Vater, so hör doch. Ich erwarte ein Kind von Rory. Wir werden heiraten!«, rief Livie und wollte nach vorn treten, doch Rory hielt sie zurück.

»Livie, das kläre ich jetzt mit deinem Vater. Sir, Mr McMillan, ich bitte Sie hiermit in aller Form um die Hand Ihrer Tochter, die ich mehr liebe als mein Leben. Ich werde ihr ein guter Mann sein. Bitte, glauben Sie mir. Wir sind jung, aber wir haben Kraft, und wir lieben uns und werden uns etwas aufbauen …«

Weiter kam er nicht, da traf ihn der erste Faustschlag in die Magengrube. Rory klappte nach vorn, konnte sich aber auf den Beinen halten und rang nach Luft.

»Niemals! Du nichtsnutziger kleiner Scheißkerl. Du hast meine Tochter verführt! Sie ist minderjährig!« Der nächste Schlag traf Rorys Kinn. Es krachte, und Livie schrie auf und fiel nach hinten, rollte ein Stück die Düne hinunter.

»Nein! Vater, nein, tu das nicht! Tu ihm nicht weh!«, schrie und weinte Livie, hielt sich an dem harten Dünengras fest, das feucht und rutschig war, rutschte ab, zitterte und begann wieder, sich durch den nachrutschenden Sand nach oben zu kämpfen.

Sie hatte das Bild ihres verletzten Bruders vor Augen, das Geräusch, als ihr Vater Paddy den Kiefer zertrümmert hatte. »Niiicht! Vater, hör auf!!!«, brüllte sie, doch als sie beinahe die Kante erreicht hatte, sah sie die große Gestalt, die mit dem Knüppel zum Schlag ausholte und ihn auf die Beine des im Sand liegenden Rory niedersausen ließ.

Nie würde sie das Geräusch der splitternden Knochen vergessen und den Schrei, den Rory ausstieß, das gurgelnde Geräusch, als er nach Luft rang und ihm das Blut aus Mund und Nase lief. Endlich erreichte sie den Geliebten, dessen Augen sie suchten.

»Rory, oh Gott, Rory!« Livie schluchzte und kroch durch den nassen Sand zu ihm, hielt seinen Kopf, doch er konnte nicht sprechen, sich nicht bewegen. Ihr Vater hatte ihm die Beine gebrochen!

Eine eiserne Faust packte sie und riss sie hoch. »Komm mit. Du hast hier nichts mehr verloren. Du Schlampe hast dich mit einem Graham ins Heu gelegt! Wie konntest du mir das antun?« Er ohrfeigte sie hart, so dass sie Blut schmeckte.

Sie wollte sich losreißen, doch er zog sie mit festem Griff hinter sich her. Während sie durch den Sand stolperte, sah sie einen dunklen Umriss am Rand der Düne liegen. Boyd!

»Du hast den Hund erschlagen! Und Rory wird sterben, wenn wir keine Hilfe holen! Du Mörder!«, schrie Livie und wollte sich erneut losreißen.

Da blieb er stehen und schüttelte sie hart. Eine weitere Ohrfeige brachte sie zum Schweigen. »Halt den Mund! Du hast Schande über die Familie gebracht. Du hast keine Rechte mehr, du bist ein gefallenes Mädchen. Noch ein Wort …« Er drehte ihr Handgelenk, und sie schrie auf.

»Sie werden Rory finden, und dann wird er dich anklagen. Du wirst nicht damit davonkommen!«, fauchte Livie.

Das kantige Gesicht ihres Vaters mit den buschigen Augenbrauen beugte sich bedrohlich vor. »Ich habe Zeugen, dass ich den ganzen Nachmittag zu Hause war. Niemand wird mir etwas anhaben können. Und wenn du mich verrätst, töte ich erst deine Mutter und dann …« er machte eine Pause, als überlegte er, »… und dann dein Kind.«

Seine Lippen zogen sich über langen gelben Zähnen nach oben, und sie nahm den Geruch von Tabak und Alkohol wahr. Sie musste nur in die eisgrauen Augen sehen, die sie fixierten, und wusste, dass er seine Drohung wahrmachen würde.

25

Kirsty saß mit angezogenen Beinen in ihrem Sessel und lauschte fassungslos der Geschichte, die Jill Graham ihr erzählte. Es war eine tragische Geschichte von zwei jungen Menschen, deren Liebe gegen die Gewalt eines tyrannischen Vaters machtlos gewesen war.

»Und was ist mit Rory passiert?«, fragte Kirsty leise. Sie musste sich räuspern, denn sie war den Tränen nahe. »Hat seine Familie ihn rechtzeitig gefunden? Hat man Donald McMillan zur Rechenschaft gezogen? Und was war dann mit Livie und dem Baby?«

Otis lag zu ihren Füßen und winselte im Schlaf. Es war so friedlich hier im Cottage und die Zeit, in der Livie um ihre Liebe gekämpft hatte, so weit weg. So schien es, und doch war es ein Schicksal, das sie berührte, das mit ihrem Leben durch Fiona verbunden war.

Jill Graham seufzte. »Ich wünschte, ich könnte Ihnen alle Ihre Fragen beantworten. Leider gibt es keine Aufzeichnungen, kein Tagebuch. Aber meine Großmutter ist noch sehr klar und erinnerte sich gut an die Umstände von Rorys Tod.«

»Er ist gestorben?« Kirsty wischte sich die Augen und hörte, dass die Tür von Fins Zimmer zufiel.

Kurz darauf schaute er verschlafen um die Ecke, nickte und verschwand im Bad.

»Paul, also mein Großvater, hat seinen schwer verletzten Bruder gefunden. Wie lange nach dem Angriff, wusste sie nicht, aber es muss schon einige Stunden später gewesen sein, denn Rory war ausgekühlt, und die Wunden an seinen Beinen hatten sich infiziert. Es waren offene Brüche, Kirsty. Das muss man sich mal vorstellen. McMillan hat mit seinem Knüppel so brutal zugeschlagen, ach, ich mag es mir gar nicht vorstellen. Jedenfalls war es verheerend, und Paul und die Familie wollten den Doktor holen, doch der war auf Coll. Sie haben Rory selbst versorgt, und wegen dem Nebel konnten sie kein Boot finden, das ihn nach Coll transportiert hätte. Der arme Kerl kam also erst vier Tage nach dem Angriff in ein Krankenhaus in Oban. Aber da war die Sepsis schon so weit fortgeschritten, dass nichts mehr zu machen war. Rory ist vierzehn Tage nach dem schrecklichen Vorfall in den Dünen gestorben.«

Kirsty schniefte. »Wie furchtbar! Wie schrecklich!«

»Und das Schlimmste für Paul und seine Familie war, dass sie McMillan nicht drankriegen konnten, denn er hatte ein Alibi. Rory hat zwar ausgesagt, dass er von McMillan so zugerichtet worden war, doch der Pfarrer Campbell, Matthew und Livie haben Donald McMillan gedeckt. Keiner hat ihn verraten, und so konnten sie nichts ausrichten.«

»Livie? Livie hat nicht gegen den Vater ausgesagt?« Kirsty beugte sich vor und stand auf. Das war ungeheuerlich!

»Nein, aber meine Großmutter hat gesagt, dass wir uns nicht vorstellen können, welche Macht Donald über seine Familie hatte. Er wird sie bedroht haben, und dann hat er sie einfach eingesperrt. Die Häuser lagen abseits, niemand hat mitbekommen, was da vor sich ging, und mit Donald McMillan hat man sich nicht angelegt. Der Pfarrer war dafür bekannt, dass er dem Whisky zusprach, und er und Donald waren immer dicke miteinander.«

»Und der Knüppel? Hat man keinen Polizisten geschickt, um den Fall zu untersuchen?«

»Es gab keine Polizeistation, wie wir das kennen. Der Duke war die oberste Instanz und nur selten vor Ort. Die Leute haben das unter sich geregelt, und Donald war ein Kriegsheld. Das darf man nicht vergessen. Ich kann nur wiedergeben, was meine Großmutter erzählt hat. Sie war damals mit Paul verlobt und hat erzählt, dass die Familie es nicht mehr ertragen konnte, in unmittelbarer Nachbarschaft zu dem Mörder ihres Sohnes zu leben. Denn das war Donald, ein gemeiner Mörder oder Totschläger. Sie erhielten keine Unterstützung von den Inselbewohnern. Niemand wollte sich einmischen, und schließlich haben sie das Croft aufgegeben und sind nach Kilmarnock gezogen.« Sie machte eine kurze Pause.

»Wissen Sie, Rory war tot, nichts hätte ihn wieder lebendig gemacht. Seine Eltern wollten damit abschließen und haben deshalb keine Anstrengungen unternommen, gegen McMillan vorzugehen. Sie hatten auch kein Geld für einen Anwalt. In Kilmarnock haben Verwandte ihnen geholfen, neu anzufangen. Mein

Großvater war ein cleverer Mann, und auch sein Vater wusste, wie man ein Geschäft zum Laufen bringt. Es war eine schwere Zeit, aber irgendwie haben sie es geschafft. Hier bei uns steht ein Foto von Rory. Wenn Sie möchten, kann ich es abfotografieren und es Ihnen per Handy schicken.«

»Das wäre sehr nett, vielen Dank! Und das Kind? Livie hat doch das Kind bekommen?«

Bei Jill erklangen im Hintergrund Stimmen, Geschirr klapperte. »Einen Moment, ich trinke mal einen Schluck Kaffee. Vom vielen Reden ist mein Mund ganz trocken geworden.«

Kirsty stand mit dem Telefon in der Hand am Fenster und schaute auf die Dünen, über denen die dunklen Wolken aufgerissen waren. Hell brach die Sonne hindurch und schien auf den weißen Sand und das fruchtbare Grünland, das der Insel den Namen *Land of Barley*, Land der Gerste, eingebracht hatte. Auf dem Weg nicht weit vom Haus entfernt fuhr eine Gruppe Radfahrer entlang, gefolgt von einem Kombi mit Surfbrettern auf dem Dach. Demnächst fand der Tiree Wave Classic statt, was sich an den voller werdenden Surfspots zeigte.

»Kirsty?«

Sie hielt das Telefon dichter ans Ohr. »Ja, bin da.«

»Livie hat das Kind im Februar 1935 zur Welt gebracht. Aber es ist kurz nach der Geburt gestorben. Danach hat meine Familie nichts mehr von ihr gehört.«

»Es gibt kein Grab hier auf der Insel. Ich habe gesucht, aber kein Grab gefunden«, sagte Kirsty nachdenklich.

»Tja, wer weiß, ob die McMillans einen Grabstein gekauft haben. Haben Sie mit dem Pfarrer gesprochen oder mit der Hebamme? Die waren doch damals sehr wichtig. Wichtiger noch als ein Arzt bei Geburten, und meistens wissen solche Frauen alles.«

»Das ist richtig. Eine Hebamme muss dabei gewesen sein, es sei denn, die Mutter hat ihr geholfen, auch das dürfte nicht ungewöhnlich gewesen sein bei Hausgeburten.«

Jill Graham stöhnte. »Bin ich froh, dass mir so was nicht bevorsteht. Sollte ich ein Kind bekommen, dann nur im Krankenhaus.«

»Ich bin Ihnen so dankbar, Jill. Ihnen und Ihrer Großmutter! Richten Sie ihr bitte meine Grüße aus, und ich werde ihr einen Blumenstrauß senden. Würde sie das freuen? Was meinen Sie?«

»Oh ja, unbedingt, Granny liebt Blumen. Wenn Sie noch etwas wissen wollen, rufen Sie mich gern an. Ich fand diese Rückführung in unsere Familiengeschichte sehr spannend.«

Kirsty brauchte einige Minuten, um das Gehörte zu verarbeiten. Der Schock über Donald McMillans Grausamkeit saß tief. Sie ging in die offene Küche, füllte Wasser und Espressopulver in den Espressokocher und stellte ihn auf eine Herdplatte. Als das Wasser langsam zischelnd überkochte und der Duft von Espresso durch den Raum strömte, holte sie tief Luft und fragte sich nicht zum ersten Mal, was einen Menschen zu einem derart brutalen Verhalten bewegte. Was musste denn zwischen den Familien vorgefallen sein, dass McMillan die Grahams so sehr hasste? Oder war es doch nur sein patriarchalisches Herrscherverhalten, das er ins Extrem gesteigert hatte?

Gedankenverloren nippte sie an ihrem Kaffee und ging zu ihrer Staffelei. In ihrem Kopf formte sich die Idee zu einem Bild. Sie öffnete das Fenster und ließ die frische Luft herein. Otis hob den Kopf und schnupperte.

»Willst du raus? Na, komm, gehen wir spazieren.«

Sie drehte sich um und stieß gegen eine solide Männerbrust. Fin stand mit feuchten Haaren hinter ihr und fing sie ab.

»Hey, tut mir leid, ich wollte dich nicht erschrecken. Du sahst aus, als ob du mit den Gedanken ganz weit weg warst.« Er hielt sie einen Augenblick an den Schultern, strich ihr über die Wange und ließ sie los. Dann nahm er ihr die Kaffeetasse aus der Hand und trank den Rest aus. »Soll ich neuen aufbrühen?«

Sie schüttelte den Kopf. »Danke. Ich wollte gerade mit Otis raus. Willst du uns begleiten? Dann erzähle ich das Neueste von Livie und Rory. Unfassbar, was damals geschehen ist. Wirklich, ich bin zutiefst erschüttert.«

Fin nickte, verschwand, um sich Schuhe und Jacke zu holen, und trat mit ihr und dem Hund nach draußen. Er sah erholt aus, hatte in den letzten Tagen auch wenig getrunken, was Kirsty besonders freute. Doch sie verbot sich Fragen nach seiner Arbeit, denn das schien ihn unter Druck zu setzen, und das wollte sie vermeiden. Sie sprachen über alltägliche Dinge, über Fiona, die Länder, die sie beide bereist hatten, und die Sehnsucht nach dem einen Ort, wobei Kirsty immer mehr davon überzeugt war, dass das Rosencottage der Platz war, an dem sie dauerhaft bleiben wollte. Nur selten noch stellte er die Musik laut, und wenn, hörten sie beim Kochen Jazz oder Folk.

Der Wind kam direkt vom Atlantik, und sie mussten das Gewicht nach vorn verlagern, um gegen die Böen anzukommen. Kirsty schlug den Weg zum Strand ein. Sie liebte es, sich den Elementen verbunden zu fühlen. Schweigend standen sie eine Weile am Ufer. Fin hatte ihr zugehört und warf nun einen Ball für Otis, der begeistert ins Wasser sprang und den Ball herausfischte.

Aufgeregt wedelnd kam Otis durch das flache Wasser zu ihnen, ließ den Ball fallen und schüttelte sich. Kirsty lachte und sprang zur Seite. »Okay, ich werfe nicht so weit, aber los, hol den Ball, Otis!«

Sie warf ihn diesmal auf den Sand.

»Das ist eine ganz üble Geschichte, Kirsty«, meinte Fin und rieb die nassen Hände aneinander, bevor er sie in die Hosentaschen schob. »Dieser Donald ist ein Krimineller. Heute wäre er nicht damit davongekommen, das ist mal sicher. Und sein Sohn lebt noch?«

»Matty, ja, der wollte doch nicht mit mir sprechen. Dieser Brodric hat mich nicht zu ihm vorgelassen.«

Otis kam zurück und sprang mit dem Ball im Maul herum. Sein nasses Fell war voller Sand, so dass seine ursprüngliche Farbe nur schwer zu erkennen war.

Fin sah zu den Dünen hinüber. »Da hinten liegt das Cottage, oder? Warum spazieren wir nicht hin und sehen nach, ob der Alte da ist. Mich würde schon interessieren, was er zu der Sache zu sagen hat.«

Ihr Herz tat einen Satz. »Du kommst mit? Großartig, allein hätte ich mich nicht noch einmal hingetraut. Brodric hatte ein Beil in der Hand. Kannst du dir das vorstellen?«

Er grinste. »Ich erinnere mich dunkel an deinen Bericht von dieser Begegnung.«

»Wirklich?« Sie knuffte ihn freundschaftlich. »Du warst ziemlich knurrig, und ich dachte schon, du hast überhaupt nicht zugehört.«

»Knurrig?« Er lachte. Die nassen dunklen Haare sahen unter seiner Wollmütze hervor. Den Kragen des Windbreakers hatte er hochgeschlagen.

»Oh ja, und das ist noch milde ausgedrückt«, erwiderte Kirsty.

»Hey, ich …« Sein Telefon klingelte, und er fischte es aus seiner Tasche. »Ja?«

Kirsty nahm Otis den Ball ab und warf erneut. Auf dem Wasser waren mehrere Kitesurfer, Windsurfer und auch zwei Foilsurfer. Fasziniert beobachtete Kirsty, wie sie auf ihren langen Finnen mit Tragflügeln mit ihrem Board über der Wasseroberfläche schwebten.

»Nein, spar dir das! Ich werde nicht kommen!«, sagte Fin mit lauter Stimme, wartete und erwiderte: »Was? Das ist Erpressung, verdammt!«

Sie wollte nicht Zeugin seiner privaten Gespräche sein und ging weiter zum Wasser hinunter, wo einer der Foilsurfer mit dem ungewöhnlichen Gefährt aus dem Wasser kam.

»Wow, ihr seid schnell auf dem Teil! Ist das schwierig zu lernen?«, wollte Kirsty wissen.

Der Surfer legte Segel und Board ab, darauf bedacht, nicht gegen die scharfkantige lange Finne mit den Flügeln zu stoßen. »Die sind ziemlich scharf, für Anfänger ist das nichts. Wenn du Windsurfen kannst, lernst du's schon, aber es braucht ein wenig Geduld«, meinte der junge Mann.

Otis kam zu ihnen, und der Surfer streichelte ihm über den Kopf. »Toller Hund, deiner?«

»Ja«, sagte Kirsty stolz.

»Wollen wir weiter?« Fin trat zu ihnen und tippte gegen das Foil. »Bist du auch die von Naish gefahren? Gefallen mir gut.«

»Ja, die sind der Hammer, aber zu teuer«, meinte der Surfer mit breitem Grinsen.

Fin nickte. »Stimmt. Okay, viel Spaß noch!«

Als sie weitergingen, meinte Kirsty: »Du hast das schon gemacht? Warum hast du das nicht erzählt?«

Fin hob die Schultern. »Du könntest denken, ich bin ein Angeber.«

Sie lachte. »Wohl kaum, eher ein … ach, komm schon, ist mir egal. Wenn du mir was sagen willst, tu's, und wenn nicht, lass es bleiben. Aber wir könnten mal zusammen surfen. Würde dir sicher guttun.«

»Wie meinst du das denn? Findest du, ich bin nicht gut in Shape?« Sie liefen nebeneinander durch den Sand in Richtung Dünen.

Und ob er gut in Form war, das hatte sie inzwischen mehrmals gesehen. »Keine Ahnung, bist du?«

»Na schön. Morgen surfen wir, und dann werden wir ja sehen, ob ich mit dir mithalten kann.«

»Hand drauf!« Sie streckte ihm die Hand entgegen, die er drückte und ein wenig länger festhielt als notwendig. Seine dunklen Augen hefteten sich auf sie und lösten dieses Kribbeln in ihrem Magen aus, das sie äußerst beunruhigend fand.

Nach einem kurzen Fußmarsch erreichten sie das abgelegene Croft der McMillans. Der Wind heulte um das vernachlässigte Haus, das ihr noch trauriger und abweisender als bei ihrem letzten Besuch erschien. Vorsichtig sah sie zum Stall, doch Brodric war nicht zu sehen.

»Du hast ja Angst, Kirsty.« Fin nahm ihre Hand, die zitterte.

»Du hast den Kerl mit dem Beil ja auch nicht gesehen.«

»Warum flüsterst du?«

Sie räusperte sich. »Keine Ahnung. Soll ich klopfen?«

Er schob sie die Stufen hinauf. Hinter den Fenstern war kein Licht zu sehen, das Haus wirkte verlassen.

Kirsty klopfte. Sie warteten, und als sich nichts tat, klopfte sie noch einmal. Hinter einem Fenster im Erdgeschoss bewegte sich die Gardine. Die Gestalt eines alten Mannes war zu erkennen.

»Oh Gott, das muss er sein!«, flüsterte Kirsty.

»Hallo, Mr McMillan!«, rief Fin laut und klopfte erneut. »Wir wollen Sie nur etwas fragen. Wir sind keine Zeugen Jehovas, falls Sie das denken!«

Kirsty kicherte. »Das ist gut, Zeugen Jehovas…«

»Das macht ihn vielleicht neugierig, ah, hör mal, da tut sich was!«, meinte Fin.

Schlurfende Schritte näherten sich der Tür, ein Schlüssel drehte sich, und dann wurde die Tür einen Spaltbreit aufgezogen.

»Wer sind Sie? Was wollen Sie?«, erklang die heisere Stimme eines alten Mannes.

Mit Fin an ihrer Seite fühlte sich Kirsty sicher und trat näher, um den Alten besser sehen zu können. Er war groß, die Schultern etwas gebeugt, der sehnige Körper noch immer kräftig. Die großen Hände fielen ihr auf, von denen sich eine um den Türknauf klammerte. Struppiges weißes Haar stand um den Kopf, der von einer hakenartigen Nase und einem dominanten Kinn geprägt war. Stechende Augen musterten die unwillkommenen Gäste hinter einer Brille, deren Gläser gesplisst waren. Ein Bügel war mit blauem Klebeband notdürftig geflickt. Der graue Pullover des Alten war fleckig und verschlissen, die Hose ausgebeult vom langen Tragen. Ein unangenehmer Geruch entströmte dem Haus, und auch der Mann roch streng.

»Mr McMillan? Matthew McMillan?«, fragte Kirsty.

»Und wer sind Sie?«

»Kirsty Paterson, die Enkelin von Fiona Paterson. Erinnern Sie sich an Fiona? Sie war die beste Freundin von Livie, Ihrer Schwester.«

Ein Grunzen war die Antwort.

»Können Sie mir sagen, was mit Livies Kind passiert ist? Wo ist es begraben, und wohin ist Livie gegangen? Fiona hat sich das immer gefragt. Sie ist gestorben, aber ich möchte ihr diesen Wunsch erfüllen und Blumen auf das Grab von Livies Kind legen.« Sie sprach schnell, damit er nicht sofort wieder verschwand, doch er sah sie an.

»Nach all den Jahren. Was hat das noch für einen Sinn. Sie sind tot. Alle sind tot.«

»Livie auch? Wo finde ich das Grab von ihrem Kind? Und wissen Sie noch, wie die Hebamme damals hieß?«

Der Mann war klar, verstand genau, was sie sagte, das sah sie an seinem Blick und den verschiedenen Regungen, die über sein Gesicht huschten.

»Das Kind liegt da, wo alle Kinder liegen. Livie ist weg. Wir haben sie nicht wiedergesehen.«

Er hustete, und Kirsty musste sich abwenden, denn Schleim rann sein Kinn hinunter.

»Ein alter Mann ist kein schöner Anblick, was?« Matthew McMillan schob einen Fuß nach vorn, doch plötzlich wurde er zurückgerissen, und Brodric erschien in der Tür.

»Sie schon wieder! Ich hatte Ihnen doch verboten, sich hier noch einmal blicken zu lassen. Matty, ich komme gleich und koche Tee.«

Brodric schob sich durch den Türspalt und baute sich drohend vor ihnen auf. »Diesmal haben Sie Verstärkung mitgebracht? Wird Ihnen nichts nützen. Lassen Sie uns zufrieden. Wenn Sie …«

Weiter kam er nicht, denn Otis stellte sich neben Kirsty, knurrte leise und eindringlich.

Brodric machte einen Schritt zurück. »Wenn ich den Köter hier erwische, knalle ich ihn ab!« Die Tür flog ins Schloss.

Fin nahm ihre Hand und zog sie mit sich den Dünenpfad entlang. »Das ist ein ganz übles Subjekt, Kirsty. Du solltest es dabei bewenden lassen. Meine ehrliche Meinung.«

Sie mochte es, wenn er ihre Hand auf diese fürsorgliche Art hielt. »Hm, ja, vielleicht.«

Doch sie wusste, dass sie noch lange nicht fertig war mit den McMillans.

26

Sie hatten das Rosencottage beinahe erreicht, als Kirstys Telefon klingelte.

»Kirsty? Hier ist Mrs Lamont. Wir haben doch vor einiger Zeit miteinander über die McMillans gesprochen.«

»Aber ja, hallo, Mrs Lamont, freut mich. Wie geht es Ihnen?« Kirsty nickte Fin zu, der mit Otis ins Haus ging.

»Danke. Wissen Sie, es hat mir keine Ruhe gelassen, und ich habe jetzt endlich meinen Bekannten auf Coll erreicht. Es gibt keinen Eintrag zu Livie McMillan!«

»Was bedeutet das?« Kirsty lehnte sich gegen die Steinmauer und schaute zum Meer, wo noch immer die Schirme einiger Kitesurfer zu sehen waren.

»Wenn sie hier gestorben wäre, gäbe es einen Eintrag. Es kann also durchaus sein, dass sie während des Krieges fortgegangen ist. Eine andere Erklärung habe ich nicht. Und Sie fragten doch auch nach ihrer Mutter, Selma. Die verstarb am 30. Mai 1940, genau zwei Wochen, nachdem ihr jüngster Sohn, Paddy, in Dünkirchen gefallen war. Und ein Grab konnten sie nicht finden, weil Selma sich das Leben genommen hat. So heißt es im Codex Iuris Canonici ›Wer gegen sich selbst Hand anlegt, worauf der Tod folgt, und zwar aus freiem Willen, beraubt sich des kirchlichen Begräbnisses‹. Selbst bei den Katholiken wurde dieser Passus erst 1983 gestrichen. Selbstmörder wurden in ungeweihter Erde und ohne Grabstein bestattet. Zumal die McMillans strenggläubige Baptisten waren.«

»Aber irgendwo muss man sie doch begraben haben?« Kirsty konnte kein Verständnis für diese Praxis aufbringen, vor allem dann nicht, wenn es sich um das Mitglied einer gläubigen Familie handelte. Da sollte doch auch an die Angehörigen gedacht werden. So hatten sie keinen Ort, an dem sie gebührend trauern konnten.

»Sicher. Sie wird hinter dem Friedhof bei Soroby begraben worden sein. Wo genau, ist schwer zu sagen, aber ist das wichtig? Die arme Seele hat endlich ihren Frieden. Bei dem Ehemann sei ihr die ewige Ruhe vergönnt«, meinte Mrs Lamont.

»Da kann ich nur zustimmen. Das war wirklich sehr freundlich von Ihnen, nur leider bin ich so immer noch nicht weiter. Die Suche nach Livie gestaltet sich sehr viel schwieriger, als ich gedacht habe.«

»Warten Sie, da war noch etwas. Es gab doch auch ein totes Kind. Damals waren Hebammen bei Hausgeburten zugegen oder eben nur die weiblichen Familienmitglieder. Das wäre noch etwas, was sich nachzuverfolgen lohnte, denken Sie nicht auch?«

»Ja, den Gedanken hatte ich auch schon.«

Mrs Lamont hustete leicht. »Percys Haare sind mal wieder überall. Wo waren wir stehen geblieben, ach ja, die Hebamme. Mein Bekannter brachte mich auf die Idee und konnte mir auch sagen, wer das war. 1934 war eine junge Frau nach Tiree gekommen, Hilary Dimond.

Wissen Sie, die Insulaner waren sicher sehr froh, dass sie wieder eine ausgebildete Hebamme hatten, denn auch wenn die Zahl der Geburten nicht groß war, so mussten die Frauen doch versorgt werden. Das waren noch schwere Zeiten für die Frauen, oh ja. Kein Strom, kein fließend Warmwasser. Bei jedem Wetter raus auf den Hof und zur Wasserpumpe oder zum Brunnen. Nein, nein, da musste man schon eine starke Konstitution haben, um alt zu werden.«

Mrs Lamont machte eine kurze Pause, und Kirsty sagte: »Da war das Leben von den täglichen Hausarbeiten bestimmt. Ob ich das gekonnt hätte?«

»Sicher! Sie hätten keine Wahl gehabt. So war das damals.«

»Und was ist mit Mrs Dimond geschehen? Ist sie auf Tiree geblieben?«

»Nein, sie war nicht lange hier, hat einen Mann vom Festland geheiratet und ist mit ihm fortgegangen.«

Kirstys Hoffnung sank. »Wenn sie ihren Namen gewechselt hat, wird es kaum möglich sein, sie zu finden.«

»Ich habe mir den Namen notiert. Einen Moment. Mein Kater hat den Block mit den Notizen heruntergeworfen.« Es raschelte, und ein Möbel wurde gerückt, dann war Mrs Lamont wieder am Apparat. »So, hier habe ich es schon. Der Mann heißt Archibald Lawson und war Textilfabrikant in Dundee. So, und mehr habe ich nun tatsächlich nicht für Sie. Werden Sie damit weiterkommen?«

»Ich hoffe es sehr! Mrs Lamont, Sie sind großartig! Ich werde mich bei Ihnen revanchieren.«

»Ach, meine Liebe, besuchen Sie mich, und wir schwätzen beim Tee, darüber freue ich mich am meisten«, sagte die ältere Dame.

»Das werde ich sicher tun, Mrs Lamont. Ich muss Sie doch auf dem Laufenden halten.«

Kirsty ging ins Haus und fand Fin in der Küche. Eine Pfanne stand auf dem Herd, Otis lag ausgestreckt auf dem Boden und beobachtete genau, was Fin in einer Schüssel zusammenrührte.

»Das war Mrs Lamont.« Sie berichtete ihm von ihrem Gespräch. »Ich werde nachher versuchen herauszufinden, ob die Hebamme lebt. Dundee, ausgerechnet …« Kirsty seufzte und dachte an ihre Familie. Sie trat zu Fin und schaute ihm über die Schulter. »Was machst du da Feines?«

»Drop Scones, ganz einfach, aber sehr lecker«, meinte er und deutete auf die Flasche mit Pflanzenöl. »Gib doch einen guten Schwung in die Pfanne, dann kann es gleich losgehen.«

Sie goss das Öl in die Pfanne und schwenkte sie hin und her.

Fin gab einen Löffel Teig in die heiße Pfanne, dass es zischte. »Willst du weitermachen? Ich bereite die Beeren und den griechischen Joghurt vor.«

Sie nahm den Löffel und gab einen weiteren Klecks Teig in die Pfanne. »Der Mann kann auch noch Drop Scones machen, das ist doch nicht normal …«

Mit einer Schale Beeren kam er vom Kühlschrank zurück. »Hattest du nie einen Freund, der kochen konnte?«

»Nicht so. Das Übliche, aber nicht so raffiniert.« Sie schnupperte. »Ich rieche Orangenaroma.«

»Genau, da gehört ein wenig geriebene Schale einer frischen Orange dran. Das gibt den Pfiff.« Er gab die Beeren in einen Topf und dünstete sie kurz an. »Wolltest du nie heiraten?«

Erstaunt sah sie ihn an. »Nein!«

»Hast du nie daran gedacht, eine Familie zu gründen?«

»Wenn das mit dem Heiraten schon nicht zur Debatte stand, dann Kinder ja wohl erst recht nicht. Ich bin nicht der Typ dafür. Mein Leben war so chaotisch, wo hätte da ein Kind reingepasst? Nein, nein, ich muss ja erst mal selbst meinen Platz finden.«

»Und hast du ihn jetzt gefunden?« Die Beeren begannen zu duften, und er nahm sie vom Herd und gab ein wenig Puderzucker dazu.

Kirsty legte den nächsten kleinen Pfannkuchen auf einen Teller. »Seit ich hier bin, kann ich mir zumindest vorstellen zu bleiben, ja. Ich denke, das hier ist mein Platz.«

»Dann kannst du dich glücklich schätzen, Kirsty.« Dabei schwang so viel Trauer in seiner Stimme mit, dass es ihr das Herz zerriss.

»Fin, ich …« Sie wusste, dass er nicht darauf angesprochen werden wollte, doch wie wollte er jemals ins Leben zurückfinden, wenn er sich in seinem Schneckenhaus aus Schuld und Vorwürfen verkroch?

»Du solltest endlich aufhören, dich selbst zu bemitleiden!« Es war aus ihr herausgeplatzt, und augenblicklich gefror sein Gesichtsausdruck.

»Ich will dir keine Ratschläge geben, aber ich kann es nicht ertragen, wie du dich kaputtmachst. Das ist nicht richtig! Du bist intelligent, verdienst gutes Geld, bist talentiert und hast noch dein halbes Leben vor dir. Aber du verkriechst dich hier und trinkst zu viel, was noch nie jemandem geholfen hat. Das ist keine Lösung!« Sie breitete die Handflächen aus. »Ich verstehe dich einfach nicht, und ich möchte es gern. Du küsst, dass es mir den Boden unter den Füßen wegzieht, aber dann bist du wieder distanziert und stehst hier und redest übers Essen!«

Langsam wischte er sich die Hände an einem Handtuch ab, schob die Pfanne zur Seite und warf ihr mit gerunzelter Stirn einen undurchdringlichen Blick zu. »Bist du fertig?« Seine Stimme klang eisig.

Sie berührte seinen Arm. »Fin, bitte, klapp nicht gleich wieder zu wie eine Auster. Ich mag dich. Wenn du mir egal wärst, würde ich nichts sagen.«

»Du hast keine Ahnung, wer ich bin. Wir kennen uns kaum, und du denkst, du kannst mir helfen? Mach dich nicht lächerlich! Du überschätzt dich.«

Das konnte er gut. Um sich beißen und zynisch sein Gegenüber verletzen.

Aber sie ließ sich nicht einschüchtern und versuchte zu lächeln. »Ich bin sicher nicht der einzige Mensch, der dir helfen will. Ich würde es nicht so nennen, eher einen Schubs geben. Manchmal braucht es das, einen Anstoß von außen, damit man aus seinem Hamsterrad herausfallen und sich neu sortieren kann.« Sie gab die Pfannkuchen auf zwei Teller. »Ich glaube, dass meine Großmutter eine sehr kluge Frau war.«

»Hör auf, mir Binsenweisheiten vorzuhalten. Niemand kann wissen, was ich durchmache. Ich habe meine Frau und meine Tochter verloren!« Er nahm den Topf mit den Beeren und knallte ihn in die Spüle.

»Du bist nicht der Einzige, dem so etwas Furchtbares widerfahren ist, Fin! Es ist ungerecht und schrecklich, und trotzdem passiert es. Jeden Tag! Aber die Menschen leben weiter, und du hast so viel zu geben!«

Er stand mit dem Rücken zu ihr und schluchzte. Dieses Geräusch durchfuhr sie wie ein Messerstich, und sie legte die Arme um ihn.

»Wir hätten uns zumindest aussprechen müssen. Ich war immer so selbstgerecht. Danach habe ich verstanden, warum Menschen nicht damit fertigwerden, dass sie sich nicht mit ihrem Partner versöhnt haben, bevor er gestorben ist.«

»Es war Schicksal. Das lässt sich nicht vorhersehen! Wir sind nur Menschen!«

Das Schluchzen verebbte, und er fuhr sich über die Augen. »Glaubst du etwa, ich hätte all die schlauen Sprüche nicht gehört? Ich war bei Therapeuten und Trauerberatern. Die haben alle dieselben klugen Weisheiten von sich gegeben. Ich hab's verstanden.« Er tippte sich an die Stirn. »Da drin ist es klar, aber nicht hier!« Er legte die Hand auf sein Herz. »Es tut weh, jeden Tag.«

»Und das ist normal. Es wird immer schmerzen, nach und nach etwas weniger. Das ist sicher nicht mit deinem Schmerz zu vergleichen, aber ich denke auch jeden Tag an Fiona, vermisse sie und höre ihre Stimme. Ich hätte eher zurückkommen sollen, mich mehr um sie kümmern müssen, dann hätten wir es noch gemeinsam nach Tiree geschafft. Meinst du, das werfe ich mir nicht vor? Doch ich weiß, dass sie mich verstanden hat. Sie hat mir dieses Haus hinterlassen, weil sie wusste, dass es das ist, was ich brauchte – einen Ort, an dem ich zu Hause bin, der mich trägt, mich frei atmen lässt. Hier traue ich mir mehr zu. Das Rosencottage gibt mir Mut, weil ich Fiona spüre. Ich male, und ich weiß, dass ich es kann, dass ich gut bin. Das verdanke ich ihr, und dafür bin ich ihr unendlich dankbar.«

Fins Augen waren noch gerötet, als er mit tonloser Stimme sagte: »Das Rosencottage ist ein besonderer Ort, da gebe ich dir recht. Ich bin gern hier, und ich gebe zu, dass ich mir viel vom Leben hier erhofft hatte.« Er machte eine Pause und schlug mit einer Hand auf die Arbeitsplatte. »Ich kann nicht mehr schreiben! Du hast es doch sicher schon gemerkt. Ja, natürlich, alle Welt weiß, dass der großartige Finlay Stewart sich volllaufen lässt, weil er kein Wort mehr zu Papier bringt. Ihr Tod hat alles verändert, Kirsty. Danach konnte ich nicht mehr schreiben. Ich kann es einfach nicht. Ich sitze vor dem leeren Blatt, und mein Kopf ist genauso leer. Es passiert nichts, keine Ideen. Mein viel gepriesenes Talent ist mit ihnen gestorben.« Der verzweifelte Autor holte tief Luft, fuhr sich über das Gesicht und lächelte gequält. »Seit vier Jahren habe ich keine Zeile geschrieben. So sieht es aus. Und mein Verleger wartet auf den nächsten Titel. Ewig werden sie mir keinen Aufschub gewähren, und ich kann das verstehen.« Er griff nach einer Whiskyflasche, die im Regal stand, und goss sich ein Glas ein. »Möchtest du auch?«

»Nein, danke. Warum tust du das jetzt? Das hilft doch anscheinend nicht.«

Er nahm die Flasche in eine Hand und das Glas in die andere. »Nicht beim Schreiben, aber es betäubt mich genug, dass ich nicht dauernd an die Lawine denken muss. Und das ist es mir wert. Du solltest die Beeren zu den Pfannkuchen essen. Mir ist der Appetit vergangen.«

Nach zwei Schritten drehte er sich noch einmal um. »Und zu dem Kuss. Das war eine chemische Reaktion. Ich bin auch nur ein Mann, und du eine verdammt attraktive Frau.« Er schwenkte die Flasche und verschwand in seinem Zimmer.

Enttäuscht schob Kirsty die Teller zur Seite, legte einen Deckel auf den Topf und riss sich ein Stück von einem der Pfannkuchen ab. Otis stellte sich schwanzwedelnd vor sie. »Okay, wir wollen das gute Essen nicht verschwenden.«

Sie gab dem Hund einen Pfannkuchen und sah sich in dem plötzlich sehr leeren und viel zu stillen Raum um. Was hatte sie nur gedacht – dass er plötzlich seine Trauer überwinden würde und zu schreiben begann?

»Tja, Otis, dann lassen wir den Herrn allein trinken«, sagte sie so laut, dass er sie hören konnte. »Ich brauche frische Luft. Na, komm!«

Sie zog ihren Neoprenanzug an, nahm ihr Surfbrett und verließ mit Otis das Haus. Nur ihren Haustürschlüssel nahm sie mit. Es war noch drei Stunden hell, und der Wind war kräftig auflandig. Außerdem hatte sie in ihrer Vorhersage gesehen, dass der Swell ziemlich gut sein musste. Beim Surfen war nicht nur die Höhe der Wellen entscheidend, sondern vor allem die Richtung, aus der sie kamen und auf den Strand liefen. Mit Swell waren nicht die durch den Wind erzeugten Wellen gemeint, sondern die Dünung, die auf hoher See durch einen Sturm entstanden sein konnte. Aus weit entfernten Regionen konnten solche Druckwellen dann auf das flachere Küstengewässer treffen und die begehrten surfbaren Wellen erzeugen. In der Surfvorhersage wurde die Swell-Periode angegeben, also die Sekunden zwischen den Wellen. Je größer der Abstand, angefangen bei neun Sekunden, desto gleichmäßiger die einlaufenden Wellen. Kirsty hatte schon als Teenager gelernt, das Meer zu verstehen, und konnte auch ohne zu surfen das Meer beobachten und die Zeit vergessen. Die Bewegung und das Rauschen der Wellen, die Strömungen, der Geruch von Seetang, das Gefühl von Sand zwischen den Zehen und die Vögel, die über der Küste kreisten, schenkten ihr einen inneren Frieden, der sie glücklich machte. Nein, demütig, dachte sie und lief durch ein Dünental.

Der Wind hatte gedreht, kam direkt von Westen, und die Böen entwickelten Sturmqualität. Der Sand war feucht, sie spürte Regentropfen auf dem Gesicht und sog die würzige Seeluft tief ein. Warum machte Fin es sich so schwer? Aber anscheinend wollte er es so. Otis war bereits vorgelaufen, er sprang ins Wasser, kläffte die Möwen an und kam zurück, wenn er sich ausgetobt hatte.

Ein merkwürdiges Kribbeln in ihrem Nacken sagte ihr, dass sie nicht allein war. Sie vertraute ihrem Instinkt und wollte sich umdrehen, doch schon traf sie ein Schlag, ein stechender Schmerz fuhr ihr durch den Kopf, und ihr wurde schwarz vor Augen.

27

Etwas Kaltes war in ihrem Gesicht. Sie wollte es fortwischen, doch es kam wieder. Sie blinzelte und sah in braune Hundeaugen. Otis leckte ihr über die Stirn und winselte leise. Wie lange hatte sie hier gelegen? Sie bewegte sich vorsichtig, doch Beine und Arme waren unverletzt. Nur ihr Kopf hatte einen gehörigen Schlag abbekommen. Sie fasste sich an den Hinterkopf.

»Autsch!« Sie ertastete eine große Beule, die höllisch schmerzte. Als sie ihre Hand überprüfte, seufzte sie erleichtert. Kein Blut. Gut, etwas oder jemand hatte sie am Hinterkopf getroffen, und sie war zu Boden gegangen. Ihr Brett lag neben ihr. Wäre schade gewesen, wenn man ihr das neue Board gestohlen hätte. Jetzt erst bemerkte sie, dass es bereits dunkel war. Wie lange lag sie schon hier? Mindestens drei Stunden.

Sie setzte sich auf und stöhnte. Der Schmerz schoss in Wellen erneut durch ihren Kopf, und ihr war übel. Wer oder was zum Henker war das gewesen? Ängstlich sah sie sich um. Was war passiert?! Und wenn sie eine Gehirnerschütterung hatte? Verdammt! Sie musste hier weg! Vielleicht kam der Irre wieder, der sie niedergeschlagen hatte. Oder war sie gestürzt? Hier gab es keinen Ast, an dem sie sich hätte stoßen können.

»Und kein Handy dabei! Komm, Otis, wir schaffen das schon. Bin ich froh, dass du bei mir bist!« Sie kniete sich hin, doch sofort wurde ihr so übel, dass sie sich ins Dünengras übergab. In ihrem Kopf drehte sich alles.

»Mist! Ich kann hier doch nicht die ganze Nacht liegen bleiben. Das wird zu kalt! Otis, lauf zu Fin! Hörst du? Lauf, hol Fin! Beiß ihn, bell, mach was, bitte, Otis!«

Otis hörte ihr mit schräg gelegtem Kopf zu, so als verstünde er, und als sie ihn mit der Hand fortschickte, stob er davon. Vielleicht schaffte er es, immerhin hatte er auch Hilfe geholt, als sein Herrchen verstorben war. Kirsty hockte sich hin und sah sich um. Es war zu dunkel, um den Weg erkennen zu können, und wenn sie auch noch stolperte und fiel, wäre das in ihrem Zustand nicht von Vorteil. Verflucht, wer machte denn so was? Eigentlich gab es nur ein oder zwei Personen hier auf Tiree, die sie nicht mochten – die McMillans. Irgendwie passte ein heimtückischer Überfall zur Geschichte dieser Familie. Der alte Matthew wäre dazu nicht imstande, aber sein reizender Neffe schon.

Der Weg, den sie vom Rosencottage genommen hatte, war einsam und abseits der Hauptpfade. Deshalb hatte keiner der anderen Surfer sie finden können, und Wanderer waren kaum noch unterwegs, der Herbst blieb den Surfern vorbehalten. Ein schöner Nachmittag vertan, dachte Kirsty, die sich an die vielversprechende Swell-Vorhersage erinnerte. Und plötzlich musste sie lachen, so absurd waren ihre Gedankengänge. Jemand hatte ihr eins übergezogen, und sie ärgerte sich über einen verlorenen Surftag. Wahrscheinlich lag das an der Gehirnerschütterung.

Sie begann zu frieren. Sobald die Sonne untergegangen war, wurde es kalt, und die Feuchtigkeit tat ein Übriges. Der Neoprenanzug half ihr dabei, nicht auszukühlen, doch die Füße lagen im feuchten Sand, und da sie sich nicht bewegte, ergriff die Kälte von ihr Besitz. Irgendwann fingen ihre Zähne an zu klappern, und sie versuchte erneut aufzustehen. Der Schwindel war nicht mehr ganz so heftig, der Kopfschmerz hingegen schon. Sie blieb stehen und versuchte, sich durch ihr Gehör zu orientieren. Wenn die See auf der linken Seite lag, musste sie parallel zum Strand laufen.

Auf dem Meer waren die Positionslichter einiger Schiffe zu sehen, und in der Ferne sah sie endlich auch Licht aus einem Haus scheinen. Kirsty packte ihr Surfbrett und setzte langsam einen Fuß vor den anderen, und nach ein paar Schritten ging es so gut, dass sie sich zutraute, den Weg zurück zu gehen. Weit war sie noch nicht gekommen, als sie Otis bellen hörte und ihr Herz einen hoffnungsvollen Satz machte.

»Otis! Hier bin ich, Otis!«, rief sie in die Dunkelheit, befürchtend, dass der Wind ihre Stimme verschluckte.

Sie setzte das Board ab, das ihr schwer wie ein Bleibarren schien, und wartete. »Otis!«

Und endlich kam das Bellen näher, und dann sprang der Hund auf sie zu und tanzte um sie herum. »Hallo, mein Guter! Bin ich froh, dich zu sehen.«

»Kirsty? Wo steckst du, zum Teufel?«

Fin!

»Hier, verflucht, in den Dünen«, rief sie laut und war so froh wie nie zuvor, seine Stimme zu hören.

Er trat aus dem Dunkel, und sie sah ihm an, dass er besorgt war.

»Hey, alles in Ordnung. Ich kann schon wieder stehen!«

Fin kam zu ihr, musterte sie und zeigte auf Otis. »Der Hund hat mich hergelockt. Der hat so einen Aufstand gemacht, dass ich ihm gefolgt bin. Was ist passiert? Warum bist du noch hier draußen? Es ist dunkel! Da kann man doch nicht mehr surfen!«

Seine Vorwürfe taten ihr gut, weil sie Ausdruck seiner Besorgnis waren. »Fin, ich war ohnmächtig. Jemand hat mir von hinten eins über den Schädel gezogen. Anders kann ich mir die Beule nicht erklären. Hier gibt es keine Bäume.«

Seine Augen weiteten sich, und er ergriff ihre Arme. »Meine Güte! Ohnmächtig? Und du hast hier in der Kälte gelegen? Kirsty, wir bringen dich sofort zu einem Arzt. Und dann informieren wir die Polizei.«

Sie tätschelte Otis den Kopf. »Braver Hund, du kriegst eine Belohnung, wenn wir zurück sind.«

»Hast du zugehört? Du brauchst einen Arzt!«

»Ja, nein, es geht schon, wenn du mir hilfst. Polizei? Wozu? Es gibt keine Beweise. Wer immer das war, ist längst weg. Kannst du das Brett nehmen? Ich würd's ungern verlieren, und ob es morgen noch da ist … na ja.« Kirsty drückte ihm das Board in die Hand. »Ist nicht schwer, aber mir kommt es gerade ziemlich gewichtig vor.«

Er hielt das Brett fest. »Wenn du eine Gehirnerschütterung hast, dürftest du jetzt nicht laufen. Du bist unvernünftig, und das Brett ist doch Nebensache!«

»Fin, bitte, diskutieren wir nicht. Ich kann mir kein neues Brett leisten, und wenn du mir einfach nur hilfst, geht das schon. Ich hatte als Kind schon mal eine Gehirnerschütterung, und hey, ich hab's überstanden.«

»Du bist sturer als jeder Maulesel. Halt dich an mir fest!« Er nahm das Brett unter einen Arm und schlang den anderen um ihre Hüfte.

Sie hielt sich an ihm fest und war über die Hilfe und seine Nähe dankbar. Die Wärme seines Körpers tat ihr gut, und das Zittern ließ nach. »Bin ich froh, dass Otis dich gefunden hat und dass du, äh, dass es dir gut geht!« Es fiel ihr schwer auszusprechen, dass sie gehofft hatte, er hätte sich nicht betrunken.

Sie mussten langsam gehen, denn der Sand und das Surfbrett erschwerten ein Vorankommen. Fin blieb kurz stehen und setzte das Brett ab. »Dieser Hund ist dein Schutzengel. Er hat so lange gebellt und an der Tür gekratzt, dass ich aus meinem benebelten Schlaf aufgewacht bin. Du willst es nicht aussprechen, aber ich hatte zu viel getrunken. Etwas mehr, und ich wäre nicht in der Lage gewesen herzukommen. Das ist die traurige Wahrheit.«

Er hielt sie noch immer fest, und sie lehnte sich an ihn, weil ihr schwindelig war und weil sie es mochte, wenn er sie festhielt. »Aber du bist hier. Mach dich nicht schlechter als nötig.«

»Ich bin Realist. Es ist nicht gut, wenn du dich auf

mich verlässt, wenn du denkst, dass ich wieder der alte strahlende Finlay werde, der Bestseller schreibt und …«

Sie schlang beide Arme um ihn, stellte sich auf die Zehenspitzen und küsste ihn. Sein Körper reagierte sofort, und er erwiderte den Kuss, hielt sie an sich gedrückt und glitt mit einer Hand über den Neoprenanzug. Als sie sich voneinander lösten, sagte sie: »Ich erwarte gar nichts von dir, Fin. Für mich zählt nur der Moment.«

Er gab ihr einen Kuss auf die Stirn, nahm das Brett und stützte sie erneut beim Gehen. »Du bist eine ungewöhnliche Frau, Kirsty.«

Sie lachte. »Das Kompliment darf ich wohl zurückgeben. Und ich habe Hunger! Hast du die Pfannkuchen aufgehoben? Die waren köstlich!«

»Du brauchst mehr als Pfannkuchen. Ich brate uns Fisch.«

Ich brauche dich, dachte Kirsty und hielt sich an ihm fest.

Fin hielt sein Versprechen. Er bestand darauf, dass sie heiß duschte und sich dann auf das Sofa vor dem Kamin legte, in dem er ein wärmendes Feuer entzündete. Da sie noch immer leichte Kopfschmerzen hatte, nahm sie zwei Tabletten und döste ein wenig. Otis knabberte derweil an einem Kauknochen, den er sich verdient hatte. Fin brachte ihr einen Eisbeutel, den sie sich auf die Beule legte. Der Schwindel war verflogen, und als sie den Bratenduft schnupperte und aufstand, spürte sie auch den Kopfschmerz nicht mehr.

Fin hatte ein schmackhaftes Gericht aus den Fischresten, Erbsen und Kartoffelbrei gekocht.

»Hm, das sieht toll aus!«

»Setz dich an den Tisch, Kirsty. Du solltest wirklich nicht herumlaufen. Und ich finde immer noch, dass wir zu einem Arzt fahren sollten.« Er geleitete sie zum Tisch und schob ihr den Stuhl zurecht.

»Danke. Ich bin doch keine Invalidin.« Sie registrierte, dass er nur Wassergläser hinstellte.

»Wenn ich Cheddar gehabt hätte, wäre es eine echte Fishermen's Pie geworden, aber es ist heiß und nahrhaft, genau das, was du brauchst.« Fin servierte das Essen, das so gut duftete, dass ihr das Wasser im Mund zusammenlief.

Sie aß alles auf und hätte am liebsten den Teller abgeleckt. »Oh, war das gut, danke!«

Er lächelte und kam zu ihr, um ihr aus dem Stuhl zu helfen.

»Hör mal, mir geht es schon viel besser«, protestierte sie.

Doch er brachte sie zur Treppe. »Keine Widerrede. Ich begleite dich jetzt nach oben. Das ist wohl das Mindeste.«

Er brachte sie bis zu ihrem Bett und stellte die Heizung an. Dann kam er zurück und setzte sich auf die Bettkante. Kirsty hatte sich in T-Shirt und Jogginghose ins Bett gelegt.

»Kirsty, was du heute erlebt hast, war kein Unfall, sondern ein Angriff. Wir wissen doch beide, dass du den McMillans empfindlich auf die Zehen getreten hast.

Und wer sonst auf der Insel sollte dir übelwollen? Versprich mir bitte, dass du nicht wieder allein surfen gehst, ja?«

Er strich ihr durch die Haare und wollte sie auf die Stirn küssen, doch sie zog ihn an sich und fand seine Lippen. »Kannst du eine Weile bleiben, Fin? Nur, bis ich eingeschlafen bin?«

Fin zögerte. »Das ist keine gute Idee.«

»Warum nicht? Ich bin überfallen und niedergeschlagen worden und möchte nicht allein sein. Aber wenn du nicht willst … Otis?«

Der Hund saß vor ihrem Bett und sah sie aufmerksam an.

Fin grinste. »Schon gut. Rutsch rüber.«

Kirsty machte ihm Platz, so dass er sich neben sie legen konnte. Sie griff nach seiner Hand und fühlte sich beschützt und sicher. »Danke, Fin.«

Und nach wenigen Sekunden glitt sie in einen traumlosen, tiefen und erholsamen Schlaf. Als sie erwachte, schienen die ersten Strahlen der Morgensonne durch das Dachfenster. Fin lag noch immer neben ihr, einen Arm über ihrer Hüfte, und schien zu schlafen, doch als sie sich streckte und auf den Rücken drehte, öffnete er die Augen.

»Ich werde gehen und dich schlafen lassen.«

Er machte Anstalten, sich zu erheben, doch sie wandte sich ihm zu, so dass sie ihn küssen konnte, und fuhr mit einer Hand unter sein T-Shirt. Ein leises Stöhnen seinerseits sagte ihr, dass er ihre Berührung nicht als unangenehm empfand.

»Bleib!«, murmelte sie, fuhr über seinen Bauch und ließ ihre Hand auf dem Gürtel seiner Jeans liegen.

»Was ist mit deinem Kopf?«, fragte er und strich über ihr Gesäß.

»Hm, wieder okay.« Es fühlte sich richtig an, hier mit ihm zu liegen, seinen kräftigen Körper unter sich zu spüren und seine zärtlichen Lippen auf ihrem Hals zu fühlen.

»Ich will dich, Fin. Jetzt.« Sie bog den Hals, damit er die Kuhle an ihrem Schlüsselbein besser erreichen konnte. »Du bist meine Medizin.«

»Mal sehen, was ich für dich tun kann«, murmelte er und lachte tief und kehlig. »Du bist wie eine dieser Wassernymphen, quirlig, kraftvoll und nie ganz zu greifen.«

Nacheinander flogen überflüssig gewordene Kleidungsstücke auf den Boden, und durch das Dachfenster schien der Mond und tauchte ihre nackten Körper in silbriges Licht. Seine Hände streichelten und liebkosten, und seine Finger und seine Zunge entlockten ihren geheimsten Stellen wohliges Schaudern. Bevor sie ganz zerfloss, zog er sie neben sich, so dass sie einander ansehen konnten, und legte ihr Bein über seine Hüfte. Sie konnte es nicht erwarten, ihn in sich aufzunehmen, und drängte sich gegen ihn, doch er hielt sich zurück und sagte leise: »Sieh mich an und sag mir, wenn es dir unangenehm ist.«

»Fin, es geht mir so gut wie lange nicht mehr. Du hast heilende Hände.« Sie seufzte, als er sie sanft gegen sich zog und sie genau dort berührte, wo sie am empfindlichsten war.

»Ich würde gern mit dir über alternative Heilmethoden diskutieren, Kirsty, aber das sprengt die Kraft meiner Selbstbeherrschung.«

Sein Gesicht lag an ihrem, und sie strich über sein festes Gesäß. »Ich habe nicht gesagt, dass du dich beherrschen sollst.«

Er liebte sie zärtlich und leidenschaftlich zugleich, ließ sie vor Lust erschauern und achtete darauf, dass sie nicht auf den Rücken zu liegen kam. Wobei Kirsty davon überzeugt war, dass sie nicht einmal gespürt hätte, wenn ihr Kopf gegen den Bettrahmen gestoßen wäre. Es schien, als wären ihre Körper füreinander gemacht, als hätten sie nur aufeinander gewartet. Sie stöhnte auf, als er sie ein letztes Mal an sich zog und festhielt, so dass sie ihn so lange spüren konnte, bis die Wellen der Lust verebbten.

Als er sich zurücklehnen wollte, setzte sie sich auf ihn, beugte sich vor und küsste erst seinen Mund, um dann mit ihren Lippen seinen Hals entlangzufahren, streichelte seine Brust, die sich unter ihren zärtlichen Händen hob und senkte. Schließlich fuhr sie über seinen Bauchnabel und weiter hinunter, strich über die dunkle Haarlinie und hielt dabei Blickkontakt, bis sie sah, wie seine Augen schmal wurden und er scharf die Luft einsog. Und endlich ritt sie ihn in einem archaischen Rhythmus, wie tausend Generationen vor ihnen und tausend nach ihnen. Er berührte ihre Brüste, und sie lehnte sich zurück, nahm ihn in sich auf, bis er sich unter ihr aufbäumte und sie schließlich auf sich zog. Umschlungen lagen sie schwer atmend, glücklich erschöpft und lauschten dem Herzschlag des anderen.

Kirsty hörte den Wind am Dach rütteln und in der Ferne die Wellen rauschen und fühlte sich zufrieden und weich wie geschmolzenes Wachs.

»Lass mich dich zudecken.« Er schob sie neben sich und legte sich so, dass er sie umarmen und die Decke über sie legen konnte.

»Hm, das ist schön. Du darfst mich gern zu Bett bringen«, murmelte sie.

Statt einer Antwort küsste er ihren Nacken, gab ihrem Hintern einen Klaps und sagte: »Schlaf jetzt.«

28

Sie erwachte aus einem erholsamen Schlaf und wusste, noch bevor sie sich umdrehte, dass er nicht mehr da war. Seufzend rekelte sie sich und sah aus dem Fenster. Die Sonne stand hoch an einem fast wolkenlosen Himmel. Wie lange hatte sie geschlafen? Mit einem zufriedenen Lächeln fischte sie Hemd und Hose vom Boden auf und schlüpfte hinein. Was für ein verrückter Tag war das gestern gewesen, dachte sie und tastete nach ihrem Hinterkopf, doch die Beule war nur noch leicht spürbar.

Fins Therapie war erfolgreich gewesen. Und wo war ihr Wunderheiler? Sie griff nach ihrem Handy und entdeckte vier verpasste Anrufe von Ethan. Zum Henker, sollte er sie doch einfach in Ruhe lassen und sich ein anderes Stück Land suchen, auf dem er Ferienhäuser bauen konnte. Verärgert wählte sie den Rückruf.

»Endlich, was ist denn los bei dir? Warum gehst du nicht ans Telefon?«, wurde sie vorwurfsvoll von ihrem Bruder begrüßt.

»Ich kann auch gleich wieder auflegen, wenn du so drauf bist. Was willst du, Ethan?«

»Über das Projekt sprechen, natürlich. Ich wollte dir die Pläne durchmailen, bin aber noch nicht dazu gekommen. Denk mal nach, wie viel du dabei verdienen könntest! Das ist doch ein wichtiger Punkt!«

»Für dich ist Geld schon immer wichtiger gewesen als für mich. Nein und nochmals nein. Ich werde mich nicht von dem Land trennen. Und der Duke kann da auch nichts machen, denn das Land gehört mir. Fiona hat es damals mit ihrem Mann gekauft.«

»Und was machst du, wenn nebenan eine Ferienanlage entsteht? Glaubst du, es wird dann noch so ruhig dort sein?«

Jetzt also Erpressung. »Ich habe nichts von anderen Bauvorhaben hier gehört. Und ihr werdet niemals eine Genehmigung bekommen. War es das? Ich habe noch einen Termin. Und wir sehen uns auf Dads Geburtstag. Dann können wir weiterreden.«

»Kirsty«, begann ihr Bruder erneut. »Wir wollen dir doch nichts Böses, im Gegenteil. Durch die Vermietung hättest du ein Auskommen.«

»Ich bin glücklich hier, Ethan. Ich mag die Ruhe und die Abgeschiedenheit. Mehr will ich nicht. Ich brauche nicht viel. Kannst du das nicht verstehen?«

Es war kurz still. »Ehrlich gesagt nicht. Eine gewisse finanzielle Sicherheit ist doch vernünftig«, sagte ihr Bruder.

»Aber der Preis ist mir zu hoch, Ethan. Die Insel ist einmalig, so, wie sie ist. Das gibt es nicht wieder. Überall zerstören die Menschen die Natur, die letzten Paradiese mit ihrer Gier nach mehr. Ich will das nicht. Bis bald.« Sie legte auf und lief nach unten.

Otis hatte auf dem Teppich in der Sonne gelegen und

begrüßte sie. An der Schüssel, die noch in der Küche stand, sah sie, dass Fin ihn gefüttert hatte. Auf dem Küchentisch lag ein Zettel mit einer Nachricht: »Ich bin gleich zurück. Schließ die Tür ab und mach dir keine Sorgen!«

Das war leicht gesagt! Oh, warum musste er nur immer alles allein mit sich abmachen?

Otis kam zu ihr. »Hey, mein Lebensretter.« Kirsty ging in die Hocke und umarmte den Hund, der ihr übers Gesicht leckte und sie anstupste. »Und wo ist Fin hin, hm?«

Sie schaute kurz in sein Zimmer. Sein Handy lag auf dem Tisch, alles war aufgeräumt, das Bett gemacht. Die Umstände waren eher dramatisch als romantisch gewesen, aber sie wollte diese Nacht mit ihm um nichts missen. Noch nie hatte sie sich so wohl mit einem Mann gefühlt. In Gedanken an seine Zärtlichkeiten lief ihr ein warmer Schauer über die Haut. Sie strich über seinen Laptop. Wenn er doch nur wieder schreiben könnte! Das würde ihn aus seiner Verzweiflung holen, ihm neuen Mut schenken. Hach, dieser komplizierte Mann!

Sie sah draußen nach. Fins Fahrrad war weg. Seufzend sagte sie zu Otis, aber eigentlich mehr zu sich selbst: »Er wird gleich wieder da sein.«

Innen verriegelte sie die Tür und machte sich Toast und Kaffee. Hoffentlich war Fin nicht zur Polizei gefahren. Es gab eine kleine Station in Scarinish. Ein Police Constable verrichtete dort seinen Dienst. Es gab so gut wie keine Verbrechen auf Tiree mit seinen rund achthundert und dem benachbarten Coll mit knapp zweihundert Einwohnern. Kirsty erinnerte sich an einen schweren Unfall mit Todesfolge, der sich während einem ihrer Ferienaufenthalte ereignet hatte. Ein Farmer auf Tiree hatte eine Ballenpresse mit seinem Traktor verbinden wollen und war in dem großen Gerät eingeklemmt worden. Die Inselbewohner regelten Konflikte unter sich, das war bis heute so.

Vorsichtig tastete sie nach der Beule, die noch spürbar war, aber kaum schmerzte. Der Schwindel war ebenfalls verschwunden, was bedeutete, dass sie großes Glück gehabt hatte. Doch bei jedem ungewohnten Geräusch zuckte sie zusammen und sah zum Fenster. Weil Otis ruhig blieb, gemahnte sie sich zu mehr Besonnenheit und nahm einen Bleistift zur Hand. Sie musste einfach abwarten, bis Fin zurück war.

Seufzend betrachtete sie das Porträt von Otis. Es war gut, so gut, dass sie sich zutraute, auch andere Tiere zu porträtieren. Eins der Pferde auf der Koppel oben bei Greenhill vielleicht, oder eine Kuh. Sie musste Farben bestellen, wenn sie in diesem Tempo weiterarbeitete. Nachdem sie ein paar Skizzen angefertigt hatte, setzte sie sich mit einem Becher Tee an den Tisch und zog ihr Telefon hervor. Ihre Gedanken schweiften immer wieder ab. Sie musste etwas Konkretes tun. Also konnte sie genauso gut weiter nach Livie suchen. Denn ihre Nachforschungen waren der Grund für diesen seltsamen Überfall, davon war sie überzeugt.

Kirsty nahm sich die Hebamme vor. Wie hieß sie noch? Hilary Dimond, ja, die hatte Archibald Lawson geheiratet, der einen Textilhandel in Dundee betrieb. Das war ein Anfang. Sie stieß auf eine Firma namens Waxed Cottons, in deren Firmenhistorie stand, dass sie bis vor fünf Jahren einem Archibald Lawson gehört hatte. Das Familienunternehmen war von einem Großinvestor der Textilbranche aufgekauft worden, produzierte aber noch immer nach einem Patent von 1910 wasserfeste, gewachste Stoffe.

Kirsty war enttäuscht, als die Dame von der Auftragsannahme ihr mitteilte, dass der alte Lawson schon lange nicht mehr ins Büro kam. »Oh, das ist sehr schade, ich hätte ihn so gern gesprochen. Es geht um eine Familienangelegenheit. Ich bin auf Tiree, und seine Frau Hilary hat einmal hier gelebt.«

Einen Versuch war es wert, und tatsächlich hörte ihr die Dame aufmerksam zu und sagte dann: »Wenn das so ist, ich weiß, dass die Juniorchefin – nun ja, sie wird auch bald aufhören – Verbindungen nach Tiree hat. Monica Lawson-Smith. Wenn Sie sich einen Augenblick gedulden, versuche ich, Sie zu verbinden.«

»Danke!« Geduldig wartete Kirsty und sah wieder und wieder zum Fenster. Als die Warteschleifenmelodie zum zehnten Mal »Never Gonna Give You Up« von Rick Astley spielte, war sie kurz davor, das Handy aus dem Fenster zu werfen, doch sie wurde erlöst.

»Hallo? Sind Sie noch dran?«

»Ja, gerade noch«, meinte Kirsty.

»Ich verbinde Sie jetzt.«

Eine ältere Frauenstimme meldete sich. »Monica Lawson-Smith, was kann ich für Sie tun?«

Kirsty erklärte ihr Anliegen und wartete gespannt auf die Reaktion von Monica, vermutlich die Tochter der Hebamme.

»Wie schade. Hätten Sie ein Jahr früher angerufen, hätten Sie noch mit meiner Mutter sprechen können. Wissen Sie, das Schicksal des McMillan-Kindes hat sie nie losgelassen.«

»Oh, nein, das tut mir sehr leid. Mein Beileid. Darf ich dennoch fragen, was passiert ist? War Ihre Mutter bei der Geburt dabei?«

»Ja, das war sie. Ich fand es immer sehr schön, wenn sie von ihrer Zeit auf den Inseln erzählt hat. Sie ist auf Uist aufgewachsen, wo ihre Mutter ebenfalls Hebamme war. Von der hat sie alles gelernt und ist sehr jung nach Tiree gekommen, wo sie dann bald meinen Vater kennengelernt hat. Der stammte aus Dundee. Meine Mutter hat mich früher mehrfach mit nach Tiree genommen – in die Ferien, hat sie immer gesagt –, aber ich weiß, dass sie hoffte, etwas über das Baby von Livie McMillan herauszufinden. Haben Sie Zeit?«

»Aber ja! Ich bin Ihnen so dankbar, Mrs Lawson-Smith!«

»Gut, also, es war wohl so, dass meine Mutter die McMillans nicht leiden konnte. Sie hat immer gesagt, dass der Alte ein ganz übler Mann sei, der seine Familie schlug und drangsalierte, wo er nur konnte. Und die Brüder waren nicht besser. Die kleine Livie hatte keinen guten Stand. Sie war erst vierzehn oder fünfzehn, glaube ich, und der Kindsvater war ein ebenso junger Bursche.«

»Rory Graham. Er ist an den Folgen der Schläge durch Donald McMillan gestorben. Das habe ich bereits herausgefunden.« Kirsty schluckte, das Schicksal des jungen Paares ging ihr immer näher.

»Ja? Das wusste ich nicht. Wie furchtbar. Das macht es noch schlimmer. Die Geburt war nicht einfach, deshalb wurde meine Mutter überhaupt gerufen. Sonst hätten sie die arme Livie wohl allein kämpfen lassen. Ihre Mutter, Selma, soll nicht ganz richtig im Kopf gewesen sein und war keine Hilfe. Jedenfalls hat Livie nach stundenlangen Wehen ein gesundes Mädchen zur Welt gebracht. Livie soll es meine kleine Rose genannt haben. Meine Mutter war erleichtert und zuversichtlich, dass es keine Komplikationen mit dem Kind geben würde. Es atmete, schrie kräftig, und Livie war zwar schwach, aber so weit gesund. Als sie am nächsten Tag wieder bei den McMillans vorbeisah, wurde ihr jedoch die Tür vor der Nase zugeschlagen, und es hieß, das Kind wäre in der Nacht gestorben.«

Kirsty sog hörbar die Luft ein. »Aber das hat sie nicht geglaubt?«

»Nein. Wissen Sie, meine Mutter hatte eine Art siebten Sinn. Sie hätte es gespürt, wenn das Kind krank gewesen wäre. Aber das war es nicht. Sie hat geglaubt, dass die McMillans das Kind weggebracht hatten. An etwas anderes wollte sie nicht denken. Das wäre selbst für diese Familie zu furchtbar gewesen. Bei Nacht und Nebel haben die Brüder das Baby mit dem Boot nach Mull gebracht, davon war sie überzeugt. Und als sie dann erfuhr, dass der ewig betrunkene Pfarrer Campbell eine

Kiste besten Whisky von den McMillans für die Bestattung des Kindes erhalten hatte, war sie sicher, dass in dem Sarg kein totes Kind gelegen hatte.«

»Meine Güte, was für eine Geschichte. Aber wie kann man das herausfinden?«

»Das ist ein Problem. Ein Außenstehender kann das heute nicht mehr wissen. Ungetaufte Kinder wurden auf Tiree lange Zeit auf dem Friedhof bei Kenovay, wo die St.-Finan's-Kapelle steht, bestattet. Und dort hat Campbell auf Wunsch der McMillans auch die kleine Rose beigesetzt. Meine Mutter wurde ungewollt heimlich Zeugin eines Gesprächs zwischen dem Pfarrer und McMillan. In den 1930ern hat man ungetaufte Kinder eigentlich nicht mehr dort beigesetzt, deshalb war es ungewöhnlich, aber Sie müssen sich vorstellen, dass der Krieg bevorstand und McMillan ein einflussreicher, gefürchteter Mann war.«

»Den Eindruck habe ich inzwischen auch gewonnen«, sagte Kirsty.

»Wenn Sie tatsächlich herausfinden, was aus dem Kind geworden ist, würden Sie es mir mitteilen? Dann kann ich es meinem Vater erzählen.«

»Natürlich, das mache ich sehr gern.« Sie verabschiedeten sich, und Kirsty versprach, Monica in Dundee zu besuchen, wenn sie dort war.

Da Fin immer noch nicht zurück war, griff Kirsty sich ihre Jacke, rief Otis und wollte draußen ihr Fahrrad holen, als sie ihn den Sandweg herunterfahren sah. Der Hund hatte ihn schon längst entdeckt und rannte ihm entgegen.

Er trug eine Mütze, die seine gerötete Wange und ein breites Grinsen jedoch nicht kaschieren konnte.

»Du warst doch nicht bei den McMillans, oder?«

Fin lehnte das Rad an die Mauer und rieb sich die Hände, deren Fingerknöchel aufgeschürft waren. »Was denkst du? Natürlich war ich dort. Glaubst du etwa, ich lasse die Sache auf sich beruhen? So ein Kerl wie Brodric ist gewieft und hat wahrscheinlich seine Erfahrung mit der Polizei. Den juckt es kaum, wenn er befragt wird.«

Sie nahm seine Hände und seufzte. Dann prüfte sie sein Gesicht. Zumindest keine Platzwunde. »Oh, Fin, das hättest du nicht tun sollen.«

Er gab ihr einen Kuss auf die Stirn und schob sie ins Haus zurück. »Du musst liegen, Kirsty. Wenn du brav bist, erzähle ich dir, was ich getan habe.« Seine Augen blitzten.

Als sie mit hochgelegten Beinen auf dem Sofa lag, setzte er sich zu ihr. »Ich habe Brodric bei unserer Begegnung abgeschätzt, sonst hätte ich mich nicht mit ihm angelegt. Aber er ist kleiner als ich und schwerfälliger. Das war mein Vorteil. Ich musste richtig gegen die Haustür schlagen, bis er rauskam. Er hat es nicht zugegeben, aber sofort behauptet, dass sein Onkel bezeugen könne, dass er zur Tatzeit bei ihm war. Dabei hatte ich noch gar nicht gesagt, wann genau du niedergeschlagen wurdest.«

Ihre Hände zitterten, als sie sich den aggressiven Brodric vorstellte, der sicher nicht nur mit dem Beil umgehen konnte. »Wenn er dir etwas angetan hätte …«, flüsterte sie.

»Ich habe ihn genau beobachtet und den ersten Schlag kommen sehen. Das ist entscheidend. Der Alte saß in seinem Sessel und hat zugesehen, ohne ein Wort zu sagen. Meiner Meinung nach macht Brodric nur, was der Alte ihm sagt. Wahrscheinlich lockt das Erbe. So schätze ich ihn ein. Es sieht schrecklich aus in dem Haus. Als hätte man dort seit Jahrzehnten nichts renoviert. Aber das Land wird einiges wert sein. Jedenfalls habe ich Brodric klargemacht, dass er sich besser nicht mehr auf Tiree blicken lässt, weil ich sonst meine Freunde einlade, sich um ihn zu kümmern.« Seine Augen funkelten amüsiert.

»Welche Freunde?«

»Ach, ich habe mal für ein Drehbuch die inneren Strukturen eines polizeibekannten Motorradclubs recherchieren müssen. Chapter, organisierte Kriminalität, na ja, das Übliche. Die Jungs waren ziemlich cool und meinten, wenn ich mal Hilfe bräuchte …«

Sie riss die Augen auf. »Du scherzt, oder?«

»Ganz und gar nicht. Die Drohung hat gereicht, Brodric einzuschüchtern.« Nicht ohne Stolz fuhr er sich durch die zerzausten Haare.

»Er hat dich erwischt«, sagte Kirsty und berührte sacht seine Wange.

»Du weißt ja nicht, wie er aussieht«, meinte Fin zufrieden.

»Ich hole dir Eis!«

Er drückte sie ins Sofa. »Du bleibst liegen. Ich habe dich schon genug strapaziert gestern Nacht. Das war unverantwortlich.«

»Aber die beste Therapie, die es ohne Rezept gibt.«

Fin beugte sich vor und gab ihr einen nachdrücklichen Kuss. »Wie geht es deinem Kopf?«

»Viel besser. Wenn du das Eis holst, bring mir bitte ein Glas Wasser mit, und dann erzählst du mir im Detail, wie du Brodric fertiggemacht hast, ja?«

Fin grinste. »Mit Vergnügen.«

Sie nippte an ihrem Wasser, während Fin berichtete, wie er Brodric zu Boden gerungen hatte, bevor dieser willens gewesen war, ihm zuzuhören. Wie durchtrainiert Fin war, hatte sie letzte Nacht feststellen können. Dass er sich seiner Haut wehren konnte, weil er früher Kampfsport betrieben hatte, war ihr neu, aber es überraschte sie nicht. Dieser Mann steckte voller Geheimnisse, die es zu entdecken lohnte, fand Kirsty und beobachtete, wie er gestenreich erzählte. Sie mochte es, wenn er nachdachte und dabei den Kopf ein wenig neigte, die Augen in eine undefinierbare Ferne richtete und sich übers Kinn strich. Er wirkte zwar erschöpft, aber in seinen Augen flackerte ein neu erwachter Kampfgeist, der den melancholischen Ausdruck überdeckte.

»Und wenn ich sage, dass das Haus heruntergekommen ist, dann ist das noch untertrieben. Die Tapeten sind mindestens vierzig Jahre alt, eingerissen, und es stinkt nach Schimmel und ich weiß nicht was. Erbärmlich, so leben zu müssen. Überall Abfall, Spinnweben und Mäusekot. Ich frage mich, warum McMillan seinen Neffen nicht dazu angehalten hat aufzuräumen!« Fin schüttelte sich förmlich vor Ekel.

»Matthew McMillan lebt dort wahrscheinlich seit

dem Tod seines Vaters allein. Eine seltsame Familie. Ich habe übrigens vorhin mit der Tochter der Hebamme gesprochen.«

Sie berichtete, was Monica Lawson-Smith ihr mitgeteilt hatte.

»Wirklich? Das passt ins Bild. Es scheint mir immer deutlicher, dass Matthew etwas zu verbergen hat. Er ist kein netter Mensch, so viel kann man wohl sagen, aber dass er sich so dort einigelt, könnte bedeuten, dass er Angst davor hat, jemand könnte ihm zu nahe kommen und vielleicht Fragen stellen. So wie du, Kirsty.«

Fin saß ihr gegenüber im Sessel, Otis war auf dem Teppich vor dem Kamin eingeschlafen und schmatzte im Schlaf. Manchmal zuckte eine Pfote, er schien zu träumen. Wer sie so sah, hätte vermuten können, dass sie ein ganz normales Paar seien. Doch davon waren sie weit entfernt.

»Und wenn Brodric nun nicht mehr da ist, wie kommt Matthew dann klar? Familie hat er ja allem Anschein keine. Er ist ein alter Mann, der sich kaum selbst versorgen kann. Wie soll er einkaufen? Und vielleicht benötigt er Medikamente«, meinte Kirsty.

»Tut er dir etwa leid? Es gibt sicher einen sozialen Dienst, oder er lässt sich die Sachen liefern.«

Sie setzte sich auf. »Wenn Brodric fort ist, könnten wir Matthew erneut befragen. Was meinst du?«

»Ich fürchte, der schweigt, bis er seinen letzten Atemzug getan hat. Du wirst mit dem weitermachen müssen, was du herausgefunden hast. Warte, die Hebamme hegte die Vermutung, dass die Brüder oder der Vater in der Nacht nach der Geburt das Kind weggebracht haben. Hatten die McMillans ein Boot? Wenn nicht, wessen Boot haben sie genommen?«

Kirsty seufzte: »Das wird schwierig, wenn nicht unmöglich. Da fällt mir nur Mrs Lamont ein.«

Fins Telefon, das noch in seinem Zimmer lag, klingelte. Er stand auf. »Ich gehe mal nachsehen, bin gleich zurück.«

Kirsty griff ihrerseits nach dem Telefon und wählte Mrs Lamonts Nummer.

»Wie reizend, von Ihnen zu hören!«

»Ich will nicht aufdringlich sein, aber Sie sind die Einzige hier auf Tiree, die die Geschichte der Insel gut kennt.«

»Nun ja, ich bin zwar keine Chronistin im eigentlichen Sinne, aber vielleicht sollte ich tatsächlich einmal darüber nachdenken, die Ereignisse der Vergangenheit niederzuschreiben. Irgendwann ist niemand mehr da, der sich erinnert, nicht wahr?«, plauderte die redselige Frau los.

»Da haben Sie vollkommen recht. Diesmal würde ich gern wissen, wer in einer bestimmten Nacht des Jahres 1935 mit einem Boot die Insel verlassen haben kann. Eine aussichtslose Frage?«

»Interessant in jedem Fall. Spontan fällt mir die Familie MacLachlan ein. Seit Generationen sind die MacLachlans Fischer, und früher waren sie Walfänger. Reed, der Älteste der MacLachlans, hat ein Ausflugsboot in Scarinish liegen. Den sollten Sie mal aufsuchen. Sein Vater ist noch oft am Hafen«, schlug Mrs Lamont vor.

»Danke, das werde ich tun. Sie waren mir wieder eine große Hilfe!«

»Immer gern, das wissen Sie doch, und vergessen Sie nicht, mich bei Gelegenheit zu besuchen. Ach ja und kommen Sie am Sonntag? Wir haben wieder ein Konzert.«

»Äh, ich werde mal sehen. Danke, Mrs Lamont!«

Kirsty legte das Telefon weg und ging zur Küche und sah nach, ob noch genügend Brot vorhanden war. Sie musste einkaufen fahren oder Fin zum Essen einladen. Das war das Mindeste, nachdem er sich so für sie eingesetzt hatte. Sie ging zu seiner Zimmertür und klopfte, denn er schien sein Telefongespräch beendet zu haben.

»Ja?«, kam es gedämpft.

Sie öffnete die Tür einen Spalt und fand ihn am Fenster stehend. Als er sich umdrehte, war sie erschrocken über seine geröteten Augen. Er hatte geweint.

»Es tut mir leid, Fin, ich wollte dich nur fragen, ob du am Sonntag mit ins Konzert kommst und ob ich dich vielleicht zum Essen einladen kann, als Dankeschön …«

Er hob abwehrend die Hände. »Nein, tu das nicht, Kirsty. Wir haben keine Beziehung. Ich will das nicht. Überhaupt war letzte Nacht ein Fehler. Mir tut es leid. Es ist einfach passiert.«

»Es tut dir leid, dass du mit mir geschlafen hast? Oh, danke, das ist nett. Ich verstehe dich nicht, Fin. Und ich glaube, du weißt selbst nicht, was du überhaupt willst.«

Er fuhr sich durch die Haare. »Ich wollte dir helfen! Du bringst dich dauernd in irgendwelche Schwierigkeiten, und dann bist du einfach so … ich mag dich, Kirsty, aber ich kann dir nichts bieten. Ich bin kaputt! Sieh mich an. Ich trinke, ich bringe keinen Satz mehr zu Papier und gehe los und prügle mich. Es hat mir Spaß gemacht, das war das Furchtbare. Ich habe auf den Mann eingeschlagen, und es hat mir gefallen, meine Wut an ihm abzureagieren.«

»Er hatte es verdient!«, sagte sie, doch es klang schwach.

»Ich hätte es nicht tun dürfen. Die Polizei zu informieren und abzuwarten wäre richtig gewesen. Und mit uns ist das eine Sache. Wir leben hier in einem Haus, das erzeugt eine Nähe, die nicht echt ist. Wir sind viel zu verschieden. Weißt du, wer mich eben angerufen hat? Mein Schwiegervater.«

Sie schluckte.

»Heute ist der Todestag meiner Familie, und ich habe ihn zum ersten Mal seit dem Unglück vergessen. Mein Schwiegervater hat mich mit Vorwürfen überhäuft und mich daran erinnert, dass seine Tochter und seine Enkelin noch am Leben hätten sein können, wenn ich besser auf sie aufgepasst hätte.«

»Aber das ist doch Unsinn! Es war ein Unfall!«, erwiderte Kirsty.

Da er mit dem Rücken zum Fenster stand, lag sein Gesicht im Schatten, und seine Stimme klang düster. »Meine Familie, meine Verantwortung. Ich hätte die Wettervorhersage prüfen müssen. Und ich habe überlebt, sie nicht. Das kann er mir nicht verzeihen.«

»Das ist unfair! Und das weißt du!«

»Es ändert nichts an den Tatsachen. Ich verdiene kein Mitgefühl, und du solltest deine Zeit nicht mit mir verschwenden.«

»Fin, was soll denn das? Du kannst mich nicht einfach so von dir stoßen. Nicht nach gestern Nacht.«

»Nein? Ach, Kirsty, es war nur Sex, guter Sex, aber mehr nicht. Würdest du mich bitte allein lassen? Ich bin im Augenblick nicht gesellschaftsfähig.«

Wütend ging sie hinaus und knallte die Tür hinter sich zu.

29

In den kommenden Tagen widmete sich Kirsty ganz dem Malen. Die Kopfschmerzen verschwanden, und auch der Schwindel kehrte nicht zurück. Sie machte einen Termin mit MacLachlan, fertigte eine Reihe von Skizzen zu Tierporträts an und bereitete eine Serie vor, in der sie die verschiedenen Buchten von Tiree darstellen wollte. Jeder Strand war auf seine Art einzigartig, und das wollte sie in ihren Bildern festhalten. Bei Fin war sie sich unsicher und ignorierte ihn weitestgehend, was ihm nicht zu missfallen schien. Er war so schlecht gelaunt wie am Anfang, und sie fragte sich, ob sie nicht einfach einen Haken an die Sache mit ihm machen sollte. Natürlich war das nicht so einfach.

Sie waren grundverschieden, er war ein erfolgreicher Autor, der mit seinem Schicksal haderte, sie eine Künstlerin, die ganz am Anfang stand. Ob sich ihre Werke verkaufen lassen würden, war noch nicht einmal gewiss. Nichts in ihrem Leben war gewiss, und es störte sie nicht. Sie war chaotisch, er nicht. Im Grunde war sie zufrieden mit ihrem Leben, vor allem, seit sie hier auf Tiree im Rosencottage leben durfte. Er war verzweifelt und zynisch und stur, und doch gab es den anderen Fin. Wenn er sie manchmal ansah und lächelte, vergaß sie ihre Vorsätze und wünschte sich nichts mehr, als dass er sich endlich seinen Dämonen stellte. Dass er sich eingestehen konnte, wieder lieben zu dürfen. Nun, wenn er sich überhaupt in sie verliebt hatte. Sie weinte sich bei Mala aus, die ihr nicht helfen konnte. Aber es tat gut, mit der Freundin zu sprechen.

Mala war wie Kirsty der Ansicht, dass niemand Fin helfen konnte. Aber Kirsty konnte ihm zeigen, dass es sich lohnte zu leben, dass er gebraucht wurde, dass sie ihn liebte. Als ihr dieser Gedanke das erste Mal durch den Kopf schoss, hätte sie vor Schreck beinahe die Palette fallen lassen, aber so war es nun einmal. Sie hatte sich in den verkorksten, komplizierten Mann verliebt. Sagen würde sie es ihm selbstverständlich nicht, das würde ihn nur noch mehr verschrecken und nebenbei sein Ego streicheln, und das hatte er nicht verdient. Wenn er genauso für sie empfand, musste er von selbst draufkommen, einen anderen Weg gab es nicht. Manchmal fragte sie sich, wie lange er wohl noch bleiben würde. Sie hätte ihn bitten können zu gehen, aber das wollte sie nicht. Solange er hier war, gab es Hoffnung.

Inzwischen malte Kirsty gern mit Acrylfarbe, deren großer Vorteil in der Wasserlöslichkeit lag. Außerdem war der Trocknungsprozess kürzer, und sie konnte schneller arbeiten. Vor allem bei ihren Landschaftsbildern kam ihr die Technik entgegen, denn die Farben ließen sich wie Aquarellfarben verdünnen und lasierend auftragen, wodurch sich die Leuchtkraft intensivieren ließ.

Kirsty machte einen letzten Pinselstrich und legte die Palette ab. Sie hatte eines der Pferde auf der Koppel am Steinkreis gemalt und fand, dass sie den Ausdruck des Tieres getroffen hatte. Die Ohren waren neugierig nach vorn gestellt, die Nüstern gebläht, und Mähne und Schweif wehten im Wind. Man konnte denken, dass das Pferd gleich zum Strand hinunterlaufen würde, um durch den Spülsaum zu galoppieren. Der Moment, ihre Arbeiten einem Galeristen zu zeigen, kam näher, das spürte sie. Und innerlich wurde sie schrecklich aufgeregt, wenn sie daran dachte, ihre Werke den kritischen Augen eines Experten auszusetzen. Gleichzeitig kribbelte es in ihr, und sie fühlte sich stärker und selbstsicherer als je zuvor.

»Na schön, ich habe mir eine Pause verdient. Otis, komm, wir besuchen Susan und Patrick.«

Ob er verstand, dass sie zum Restaurant gingen, konnte sie nicht sagen, doch der Hund schien erfreut und rannte draußen sofort in Richtung der McNeils los. Kirsty schmunzelte, denn der Duft von Fisch und Kartoffeln hing in der Luft, und Otis wurde immer von Susan mit einem Happen verwöhnt. Fins Fahrrad stand an der Mauer. Seit dem gestrigen Morgen hatte sie ihn nicht gesehen, was sie ein klein wenig wunderte, aber bei ihm konnte man nie wissen. Sie schlug den Kragen ihrer Jacke auf, als der Wind um die Ecke fegte. Es war deutlich frischer geworden. Der November stand vor der Tür.

Auf dem Parkplatz vor dem Restaurant standen Motorräder und Autos mit Dachgepäckträgern, auf denen

Surfbretter befestigt waren. Die Wave Classics waren vorbei, doch es waren noch immer ein paar Surfer auf der Insel, die die guten Bedingungen nutzten. Die Leuchtreklame strahlte, und aus dem Restaurant klangen Stimmen und Musik.

Kirsty sah sich nach Otis um und ging, als sie ihn nicht vor dem Eingang sitzen sah, um die Ecke zur Küche. Doch sie blieb stehen, als sie Cam im Gespräch mit Brodric McMillan sah. Der Kerl war noch auf der Insel!

Cams Körperhaltung drückte Abwehr aus, und sie hörte, wie er sagte: »Nein, zum letzten Mal. Ich will nichts mit dir zu tun haben. Lass mich in Ruhe. Du hast genug Mist gebaut und Mum unglücklich gemacht. Verzieh dich!«

Damit ließ er Brodric stehen und sprang die Stufen zur Küche hinauf und schlug ihm die Tür vor der Nase zu. Kirsty war nicht schnell genug. Brodric drehte sich um und sah sie noch, bevor sie im Innern verschwinden konnte.

Susan stand hinter der Bar und lachte ihr entgegen. »Dein Hund ist schon hier, falls du ihn suchst.«

Otis kam hinter dem Tresen hervor und schleckte sich das Maul.

»Hi, Susan, danke, dass du so großzügig mit ihm bist. Aber er ist auch ein Schatz. Ich möchte ihn nicht mehr missen.« Sie streichelte Otis dankbar, erzählte Susan aber nichts von ihrem Unglück ein paar Tage zuvor.

»Das kann ich verstehen. Auch wenn es traurig ist, dass der alte Donleavy gestorben ist, freue ich mich für dich und Otis. Ihr passt so gut zusammen. Das war

Liebe auf den ersten Blick.« Susan zapfte zwei Pint dunkles Ale und öffnete eine Flasche Chardonnay. Sie war flink und nickte den vorbeilaufenden Gästen zu.

»Wo wir bei der Liebe sind. Was ist mit deinem attraktiven Mitbewohner? Läuft da was?«

Kirsty setzte sich auf einen freien Barhocker. »Hm, kompliziert. Er, die Situation. Keine Ahnung, Susan. Eigentlich möchte ich auch nicht darüber sprechen.«

»Okay, kein Problem. Möchtest du was essen? Wir haben Hering im Hafermantel, Hühnchen- und Pilzpastete, Hummer und Muscheln.«

»Ich nehme den Hering und ein Glas Chardonnay, wo du gerade die Flasche in der Hand hältst. Und mach mir doch eine Portion für nachher zum Mitnehmen fertig.« Fin mochte *McNeil's*, und wenn er die Portion nicht aß, konnte sie den Fisch immer noch morgen essen.

Susan schob ihr das Glas zu und schnippte dagegen. »Cheers, geht aufs Haus.«

»Ich werde mich mit einem Bild revanchieren, wenn du magst. Du hast mir schon so oft etwas ausgegeben. Das Malen läuft richtig gut jetzt«, bot Kirsty an.

Susan stellte die Gläser auf ein Tablett, das ein junges Mädchen mit grüner Schürze und einem *McNeil's*-T-Shirt in Empfang nahm.

»Wow, ja klar, gerne!« Susan wandte sich zur Küche. »Was ist? Ich kann dich nicht verstehen, Paddy? Bin gleich zurück, Kirsty.«

Kaum war sie verschwunden, kam Cam nach vorn und übernahm die Bar.

»Hallo, Cam!«, sagte Kirsty.

Seine Miene hellte sich auf. »Oh, hi! Wie geht es dir? Ich habe gehört, du hast ein Surfbrett gekauft. Das finde ich super!«

»Hätte ich gleich tun sollen. Auf dem Wasser zu sein ist einfach fantastisch. Macht den Kopf frei, und manchmal ist das nötig.«

»Das ist wohl wahr«, meinte er düster.

»Habe dich vorhin mit Brodric gesehen. Ich kann den Mann nicht ausstehen, so ein unhöflicher Mensch!«, schoss sie ins Blaue.

Cam schnaufte verächtlich. »Unhöflich? Der Kerl ist eine miese Ratte. Der hat im Knast gesessen, wegen Betrugs und Tätlichkeiten. Meine Mutter ist leider auf ihn reingefallen. Und ich hatte einen Stiefvater! Ich habe auf dem Festland vier Jahre mit ihm unter einem Dach leben müssen. Das war die Hölle. Habe ich meiner Mutter auch nie verziehen. Sie wollte einfach nicht wahrhaben, was für ein Drecksack das ist. Tut mir leid. Aber der bringt mich immer zum Explodieren.«

Cam trug ebenfalls das schwarze *McNeil's*-Shirt und arbeitete eine Liste ab, die auf dem Tresen klebte. Er zapfte Bier, mixte Cocktails und öffnete Saftflaschen. Nachdem er ein Tablett bestückt hatte, hielt er kurz inne: »Heute kam er und wollte Geld von mir. Dabei schuldet er mir noch mindestens fünfhundert Pfund. Der hat mich angepumpt, da ging ich noch zur Schule. Nee, damit ist Schluss, ein für alle Mal. Das habe ich ihm deutlich gesagt. Immerhin verschwindet er morgen früh mit der ersten Fähre. Er meinte, er hätte einen neuen Job auf dem Festland in Aussicht, und von der Insel hätte er die Nase voll. Der ist hier eh nur bei seinem Onkel untergekrochen, weil er pleite war und wahrscheinlich vor irgendeinem Kredithai auf der Flucht. Ist mir auch egal. Mit den McMillans will ich nichts zu tun haben.«

»Brodric muss dann der Sohn von Matthews Bruder sein, ja?«

Cam hob die Schultern. »Freddie. Der ist im Krieg geblieben. Traurige Geschichte, aber keine Entschuldigung für seinen miesen Charakter.«

»Ich will dich nicht nerven, doch wer kümmert sich jetzt um den alten McMillan? Ich dachte, deshalb wäre Brodric hier.« Kirsty nippte an ihrem Wein.

»Phh, der doch nicht. Mitgefühl kennt der nicht. Der Alte kann mir auch gestohlen bleiben. Wir sind nicht verwandt, und ich habe einmal versucht, nett zu sein, habe bei ihm angefragt, ob er was braucht. Nie wieder. Die ganze Sippe kann mir gestohlen bleiben. Möchtest du noch was? Ich geb dir einen aus.«

Kirsty bedankte sich lächelnd. »Ich bin gut versorgt.«

Sie verbrachte mehr Zeit im Restaurant, als sie geplant hatte, doch es tat gut, mit Susan und Paddy und auch Cam zu plaudern. Die drei waren zu Freunden geworden und gaben ihr das Gefühl, auf Tiree willkommen zu sein.

Gut gelaunt und satt von Hering und Erbspüree lief sie in der Dämmerung mit der Schachtel, die Susan großzügig gefüllt hatte, nach Hause. Im Cottage brannte Licht, und sie hörte Musik. Keine Klaviermusik, sondern irgendeine Art von Jazz.

»Hallo, Fin! Schau mal. Vielleicht hast du Hunger? Das hat so gut geschmeckt, ich dachte, vielleicht magst du Hering.«

Sie stellte die Schachtel mit dem Essen auf die Arbeitsplatte. Fin stand am Kühlschrank und schien zu überlegen, was er kochen sollte. Er wirkte übermüdet und hatte sich nicht rasiert.

»Das wäre nicht nötig gewesen«, sagte er.

»Ist mir auch klar. Aber ich hab's gern getan. Wenn du nicht willst, stellen wir es weg, und ich esse es morgen.«

Er fuhr sich durch die zerzausten Haare. »Warum bist du so nett, Kirsty?«

»Erstens leben wir hier zusammen. Zweitens bin ich ein zivilisierter Mensch, und drittens hast du mir geholfen und dich für mich geprügelt. Das hat noch niemand für mich getan. Damit hast du was bei mir gut. Ein Essen ist das Mindeste.«

Ein schiefes Lächeln glitt über sein Gesicht. »Tut mir leid. Was ich gesagt habe, wegen … Na ja, ich war so sauer auf Gerald, meinen Schwiegervater.«

Sie verschränkte die Arme vor der Brust und holte tief Luft. »Kann ich verstehen, dass du wütend auf deinen Schwiegervater bist. Es muss schrecklich sein, diese ungerechtfertigten Vorwürfe ständig zu hören. So kann man auch nicht mit sich ins Reine kommen. Vielleicht musst du deinem Schwiegervater Grenzen setzen, offen mit ihm sprechen. Ich weiß es nicht. Du verbietest dir, wieder glücklich zu sein, weil du überlebt hast. Ist das richtig? Das Leben geht weiter, es geht immer weiter, Fin. Aber bei allem Verständnis für deinen Verlust, er gibt dir nicht das Recht, um dich zu schlagen und mich zu verletzen. Für mich war es nicht nur Sex.«

Es war nicht leicht, sich zu öffnen. Aber so war das immer in der Liebe, dachte sie. Es war nie leicht, ein Stück von sich zu geben, nicht zu wissen, was der Partner damit tun würde. Die Liebe war eine Art Roulette, aber sie war alles, was zählte.

Kirsty ließ die Arme sinken und sah ihm in die Augen, hielt seinem abwägenden Blick stand.

»Ich habe mich in dich verliebt, Fin. Ich erwarte nichts von dir, nur Respekt und Offenheit.« Sie biss sich auf die Lippe. »Es sei denn, du hast es tatsächlich so gemeint. Wenn es nur bedeutungsloser Sex für dich war, sollten wir überlegen, ob du dir nicht vielleicht doch ein anderes Quartier suchst. Bereuen würde ich es trotzdem nicht.« Ein Lächeln zog über ihr Gesicht.

Hier stand sie in ihren farbverschmierten Arbeitsjeans, die Haare vom Wind zerzaust, eine Frau, die viel erlebt und die Welt gesehen hatte und die endlich wusste, wohin sie gehörte und was sie vom Leben wollte. Sie würde auch ohne ihn glücklich werden, aber sie machte sich nichts vor. Dieser unverschämte, arrogante Mann, dessen Inneres so durcheinander war, dass er sich selbst irgendwo in Schuldgefühlen, Trauer und Selbstmitleid verloren hatte, dessen Wissen und Fähigkeiten sie faszinierend fand, der kochen konnte und dessen zärtliche Hände sie gern öfter auf ihrem ausgehungerten Körper spüren würde, war es, den sie wollte.

»Mein Gott, Kirsty, du hast Mut!« Mit einem Schritt war er bei ihr und nahm sie in die Arme, drückte sie an sich und küsste sie zärtlich, schien es sich zu überlegen und vertiefte den Kuss, so dass sie beide nach einer Weile außer Atem mit klopfenden Herzen dastanden und sich wortlos ansahen.

Ihr Telefon klingelte. Und er ließ sie los.

»Wie spät ist es?« Sie hatte ihre Verabredung mit MacLachlan vergessen!

»Genau sechs Uhr«, sagte er nach einem Blick auf seine Uhr.

Sie raufte sich die Haare. »Ah, Mist! Keine Zeit zum Umziehen, ich muss nach Scarinish.«

Kirsty ging zum Tisch, auf dem ihr Handy lag, und stöhnte. »Das war der Alarm für den Termin. Ich habe noch zehn Minuten.«

Fin machte eine lässige Handbewegung. »Genug Zeit. Kein Stress, Kirsty. Ich habe deine neuen Bilder gesehen und finde sie hervorragend. Das wollte ich dir schon gestern sagen.«

»Oh, danke!«, rief sie, lief ins Bad, um sich zu kämmen, und sprintete dann nach oben, wo sie in ein frisches Shirt und saubere Jeans schlüpfte.

Als sie herunterkam, wartete er an der Haustür.

»Wir reden, wenn du zurückkommst, okay?« Er gab ihr einen Kuss und öffnete die Tür. »Viel Erfolg.«

Das Croft der MacLachlans gehörte zu den verstreut um die Bucht liegenden Häusern, von denen das größte das Hotel war. Weiter vorn befand sich der kleine weiße Signalturm, der jedoch nicht mit dem großen Leuchtturm von Skerryvore zu verwechseln war. Der sechsundvierzig Meter hohe Turm befand sich auf der namensgebenden Schäre südwestlich von Tiree und galt als der anmutigste Leuchtturm Schottlands. Kirsty war als Kind mehrfach mit Fiona mit dem Boot zum Leuchtturm gefahren, um die hunderteinundfünfzig Stufen zu erklimmen und den weiten Ausblick bis nach Mull zu genießen.

Es wehte ein kräftiger Wind von Südwest, der feuchte Atlantikluft mit sich brachte. Kirsty zog die Kapuze ihres Sweatshirts über den Kopf, als sie ausstieg. Sie hatte am Ende des schmalen Weges geparkt, der oberhalb des Cottage endete. Das kleine weiße Haus schmiegte sich hinter einer halbhohen Mauer in das grüne Machair. Nur wenige Meter trennten das Cottage vom Meer. Bei Flut stieg das Wasser bis auf Höhe der Mauer, hinter der sich die Terrasse und ein winziger Garten befanden. Für einen Fischer war das die richtige Lage, für jemanden, der Angst vor Hochwasser hatte, eher nicht.

Es war Niedrigwasser, und das Meer hatte die Überreste eines Schiffswracks freigegeben, das seit 1938 dort lag. Heute zählte das Wrack der *Mary Stewart* zu den Sehenswürdigkeiten der Insel, wobei Kirsty den Anblick des versinkenden Schiffs eher traurig als faszinierend fand. Ein Fischer mochte das anders empfinden. Sie hielt nach dem Boot von Reed MacLachlan Ausschau und entdeckte ein Motorboot von beachtlicher Größe, das auf dem Sand lag. *Lucky One* stand am Bug.

»Hi, sind Sie Kirsty Paterson?«, rief ein Mann vom Cottage herüber.

Er trug einen grauen Wollpullover und stand breitbeinig auf der Terrasse. Sie hatte das oft bei Seeleuten gesehen. Es schien, als suchten sie an Land nach dem richtigen Halt und vermissten den schaukelnden Untergrund.

Sie winkte und ging zu ihm. »Ja, freut mich, dass Sie Zeit für mich haben, Mr MacLachlan.«

Er schüttelte ihre Hand. Sein gebräuntes Gesicht war von vielen feinen Linien durchzogen, ein Dreitagebart betonte die kantigen Gesichtszüge. Das Haar war kurz geschoren, und meergrüne Augen musterten sie neugierig.

»Na, dann kommen Sie mal rein, Kirsty. Ich bin Reed. Mein Großvater ist wach und freut sich, mit Ihnen zu sprechen. Aber Sie brauchen Geduld. Sein Gehör ist nicht mehr gut, und wenn er redet, redet er.«

Sie lächelte und folgte ihm in das kleine Cottage, in dem die Zeit stillzustehen schien. Die weiß gekalkten Wände waren mit alten Schwarzweißfotografien, ausgestopften Fischen und verschiedensten Souvenirs aus aller Welt bedeckt. Im Kamin brannte ein Feuer, auf jedem freien Platz lag eine Katze, und auf dem Schoß des alten Mannes, der mit einer Decke über den Knien im Sessel am Feuer saß, lag ebenfalls eine weiße Katze.

»Grandpa, sieh mal, wen ich dir mitgebracht habe. Das ist Kirsty Paterson, die Enkelin von Fiona«, stellte Reed sie vor und bot ihr einen gepolsterten Stuhl an.

Der alte Herr blinzelte hinter einer dicken Hornbrille, die er mit einer geübten Bewegung nach oben schob. Er sah gepflegt aus, das weiße Haar war kurz geschnitten, der Kragen seines Oberhemds lag gebügelt auf einer dunkelblauen Strickjacke, die mit einem Wappen bestickt war. Darunter war eine Spange mit Miniaturorden zu sehen. Der alte MacLachlan hatte im Zweiten Weltkrieg bei der Marine gedient.

»Ich koche uns Tee, Grandpa«, sagte Reed sehr laut, und der alte Herr nickte und streichelte die Katze, die nur ein Auge öffnete und Kirsty kurz anschaute, bevor sie weiterschlief.

»Sie sehen Fiona ähnlich«, war das Erste, was er sagte, und versetzte Kirsty damit einen Stich.

»Ich vermisse sie sehr, und ich bin sehr glücklich, dass ich im Rosencottage leben darf.«

Ramsay MacLachlan war neunzig Jahre alt, doch sein Geist war jung und hellwach. Er lächelte versonnen. »Sehen Sie mal da oben, die Bilder. Da stehen wir alle zusammen.«

Kirsty erhob sich und betrachtete nacheinander die alten Fotografien. Auf einem stand eine Gruppe junger Leute vor einem Boot am Strand von Scarinish. Es war Sommer. Die jungen Männer trugen kurze Hosen und die Mädchen Kleider.

»Das ist Fiona! Und sind Sie das?«

»Ja, ich mit meinem Bruder, John. Er ist 1944 gefallen. Wir waren immer gemeinsam auf den Kreuzern, nur das eine Mal nicht, und ausgerechnet dann ist sein Schiff von den Deutschen versenkt worden. Und Livie müsste auch drauf sein. Sie war ein Jahr jünger als wir. Schüchtern, aber ein hübsches Ding«, erklärte der alte Mann.

Junge Menschen in der Blüte ihrer Jugend, lachend standen sie Arm in Arm. Ein Junge mit offenem Gesicht fiel ihr auf. Er stand hinter Livie und hatte die Hände auf ihre Schultern gelegt.

»Und Rory Graham, nicht wahr?«

»Ja ja, die beiden waren unzertrennlich. So eine Tragödie war das damals. Und dann war sie irgendwann fort. Mit einem Kanadier, hieß es. Aber Sie wollten etwas anderes von mir wissen?«

»Das Kind von Livie und Rory ist möglicherweise am Leben geblieben und von ihren Brüdern in der Nacht nach der Geburt fortgebracht worden. Darum geht es mir. Können Sie sich erinnern? Es muss im Februar 1935 gewesen sein, dass Matty und Freddy McMillan nachts mit dem Boot nach Mull oder Coll gefahren sind. Die beiden hatten doch kein eigenes Boot, oder?«

Der alte Mann schloss die Augen und strich langsam über seine Katze. Nach einigen Sekunden murmelte er: »Ich glaube, das kann ich tatsächlich. Reed, mein Junge, meine Kehle wird trocken.«

Der junge MacLachlan brachte drei Teebecher und eine Schale mit Buttergebäck herein und setzte sich zu ihnen.

»Bitte, ich bin genauso neugierig wie Sie, Kirsty. Die Vergangenheit birgt manchmal Geheimnisse, die ohne die Erinnerung der Alten verloren gingen.«

MacLachlan trank etwas Tee und nickte bedächtig. »Ja, so ist das. Der Februar 1935 war kalt und stürmisch …«

30

Tiree, Februar 1935

Ramsay warf die Netze auf die Hafenmauer und war stolz auf das, was sie in dieser Nacht geleistet hatten.

»Hey, Dad, das wird uns einen guten Gewinn einbringen, meinst du nicht auch?«

Duncan MacLachlan stellte den Motor seines Kutters ab und kam aus der Kabine. Der erfahrene Seemann kannte das Meer besser als jeder andere auf Tiree. Duncan hätte Kapitän auf großer Fahrt werden können, doch er hatte sich für das harte und entbehrungsreiche Leben eines Fischers auf einer winzigen Hebrideninsel entschieden. Seine rauen, schwieligen Hände hatten ungezählte Netze an Bord gezogen und Fische, die zu klein waren und noch wachsen mussten, wieder in die See geworfen. Die blauen Augen hatten Stürme gesehen, den Sonnenaufgang mitten auf dem Atlantik und den Sonnenuntergang beim Einlaufen in den Hafen von Scarinish. Und sein Herz setzte noch immer jedes Mal kurz aus, wenn er Tiree, dieses kleine Eiland in der wilden See, sah.

»Ja, mein Sohn, wir haben einen guten Fang gemacht. Ich bin stolz auf dich. Die nächste Fahrt ist deine. Dann überlasse ich das Steuer dir. Versprochen ist versprochen!«

Ramsay richtete sich auf und sah ihn an. »Dad? Wirklich?«

»Junge, ich halte mein Wort. Auf der nächsten Fahrt stehst du am Steuer. Hast du schon darüber nachgedacht, ob du dein großes Patent machen willst?«

Ramsay hob eine Kiste an, die bis zum Rand mit Heringen gefüllt war. »Traust du mir das zu?«

»Na hör mal, du bist mein Sohn! Selbstverständlich schaffst du es, wenn du willst. Die Frage ist nur, ob du es willst. Die Ausbildung ist nicht einfach, du wirst lange fort sein. Andererseits stehen dir viele Möglichkeiten offen, und du siehst die Welt!« Duncan stiefelte über das Holzdeck des alten Kutters und hob seinerseits eine Kiste mit dem Fang der Nacht an.

Nebeneinander standen sie nun auf der Hafenmauer, der kleine Leuchtturm von Scarinish warf sein Licht in die Bucht, da fragte Ramsay: »Warum bist du nicht auf große Fahrt gegangen? Du hättest nur zu unterzeichnen brauchen.«

Sein Vater legte ihm den Arm um die Schulter. Beide trugen sie dicke Wollpullover unter ihren gewachsten Wettermänteln und hatten die Wollmützen tief in die Stirn gezogen.

»Wenn ich nach Südamerika gefahren wäre, hätte es dich nicht gegeben, Sohn. Deine Mutter hat es klar gesagt. Sie wollte keinen Kapitän auf großer Fahrt, auf den sie monatelang hätte warten müssen, ohne zu wissen, ob er gesund zu ihr zurückkehrt.«

Ramsay schmunzelte, denn er hatte diese Erklärung seines Vaters schon oft gehört. Duncan liebte Mabel, und nichts hätte ihn dazu gebracht, seine große Liebe aufzugeben.

»Du liebst Mum sehr. Ob ich auch einmal meine große Liebe finden werde?«

»Junge, das wird sich weisen. Bei mir und deiner Mutter war das so. Wir haben uns schon in der Schule verliebt. Ich habe ihr die Bücher getragen, und sie hat mir ihre Butterbrote gegeben. Du kannst lachen, aber ich wusste, dass sie die Frau ist, die ich einmal heiraten werde.« Duncan MacLachlan wischte sich verschämt die Augen.

»Dad, du bist so sentimental, wenn es um Mum geht. Sie wartet zu Hause auf dich, wie immer.« Es war Ramsay ein klein wenig unangenehm, wenn sein Vater so von seiner Mutter sprach. Aber nicht, weil er seine Eltern nicht liebte, sondern weil er kein anderes Paar kannte, das auch nach vielen Ehejahren noch so verliebt ineinander war. Einem Jungen von fünfzehn Jahren musste das einfach peinlich sein. Zumal er selbst noch kein Mädchen gefunden hatte, dem er sich verbunden fühlte.

Doch Duncan kannte seinen Sohn und strich sich über den dunklen Bart: »Nichts ist wie immer, Junge. Nimm niemals etwas für selbstverständlich. Wir könnten auf See einer Riesenwelle begegnen, und es wäre um uns geschehen. Wir könnten in einen Orkan geraten, der Motor fällt aus, und mit einem Schiff, das nicht zu steuern ist, bis du den Elementen hilflos ausgeliefert. Und deine Mutter könnte …«

»Okay, schon gut, ich weiß, was du meinst, Dad. Aber ich habe kein Mädchen, das auf mich wartet. Die Welt da draußen schon. Ich liebe unsere Insel, und ich komme bestimmt zurück, irgendwann, aber ich möchte mehr kennenlernen.«

Außer ihnen war heute kein Boot rausgefahren. Der Kutter der Pearsons war defekt, und die MacLeans fischten seit Tagen auf der Westseite. Angeblich gab es dort mehr Dorsche. Hier auf den Hebriden schien die Zeit stillzustehen, doch man musste nur die Zeitungen aufschlagen und war mittendrin in den verrückten Zeiten. Die Deutschen rüsteten auf und hatten mit ihrem Herrn Hitler einen Kriegstreiber und Antisemiten an der Spitze, der Hetzparolen verbreitete. Ramsay verstand nicht viel von Politik, doch wenn die Männer am Stammtisch sorgenvoll die Köpfe zusammensteckten, dann wurde ihm oft bang. Niemand wollte einen neuen Krieg, denn der erste steckte vielen noch in den Knochen und hatte zu viele gute Männer das Leben gekostet.

»Hey, Ramsay, wo bist du mit deinen Gedanken? Wirf mir mal das Tau dort rüber!«

»Tut mir leid, Dad.« Er beeilte sich, das gewünschte Tau zu holen. Sie hatten die Positionslampen angezündet und auf die Hafenmauer eine weitere Lampe gestellt. In wenigen Häusern leuchtete noch Licht. Die meisten Bewohner lagen seit Stunden in ihren Betten und erholten sich von einem arbeitsreichen Tag.

Eine Böe fegte über die Mole und rüttelte an den Halteseilen. Das Wasser wurde unruhig, und die kabbeligen Wellen ließen das Boot hin und her schaukeln.

Die *Lucky One* war nicht mehr die Jüngste, aber sie wurde gut gepflegt und hatte erst im vergangenen Jahr einen neuen Motor erhalten. Damit war sie fit für die nächste Generation, wie sein Vater sagte. Vielleicht nicht für ihn, dachte Ramsay und hatte ein schlechtes Gewissen, wenn er nur daran dachte, seinen Vater allein zu lassen, weil er das Kapitänspatent machen wollte.

Seine Hände waren kalt, und der Wind biss frostig in Nase und Wangen. Mit geübten Griffen sortierte er die Fische, füllte die Körbe und stellte sie auf den Karren, den sie mit zum Haus nahmen. Sein Vater zündete sich seine Pfeife an und lehnte sich gegen den Karren, doch plötzlich veränderte sich seine Haltung. Er starrte angespannt in die Dunkelheit.

»Wir bekommen Besuch, Junge.«

Ramsay wischte sich die Hände an einem Lappen ab und ging zu seinem Vater. Tatsächlich kamen zwei Gestalten über die Mole. Sie stemmten sich gegen den starken Wind und schienen etwas bei sich zu tragen.

»Das sind die McMillan-Brüder«, meinte Ramsay düster.

»Ganz ruhig, Ramsay. Lass mich das machen. Geh aufs Boot und räum weiter auf«, sagte sein Vater und blieb am Karren stehen.

Vom Boot aus konnte Ramsay beobachten, wie die McMillans zu seinem Vater traten und sich dicht vor ihm aufstellten. Sie hatten immer etwas Bedrohliches an sich, denn sie waren größer als der Durchschnitt und schlugen schnell zu. Ramsay kannte ihre Schwester, Livie, eine Freundin von Fiona Paterson, mit der er lose befreundet war. Fiona war ein Kumpeltyp, hübsch, frech und immer zu einem Streich bereit. Livie war ebenfalls hübsch, aber schüchtern und in Rory Graham verliebt. Deswegen musste im letzten Jahr etwas Übles zwischen den McMillans und den Grahams vorgefallen sein. Rory war schwer erkrankt, und die Grahams hatten die Insel verlassen. Seither hatten sie nichts mehr von der Familie gehört. Es gingen Gerüchte, dass Livies Vater Rory zusammengeschlagen habe, weil Livie ein Kind von Rory erwartete. Genaues wusste niemand, und niemand würde die McMillans danach fragen.

Matty und Freddy waren schon oft in Schwierigkeiten geraten. Ob sie sich wieder einmal geprügelt hatten? Eine Welle schlug gegen den Schiffsrumpf, und Ramsay stolperte in die Mitte, wäre beinahe in die offene Luke gefallen, in der sie den Fisch aufbewahrten. Es roch nach Diesel und Fisch, ein Geruch, der Ramsay vertraut war, seit er das erste Mal von seinem Vater mit zum Fischen genommen worden war.

Das Leuchtfeuer des kleinen Signalturms blinkte, und in der Ferne machte Ramsay die Positionslampen eines fremden Schiffs aus. Man konnte nur hoffen, dass der Sturm nicht zunahm, sonst würde es ungemütlich auf dem Meer. Allmählich spürte er den langen Tag in den Muskeln, die steif von Kälte und Feuchtigkeit wurden, und freute sich auf die warme Stube und das gute Essen seiner Mutter.

»Ramsay! Komm mal her!«, rief sein Vater.

Er sprang vom Schiff und ging zu den drei Männern. Groß und finster standen die McMillans vor ihm, die Hände in den Taschen der Wachstuchjacken, die Wollmützen tief ins Gesicht gezogen. Er wusste nicht, wen er weniger leiden konnte. Matty liebte es, Leute zu veralbern, wobei seine Scherze derb und oft schmerzhaft waren. Freddy hatte ein breites Kinn und Augen, die sein Gegenüber fixierten wie die Schlange, bevor sie zubiss. Es waren keine Gesichter, denen man vertraute, und Ramsay sah seinen Vater unsicher an. »Ja, Dad?«

»Na, Ramsay, bist ein ganz braves Bürschlein, was? Immer dem Vater zur Hand gehen, so ist es recht«, meinte Matty zynisch.

»Lass ihn in Ruh, Matty. Wir machen es so wie besprochen. Ihr könnt schon an Bord gehen. Ich komme gleich«, sagte Duncan MacLachlan scharf.

Freddy packte eine große Ledertasche und warf Ramsay einen düsteren Blick zu, als er an ihm vorbeiging. In der freien Hand hielt er ein Messer.

Der Wind heulte auf, und die Wellen grollten vor der Bucht zwischen den Felsen. Noch eine halbe Stunde stieg das Wasser an, dann setzte die Ebbe ein.

Als die beiden Männer an Bord gegangen waren, nahm Duncan seinen Sohn bei den Schultern. »Junge, ich bringe die beiden heute Nacht nach Mull. Sie haben da Dringendes zu erledigen.«

»Aber Dad, ein Sturm zieht auf. Du bist genauso müde wie ich. Das ist gefährlich! Du sagst doch immer …«, begann Ramsay, doch sein Vater nahm sein Kinn in eine Hand und sah ihn eindringlich an.

»Sie zahlen gut, und wir können das Geld brauchen.

Kein Wort zu irgendjemandem darüber, verstanden?« Noch nie hatte Duncan ihn so ernst angesehen.

»Ja, aber …«

»Kein Aber, Junge. Es muss sein. Ich kann nicht anders, verstehst du? Geh zu deiner Mutter und sag ihr, dass ich noch mal wegen der Dorsche rausgefahren bin.«

Angst erfasste Ramsay. Er umarmte seinen Vater. »Nein, mach das nicht, Dad. Oder lass mich zumindest mitkommen! Ich kann dich ablösen, wenn du müde wirst.«

»Und der Fisch, Ramsay? Nein, du bringst den Fang heim und verkaufst ihn heute früh. Außerdem würde Mutter sich schrecklich sorgen. Es wird alles gut gehen, wirst schon sehen, mein Junge.«

Es wurden die längsten acht Stunden im jungen Leben von Ramsay MacLachlan. Das Schlimmste war, dass er seiner Mutter nichts sagen durfte und ihr etwas von Dorschen und einem Heringsschwarm erzählte, der angeblich gesichtet worden wäre. Alle halbe Stunde trat er vor die Tür und sah nach dem Wetter. Wilde schwarze Sturmwolken zogen über den Nachthimmel, und die Wellen griffen mit gierigen weißen Gischtkrallen nach dem Strand. Doch mit der Ebbe legte sich auch der Sturm, und gegen Morgen war die See so ruhig, als wäre nie etwas gewesen.

Ramsay hatte kaum geschlafen in dieser Nacht und stand um fünf Uhr früh in der Küche und wollte einen Topf mit Wasser aufsetzen, als seine Mutter zu ihm trat und ihm mit der Hand liebevoll durch die Haare fuhr.

»Mach dir keine Sorgen, Ramsay, dein Vater weiß, was er tut. Er ist ein erfahrener Seemann. Duncan hat das Meer im Blut. Deshalb hatte ich nie Angst, wenn er rausgefahren ist. Jetzt lass mich dir einen Tee brühen und ein Porridge kochen. Oder möchtest du lieber Eier und Speck? Ach, ich mache von allem etwas. Dein Vater wird auch hungrig sein, wenn er zurückkommt.«

Seine Mutter war eine kluge Frau, die viel las in ihrer knapp bemessenen Freizeit. Genau wie sein Vater unterstützte sie seinen Wunsch, einmal Kapitän auf großer Fahrt zu werden. In letzter Zeit jedoch hörte er sie immer öfter seufzen, wenn im Radio über die aggressive Politik der Deutschen gesprochen wurde. Dann sah sie ihn manchmal an und wirkte so traurig, dass es Ramsay wehtat. Wenn es zum Krieg kommen sollte, würde er sich freiwillig melden, das stand fest. Davon konnte ihn niemand abbringen, auch seine Mutter nicht.

Er hatte einen jüngeren Bruder und drei Schwestern, von denen die älteste im vergangenen Herbst geheiratet hatte. Ramsay drückte seiner Mutter einen Kuss auf die Stirn.

»Bin gleich zurück, Mum.« Dann schnappte er sich seine Jacke und die Wollmütze und schlüpfte in seine Stiefel, die vor der Haustür unter einem Vordach standen.

Es wurde langsam hell, und er sprang auf die Mauer vor dem Haus, um den Horizont nach einem Schiff abzusuchen. Als er nichts entdeckte, nahm er die Karre mit den Fischen und schob sie zur Mole, dorthin, wo die Hafenmauer sich ausdehnte und Platz genug für Interessenten und deren Karren bot. Es dauerte nicht lange, und die ersten Frauen kamen vorbei, um den Fang des Tages zu begutachten.

Die alte Annie Durward schlurfte über die Mole, wobei sie von einer Seite auf die andere schaukelte. Ihre krummen Beine schauten unter einem dunklen Rock hervor, der aus handgewebtem Tweed gefertigt war. Annie und ein paar andere Frauen webten selbst feste, widerstandsfähige Stoffe, aus denen Röcke, Hosen und Jacken genäht wurden, die dem wechselhaften Wetter auf Tiree trotzten.

»Guten Morgen, Ramsay. Was kannst du einer alten Frau anbieten?«

»Ah, Annie, du bist doch gar nicht alt. Und überhaupt sind die Frauen von Tiree die schönsten!«, scherzte er, und die alte Frau lachte, wobei sie eine Reihe von Zahnlücken zeigte.

»Dann sing das Lied für mich, Ramsay MacLachlan. Mach mir die Freude, und ich kaufe dir ein Dutzend Fische ab.« Die alte Frau hockte sich auf einen Haufen Netze, die über einem Felsen ausgebreitet lagen, und sah ihn erwartungsvoll an.

Annie meinte das Lied über Tiree, eine Hymne, geschrieben von MacLaine, einem Barden aus Caolas. Der Titel verriet den Inhalt »Tiree is the most beautiful island under the sun«. Ramsay stellte sich in Positur, einen Fuß nach vorn, die Brust geöffnet, und begann auf Gälisch zu singen: »Tiree ist die schönste Insel der Welt, hier wurde ich geboren, Tiree ist die Insel, vor der ich mich ehrfürchtig verneigte, als ich gestern meinen Abschied nahm.«

Annie Durward tippte mit einem Fuß den Rhythmus und klatschte, als er die letzte Strophe beendete. Ein buntes Kopftuch schützte sie vor dem Wind, und sie trug dicke Strumpfhosen und robuste Schnürstiefel. »Bravo, Ramsay, bist ein guter Junge, hast einer alten Frau eine große Freude gemacht.«

In diesem Augenblick ertönte eine Schiffsglocke, und Ramsay drehte sich blitzschnell um. Überglücklich winkte er der einlaufenden *Lucky One* und hoffte, dass man seine verdächtig feuchten Augen dem Wind zuschrieb. Annie winkte ebenfalls. Ein einlaufendes Schiff war immer ein Ereignis, egal, woher es kam und wie groß es war.

»Dein Vater war allein draußen?«, fragte sie.

»Nein, er hatte Hilfe. Die McMillans haben ihn begleitet«, antwortete Ramsay und biss sich auf die Zunge.

Das runzlige Gesicht der alten Frau wandte sich dem Schiff zu. »Die McMillans …«

In der Art, wie sie den Namen aussprach, lag so viel Abscheu, dass Ramsay Annie überrascht anschaute. Annie beeilte sich nicht, die Heringe zu kaufen, sondern wartete neugierig ab, bis der Kutter festgemacht hatte und zuerst Matty von Board sprang und eins der Haltetaue um einen Poller legte. Freddy stand noch neben dem Fahrerhaus und redete intensiv auf Duncan ein, während Ramsay an Board ging, um das zweite Tau zu holen. Dabei schnappte er einen Gesprächsbrocken auf.

Sein Vater sagte: »Was soll das, Freddy? Ich habe gesehen, wie ihr mit einer Ordensschwester gesprochen habt. Warum soll das niemand wissen?«

»Weil ich es sage! Verstanden? Du hast gutes Geld für die Fahrt bekommen, also halte dich an unsere Abmachung.« Freddy drehte sich um und sah zu Ramsay. »Du hast einen netten Sohn.«

Ramsay schluckte bei den mehr drohend als anerkennend klingenden Worten.

Als er später mit seinem Vater allein auf dem Kutter war, fragte Ramsay: »Vater, was sollte das? Was hat Freddy gemeint? Hat es was mit der Tasche zu tun? Die hatten sie jetzt nicht mehr dabei.«

Duncan nahm seinen Sohn bei den Schultern. »Vergiss einfach, was du gesehen hast, Ramsay. Was die McMillans tun, geht uns nichts an.«

»Aber was war in der Tasche?«

»Das weiß ich nicht, und ich will es nicht wissen. Die Ordensschwester hat die Tasche mitgenommen, und damit ist die Sache erledigt«, wehrte Duncan ab, doch Ramsay kannte seinen Vater zu gut.

»Du weißt es.«

Duncan MacLachlan fuhr sich über die Augen. »Versprich mir, niemals einer Seele davon zu erzählen. Ich hab's gehört. Ein Kind war drin, ein Neugeborenes.«

»Livies Baby!«, entfuhr es Ramsay.

»Ja, zum Teufel. Verstehst du es nun? Die wollen es nicht, und ich glaube, dass es besser für das Kind ist, wenn es nicht bei den McMillans aufwachsen muss. Deshalb halten wir den Mund. Kein Wort! Zu niemandem!«

Erschüttert nickte Ramsay und dachte an Livie, die erst Rory und nun auch noch ihr Kind verloren hatte.

Was für eine erwachsene Frau ein furchtbares Schicksal wäre, musste für die junge Livie kaum zu ertragen sein.

»Arme Livie«, meinte Ramsay. »Sollten wir nicht …«

»Nein!«, unterbrach sein Vater ihn. »Nimm die Kiste da mit, und dann lass uns verschwinden.«

31

Die Worte des alten Mannes hingen schwer im Raum. Das Schnurren der Katze war plötzlich lauter als der Wind, der draußen über das Machair wehte. Der alte Herr hatte aufgehört, die Katze zu streicheln, die sich nun erhob, einen Buckel machte und von seinem Schoß sprang.

»Das hast du mir nie erzählt, Grandpa«, sagte Reed leise.

Ramsay MacLachlan räusperte sich. Ein wenig verlegen strich er die Wolldecke über seinen Knien glatt und zeigte auf eine Öllampe, die wie ein kleines Schiff aussah. »Wissen Sie, wie alt die ist, Kirsty?«

Sie erhob sich und nahm die Lampe, die nicht größer als ihre Handfläche war, vom Kaminsims. »Sehr alt. Zweihundert Jahre? Ist das eine von diesen Lampen, in die man Walfett gegeben hat?«

»Fett, Öl, was man gerade hatte. Man legte einen Docht hinein, und schon hatte man ein Licht. Das muss ziemlich gestunken haben, aber damals waren die Menschen nicht so zimperlich wie wir heute.« Er sah sie und seinen Enkel an. »Es waren andere Zeiten damals. Denkt nicht, dass wir herzlos waren.«

»Das nicht, aber wolltest du denn nicht wissen, was

aus dem Kind geworden ist?« Reed nahm die Lampe in die Hand, die Kirsty ihm reichte.

»Die McMillans haben am Tag darauf verlauten lassen, dass das Neugeborene gestorben wäre. Ich weiß nicht, was in dem Kindersarg war, ganz sicher nicht das Kind, denn das war in ein Waisenhaus aufs Festland gebracht worden. Auf Mull gab es keins. So machte man das damals. Ungewollte Kinder wurden den Nonnen übergeben und in Waisenhäuser gebracht«, sagte MacLachlan.

»Die McMillans hätten das doch nicht heimlich zu machen brauchen«, meinte Kirsty.

Ramsay schüttelte den Kopf. »Glauben Sie denn, dass Livie damit einverstanden gewesen ist, dass man ihr das Kind wegnimmt?«

Den Kopf voller Bilder und das Herz schwer von der traurigen Geschichte, fuhr Kirsty zurück zum Rosencottage. Sie hatte erfahren, wie brutal die McMillans gewesen waren, doch das setzte allem die Krone auf. Als sie durch die Tür trat, kam ihr Otis entgegen und leckte ihre Hände ab.

»Hey, mein Guter, ja, ich freue mich auch, dich zu sehen!« Sie ging in die Knie und streichelte den Hund ausgiebig. »Ah, du riechst die Katzen von Mr MacLachlan. Ja, da waren eine ganze Menge.«

»Hi, Kirsty, wie war's?«, meldete sich Fin, der am großen Esstisch mit seinem Laptop saß. Das war ein neues Bild, denn bisher hatte er noch nie im Wohnraum gearbeitet.

Sie ließ ihre Autoschlüssel auf den Tisch fallen und sank auf einen Stuhl. »Unfassbar, was die mit der armen Livie gemacht haben.«

Fin hörte ihr zu und sagte: »Jetzt weißt du, warum Matty MacMillan nicht mit dir sprechen will. Und es tut mir nicht leid, dass ich Brodric eine verpasst habe, im Gegenteil, ich hätte mir den Alten auch noch vornehmen sollen.«

»Um Himmels willen! Fin, nein! Ich glaube, denen ist es einfach egal. Wie herzlos müssen die gewesen sein, dass sie einer so jungen Mutter das Kind fortgenommen haben. Nicht zu vergessen, dass Donald Rory so schwer verprügelt hat, dass er daran gestorben ist.«

Fin streckte die Hände über die Tischplatte und ergriff ihre. »Was willst du nun tun?«

»Herausfinden, was aus dem Kind geworden ist! So viele Ordensschwestern, die ein Kind von Tiree in ein Waisenhaus gebracht haben, kann es auf Mull nicht gegeben haben.«

Der sanfte Druck seiner warmen Hände löste ein wohliges Gefühl in ihr aus, und sie merkte erst jetzt, wie angespannt sie gewesen war. Fin stand auf, trat hinter ihren Stuhl, legte seine Hände auf ihren Nacken und massierte sie mit geübten Bewegungen, die genau die richtigen Punkte trafen.

»Hm, wo hast du das gelernt? Das tut so gut«, murmelte sie seufzend.

»Komm mit.« Er nahm ihre Hand und zog sie mit sich ins Badezimmer. »Heiße Dusche und dann ins Bett.«

Sie musste ein wenig enttäuscht ausgesehen haben, denn er grinste und half ihr beim Entkleiden. »In mein Bett.«

»Wenn du mit mir duschst«, erwiderte sie und fuhr mit den Händen über seine Brust und den definierten Bauch, den sie so sexy fand. »Machst du Sit-ups? Wie hältst du dich so fit?«

»Hm, Workouts und eine Hantelstange, kein Zauber, nur Training. Du inspirierst mich, Kirsty.« Er zog sein Hemd über den Kopf, warf es auf den Haufen, auf dem auch ihre Sachen lagen, und sah zu, als sie die Knöpfe seiner Jeans zu öffnen begann.

Was auch immer zwischen ihnen stand, es gab Augenblicke, in denen man das Denken einstellen und sich seinen Gefühlen überlassen sollte. Alles zu seiner Zeit. Sie küsste ihn und öffnete leicht die Lippen.

»Was ist das nur mit uns, Kirsty?«

Seine Hände strichen über ihren Rücken und entlockten ihr einen Seufzer.

»Ich weiß es nicht, aber es fühlt sich gut an«, murmelte sie atemlos.

Sein Kuss bestätigte ihre Worte, und als endlich seine Jeans aus dem Weg war, zog er sie mit sich unter das warm prasselnde Wasser der Dusche.

Sie liebten sich mit einer Leidenschaft, die sie beide in einen Strudel aus widersprüchlichen Gefühlen riss und überraschte. Ihre Körper reagierten aufeinander, als wären sie schon lange miteinander vertraut und hätten nur darauf gewartet, sich wiederzufinden. Erschöpft und gesättigt von ihrer Leidenschaft lag Kirsty später in Fins Armen auf seinem Bett und sah aus dem Fenster. »Ich werde nie müde, dem Wind und den Wellen zuzuschauen. So geht es mir auch auf dem Wasser. Da fühle ich mich eins mit mir selbst. Und gerade jetzt ist es auch nicht schlecht«, sagte sie leise und küsste seine Halsbeuge.

Seine Hand lag auf ihrem unteren Rücken, genau dort, wo sich zwei Grübchen über ihrem Gesäß bildeten. »Diese Grübchen sind sehr sexy. Dein Körper ist trainiert, aber an den richtigen Stellen rund und weiblich. Wieso hast du keinen Freund? Die Männer müssen dir doch hinterherlaufen?«

»Es hat nie richtig gepasst, jedenfalls für mich nicht. Ich bin weitergezogen und habe nie einen Teil meines Herzens zurückgelassen.« Sie strich über seine Brust und lauschte seinem Herzschlag. Doch wenn du gehst, wird es mir das Herz brechen, dachte sie.

»Ich will dir nicht wehtun, Kirsty. Aber es ist November, und bald werde ich abreisen.«

»Hey, das weiß ich. Lass uns genießen, was wir haben. Keine Verpflichtungen. Aber wenn du nach Tiree kommst, bist du im Rosencottage immer willkommen.« Das klang nach Abschied, und ihre Stimme zitterte verdächtig.

Er streichelte ihren Rücken: »Deine Bilder sind gut, Kirsty. Ich hoffe, du hast nichts dagegen, dass ich sie fotografiert und an einen Galeristen geschickt habe.«

Sie wurde etwas unruhig, doch er hielt sie fest.

»Hör mir zu, bevor du etwas sagst. Terry Sligo hat eine Galerie in London …«

»Sligo? Oh Gott, der Sligo?« Sligos Galerie gehörte zu den renommiertesten der Szene. Wenn er einen Künstler ausstellte, war der Erfolg beinahe garantiert. Kürzlich erst hatte er einen unbekannten Street-Art-Künstler unter Vertrag genommen, und dessen Werke rangierten bereits im fünfstelligen Bereich.

»Er würde deine Bilder gern sehen. Das ist so gut wie eine Zusage bei ihm. Ich kenne ihn schon lange, wenn er kein Interesse hat, lehnt er sofort ab. Du müsstest nach London fahren, oder du schickst ihm deine Bilder. Aber ich würde dir empfehlen hinzufahren. Ein persönliches Gespräch ist immer besser.«

Fin klang sehr zufrieden mit sich.

»Ist das eine Art Abschiedsgeschenk, oder was?« Sie rückte von ihm ab, setzte sich auf und zog die Decke über ihre Brüste.

Fin runzelte die Stirn. »Wieso? Was soll das, Kirsty? Kannst du keinen Gefallen annehmen? Ich habe das gern getan, einfach, weil ich helfen kann. Und dass du etwas Hilfe gebrauchen kannst, ist ja wohl offensichtlich!«

»Ach ja? Finde ich nicht! Ich komme gut allein zurecht. Ich habe nicht viel Geld, aber ich komme klar. Das bin ich immer. Ich brauche nicht viel zum Leben, keine teuren Uhren und all den Mist. Mir reicht das hier. Ich fühle mich reich und beschenkt, weil ich hier in diesem wundervollen Cottage leben darf, dass ich surfen kann, wann ich möchte. Ich habe Freunde und einen Hund, und wenn mir die Kohle ausgeht, suche ich mir einen Job. Dafür bin ich mir nicht zu schade. Ich gehe kellnern oder putze Wohnungen. Oder ich verkaufe meine Bilder, aber ohne Beziehungen! Verstehst du denn nicht? Wenn ich nach London fahre zu diesem Supergaleristen, der mich nur empfängt, weil du mich empfohlen hast, weiß ich nie, ob meine Werke gut sind! Ob ich es allein schaffen kann.«

»Du hast nicht zugehört. Ich habe dir gesagt, dass er nur Künstler annimmt, von denen er überzeugt ist. Dein Problem ist, dass du keine Hilfe willst. Du musst immer alles allein machen.«

»Bullshit! Ich kann Hilfe sehr gut annehmen. Mala hat mich bei sich aufgenommen, als es mir dreckig ging. Ich hatte kein Geld, aber sie hat mir die Miete so lange erlassen, bis ich zahlen konnte. Damit hatte ich überhaupt kein Problem. Aber Mala hat mir nie das Gefühl gegeben, dass ich Almosen von ihr nehmen muss. Sie respektiert mich.«

Ihre Augen funkelten vor enttäuschtem Zorn und füllten sich mit Tränen.

»Und du denkst, ich respektiere dich nicht?«

Wortlos sah sie ihn an und versuchte, in seiner Miene zu lesen, was in ihm vorging. Doch seine dunklen Augen gaben nichts von seinen Gefühlen preis. Er verschloss sich noch immer vor ihr, und solange er das tat, hatten sie keine Chance.

»Antworte mir, Kirsty. Denkst du wirklich, ich habe keinen Respekt vor dir? Dass ich dich nur benutzt habe, weil ich es kann, weil ich der reiche Typ bin, der sich von der Welt zurückgezogen hat, um seine Wunden zu lecken?«

»Das habe ich nicht gesagt«, erwiderte sie leise.

»Aber gedacht.« Er wartete auf eine Reaktion, doch ihre Kehle war wie zugeschnürt, und ihre Augen flossen über vor Tränen.

Sie rutschte vom Bett, griff nach ihren Sachen und lief aus dem Zimmer.

In dieser Nacht weinte sie so lange, bis ihre Augen brannten und Otis zu ihr kam und ihr übers Gesicht leckte. Sie vergrub ihre Nase in seinem Fell und drückte den Hund an sich, der sich zu ihr legte und ihr Trost schenkte. So einsam wie in dieser Nacht hatte sich Kirsty noch nie gefühlt. Sie konnte hören, wie Fin unten hin- und herlief und telefonierte, und befürchtete, dass er sie verlassen würde. Dabei verließ er sie nicht einmal, er reiste ab, vorzeitig. Sie waren kein Paar, nur … ja, das wusste sie eben selbst nicht.

Die Morgensonne schien durch das Dachfenster. Doch, dachte sie und stand auf. Sie wusste, was sie für ihn empfand.

Otis lief vor ihr die Treppe hinunter. Und als sie die letzte Stufe erreicht hatte, spürte sie, dass er bereits fort war. Die Stille im Haus war erdrückend, und es fühlte sich so leer an, dass ihr Magen rebellierte.

»Oh, verdammt, Otis, ich habe einen Fehler gemacht.«

Otis lief in die Küche und von dort in Fins Zimmer, dessen Tür offen stand. Sein Bett war zerwühlt, so als hätten sie sich gerade erst darin geliebt. Er schien nicht geschlafen, sondern gleich nach ihrem Streit gepackt zu haben.

Auf dem Tisch im großen Wohnraum lag ein Brief. Sie setzte sich weinend auf einen Stuhl und betrachtete die Zeilen. Seine Handschrift war gleichmäßig, ein wenig unleserlich, so wie von jemandem, der viel und schnell schrieb.

Liebe Kirsty, du kannst nicht ermessen, was die Zeit mit dir im Rosencottage für mich bedeutet hat. Das Letzte, was ich will, ist, dir wehzutun, und das habe ich ganz offensichtlich. Verzeih mir.

Fin

PS: Ich habe das Bild von Otis mitgenommen, weil ich ihn vermissen werde. Wer hätte das gedacht. Aber seit ich dich kenne, sind viele Dinge passiert, von denen ich nicht geglaubt hätte, dass sie möglich sind.

Kirsty schluchzte. Verdammt noch mal, Fin, warum bist du einfach so verschwunden? Doch sie hätte ihn nicht gebeten zu bleiben. Denn wenn man jemanden zum Bleiben überreden musste, war er schon längst gegangen.

Um den Kopf frei zu bekommen, ging Kirsty surfen. Sie achtete darauf, nicht allein am Strand zu sein, und Otis blieb in Sichtweite. Seit dem Gespräch mit Cam hatte sie keine Angst mehr, dass Brodric zurückkommen würde. Nach drei Stunden auf dem Wasser war sie durchgefroren, müde und erschöpft. Zu erschöpft, um noch zu weinen. Und was würde es auch für einen Sinn ergeben? Er war fort, und sie dachte nicht einmal darüber nach, ihm nachzulaufen. Kirsty schüttelte die nassen

Haare, zog sich eine Wollmütze über den Kopf und packte ihr Surfbrett. Ihren Haustürschlüssel trug sie an einem Lederband um den Hals.

»Otis! Wir gehen nach Hause!«

Der Hund hörte auf, an einem Haufen Seetang zu schnüffeln, und kam zu ihr. Im Winter spülten die Stürme viel Seetang an die Strände, der sich zu dunklen Haufen verdichtete, die eine beliebte Nahrungsquelle für durchziehende Vögel waren. Etwas weiter unten hatte sie Flussregenpfeifer und Schneeammern gesehen, und am Machair waren Bekassinen und Kiebitze zu finden. Tiree war eins der letzten Naturparadiese, und Kirsty wollte, dass das so blieb. Feriendörfer waren nicht das Richtige für die Hebrideninsel.

Nachdem sie geduscht und gegessen hatte – Otis hatte einen Kauknochen bekommen und lag glücklich schmatzend auf dem Teppich –, hockte sie sich mit ihrem Telefon aufs Sofa.

Mala nahm sofort ab. »Hi, Kirsty! Wie geht es dir?«

»Wo soll ich anfangen?« Kirsty erzählte ihrer Freundin von den McMillans und ihren Nachforschungen und endete mit dem, was MacLachlan ihr berichtet hatte.

»Meine Güte, was hat dieses arme Mädchen alles ertragen müssen. Vielleicht ist es gut, dass sie dann weggegangen ist. Verdenken kann man es ihr nicht.«

»Wenn das die Wahrheit ist, Mala. Ich bin noch nicht fertig mit dieser Familie, so viel ist sicher. Als Nächstes will ich herausfinden, wohin man das Baby gebracht hat. Sie könnte sogar noch leben. Sag mal, hast du nicht eine Cousine, die auf dem Sozialamt in Glasgow arbeitet?«

Mala lachte. »Dass du das noch weißt. Ja, habe ich, und noch so ein paar Kontakte, die ich aktivieren kann. Eine ehemalige Studienkollegin ist Historikerin. Ich höre mich um, das ist eine tragische Geschichte, die es lohnt, aufgeklärt zu werden. So, und nun zu deinem Liebesleben. Mach es doch nicht so spannend!«

Ein tiefer Seufzer, gefolgt von einem zweiten, noch tieferen Seufzer war die Antwort.

»Sag nicht, dass ihr nicht … Ihr habt doch, oder? Bei unserem letzten Gespräch hatte ich den Eindruck, dass da was läuft.«

»Kompliziert ist das Wort, das unsere, äh, Sache, ziemlich gut zusammenfasst. Ich weiß nicht, ob ich es eine Affäre nennen soll, denn so hat es sich für mich nicht angefühlt. Da war mehr, Mala.« Ein neuerlicher tiefer Seufzer.

»Oh je, du liebst ihn. Kirsty, ausgerechnet diesen Mann.«

»Ich hab's mir nicht ausgesucht, es ist passiert. Wenn man sich jeden Tag sieht und redet und … ach, er küsst so gut. Und er mag Hunde, und er hat sich für mich geprügelt. Das hat noch nie jemand getan! Aber dann wollte er mir eine Galerie in London vermitteln. Sligo! Ist das zu fassen? Als ob ich das nötig hätte, meine Bilder so schlecht sind, dass ich sie sonst nicht losbekomme.«

»Furchtbar, er wollte dir einen Kontakt verschaffen. Schrecklicher Mensch. Ich hoffe, das hast du ihm nicht gesagt???« Mala kannte sie einfach zu gut.

Kirsty schwieg.

»Du hast. Aber ihr habt euch ausgesprochen?«

Schniefend krächzte Kirsty: »Nein, dafür war es zu spät. Er ist abgereist.«

»Oh Mann, dann ruf ihn an!«

»Nein! Das geht nicht. Eigentlich war von vornherein klar, dass das mit Fin keine Zukunft haben kann. Aber danke, dass du zugehört hast, Mala. Wann kannst du deine Cousine anrufen?«

In den folgenden Tagen las Kirsty immer wieder die wenigen Zeilen, die Fin geschrieben hatte, und kam zu dem Schluss, dass darin nichts Endgültiges liegen musste. Sie klammerte sich geradezu an diesen Gedanken und fühlte sich abwechselnd elend und hoffnungsfroh. Immer wenn das Telefon klingelte, tat ihr Herz einen Satz, und wenn es dann wieder nicht Fin war, der sich meldete, musste sie ihre Enttäuschung niederkämpfen. Wie besessen malte sie erst eine Serie von Meeresbildern, konzentrierte sich dann auf Surfer und immer wieder auf Tiere. Zwei Wochen nach dem Gespräch mit Mala meldete sich ihre Freundin und gab ihr die private Nummer ihrer Cousine, die ihr selbst mitteilen wollte, was sie herausgefunden hatte.

»Ashby?«, meldete sich eine weibliche Stimme.

Kirsty stellte sich vor, und Malas Cousine schien erfreut.

»Schön, dass du anrufst. Das ist ja wirklich ein ganz spezieller Fall. Eigentlich sind solche Akten geheim, aber dein Fall liegt anders. Es handelt sich um Vorkriegsinformationen, und da ist schon einiges verjährt. Ich habe mit meiner Vorgesetzten gesprochen, und die hat mir erlaubt, dir Folgendes mitzuteilen.«

Gespannt hörte Kirsty ihr zu.

»Es gab im Februar 1935 nur ein Waisenkind auf Mull, das von der dortigen Ordensschwester, die auch die Hebamme war, in das Working Girls' Home in der Magdalen Yard Road nach Dundee gebracht wurde. Dort blieb das Kind, ein Mädchen, mit dem Namen Rose …«

»Rose!«, rief Kirsty leise und presste das Telefon dichter an ihr Ohr.

»Es blieb dort bis ins letzte Kriegsjahr und wurde dann von einem Ehepaar aus Kirriemuir adoptiert.«

»Nein, das ist ja wundervoll! Und wie hieß dieses Ehepaar?«

»Das darf ich nicht sagen.« Malas Cousine räusperte sich. »Aber vielleicht hilft es dir weiter, dass das Ehepaar einen Pub hatte. Es kam damals häufig vor, dass Waisenkinder als billige Arbeitskräfte adoptiert wurden.«

»Danke, vielen Dank!«, sagte Kirsty überwältigt.

32

Otis schnupperte an der Peter-Pan-Statue und wollte das Bein heben, was Kirsty gerade noch verhindern konnte.

»Otis, ein bisschen mehr Respekt, bitte.« Sie zog den Hund zu einem Rasenstreifen, der den runden Platz in Kirriemuir umgab.

Die Kleinstadt lag nördlich von Dundee und war die Geburtsstadt des berühmten Dichters J. M. Barrie, jenes genialen Schriftstellers, der die Geschichte um Peter Pan erfunden hatte. Heute jedoch war Kirsty nicht hier, um auf den Spuren des Schriftstellers zu wandeln, sondern um den Pub zu finden, in dem Rose aufgewachsen war.

Ein Bonus war, dass es nicht regnete und die Stadt mit ihren roten Backsteinhäusern attraktiv war. Mehrfach hatte man ihr erzählt, dass diese Wee Red Toon – die kleine Stadt der roten Häuser – etwas ganz Besonderes sei. Was ihr nicht weiterhalf. Bevor sie aufgebrochen war, hatte sie recherchiert, welche Pubs bereits 1944 bestanden hatten, und übrig geblieben waren drei. Zwei hatte sie abgehakt, der letzte, der *White Peacock*, lag zwischen dem Peter-Pan-Platz und der Kirche. Es wurde langsam dunkel, sie brauchte ein Quartier für die Nacht, das auch Hunde erlaubte, und sie hatte Hunger.

»Na komm, Otis, auf jeden Fall essen wir jetzt.« In der Stadt hatte sie den Hund angeleint.

Der Pub lag gegenüber einem pinkfarbenen Gebäude, in dem sich ein Tearoom befand. »Rooms to let« stand auf einem Schild, das an der Eingangstür des *White Peacock* hing. Als sie mit Otis eintrat, schlugen ihr Musik, Gelächter und der Duft von gebratenen Kartoffeln entgegen. Sehr vielversprechend, dachte Kirsty und ging zur Bar. Noch war der Pub nicht voll besetzt, hinter ihr betraten zwei junge Männer den Gastraum.

»Hi, was kann ich für dich tun, meine Hübsche?«, fragte eine ältere Frau in breitem Hochlanddialekt.

»Hallo! Ich habe meinen Hund dabei, ist das ein Problem? Ich suche auch ein Zimmer für die Nacht.«

»Gar nicht, Schätzchen. Hunde sind uns genauso willkommen wie Menschen. Wie heißt dein Freund denn?«

Erleichtert ließ Kirsty sich auf einem Barhocker nieder und ließ die Leine los. »Otis. Danke, das ist nett.«

»Bist du auf der Durchreise?«, fragte die Frau und zapfte dunkles Ale.

»Oh, davon hätte ich gern eins. Äh, na ja, ich komme aus Dundee, lebe aber seit einigen Monaten auf Tiree.«

Die Frau hob die Augenbrauen. Ihr lockiges graues Haar hatte sie lose aufgesteckt. Ränder unter den blauen Augen zeugten von langen Arbeitszeiten, doch sie wirkte agil und zugewandt. Auf ihrem schwarzen Shirt prangte das Logo des Pubs, und sie trug unzählige Ringe und Ketten.

»Ich heiße Kirsty Paterson.«

»Mary. Mary Monaghan, mir gehört der Pub.« Sie grinste breit. »Nicht unbedingt freiwillig. Familiengeschäft, tja, jetzt hänge ich hier fest, aber es gibt Schlimmeres. Ich mag es, mit Leuten zu reden, und dazu habe ich hier reichlich Gelegenheit.«

Großartig, fand Kirsty und nahm dankbar das Glas entgegen, das Mary ihr reichte. »Hm, herrlich!«, sagte sie nach einem großen Schluck.

Mary ging nach hinten und kam mit einer Wasserschüssel zurück, die sie Otis hinstellte, der sofort zu trinken begann. »Was für ein schöner Hund. Ja, Otis, fein.« Sie tätschelte den gestromten Hütehund.

»Hast du auch Hunger, Kirsty?« Sie zeigte auf die Tafel hinter sich. »Der Lachs ist zu empfehlen, hat eine leichte Rauchnote und kommt mit Brokkoli und Kartoffelstampf. Wenn du lieber Fleisch magst?«

»Nein, Fisch oder Gemüse ist fein.«

»Wir haben auch gegrilltes Gemüse mit veganem Haggis und verschiedenen Broten. Alles hausgemacht«, bot Mary an, und Kirsty nickte.

»Das nehme ich.« Kirsty aß kein Fleisch, und der traditionelle Haggis, der aus dem Magen eines Schafes bestand und mit einer Mischung aus Herz, Leber, Lunge, Zwiebeln und Hafermehl gefüllt war, hatte sie noch nie begeistert. Gegen die vegane Variante hatte sie nichts einzuwenden und schon mehrfach sehr schmackhafte Erfahrungen gemacht.

Mary notierte etwas auf einem Zettel und ging in die Küche. Als sie zurückkam, sagte sie: »Ein Zimmer haben wir auch für dich.«

Sie nannte einen akzeptablen Preis, der auch Otis beinhaltete, und Kirsty lächelte. »Danke, Mary. Sag mal, darf ich dich etwas nach der Geschichte des Pubs fragen?«

»Du meinst den Namen? Ja, der ist schon seltsam, stammt aber aus dem siebzehnten Jahrhundert. Da gab es hier einen Laird, der einen weißen Fasan hatte, der ihm überallhin folgte, auch in den Pub.«

»Wow! Aber so weit zurück geht meine Frage gar nicht, eher in die Nachkriegszeit. Ich suche jemanden, ein Mädchen mit dem Namen Rose, das adoptiert worden ist. Sie stammte von Tiree und war die Tochter einer Freundin meiner Großmutter. Das klingt bestimmt seltsam …« Kirsty stutzte, denn Mary hatte den Zapfhahn losgelassen und sah sie an, als hätte sie einen Steuerbescheid aus der Tasche gezogen.

»Rose?« Beinahe wäre ihr das Glas aus der Hand geglitten, das sie gerade noch auf ein Tablett stellen konnte. »Warum fragst du nach dieser Rose?«

»Das ist eine etwas längere Geschichte«, meinte Kirsty.

»Ich bin den ganzen Abend hier.«

Also erzählte Kirsty ihr alles, von Fiona, den McMillans, Livie und Rory, und auch Brodric und Matty ließ sie nicht unerwähnt. Mary führte Bestellungen aus, und erst als ein junges Mädchen hereinkam und sie ablöste, nahm sie ein Weinglas und bedeutete Kirsty, sich mit ihr an einen Ecktisch zu setzen.

»Und warum ist dir die Geschichte so wichtig?«

Kirsty lehnte sich zurück. »Anfangs habe ich es für meine Großmutter getan. Es war ihr Wunsch, aber inzwischen liegt mir Livies Schicksal so am Herzen, als hätte ich sie persönlich gekannt. Weißt du, man sollte Namen nicht in Grabsteine meißeln, sondern in Herzen. Nur wenn man sich erinnert, die Geschichten von Menschen teilt, werden sie nicht vergessen.«

Mary spielte mit den Bändern ihrer geblümten Bluse. »Ich habe sie nie verstanden. Rose war immer so hitzköpfig, so voller Zorn und dabei so verzweifelt. Ich dachte, es liegt daran, dass sie aus einem Waisenhaus kam, aber jetzt glaube ich, dass sie irgendwie gespürt hat, dass man ihren Eltern unrecht getan hat. Ist das möglich?«

Kirsty sog scharf die Luft ein. »Du kanntest Rose!« Sie hatte die Pflegefamilie von Rose gefunden!

»Rose ist meine Stiefschwester. Sie kam im vorletzten Kriegsjahr zu meinen Eltern, die beide schon verstorben sind. Elsie und Pete Monaghan waren jung, fleißig und wünschten sich sehnlichst Kinder. Ein Arzt hatte meiner Mutter gesagt, dass sie keine Kinder bekommen könnte, und da haben sie die damals neunjährige Rose adoptiert. Oh, dein Essen. Danke, Joan!«

Die junge Frau, welche die Bar übernommen hatte, stellte einen Teller vor Kirsty hin, auf dem das Essen appetitlich angerichtet war. Es duftete so gut, dass Kirsty das Wasser im Mund zusammenlief. Bevor sie zu essen begann, holte sie einen Kauknochen aus ihrer Tasche und gab ihn Otis.

»Sag mir, wie es dir schmeckt. Unser Koch ist neu, aber ich finde, wir haben Glück mit ihm«, sagte Mary und beobachtete, wie Kirsty probierte.

»Hm, das ist ganz große Klasse!«, sagte Kirsty voller Überzeugung.

»Sehr schön.« Mary nippte an ihrem Wein und ließ den Blick durch ihren Pub schweifen. »Der Pub war das Lebenswerk meiner Eltern. Sie haben ihn durch den Krieg gerettet und später durch die Wirtschaftskrise. Es gab Zeiten, da wollten alle nur weg aus Kirriemuir. Heute ist das wieder anders, da schätzen junge Familien die Kleinstädte wieder mehr, und wir haben Tourismus. Viele machen hier Station, bevor sie in die Highlands fahren. Aber Rose war das gleichgültig. Meine Mutter hat mir das oft erzählt. Ich wurde ein Jahr nach der Adoption von Rose geboren. Ein Wunder, wie meine Eltern immer sagten. Ich kann noch nicht einmal sagen, ob Rose in mir eine Konkurrenz gesehen hat. Sie war wild und rebellisch. Feuerkopf wurde sie genannt, wegen ihrer roten Haare und ihres Temperaments. Meine Mutter war oft verzweifelt, weil sie nicht wusste, was sie falsch machte mit ihr. Natürlich musste Rose im Pub mithelfen. Das gehört dazu, wenn man als Kind in einer Gastwirtschaft aufwächst. Ich fand's immer lustig, habe mich abends runtergeschlichen und den Musikern zugehört. Aber Rose hat es gehasst.« Mary zündete sich eine Zigarette an. »Ich habe in letzter Zeit oft an sie gedacht. Das Alter, denke ich. Und nun kommst du und fragst nach ihr.«

»Was wurde denn aus ihr? Lebt sie noch?«, wollte Kirsty wissen.

Mary stieß den Rauch aus. »Ja, doch, ich nehme es an. Wir haben schon lange keinen Kontakt mehr. Sie war so voller Energie, wie ich noch nie ein Mädchen gesehen habe. Es gibt Menschen, die verströmen eine innere Kraft, aber gleichzeitig war sie störrisch und unzugänglich. Als ich geboren wurde, war sie zehn. Damals war man erst mit einundzwanzig volljährig. So lange ist sie geblieben. Sie hat im Pub gearbeitet, geschuftet, muss ich sagen. Mein Vater war sehr streng und mit ihr noch mehr, weil sie immer wieder weglief und dann tagelang verschwunden war. Sie war sehr hübsch und hatte es leicht bei den Männern. Und sie konnte singen und tanzen, hat sich gern verkleidet und Revuenummern nachgespielt. Wenn sie hier im Pub auftrat, war die Hölle los!« Mary schmunzelte. »Damit konnten meine Eltern nicht umgehen. Sie hatten Angst, dass Rose auf die schiefe Bahn geraten könnte. Ist sie aber nicht. Sie hat einmal zu mir gesagt – nicht, dass wir viel miteinander gesprochen haben –, dass sie eine innere Unruhe hat, die sie nur zähmen kann, wenn sie tanzt und singt. Auf der Bühne fühlte sie sich wohler als in ihrer eigenen Haut.«

Mary stand auf, verschwand hinter der Bar und kam mit einem Fotoalbum zurück. Es war ein kleines, in Leder gebundenes Buch mit Schwarzweißfotografien. »Schau hier, das ist sie!«

Kirsty sah eine junge Frau in einem ausgeschnittenen Kleid, die an der Bar lehnte und zu singen schien. In der Ecke spielte eine Band, und hinter der Bar standen die Eltern, ein wenig steif und der Vater mit vor Unmut gerunzelter Stirn.

»Sie sieht aus wie Livie, mein Gott, diese Ähnlichkeit.« Kirsty holte ihr Handy hervor und zeigte Mary die Jugendbilder von Livie, Fiona und Rory.

Mary hielt die Zigarette von sich, ohne daran zu ziehen, und wischte sich ein Auge. »Das ist Livie, ihre Mutter? So jung und so schön! Und das da ist ihr Vater? Was für ein Unglück. Diese armen jungen Menschen.« Dann sah sie Kirsty an. »Und du kommst ganz nach deiner Großmutter. Ist das nicht verrückt, was das Leben mit uns vorhat?«

»Ohne Fionas Vermächtnis wäre ich nicht hier. Liebe und Freundschaft. Nach so langer Zeit wirken sie immer noch nach«, sagte Kirsty leise.

Mary berührte Kirstys Hand, eine sanfte, versöhnliche Geste. »Du solltest Rose das alles lieber selbst erzählen.«

»Was ist aus ihr geworden?«

»Sie hat meine Eltern nach einem heftigen Streit verlassen, ist dann einige Jahre als Burlesque-Tänzerin aufgetreten und hat in Bars gesungen. Manchmal habe ich einen Brief oder eine Karte von ihr erhalten. Meist hat sie nur eine Zeile geschrieben, und ich habe mich über die bunten Karten aus den Großstädten gefreut. Irgendwann hat sie Gary Farnham getroffen, einen Geschäftsmann, der sie geheiratet hat. Die beiden haben ein Café in Glasgow eröffnet, und das wird heute von ihrer Tochter geführt.«

»Glasgow. Sie hätte auch nach London oder sonst wohin gehen können …«, sagte Kirsty tief bewegt.

»Sieh uns an, wir sitzen hier, tauschen Erinnerungen aus und heulen. Dabei haben wir Grund zum Feiern! Joan!«, rief Mary. »Bring uns zwei Gläser Sekt und zwei Portionen Apple Tart mit Vanilleeis!«

Die Apple Tart war nach einem traditionellen Rezept gebacken und so gut, dass Kirsty den Löffel noch einmal ableckte, obwohl nichts mehr daran klebte. »Himmlisch, Mary!«

»Unser Koch wird das gerne hören.«

»Und du bist sicher, dass Rose sich freuen würde, wenn ich ihr das persönlich erzähle? Ich fahre morgen erst nach Dundee und dann weiter nach Glasgow.«

Kirsty hatte den Geburtstag ihres Vaters vergessen, absichtlich vergessen, wenn sie ehrlich war, und ein klein wenig schämte sie sich dafür. Aber Fins Abreise war ihr viel näher gegangen, als sie es für möglich gehalten hätte, und sie war einfach nicht in der Stimmung gewesen, sich mit ihrer Familie auseinanderzusetzen. Jedes Wiedersehen bedeutete Diskussionen, Vorwürfe und Sticheleien, und dann war da ja auch noch das Rosencottage. Das Projekt stand nach wie vor im Raum.

Die gesamte Fahrt über war sie nicht sicher gewesen, ob sie tatsächlich nach Dundee fahren würde, aber wenn sie Mary nun hörte, dann fand sie, dass sie es tun sollte. Es war ihre Familie, trotz aller Differenzen. Und vielleicht freute sich ihr Vater sogar über das verspätete Geschenk: Sie hatte eins ihrer neuen Meeresbilder ausgesucht und eingepackt.

»Aber ja!« Mary legte ihr eine Hand auf den Arm. »Ich rufe sie nachher an. Allein das wird sie schon überraschen. Und weißt du, ich hätte es schon längst tun sollen.«

Der Abschied von Mary am nächsten Morgen war herzlich, die beiden Frauen mochten einander, und Kirsty hatte Mary nach Tiree eingeladen.

»Ich melde mich bei dir, sobald ich Rose gesprochen habe. Ich kann mir gut vorstellen, dass sie dich gern empfangen wird.« Mary drückte sie noch einmal, gab ihr einen Wangenkuss, strich Otis über den Kopf und trat zurück.

»Danke für alles, Mary! Das war so viel mehr, als ich erwartet hatte.« Ein wenig verlegen wischte Kirsty sich eine Träne aus dem Auge.

»Hey, vielleicht sehen wir uns im Frühjahr auf Tiree. Oder auf einer Ausstellung von dir.« Kirsty hatte Mary ein paar Fotos ihrer Bilder gezeigt.

Auf der Fahrt nach Dundee fragte sich Kirsty, ob Fiona womöglich geahnt hatte, dass diese Suche nach Livie ihr Leben auf den Kopf stellen würde.

»Es ist immer gut, neue Wege zu gehen, nicht wahr, Otis? Vermisst du ihn auch?« Sie streckte die Hand nach dem Hund aus, der angeschnallt neben ihr lag. Sie waren ein gutes Team, zwei entwurzelte Seelen, die sich gefunden hatten. Wenn sie Fin allzu sehr vermisste, was häufiger vorkam, als ihr lieb war, las sie in seinem Buch, das sie auf ihr Handy geladen hatte. In manchen Passagen meinte sie, seine Stimme zu hören, in anderen fragte sie sich, wie viel von ihm selbst in den Zeilen steckte und was reine Fiktion war. Konnte man das überhaupt trennen? Sie hätte ihn gern so viel über dieses Buch gefragt, schon damals, als er noch auf Tiree gewesen war. Doch seine Schreibblockade hatte sie davon abgehalten. Solange diese ihn beherrschte, war das Schreiben ein rotes Tuch für ihn. Und dabei war er ein Meister der Worte, das musste sie zugeben. Einen Satz mochte sie besonders gern. Der Protagonist war auf der Suche nach seinem verschwundenen Bruder auf einer Atlantikinsel gestrandet und stand auf einem Felsen am Meer. Dort reflektierte der Protagonist sein Leben, das von Rastlosigkeit und dem Streben nach Erfolg geprägt gewesen war. »Ich habe immer den richtigen Augenblick verpasst.«

Darin lag so viel, dachte Kirsty und hielt an einer Ampel. Man musste sich entscheiden, handeln – und das im richtigen Augenblick. Sonst blieb das Leben nichts weiter als eine Reihe von verpassten Gelegenheiten. Die Ampel schaltete um, und sie gab Gas. Nach Dundee fuhr man nur eine halbe Stunde, durch satte grüne Hügel und den Wald rund um Glamis Castle. Wo steckte Fin? Sie hatte keine Adresse von ihm, nur seine Handynummer. Warum sendete er nicht wenigstens eine Textnachricht?

»Wir laufen ihm nicht hinterher, Otis. Erinnere mich daran, wenn ich ihn zu sehr vermisse, was absolut inakzeptabel ist, so wie er sich einfach aus dem Staub gemacht hat. Feigling!«, sagte sie laut, und Otis spitzte die Ohren.

»Nein, du nicht. Du bist der tapferste und klügste Hund, den ich kenne!«

Sie packte das Lenkrad fester und wappnete sich für das Wiedersehen mit ihrer Familie. Konnten sie nicht einsehen, dass sie zufrieden war mit dem, was sie hatte? Sie fuhr bereits durch die Stadt und steuerte auf das West End zu. In dem beliebten Viertel rund um die Universität und nahe dem Magdalen Park wohnten ihre

Eltern. Das Architekturbüro lag nur wenige Gehminuten entfernt nahe dem Contemporary Art Centre. Das beklemmende Gefühl, das sie schon als Kind empfunden hatte, wenn sie die lange Auffahrt mit dem Rad hinaufgefahren war, stellte sich auch jetzt ein. Das große Anwesen war im edwardianischen Stil erbaut und von ihrem Vater mit kubistischen Elementen in die Gegenwart geholt worden. Kirsty parkte auf dem Kieshof zwischen dem SUV ihres Bruders und dem Cabriolet ihrer Mutter. Sie tätschelte ihren kleinen Wagen, der wie ein Fremdkörper zwischen den teuren Vehikeln wirkte.

»Mach dir keine Gedanken, wir fahren bald wieder.«

Otis sprang heraus und lief auf die akkurat gemähte Rasenfläche, um sich an einer der antiken Skulpturen zu erleichtern. Kirsty tat so, als hätte sie das nicht gesehen, ging zum Treppenaufgang und klingelte. Als die Tür geöffnet wurde, stand Otis neben ihr und lief direkt in die Halle.

»Hallo, Mum«, begrüßte Kirsty ihre überraschte Mutter.

»Hallo, Kirsty! Du hättest ruhig anrufen können. Ich habe gleich einen Termin mit den Damen vom Rotary Club. Wirklich traurig, dass du nicht zum Geburtstag deines Vaters gekommen bist.« Jennifer Paterson hob eine ihrer perfekt gezupften Brauen, strich sich über das Tweedkostüm, das ihre schlanke Figur betonte, und schien sich endlich daran zu erinnern, dass eben ihre Tochter eingetreten war. Sie umarmte Kirsty und hauchte ihr Küsse auf die Wangen.

Doch sofort ließ sie ihre Tochter los und hob schnuppernd die Nase. »Es müffelt. Bist du das? Sieh dich an, als wärest du drei Wochen durch die kanadische Wildnis gewandert.« Jennifer streckte suchend die manikürten Finger aus. »Ah, der Hund! Wie kommt denn der hier herein! Pst, hierher, hey!«

»Krieg dich wieder ein, Mum. Das ist mein Hund. Otis!«

Freundlich wedelnd kam Otis aus dem Wohnzimmer, das er bereits inspiziert hatte.

»Ein Hund gehört nach draußen, in den Stall oder in einen Zwinger, aber nicht ins Haus!«

Kirsty verdrehte die Augen. »Er pinkelt schon nicht auf deine kostbaren Teppiche.«

Kühl wurde sie von Jennifer gemustert. »Das machst du, um mich zu provozieren. Ich kenne dich, Kirsty. So warst du schon als Kind, immer gegen alles, was wir für dich getan haben.«

Es ging schon wieder los. »Mum, hättet ihr euch die Mühe gemacht, mich zu fragen, was ich will, hätten wir uns eine Menge Ärger ersparen können.«

»Du warst ein widerspenstiges Kind, das auf ein Internat gehört hätte. Vielleicht wäre dann etwas aus dir geworden.« Mit schmalen Lippen stand ihre Mutter vor ihr, darauf bedacht, Otis nicht berühren zu müssen, der sich vor Kirsty gestellt hatte.

Es war so unsinnig, dachte Kirsty, dass es beinahe amüsant war. Ein resigniertes Lächeln umspielte ihre Lippen. »Akzeptieren wir doch einfach, dass wir grundverschieden sind, Mum. Schwarze Schafe gibt es in den besten Familien. Und du hast doch eine perfekte Schwiegertochter, da fällt die nicht vorzeigbare Tochter gar nicht mehr ins Gewicht.«

Noch nie hatte sie so selbstbewusst und dabei ruhig mit ihrer Mutter gesprochen. Das musste an Otis liegen, in dessen Gegenwart sie sich stark und sicher fühlte. Vielleicht waren es auch die vergangenen Wochen mit Fin, in denen sie viel über sich selbst gelernt hatte.

Auch ihre Mutter schien das zu spüren, denn sie veränderte ihre Haltung, faltete die Hände vor dem Körper und sagte: »Ich wollte immer nur das Beste für dich, Kirsty.«

»Wir haben eben unterschiedliche Vorstellungen davon, was das Beste ist. Und dabei sollten wir es belassen. Ist Dad da? Ich möchte mit ihm und Ethan über das Rosencottage sprechen. Außerdem habe ich ihm etwas mitgebracht.«

»Was ist nur plötzlich los mit dir? Du bist ja so zielstrebig geworden.« Jennifer machte eine einladende Handbewegung. »Lass uns in die Küche gehen. Da können wir einen Kaffee trinken. Hast du schon gegessen?«

»Nein, und Otis auch nicht.«

Gemeinsam gingen sie in die Küche, in der ein großer Esstisch vor einem Küchenblock stand. Die Einrichtung war im Landhausstil gehalten, Töpfe und Pfannen hätten jeden Spitzenkoch begeistert, nur wusste Kirsty, dass Jennifer selten kochte. Dafür hatte sie Hausangestellte. Als sie sah, dass ihre Mutter den Klingelknopf drücken wollte, sagte sie: »Lass nur. Ich kann mir ein Sandwich machen, und du machst uns einen Cappuccino.

Die Maschine sieht aus, als bräuchte man einen Führerschein, um sie zu bedienen.«

Ihre Mutter lachte und ging zu dem Ungetüm aus Chrom, auf dem ein italienischer Name prangte. »Ich muss schon sagen, Kirsty, du überraschst mich.«

»Ich nehme das mal als Kompliment, Mum.« Kirsty öffnete den Kühlschrank, fand eine Schale mit geschnittenem vorgekochtem Hühnerfleisch und stellte sie Otis hin.

33

Die Espressomaschine ratterte, und der Duft von frisch gemahlenen Kaffeebohnen hing in der Luft, als ein Wagen vorfuhr und kurz darauf die Haustür geöffnet wurde.

»Das wird dein Vater sein«, meinte Jennifer Paterson und stellte die Maschine ab.

»Jenn? Bist du noch da?«, rief George Paterson.

»In der Küche, Schatz!«, rief ihre Mutter.

»Lieber Gott, was machst du denn da? Und wem gehört der Wagen? Haben wir etwas bestellt?« George Paterson kam dynamischen Schrittes durch den Flur und trat durch die offene Tür.

Hinter ihm war das affektierte Gelächter von Kirstys Schwägerin zu hören. Kirsty legte das Messer auf den Teller mit den Brotscheiben, wischte sich die Hände an einer Stoffserviette ab und erhob sich.

Die trügerische Gemütlichkeit des familiären Zusammenseins von Mutter und Tochter war beendet. Ihr Vater trug ein Sakko zu seiner dunklen Jeans, genau wie Ethan, der mit seiner Frau eintrat. Scarlett sah wie immer perfekt gestylt aus in einer schmalen Hose, Lederjacke und Stiefeletten, die zur Farbe der Designerhandtasche passten.

»Die verlorene Tochter!« Ihr Vater kam zu ihr, nahm sie in den Arm und drückte sie kurz an sich. »Schade, dass du nicht zu meinem Geburtstag kommen konntest.«

Die Enttäuschung in seinen Worten war ehrlich, und plötzlich tat es Kirsty leid, dass sie nicht gekommen war. Sie lächelte entschuldigend. »Alles Gute nachträglich, Dad. Tut mir leid, aber ich passe einfach nicht auf solche Veranstaltungen. Ich habe dir etwas mitgebracht.«

»Otis, komm mit!« Kirsty verließ die Küche und ging, gefolgt von Otis, nach draußen, um das Gemälde aus ihrem Wagen zu holen. Als sie mit dem in Zeitungspapier gewickelten Bild die Stufen hinaufstieg, atmete sie noch einmal durch.

Ihre Familie stand noch immer in der Küche, nur war die Hausdame dazugekommen und machte sich an der Espressomaschine zu schaffen.

»Wir könnten ja auch in den Salon gehen«, schlug Scarlett vor.

Doch Jennifer schüttelte den Kopf. »Sie hat dieses Tier dabei.«

»Der Hund kann doch in der Küche bleiben«, meinte Scarlett. »Pass bitte auf ihn auf, er scheint mich nicht zu mögen.«

Kirsty grinste. »Er heißt Otis und ist ein sehr intelligenter Hund.« Sie wandte sich ihrem Vater zu, der sie abwartend ansah.

»Das ist aus meiner neuen Serie. Happy Birthday!« Sie drückte ihm die Leinwand in die Hände und trat ein wenig nervös zurück.

»Wie originell!«, flötete Scarlett.

Ethan führte seine Frau zum großen Esstisch, wo sie sich zu ihm setzte. Während Kirsty ihren Vater dabei beobachtete, wie er das Bild auspackte, bereute sie ihren spontanen Entschluss.

»Zur Not kannst du es im Kamin verfeuern«, sagte sie leichthin, obwohl sie es nicht so meinte.

George Paterson war ein erfolgreicher Architekt, und er zeichnete selbst gern. Bedächtig hielt er das Bild von sich und betrachtete es lange. Dann nickte er: »Das ist wirklich gut, Kirsty. Es wird einen Ehrenplatz in meinem Büro bekommen. Danke!«

Er reichte das Bild seiner Frau und ging zu seiner Tochter, um sie in die Arme zu nehmen. Kirsty war so überwältigt von diesem unerwarteten Lob, dass sie nicht wusste, was sie sagen sollte. Doch ihr Vater klopfte ihr auf die Schulter: »Darauf sollten wir anstoßen. Bertha, haben wir noch einen Champagner kalt gestellt?«

»Selbstverständlich, Sir. Ich bringe die Gläser.«

»Im Salon, bitte. Dein Hund ist doch sicher stubenrein?«, fragte ihr Vater, und Kirsty nickte.

»Wirklich, George, das geht nicht!«, protestierte Jennifer.

»Warum nicht? Ein paar Hundehaare bringen uns nicht um. Wenn wir unsere Tochter schon mal zu Besuch haben.«

Kirsty blieb dennoch argwöhnisch. Vielleicht war das eine neue Taktik, und wenn sie sich sicher fühlte, kam er mit einem neuen Vorschlag für das Land auf Tiree. Immerhin, die ganze Familie marschierte ins große

Wohnzimmer, wo über dem weißen Marmorkamin ein Hirschgeweih prangte. Ihr Vater und Ethan jagten beide, was Kirsty schon als Kind abgelehnt hatte. Ihre Mutter hatte zwar keinen Jagdschein, begleitete die Männer jedoch gern, genau wie Scarlett.

»Taugt der Hund für die Jagd? Vielleicht ist er ja schussfest?«, meinte Scarlett. »Was ist das überhaupt für ein Mix?«

»Kein Mix, ein Australian Cattle Dog. Wäre mir aber auch egal, Scarlett. Er ist einfach ein wundervoller Hund, ein mutiger und loyaler Freund, das ist alles, was zählt.« Kirsty streichelte Otis.

»Und was ist aus deinem Mitbewohner geworden? Der war doch sehr engagiert, als ich da war«, sagte Ethan. »Finlay Stewart, nicht wahr?«

»Der Autor?«, hakte Scarlett nach. »Das hast du gar nicht erwähnt, Darling.«

»Der hat sich ja förmlich als dein Beschützer aufgespielt. Läuft da was zwischen euch?«

Scarlett fuhr sich durch die Haare und hob eine Augenbraue.

»Ach, Ethan, du hast mich ja auch überfallen. Fin wollte mich einfach nur unterstützen.« Kirsty holte tief Luft. »Ich bin gekommen, um Dad zu gratulieren und euch mitzuteilen, dass ich auf Tiree bleiben werde. Fiona hat mich immer verstanden und mir das größte Geschenk gemacht, einen Ort, an dem ich mich zu Hause fühle.«

Bertha kam mit einem Tablett herein, das sie auf die Anrichte stellte. »Ich habe mir erlaubt, rasch ein paar Canapés herzurichten.«

Jennifer fiel es schwer, den Blick von ihrer Tochter zu nehmen. »Danke, Bertha, sehr freundlich.«

George ging zur Anrichte und goss Champagner in fünf Gläser, nahm zwei und ging zu seiner Tochter. »Kirsty, lass uns anstoßen.«

Er lächelte, und es lag ein flehentliches Bitten um Verzeihung darin, das sie noch nie bei ihm gesehen hatte.

Sie ließ ihr Glas leise klingend mit seinem zusammenstoßen. »Auf dein Wohl, Dad!«

»Auf deins, Kirsty!«

Er schien noch etwas sagen zu wollen, doch ihre Mutter und die anderen beiden traten dazu und stießen mit ihnen an.

»Cheers!«

Kirsty ging zur Anrichte, nahm eins der Canapés und biss hinein. »Hm, die sind gut. Otis!«

Der Hund lief zu ihr und fing den Bissen geschickt auf. Kirsty stellte das Glas ab. »Es war mir ein Fest, ihr Lieben, aber ich muss leider weiter. Ich habe noch einen Termin in Glasgow.«

»Kirsty!«, rief ihre Mutter, doch ihr Vater sagte: »Lass, ich mach das.«

George ging zu seiner Tochter, legte ihr den Arm um die Schultern und verließ mit ihr den Salon. In der Halle blieb er stehen und sah sie an.

»Was haben wir nur falsch gemacht, dass du uns so hasst?«

Kirstys Augen füllten sich mit Tränen. »Das tue ich nicht, Dad. Dich schon gar nicht. Aber ihr habt mir immer das Gefühl gegeben, dass ich euren Ansprüchen nicht genügen kann. Egal, was ich getan habe, es war nie gut genug.«

Die Augen ihres Vaters schimmerten ebenfalls feucht. »Es tut mir leid. Das habe ich nie gewollt. Jetzt sehe ich einige Dinge anders, aber es scheint, als wäre es zu spät. Oder denkst du, wir haben noch eine Chance?«

Sie biss sich auf die Lippe. »Ich werde nie sein wie Ethan oder Scarlett. Ich liebe das Meer, Tiree, die Natur, und ich will malen. Ich weiß, dass ich es damit schaffen kann. Wenn du mir vertraust und mich so akzeptieren kannst, dann haben wir eine Chance.«

Er war doch nicht krank? Sie umarmte ihren Vater und drückte ihm einen Kuss auf die Wange. »Ich muss los. In Glasgow treffe ich mich mit jemandem, der auf mich wartet.«

»Dieser Autor?«

Sie schüttelte den Kopf. »Oh nein, jemand, dem ich Antworten versprochen habe. Fiona hat mir eine Aufgabe gestellt, die ich beinahe erfüllt habe.«

Ihr Vater legte einen Finger unter ihr Kinn und sah sie gedankenverloren an. »Du ähnelst meiner Mutter so sehr, Kirsty. Erzählst du mir irgendwann, was du für sie herausfinden solltest?«

Sie nickte.

Otis lief um sie herum und schien es nicht erwarten zu können, das Haus zu verlassen.

»Ich mag deinen Hund. Ich hatte früher einen, aber deine Mutter wollte nie Tiere im Haus.« Er streckte die Hand nach Otis aus, der sie beschnupperte.

Kirsty grinste. »Warum holst du dir nicht jetzt einen Hund?«

Ihr Vater lachte. »Wer weiß, bald habe ich genug Zeit.«

»Du hörst auf?« Er war in dem Alter, in dem andere schon längst in Rente gegangen waren. Warum sollte er seinen Lebensabend nicht ruhiger gestalten?

»Ich spiele schon länger mit dem Gedanken.« Er seufzte. »Nun, wir werden sehen. Es war schön, dich zu sehen, Kirsty.«

»George!«, rief Jennifer und kam in die Halle.

»Auf Wiedersehen!« Kirsty verließ mit Otis das Haus und sah sich nicht um, bis sie die Auffahrt verlassen hatte.

In ihr kämpften die widersprüchlichsten Gefühle, aber sie war nicht so niedergeschlagen wie sonst, wenn sie ihre Eltern gesehen hatte. Diesmal hatte ihr Vater einen Schritt auf sie zugetan. Sie hoffte nur, dass es keinen ernsten Grund dafür gab.

Mary rief sie an, als sie Dundee gerade verlassen hatte, und teilte ihr mit, dass Rose sich im Café ihrer Tochter, Rowan, mit ihr treffen wollte. Wie Mary es erwartet hatte, war Rose überrascht und neugierig, was Kirsty ihr zu sagen hatte. Glasgow war eine Hafenstadt und ehemaliges Industriezentrum, hatte sich in den vergangenen Jahren aber zu einer der Kulturhauptstädte Europas entwickelt. Kirsty war früher oft hier gewesen. Mit ihren Freunden hatte sie nachts in den Clubs gefeiert und war tagsüber in die Galerien gegangen, um sich die neusten Kunsttrends anzusehen. Die Glasgow School of Art war Ende des neunzehnten Jahrhunderts vom Jugendstil-Architekten Charles Rennie Mackintosh entworfen worden und hatte viele bedeutende Künstler hervorgebracht. Kirsty mochte den Designstil von Mackintosh sehr, wie sie überhaupt offen für verschiedene Kunsteinflüsse war. So schätzte sie auch die Arbeiten von Norah Neilson Gray, vor allem deren Porträts aus den 1920ern, orientierte sich jedoch nicht bewusst an Trends oder Stilrichtungen, sondern verfolgte ihren eigenen Weg.

Während sie durch die Stadt zur Byres Road nahe dem Kelvingrove Park fuhr, nahm sie die Veränderungen der stetig wachsenden Stadt wahr. Hier im West End, wo die Universität lag, vibrierte die Kunst- und Geschäftsszene, es entstanden Hotels, Shoppingzentren und Galerien, doch es gab noch immer die Problemviertel wie Drumchapel oder Castlemilk, in denen Jugendgangs, Drogen und Kriminalität das Leben bestimmten.

Otis saß neben ihr und sah aus dem Fenster. Er fuhr gern Auto, und die meiste Zeit über schlief er.

»Ah, das muss es sein, und yep, wir haben sogar einen Parkplatz.« Kirsty hatte die Seitenstraße gefunden, in der sich das *Café Antares* befand.

Das Café befand sich in einem klassischen zweistöckigen Gebäude des neunzehnten Jahrhunderts, der Gehweg wurde von Kastanien gesäumt, an denen Fahrräder lehnten, und Passanten flanierten zu beiden Seiten der Straße. Kirsty nahm Otis an die Leine und betrat das Café, das hell und modern eingerichtet war. An den Wänden hingen Arbeiten zeitgenössischer Künstler schottischer Herkunft, wenn sie sich nicht täuschte.

Kirsty blieb in der Raummitte stehen, gefesselt von einem stilisierten Blumenbild mit Vase, das faszinierend symmetrisch aufgebaut war und durch seine Linienführung und die intensiven, leuchtenden Farben bestach.

»Sie scheinen genauso fasziniert von Fiona Millars Bild wie ich.«

Kirsty fand sich einer Frau gegenüber, die Anfang vierzig sein mochte, eine kinnlange Pagenfrisur mit kurzem Pony trug und sie freundlich ansah. Sie war klein, zierlich und trug ein schwarz-weißes Minikleid, schwarze Strumpfhosen und kniehohe Stiefel. Otis stand brav neben Kirsty, schnupperte jedoch in Richtung der Küche, aus der es nach Rührei und Kaffee duftete.

»Danke, das ist sehr nett, mir gefallen die Bilder sehr, aber ich bin aus einem anderen Grund hier. Eigentlich habe ich eine Verabredung mit Rose Farnham. Mein Name ist Kirsty Paterson.« Fragend sah sie ihr Gegenüber an.

Die Frau streckte ihr die Hand entgegen. »Ich bin Rowan, ihre Tochter. Kommen Sie bitte mit, Mrs Paterson.«

Rowan führte Kirsty zwei Stufen hinauf in ein Büro, in dem ein Schreibtisch und eine Sitzgruppe standen.

»Wenn Sie kurz Platz nehmen möchten? Ich hole meine Mutter. Kann ich Ihnen einen Kaffee anbieten?«

»Danke, sehr gern.« Kirsty setzte sich in einen der Sessel und hieß Otis, sich neben sie zu legen. An den

Wänden hingen Landschaftsbilder. Küstenszenen mit pastosem Strich in leichter Manier gemalt. Kirsty erkannte Werke der in Edinburgh geborenen Malerin Sarah Carrington und Darstellungen der Highlands von Peter Goodfellow. Beide Maler gehörten zu den erfolgreichen schottischen Künstlern ihrer Zeit.

Eine junge Frau brachte ihr eine Tasse Kaffee und einen Teller mit Petits Fours, feines Gebäck aus geschichtetem Biskuitteig, der mit verschiedenen Cremes gefüllt und glasiert war.

»Haben Sie sonst noch einen Wunsch?«

»Nein, danke, das ist sehr nett, wirklich«, sagte Kirsty.

Das Gebäck war so köstlich, dass sie alles aufaß, was vielleicht nicht besonders elegant wirkte. Otis hatte sie kurz zuvor im Auto gefüttert, so dass er gesättigt und zufrieden ein Nickerchen auf dem Teppich machte.

Es dauerte etwas länger, doch dann kehrte Rowan in Begleitung ihrer Mutter zurück. Kirsty stand auf, um die ältere Dame zu begrüßen, die so viele Jahre nichts über ihre Herkunft gewusst hatte. Rose Farnham war so klein wie ihre Tochter und bewegte sich trotz ihres Alters mit der Grazie einer ehemaligen Tänzerin. Ihr graues Haar hatte einen violetten Stich und war kurz geschnitten. Ein Collier aus bunten Edelsteinen lag über einem dunkelblauen Rollkragenpullover, der die Farbe ihrer Hose hatte. Die grünen Augen von Rose Farnham weiteten sich kurz, als sie ihr die Hand reichte. Kirsty konnte nur von den alten Fotografien ausgehen, doch sie fand, dass Rose Livie sehr ähnlich sah.

»Es freut mich sehr, dass Sie Zeit für mich haben.«

»Oh, die Freude ist ganz meinerseits, Mrs Paterson.«

»Kirsty, bitte.«

Rose lächelte, setzte sich ihr gegenüber in einen Sessel und schlug die Beine übereinander.

»Bitte entschuldigt mich kurz, ich bin sofort zurück«, sagte Rowan und verließ das Büro.

»Meine Tochter hat so viel mehr aus dem Café gemacht. Sie veranstaltet Konzerte und stellt junge Künstler aus. Ich bin sehr stolz auf sie. Mary erzählte, dass Sie Künstlerin sind?«, begann Rose.

»Hat sie das gesagt? Ja, ich habe noch nicht ausgestellt, aber ich arbeite daran«, antwortete Kirsty. »Fiona, meine Großmutter, hat mir ihr Haus auf Tiree vermacht, und dort male ich jetzt.«

Das musste ziemlich einfach klingen, doch Rose sah sie interessiert an.

»Tiree muss ein besonderer Ort sein. Ich war noch nie dort.« Sie hielt inne. »War ich doch, nicht wahr? Nur wusste ich es bisher nicht.«

»Meine Großmutter war die Freundin Ihrer Mutter, Livie McMillan«, begann Kirsty. »Und Sie wurden als Kind einer großen Liebe geboren.«

Rose, deren ebenmäßig geschnittenes Gesicht von feinen Linien durchzogen war, presste sich ein Taschentuch gegen die Nase. »Ist das wahr?«

»Oh ja. Livie und Rory waren sehr jung und sehr verliebt, und sie wollten heiraten. Aber Livies Vater war ein brutaler Mensch, der seine Familie tyrannisiert hat. Seine Frau hat sich später das Leben genommen, weil sie es wohl nicht mehr ertragen hat, mit ihm unter einem Dach zu leben.«

»Wie schrecklich«, flüsterte Rose. »Erzählen Sie mir alles, Kirsty. Ich möchte alles über meine Eltern wissen.«

34

Kirsty schwieg. Sie hatte Rose alles mitgeteilt, was sie über das Schicksal von Livie und Rory herausgefunden hatte.

»Und was wurde aus Livie?«, fragte Rose und schnäuzte sich die Nase.

Rowan saß mit betroffener Miene im Sofa.

»Ich weiß es nicht«, sagte Kirsty leise. »Aber ich werde es herausfinden. Das habe ich Fiona versprochen, und ich verspreche es auch Ihnen …«

Rose stand auf und streckte die Hände nach ihr aus. Kirsty hatte sich ebenfalls erhoben und ließ sich von Rose Farnham umarmen.

»Bitte, sag Rose zu mir, Kirsty. Ich bin dir so dankbar, dass du dir die Mühe gemacht hast. Du kannst dir nicht vorstellen, was es mir bedeutet zu wissen, woher ich komme.« Die alte Dame ließ sie los und strich ihr über die Wange. »Du bist ein Engel, Kirsty, weil du Licht in einen Teil meiner Vergangenheit gebracht hast, der mich belastet hat.« Rose stand vor ihr, elegant und noch immer die extravagante Frau, die aus der Provinz in die Welt der Bars und Tanztheater gezogen war, um sich selbst zu finden. »Mein Herz war immer zerrissen, Kirsty. Aber ich wusste nicht, warum ich nicht glücklich sein konnte, was mich immer weitertrieb und mich beinahe zerstört hätte.«

Rowan sagte: »Oh, Mum, warum hast du nie mit mir darüber gesprochen? Wir hätten doch auch Nachforschungen anstellen können.«

»Das ist nicht so einfach, Rowan. Ich war mir nicht bewusst, dass es die Frage nach meiner ungeklärten Herkunft ist, die mich quält. Gleichzeitig hatte ich immer Angst vor dem, was ich herausfinden könnte. Und letztlich habe ich meine Unruhe, meine Rastlosigkeit auf meine Adoptiveltern geschoben, die mir nie das Gefühl gegeben haben, mich um meiner selbst willen zu lieben. Ich war eine billige Arbeitskraft für sie. Und dann war ich ja gerade mal ein Jahr bei ihnen, da wurde meine Ziehmutter schwanger, und sie haben mich in jeder Sekunde spüren lassen, dass ich nur geduldet bin. Wenn ich fleißig im Pub ausgeholfen habe, mir die Finger wundgespült habe und mir abends die Schultern vom Schleppen der Tabletts wehtaten, bekam ich ein freundliches Kopfnicken, und sie gaben mir einen Bruchteil des Trinkgelds.« Roses Züge verhärteten sich.

»Aber ich wurde älter und habe gelernt, wie das im Pub läuft. Das Trinkgeld habe ich sofort eingesteckt. Ich habe mir eine Tasche an meinen Gürtel genäht, von der sie nichts wussten. Und dann entdeckte ich meine Wirkung auf Männer und meine Stimme. Ich konnte singen und mich bewegen.« Rose lachte bitter. »Natürlich war meiner Adoptivmutter das zuwider. Aber sie hat geduldet, dass ich auftrat, weil das den Umsatz ankurbelte, weil der Pub dann voll war mit Männern, die mich mit ihren Blicken auszogen, die ihre Hände nicht bei sich behalten konnten und mich bis auf die Toilette verfolgten.«

Sie brach ab und räusperte sich. »Aber ich war kräftig genug, mich zu wehren. Alles habe ich gespart, um mich schließlich mit einundzwanzig abzusetzen. Damals war es nicht so leicht, sich als Frau allein durchzuschlagen.«

»Und was war mit Mary?«, wollte Kirsty wissen.

»Die kleine Mary konnte nichts dafür. Sie war immer brav und tat, was man von ihr verlangte. Sie war nicht stark genug, ihren eigenen Weg zu gehen. Geht es ihr gut?«

»Ich denke schon. Aber ich glaube, dass sie dich vermisst. Sie hat alle deine Postkarten aufgehoben«, sagte Kirsty.

»Wirklich?«, murmelte Rose und sank wieder in ihren Sessel. »Ja, vielleicht ist es Zeit für ein Wiedersehen. Jetzt könnte ich es.«

Rowan setzte sich zu ihrer Mutter auf die Sessellehne und nahm ihre Hand. »Wir können sie gemeinsam besuchen, Mum. Und was ist nun mit Livie? Hast du schon eine Spur, Kirsty?«

Kirsty freute sich, dass auch Rowan zum vertraulichen Du gewechselt war, und antwortete: »Sobald ich wieder auf Tiree bin, gehe ich das an. Ich bin davon überzeugt, dass der Schlüssel zu Livies Schicksal bei Matty liegt. Immerhin lebt er noch. Und wenn Brodric fort ist, sehe ich eine Chance, mit Matthew McMillan zu sprechen.«

»Halte uns auf dem Laufenden, Kirsty«, sagte Rose. »Und wenn wir in irgendeiner Form helfen können, lass es uns wissen.«

Kaum war Kirsty mit Otis wieder im Rosencottage, klingelte ihr Telefon.

»Hi, Kirsty!«, rief Mala von einem Ort, an dem es windig zu sein schien, denn es knisterte und rauschte in der Leitung.

»Mala, wie schön! Ich bin gerade zur Tür herein. Ich habe dir so viel zu erzählen!«

»Warte, warte. Das kannst du machen, wenn wir uns sehen.«

»So lange kann ich nicht warten!«

»Zehn Minuten? Oder wie lange braucht man vom Flughafen zu deinem Cottage?« Mala lachte.

»Du bist hier auf Tiree? Wow, ich bin gerade aus Glasgow zurück!« Kirsty hätte am liebsten vor Freude gequietscht, aber das wäre zu albern.

»Nächstes Mal melde ich mich wohl doch lieber an. Ich wollte dich überraschen. Und dann wäre der Flug beinahe gecancelt worden. Es war verdammt stürmisch, und die Maschine hat geschaukelt, dass mir kotzübel wurde. Jetzt suche ich nach einem Taxi.«

»Nein, bleib da, wo du bist. Ich hole dich ab!«

Es war ein stürmischer Novembernachmittag, und Tiree zeigte sich nicht von seiner Sonnenseite, aber Mala schien das nicht zu stören. Sie saß in dem kleinen Gebäude auf ihrem Koffer und nippte an einem Kaffee, den sie aus dem Automaten gezogen hatte. Als sie Kirsty und Otis sah, stellte sie den Becher ab und ging ihrer Freundin mit ausgebreiteten Armen entgegen.

»Ist das schön!«, sagte Kirsty und weinte vor Freude.

»Ich habe dich so vermisst, du verrückte Nudel!«, sagte Mala und drückte sie noch einmal fest an sich, bevor sie Abstand nahm und Kirsty ansah. »Du siehst gut aus! Ah, und du bist Otis, ja?«

Sie ging in die Knie und streckte die Hand nach dem Hund aus, der sie erst zaghaft, dann forscher beschnupperte und sich von ihr kraulen ließ. »Feiner Hund, ich habe ja schon viel von dir gehört, Otis.« Der Hund hielt den Kopf so, dass Mala seine Ohren besser erreichen konnte, und sie lachte. »Ja, du weißt, was gut ist.«

Mala hatte die langen schwarzen Haare zu einem losen Zopf gebunden. Sie trug einen bunten Schal zu Shirt und Strickjacke, eine dunkle Jeans und Wanderstiefel. Sie benötigte keinerlei Make-up, weil sie wunderschöne große Augen und einen sanft geschwungenen Mund hatte. Der einzige Schmuck, den sie trug, war ein Lederband mit einem geschnitzten Knochensymbol der Maori, das für Freundschaft stand. Kirsty hatte ihn aus Neuseeland mitgebracht.

»Du siehst auch gut aus, Mala, ein bisschen gestresst, aber das kriegen wir hier schnell hin. Was für eine wundervolle Überraschung! Hast du dir extra Urlaub genommen?« Kirsty nahm den Koffer der Freundin.

Mala nickte. »Du klangst so, als bräuchtest du eine Freundinnenschulter, und außerdem wollte ich endlich sehen, wo du abgeblieben bist.«

Kirsty seufzte. »Du bist die Beste! Komm, wir kaufen noch rasch etwas in Scarinish ein. Aber ich lade dich heute Abend zum Essen bei Susan und Patrick ein.«

»Und dann erzählst du mir alles. Ich platze vor Neugier!«

Drei Stunden später saßen sie an einem der begehrten Fensterplätze im *McNeil's* und stießen mit einem dunklen Craft-Bier an, das Susan ihnen empfohlen hatte.

»Auf dich, Mala, danke, dass du so eine gute Freundin bist!«

»Auf uns, Kirsty, auf die Freundschaft!«

Nach dem ersten Schluck sah Kirsty sich in Richtung Tresen um, wohin Otis verschwunden war. Doch Susan winkte und hielt den Daumen in die Höhe.

»Hier war Otis quasi mit seinem ersten Herrchen zu Hause. Susan und Patrick sind wundervolle Menschen. Ich bin froh, dass sie hier sind. Es ist nicht selbstverständlich, dass man Freunde findet, die auch noch das ganze Jahr über auf der Insel leben.«

Mala strich sich die langen Locken aus dem Gesicht und beugte sich vor: »Und wer ist der Typ, der hier serviert? Der schaut immer zu uns rüber.«

»Das ist Cam, der ist in Ordnung, ein Radsportler und Surfer. Und er sieht nicht zu uns, sondern zu dir rüber. Wundert dich das? Du bist das Highlight der Insel, wenn ich das mal so sagen darf.« Kirsty grinste, weil sie wusste, wie ungern Mala im Mittelpunkt der Aufmerksamkeit stand.

Ihre Freundin errötete leicht. »Ach, hör schon auf. So, jetzt erzähl mal. Nein, zuerst möchte ich wissen, was aus deinem Fin geworden ist.«

Seufzend drehte Kirsty das Pintglas. »Weiß ich nicht. Er ist weg, abgehauen. Als wir uns nähergekommen sind, wurde es ihm zu eng, und er hat sich aus dem Staub gemacht.«

»Wirklich? Vielleicht braucht er einfach Zeit, muss mit sich ins Reine kommen. Hattet ihr seither Kontakt?«

»Nein, und ich rufe ihn sicher nicht an. Ich laufe doch keinem Mann nach!«

»Sollst du ja auch nicht. Wie schade, so wie du von ihm gesprochen hast, hatte ich das Gefühl, dass da was zwischen euch ist, was Besonderes, Einmaliges. Aber hey, du wirst es besser wissen.« Mala sah sie an.

»Hm, was soll ich denn machen? Er hat seine Familie verloren und fühlt sich schuldig, weil er überlebt hat.«

»Ja, das ist eine schwierige Situation, aber das ist ja nun ein paar Jahre her. Und er ist ein attraktiver Mann. Du kannst mir nicht erzählen, dass er jetzt als Mönch lebt.«

Kirsty lächelte versonnen. »Oh nein.«

»Dann kämpft er wohl mit sich, mit inneren Dämonen, die ihn vom Schreiben abhalten. Und er trinkt zu viel, hast du gesagt.«

»Ja, Frau Psychiater. Als wir uns kennenlernten, wirkte er ziemlich fertig. Aber das hat sich gebessert. Er hat zugegeben, dass ihm die Zeit auf Tiree viel bedeutet hat.«

»Also auch die Zeit mit dir, hauptsächlich die Zeit mit dir, würde ich mal behaupten. Ach, Kirsty, gib ihn nicht auf. Es wirkt doch fast so, als solltet ihr euch hier treffen, als wärt ihr füreinander bestimmt. Das war Schicksal, und vielleicht hat deine kluge Großmutter das gewusst. Sie hat ihn doch kennengelernt und ihm das Cottage vermietet, oder?«

»Ja, das stimmt. Und es würde zu Fiona passen, Fin mit Hintergedanken als Mieter aufgenommen zu haben. Ich vermisse sie so sehr, Mala. Ich wünschte, wir hätten noch einen Sommer im Rosencottage gehabt.«

Cam kam mit dem Essen und stellte zuerst einen Teller vor Mala ab und dann einen vor Kirsty. »Gemüse und Soße kommt gleich.«

»Danke, Cam«, sagte Kirsty. »Sag mal, was ist eigentlich mit Brodric? Er ist nicht wiedergekommen, oder?«

Cam nickte mit ernster Miene. »Nein. Nur ist Matthew jetzt allein. Aber soweit ich weiß, hat er eine wöchentliche Bestellung beim Supermarkt in Scarinish aufgegeben. Die beliefern ihn. Tja, solange er kann, wird er in seinem Haus bleiben. Stur, wie er ist.«

»Wenn er sich noch versorgen kann, ist das ja in Ordnung. Schwierig wird es, wenn er medizinische Betreuung braucht«, gab Kirsty zu bedenken.

Das Essen duftete so gut, dass sie sich mit der Zunge über die Lippen fuhr. Sie hatten gebackenen Lachs in Zucchinikruste, Kartoffelgratin und Salat bestellt.

»Das ist nicht mein Problem. Ich hole euch jetzt die Beilage.«

Cam verschwand, und Mala sagte: »Auf diesen Matthew ist er nicht gut zu sprechen.«

»Niemand, den ich kenne, mag die McMillans, und das aus gutem Grund. Guten Appetit, Mala!«

Nach dem Essen berichtete Kirsty bei einem Espresso von ihren Nachforschungen und ihrer bewegenden Begegnung mit Rose.

»Allein deshalb hat sich die Mühe gelohnt. Sie wirkte so erleichtert und befreit«, sagte Kirsty.

»Kein Wunder, du hast ihr ein wichtiges Puzzlestück ihres Lebens gegeben. Sie war unglücklich und wusste nicht, warum. Vielleicht geht es nicht jedem Menschen so, aber bei ihr war es eine Sehnsucht nach ihren Wurzeln, das Verstehen, warum sie sich nie zugehörig fühlte. War Livies Mutter eigentlich verrückt? Sie hat sich umgebracht, sagtest du.«

»Schwer zu sagen. Ich denke, Selma war verzweifelt, hatte sich aufgegeben. Das muss ein trostloses, von Gewalt bestimmtes Leben für sie und Livie gewesen sein. Und ich wünsche mir für Livie, dass sie ihr Glück schließlich noch in Kanada gefunden hat.«

»Wenn das wahr ist …«, sagte Mala nachdenklich.

»Hm, ja, wenn ich doch nur einen Hinweis auf Livies Verbleib finden könnte. 1940 soll sie fortgegangen sein. In dem Jahr ist ihr Lieblingsbruder Paddy gefallen, und ihre Mutter ist gestorben. Es würde schon Sinn ergeben, dass Livie dann nur noch fortwollte. Es gab niemanden mehr in ihrem Haus, der sie beschützte, der sie liebte.«

»Gibt es Militärarchive, in denen man so was finden könnte?«, schlug Mala vor.

»Keine Ahnung. Ich frage Mrs Lamont, die kennt sich mit Tirees Geschichte aus. Noch einen Absacker, bevor wir gehen?«

Mala grinste. »Gern, und nach dem zweiten hast du vielleicht genügend Mut, um Fin anzurufen. Seine Nummer hast du, oder?«

»Keine Adresse, nur seine Handynummer. Eigentlich sagt das doch genug. Er will keinen Kontakt. Nein, Mala, ich rufe ihn nicht an.«

Ihre Freundin nahm seufzend ihre Hand. »Wie schade, aber wer braucht schon eine komplizierte Beziehung?«

Mala blieb eine Woche, in der sie redeten, lachten, herumalberten, lange Spaziergänge unternahmen, und weil Cam Mala einen Neoprenanzug lieh, gingen sie sogar gemeinsam surfen. An einem Nachmittag am Strand saßen sie auf ihren Surfbrettern und beobachteten den Swell, der nach anfänglicher Flaute kräftiger hereinkam. Otis jagte Möwen hinterher, und zwei Surfer paddelten gerade nach draußen.

»Hast du eigentlich keine Angst, allein hier zu leben? Ich denke da an den Überfall. Du nimmst das ziemlich leicht, Kirsty.«

Kirsty zog mit einem Stück Strandholz Linien in den Sand und verwischte sie, als sie merkte, dass sie ein F gezeichnet hatte.

»Nein, ich habe ja Otis, passe jetzt besser auf, und ich bin mir sicher, dass Brodric dafür verantwortlich war, und der kommt nicht wieder.«

Ein skeptischer Blick traf sie. »Warum nicht? Das kannst du doch nicht wissen.«

»Ach, warum denn, der wollte mir nur Angst einjagen. Wahrscheinlich war er von Matty aufgestachelt worden. Matthew McMillan ist ein boshafter, verbitterter alter Mann, was schert es ihn, wenn ich ein paar Fragen stelle? Niemand interessiert sich noch für ihn.«

Mala war nicht zufrieden. »Pass auf dich auf, Kirsty, und geh nicht im Dunkeln allein durch die Dünen.«

»Ja, Mum!«, frotzelte Kirsty.

»Okay, ich hör schon auf damit. Was machst du eigentlich zu Weihnachten?«

»Mir wird kalt, lass uns noch eine Runde surfen oder nach Hause gehen«, meinte Kirsty.

»Du weichst mir aus. Weihnachten? Du könntest mit mir und meiner Familie in Edinburgh feiern.« Mala stand auf und nahm das Brett unter den Arm. »Noch eine Runde. In dem kalten Wasser verbrenne ich wenigstens Kalorien.«

»Hast du nicht nötig. Werd bloß nicht so dürr.«

»Keine Sorge, dafür esse ich zu gern. Und indisches Essen ist nicht der klassische Schlankmacher. Du bist herzlich willkommen, immer.« Sie warf ihr Brett ins Wasser. »Brrr, kalt!«

»Ich denke drüber nach, danke, Mala.«

Als sie später mit nassen Haaren aus der Dusche kam, klingelte ihr Telefon auf dem Küchentisch. Sie stutzte. Fins Name stand auf dem Display.

Mala stand in der Küche und bereitete zum Abschied ein indisches Essen zu. »Willst du nicht rangehen?«

Sie linste über den Tisch und stieß Kirsty an. »Na los!«

Als Kirsty zögerte, tippte sie auf Annahme und sagte: »Hallo, hier bei Kirsty Paterson, sie ist gleich da!«

Dann gab sie Kirsty einen Schubs, und die nahm endlich das Telefon in die Hand. »Hi!«

»Hi, Kirsty«, kam es ein wenig verhalten von Fin. »Wolltest du nicht drangehen?«

»Ich, doch, klar. Ich komme gerade aus der Dusche.« Sie rollte die Augen, was erzählte sie da. »Wir waren surfen. Super Swell heute.«

»Zu kalt«, rief Mala und grinste.

»Das ist meine Freundin Mala. Sie ist aus Edinburgh zu Besuch.«

»Das freut mich für dich. Wie geht es dir?«

Was wollte er eigentlich? »Gut, danke, und dir?«

»Nicht so gut. Ich vermisse dich, Kirsty.«

Wow, das hatte sie nicht erwartet. Sie sah kurz zu Mala, hob die Schultern und ging ins Wohnzimmer, wo sie sich ins Sofa vor den brennenden Kamin in eine Decke kuschelte.

»Aha.«

»Ich hab's verdient, dass du sauer auf mich bist.«

»Bin ich nicht. Enttäuscht.«

»Das ist schlimmer. Kirsty, es tut mir leid. Ich wollte dich nicht verletzen.«

»Wir hätten miteinander reden können. Das soll helfen, sich besser zu verstehen, habe ich gehört.«

Er lachte. »Ich vermisse dich und deinen Humor!«

»Geh ins Kabarett, da sind sie auf Gags spezialisiert.«

»Okay, ich hätte dir sagen müssen, wie ich mich fühle, aber du weißt ja, dass Männer sich damit schwertun.«

»Lahme Entschuldigung, Fin. Du bist Schriftsteller. Ich weiß, dass du dich sehr gut ausdrücken kannst.«

Otis lag vor dem Kamin und hob den Kopf.

»In meinen Romanen ja, im richtigen Leben bin ich nur halb so gut mit Worten.«

»Deshalb hast du mir diesen ausführlichen Brief geschrieben, ja? Das war sehr erhellend.« So leicht wollte sie es ihm nicht machen. »Wo bist du überhaupt, oder ist das eins von deinen Geheimnissen?«

»In London. Ich bin nach London gefahren, weil ich hier noch einiges aufzuarbeiten hatte. Und ich habe die Wohnung verkauft.«

»Du hast deine Londoner Wohnung verkauft? Warum? Da ist doch dein Verlag, oder?«

»Schreiben kann ich überall, hier nicht mehr, seit dem Unglück. Ich wollte einen Schnitt machen, einen Neuanfang finden. Und den Anstoß dazu hast du mir gegeben.«

»Das freut mich. Eigentlich musst du dich bei Fiona bedanken, denn die hat dich hierhergebracht.« Sie beobachtete das leise knisternde Feuer.

»Fiona, ja, ich finde, wir beide verdanken ihr einiges. Hast du gemalt?«

»Eine ganze Serie, und sie ist gut geworden, nein, sehr gut! Stell dir vor, sogar mein kritischer Vater hat das Bild gelobt, das ich ihm zu seinem Geburtstag geschenkt habe. Ich war in Dundee und in Glasgow. Zuerst in Kirriemuir. Sehr aufschlussreich, das kann ich dir sagen.«

»Es geht um Livie?«

»Ich gebe dir eine Kurzfassung.« Als sie mit Rose und ihrem Dank schloss, seufzte sie. »Es hat sich gut angefühlt.«

»Das glaube ich dir gern, Kirsty. Du hast sie also gefunden. Ich habe nicht mehr daran geglaubt – oder doch. Wenn jemand das Unmögliche schafft, dann du.«

»Schmeichler«, meinte sie, musste jedoch lächeln.

»Ich meine es genau so. Du hast mich aus meinem dunklen Loch geholt. Ich habe übrigens keinen Tropfen mehr getrunken, seit ich von Tiree weg bin.«

Ihr Magen zog sich zusammen, weil sie spürte, dass es ihm ernst war. »Das ist wundervoll, Fin. Ich freue mich für dich. Hast du zu schreiben begonnen?«

»Noch nicht, aber ich habe eine Idee. Deshalb rufe ich an.«

Ihr Herz fühlte sich plötzlich sehr schwer an. »Ach ja?«

»Ich bin davon überzeugt, dass ich nur auf Tiree einen neuen Roman schreiben kann. Das Rosencottage war wie ein Heilmittel.«

»Tut mir leid. Jetzt lebe ich hier. Aber es gibt sicher genügend Ferienhäuser, die du mieten kannst.«

Es dauerte einen Moment, bis er sagte: »Tja, ich kann verstehen, dass du dich nicht auf mich einlassen willst. Nach allem …«

»Hör mal, Fin, was willst du eigentlich? Möchtest du

hier ein Zimmer mieten, oder willst du mich wiedersehen? Ich dachte, du erlaubst dir nicht, wieder glücklich zu sein, von Liebe spreche ich ja gar nicht.«

»Ich möchte dich wiedersehen, Kirsty, und Otis auch. Stell dir vor, ich habe an einen Hund gedacht!«

»Ist das denn so merkwürdig? Ich kann mir ein Leben ohne Otis nicht mehr vorstellen.«

»Und ich kann mir ein Leben ohne dich nicht mehr vorstellen«, kam es sanft aus London.

Kirsty erstarrte und presste das Telefon an ihr Ohr. »Sag das noch mal!«

»Ich möchte dich wiedersehen und herausfinden, was das mit uns ist«, sagte Fin.

»Wir hatten guten Sex, das hast du doch schon festgestellt.«

»Kirsty, du weißt, dass ich das nicht so gemeint habe. Damals war ich noch nicht so weit. Es ging mir zu schnell, und ich hatte Angst vor zu viel Nähe.«

»Und jetzt ist alles anders? Du bist in London zu einem anderen Menschen geworden? Oder hoffst du nur, dass du hier endlich dein nächstes Buch schreiben kannst?« Sie feuerte die Fragen ab, ohne darüber nachzudenken, und sah aus den Augenwinkeln, wie Mala den Kopf schüttelte und die Hände rang.

»Okay, ich glaube, wir sprechen ein anderes Mal weiter. Es war schön, deine Stimme zu hören, Kirsty. Mach's gut!« Er legte auf.

Kirsty warf das Telefon in eine Sofaecke. »Arrrggggh! Ich hab's verbockt! Verdammt, Mala, ich hab's gerade eben so richtig verbockt.«

»Das habe ich gehört. Ruf ihn zurück und entschuldige dich!«, meinte ihre Freundin.

»Nein! Ich weiß doch nicht, ob er es wirklich ernst meint. Der bringt es fertig und benutzt mich nur, um sein neues Buch zu schreiben.«

Mala stemmte eine Hand in ihre Hüfte und schwang mit der anderen einen Kochlöffel. »Nein, das traue ich ihm nicht zu. So fies ist er nicht, nicht nach dem, was du mir über ihn erzählt hast.«

Kirsty schwang die Beine vom Sofa. »Ich föhne meine Haare trocken. Lass mich darüber nachdenken, ja?«

»Beeil dich mit den Haaren, ist alles fertig und köstlich geworden. Da muss ich mich einfach mal loben.« Mala grinste. »Mit vollem Magen denkt es sich auch besser. Na, hopp!«

35

Kirsty hatte sich die Mütze tief ins Gesicht gezogen. Der eisige Wind biss in Nase und Lippen, doch der mit weißem Zuckerguss überzogene Machair lag so friedlich im ersten Sonnenlicht des Weihnachtstags, dass Kirsty stehen blieb, um die Schönheit ihrer neuen Heimat in sich aufzunehmen. Otis machten Kälte und Nässe nichts aus. Er freute sich, wenn sie draußen waren, und genauso lag er zufrieden vor dem Kamin, wenn sie malte. Sie blinzelte und versuchte, mit den Fingern ein Viereck zu bilden, das den gewünschten Bildausschnitt einfing.

Nach Malas Abreise hatte sie sich in die Arbeit gestürzt und wie besessen gemalt. Auf fünf Landschaftsbilder war sie stolz, an weiteren fünf arbeitete sie noch. Außerdem hatte sie ein neues Porträt von Otis begonnen, er war ihr liebstes Modell. Die Art, wie er sie ansah, war immer neu, und sie wollte so viele seiner Stimmungen einfangen, wie sie nur konnte. Mala hatte lange nicht verstehen können, dass sie allein im Rosencottage Weihnachten feiern wollte, doch schließlich hatte sie eingesehen, dass Kirsty die Zeit für sich brauchte, um in Ruhe zu arbeiten. Ihre Eltern hatten sie ebenfalls eingeladen, die Feiertage bei ihnen zu verbringen, doch das war Kirsty zu viel Familie auf einmal. Sie versprach, im neuen Jahr vorbeizukommen.

Mit Fin hatte sie seit dem letzten Telefonat keinen Kontakt gehabt. Sie wusste einfach nicht, ob sie ihm vertrauen konnte. Vielleicht fehlte ihr auch einfach der Mut, ihm eine Chance zu geben, und sie war der Feigling.

Das Meer war wie immer in Bewegung, die Wellen schlugen gegen die Felsen und liefen sich auf dem überfrorenen Sand aus. Die Temperaturen hielten sich um den Gefrierpunkt, so dass es zu Bodenfrost kam. Wenn die Sonne schien, schmolz die weiße Pracht, die sich um das lange Dünengras legte und den Machair in Zuckerfelder verwandelte. Kirsty schaute in alle Richtungen und fand den Blick über die Dünen zu einem der Cottages besonders interessant. Manchmal, wenn sie allein zum Strand spazierte, dachte sie an den Abend des Überfalls, und sie blickte sich um. Aber meistens fühlte sie sich sicher, und sie war an mindestens einem Abend in der Woche bei Susan und Patrick im Restaurant. Wann immer Cam dort war, fragte sie ihn nach seinem Stiefvater, doch Cam versicherte ihr, dass Brodric in Aberdeen mit seiner neuen Flamme lebte. Sie hatte Cam ihre Nummer gegeben, so dass er sie anrufen und warnen konnte, sollte er etwas hören.

Kirsty trat auf gefrorenes Dünengras und lauschte dem leisen Knistern. Sie zog den Schal fester und suchte Otis, der plötzlich zielstrebig nach vorn lief. Als sie pfiff, blieb er stehen und sah sich nach ihr um. Dann lief er einige Meter und blieb erneut stehen. Wollte er ihr etwas zeigen? Unten am Strand war an diesem Morgen noch niemand zu sehen, und auch der Parkplatz war leer gewesen. Nun, es war Weihnachten. Wer Familie hatte, saß zu Hause, kochte, unterhielt sich, spielte oder ging in die Kirche. Susan und Patrick hatten ihr Restaurant über Weihnachten geschlossen, um mit den Kindern und deren Großeltern zu feiern. Über das neue Jahr öffneten sie und hatten Kirsty zur Silvesterparty eingeladen.

Am Horizont, weit draußen auf dem Atlantik, ballten sich Sturmwolken zusammen. Grau und dunkel türmten sie sich auf und schienen Kurs auf die Hebrideninsel zu nehmen. Wahrscheinlich war der kalte Wind heute ein Vorbote. Kirsty lief durch den Sand, folgte dem Auf und Ab der Dünen und behielt Otis im Blick, der immer wieder stehen blieb, so dass sie aufholen konnte. Sie hatte es befürchtet. Er schlug den Trampelpfad zum Haus der McMillans ein.

»Otis, was soll das? Ich will da nicht hin!«

Kirsty hatte in den vergangenen Wochen neben dem Malen viel Zeit mit der Recherche in alten Militärarchiven verbracht und sich mehrfach mit Mrs Lamont unterhalten. Doch ihre Suche nach Spuren von Livie war ergebnislos geblieben. Es gab weder einen Eintrag in den Passagierlisten von 1940 noch sonstige Dokumente, in denen Livies Name auftauchte. Hätte sie einen kanadischen Soldaten geehelicht, wäre das mit Sicherheit aktenkundig geworden. Inzwischen war Kirsty an einem Punkt angelangt, an dem sie glaubte, dass Livie womöglich genau das gewollt hatte – keine

Spuren hinterlassen, um unauffindbar zu sein. Und wer konnte es ihr verdenken?

Für Rose, der sie eine Weihnachtskarte und ein kleinformatiges Gemälde des Rosencottage geschickt hatte, würde es kaum einen Unterschied machen. Livie war aller Wahrscheinlichkeit nach nicht mehr am Leben, und Rose hatte ihre eigene Familie, mit der sie glücklich war.

Otis war hinter einer Biegung verschwunden und bellte lautstark. Der Pfad führte sie zwischen mannshohen Dünen hindurch, und für einige Schritte verschluckten Sand und Gras Sicht und Geräusche. Kirsty spürte ein beklemmendes Gefühl in sich aufsteigen und lief schneller, um der Dünenschlucht zu entfliehen.

Kaum war sie um die Ecke gelaufen, sah sie den schmalen Pfad vor sich, der geradewegs zu Mattys Haus führte. Das Dach sah übel aus. Ein Stück der geteerten Filzpappe war aufgerissen, und der Wind rüttelte an dem losen Material. Die Farbe blätterte überall von den Wänden, und die baufällige Mauer, die das Cottage umgab, schien einfach in sich zusammenzufallen. Die Stalltür klapperte, und sie hörte kein Geräusch von den Hühnern. Wenn der alte Mann sie nicht gefüttert hatte, waren die armen Tiere sicher gestorben. Otis bellte hinter dem Haus jetzt noch lauter und fordernder.

Kirsty trat über die kaputte Einfriedung, schaute zu den Fenstern, die blind von Eiskristallen waren, und ging um die Ecke. Ein wenig zögerlich sah sie in den schmalen Garten, der den Namen nicht verdiente, denn hier wuchs nur Gestrüpp, und mitten in dem hohen, längst verdorrten Unkraut lag der Körper von Matthew

McMillan. Otis wedelte mit dem Schwanz und sah sie an.

»Oh, du braver Hund! Das hast du gut gemacht!« Sie strich Otis über den Kopf und beugte sich vor.

»Mr McMillan? Hallo? Können Sie mich hören?«

Der Alte trug nur eine ausgebeulte Cordhose, die von Hosenträgern gehalten wurde, ein schmutziges Flanellhemd und Pantoffeln. In einer Ecke entdeckte Kirsty eine Mülltonne, und neben dem Alten lag eine aufgeplatzte Mülltüte. Er musste auf dem Weg von der Hintertür zum Mülleimer gestürzt sein. Alles in ihr sträubte sich dagegen, den Mann anzufassen, doch sie holte tief Luft, kniete sich neben Matty und drehte ihn, der auf dem Bauch lag, auf die Seite. Ein Stöhnen entrang sich dem Körper, der sich kalt anfühlte.

Der Gestank, der von Matthew McMillan ausging, war entsetzlich, und sie zog sich den Schal über die Nase. Der Alte musste sich tagelang nicht gewaschen haben, und seine Kleider sahen so aus, als wären sie wochenlang nicht mit Wasser und Seife in Berührung gekommen. Sie tätschelte ihm die Wange.

»Hallo, aufwachen! Mr McMillan! Hören Sie mich?« Sie rüttelte an seiner Schulter, und langsam flatterten seine Lider.

Schleim lief aus seinem Mund, der unverständliche Laute artikulierte.

»Sie sind zu schwer, ich kann Sie nicht reintragen. Aber ich hole eine Decke und rufe den Arzt!« Kirsty erhob sich und lief zur Hintertür, die, wie erwartet, nicht abgeschlossen war.

Was sie drinnen sah, würde sie ihr Lebtag nicht vergessen. Sie hatte Berichte über Messies gelesen, aber noch nie solchen Unrat und eine solche Unordnung in einem Haus gesehen. In der winzigen Cottageküche stapelten sich Plastikbehälter, leere Pappkartons von Fertiggerichten, Joghurtbecher lagen leer und halbvoll dazwischen, in der Spüle befand sich ein Haufen Geschirr, auf dem Herd standen Pfannen und ein Topf mit Essensresten. Und als wäre das nicht genug, liefen Mäuse hinter die Schränke, und im Flur sah sie einen größeren Schatten vorbeihuschen, der einer Ratte glich.

Starker Würgereiz stieg in ihr auf, doch sie ging weiter, um aus dem angrenzenden Wohnraum, in dem sich Zeitungen und Bücher um einen Sessel stapelten, eine Decke zu holen. Sie fand zwei Wolldecken und ein Kissen, packte alles und nahm es mit nach draußen, wo Otis neben dem Alten saß und an seiner Hand kratzte.

»So, ich lege Ihnen ein Kissen unter den Kopf«, rief sie laut.

Es fiel ihr nicht leicht, den Kopf des alten Mannes, der mit schmierigen Haaren bedeckt war, zu heben und ihm das Kissen unterzuschieben. Seine Augen öffneten sich kurz, und er schien sie zu erkennen, wollte eine Hand heben, was ihm aber nicht gelang. Kirsty deckte ihn zu, um ihn zumindest vor dem eisigen Wind zu schützen. Sie stopfte die Decke so weit möglich unter seinen Körper, um die Bodenkälte abzuhalten. Dann nahm sie ihr Telefon und wählte die Nummer von Dr. Macearchana.

Schon zehn Minuten später war der Arzt bei ihr. Sie erwartete ihn vor dem Haus. Er reichte ihr die Hand. »Sie haben ja wirklich ein Talent für Notfälle«, meinte er mit einem schiefen Lächeln.

»Eigentlich hat Otis ihn gefunden«, antwortete Kirsty und ging mit dem Arzt um das Haus, wo der Hund neben McMillan saß. »Ich weiß nicht, wie er das macht, aber wir waren hinten am Strand in den Dünen, als er plötzlich losgelaufen ist und mich hergeführt hat.«

Macearchana stellte seine Tasche neben dem alten Mann auf den Boden. »Sie scheinen ein gutes Team zu sein. Und das haben Sie auch alles richtig gemacht, Mrs Paterson.«

»Kirsty«, sagte sie spontan.

»Andrew«, sagte er, während er die Vitalfunktionen des Patienten prüfte. »Er lebt noch. Aber er ist stark unterkühlt. Wer weiß, wie lange er hier gelegen hat. Wie alt ist er?«

»Über neunzig, denke ich, denn er ist der ältere Bruder von Livie McMillan, und die war 1935 fünfzehn«, überlegte Kirsty laut.

Andrew Macearchana sah sie erstaunt an. »Sind Sie mit ihm verwandt?«

»Um Himmels willen, nein! Im Gegenteil, zwischen uns besteht eine gegenseitige Abneigung, die ausgeprägter nicht sein könnte.«

»Ach?« Er zog eine Spritze auf und gab dem immer noch regungslosen Mann eine Injektion. Dann klopfte er ihm gegen die Wangen. »McMillan, aufwachen!

Kommen Sie, machen Sie die Augen auf, Hilfe ist unterwegs.«

Der Alte öffnete tatsächlich die Augen und krächzte: »Lassen Sie mich zufrieden. Ich will hierbleiben. Keiner bringt mich hier weg!«

»Ja ja, wir wollen nur helfen. Wissen Sie, wann Sie nach draußen gegangen sind?« Der Arzt schob ihm das Kissen so hin, dass er besser sprechen konnte.

»Nach dem Essen«, sagte McMillan und hustete.

Kirsty hörte einen weiteren Wagen. »Ist das die Ambulanz?«

Der Arzt hob den Blick. »MacLeod. Ich habe ihn sicherheitshalber schon angerufen, damit es im Notfall schneller geht. Er bringt die Trage, damit wir den Mann zum Flugplatz schaffen können. Dort wartet hoffentlich die Air Ambulance. Der Patient muss ins Krankenhaus. So schnell wie möglich.«

McMillan versuchte, sich aufzusetzen. »Nein, ich gehe hier nicht weg!«

»Wollen Sie sterben?«, fragte der Arzt kühl.

Der Alte erwiderte grimmig: »Noch nicht. Aber lange habe ich sowieso nicht mehr.« Das Sprechen erschöpfte ihn, und er rang nach Luft. Plötzlich krächzte er: »Niemand darf in mein Haus! Niemand!«

»Ja ja, wir machen das nicht zum ersten Mal. Wir bringen Sie ins Krankenhaus nach Craignure. Da checkt man Sie durch, stabilisiert Sie, und schon bald können Sie wieder nach Hause«, erklärte der Arzt ruhig und bestimmt. »Haben Sie Verwandte, die wir benachrichtigen sollen?«

Doch der Alte reagierte nicht mehr.

Kirsty ging nach vorn und winkte MacLeod, dessen großer schwarzer Wagen gerade durch den schmalen Weg passte. MacLeod kam in Begleitung eines jungen Mannes, der ihm half, eine Trage aus dem Wagen zu ziehen.

»Sie schon wieder?«, meinte MacLeod. »Sie waren doch auch beim alten Donleavy, oder nicht?«

Es musste tatsächlich etwas merkwürdig anmuten, aber sie waren auf einer Insel, oder nicht? »Der Hund hat mich hergeführt, genau wie beim ersten Mal.«

»Der Hund?«

Otis kam wie aufs Stichwort um die Ecke, und MacLeod grinste. »Sie haben ihn also behalten?«

»Yep. Wir müssen nach hinten. Machen Sie das öfter? Ambulanz spielen?«

»Lady, wir sind flexibel. Wir holen ab und liefern aus.«

Der junge Mann lachte. »MacLeods 24-Stunden-Service. Ich bin übrigens Martin MacLeod, sein Bruder.«

»Kirsty Paterson«, sagte sie und machte Platz, denn sie erreichten den rückwärtigen Garten.

Die Männer stellten die Trage ab und wurden von Andrew Macearchana begrüßt. »Danke, dass ihr so schnell gekommen seid. Ist der Helikopter schon da?«

»War im Anflug. Okay, hi, Mr McMillan!«, sagte MacLeod laut, doch McMillan rührte sich nicht.

Martin wandte sich kurz ab und drückte sich den Arm vor den Mund. »Boah, nee!«

Kirsty räusperte sich. »Und Sie waren nicht im Haus. Da hätten Sie einen Grund, sich zu übergeben.«

»Lebt er allein? Das geht doch nicht. Okay, das können wir später besprechen«, meinte Martin und ging zu seinem Bruder, um den alten Mann, der zwar dünn, aber immer noch groß und schwer war, auf die Trage zu hieven.

Es war eine einfache Notfalltrage, doch sie erfüllte ihren Zweck. Die beiden hatten auch eine Isolierdecke mitgebracht, die sie über den Patienten breiteten.

»Fahrt los, ich bin hinter euch!«, sagte Macearchana und wandte sich an Kirsty. »Schließen Sie hier ab? Schauen Sie bitte nach, ob kein Herd oder dergleichen an ist. Man weiß nie bei alten Leuten, die allein leben. Und vielleicht finden Sie eine Notfalladresse. Ich melde mich später bei Ihnen! Danke! Und frohe Weihnachten!«

Kirsty nickte. »Wünsche ich Ihnen auch! Ja, gehen Sie nur, ich mache das.«

Der Arzt lief hinter den MacLeods her, und Kirsty bückte sich nach dem Kissen und den Wolldecken, die auf dem Boden lagen. Im Grunde hätten diese Sachen in Mülltüten entsorgt werden müssen, aber es war nicht an ihr, das zu entscheiden. Also trug sie alles wieder ins Haus und legte Decken und Kissen auf das zerschlissene Sofa.

»Was für ein Elend!«, stöhnte sie, riss die Fenster auf und öffnete die Türen, um den kalten Wind ins Haus zu lassen. Geheizt wurde hier offenbar ohnehin nicht. Sie tastete nach einem Heizkörper. Kalt. Nur im Kamin glommen noch Reste eines Feuers, die sie zusammenkehrte, damit kein Funke herausspringen und den Teppich in Brand setzen konnte. Sie schob den gusseisernen Funkenschutz davor und sah sich um. Es gab nur eine Anrichte mit Schubladen und Türen, in der sich private Dokumente befinden konnten. Als sie widerwillig die Türgriffe des aus den Fünfzigern stammenden Möbelstücks berührte, fiel ihr ein, dass Cam die Nummer von Brodric haben musste. Dennoch öffnete sie den Schrank und stand vor einem Haufen unsortierter alter Fotografien, Geschirr, einer Besteckschachtel, einer Pappschachtel mit militärischen Orden. Darunter lag eine zerfledderte Ledermappe, in der sie auf alte Ausweise, Geburtsurkunden und ein Familienstammbuch stieß.

»Otis, ich darf das zwar nicht, aber ich finde, die Umstände haben mich nicht grundlos hierhergeführt.« Kirsty tastete nach ihrem Hund, der neben sie getreten war. Seinen warmen Körper neben sich zu spüren beruhigte sie.

»Das Schicksal will es so«, murmelte sie und griff nach den Dokumenten. Der Alte wollte unter keinen Umständen, dass jemand sein Haus in seiner Abwesenheit betrat. Was gab es hier schon zu sehen oder zu holen?

»Mein Gott, das sind die Pässe und Geburtsurkunden der McMillans seit drei Generationen …«

Sie fand vergilbte Urkunden aus dem Ersten Weltkrieg, die Donald McMillan den Erhalt verschiedener Orden bestätigten. Die Heiratsurkunde von Donald und Selma lag im Stammbuch der Familie, in dem die Geburten von Paddy, Livie, Matthew und Freddy verzeichnet waren. Auch die Sterbedaten von Donald, Freddy, Paddy und Selma waren notiert. Nur Mattys und Livies Blätter waren offen. Paddy hatte sich als Flieger im Zweiten Weltkrieg verdient gemacht. Die Orden aus diesen Jahren gehörten ihm. Freddy hatte sich nicht auszeichnen können. Ein rostiger alter Schlüssel, an dem ein blassrosa Schleifenband hing, lag ebenfalls in der Schachtel mit den Orden.

Otis hob die Nase und lief in den Flur.

»Bleib hier, Otis! Lass die Ratten, die beißen dich nur!«, rief Kirsty und legte die Dokumente an ihren Platz.

Es gab eine alte Zigarrenkiste mit Bildern preisgekrönter Rinder, die stolz von den McMillan-Söhnen vorgeführt wurden. Doch keine Bilder von Livie. Kirsty schloss die Türen, fand auch in den Schubladen keine Hinweise auf Livie und beschloss, das Haus zu verlassen, als sie Otis jaulend die Treppe hinaufrennen sah.

»Nein!«, rief sie und rannte hinterher, denn mit Ratten war nicht zu spaßen. Die Biester waren schlau und konnten sich wehren.

Die Treppe war mehr eine Stiege mit offenen Stufen. Und oben befanden sich drei Türen, von denen zwei offen standen. Otis stand vor der dritten und kratzte wie besessen auf den Dielen unter dem Spalt. Kirsty warf einen Blick in die Kammern und erschauderte. Es roch modrig, und nur in der ersten Kammer sah es so aus, als hätte kürzlich jemand dort genächtigt. Wahrscheinlich

Brodric. Eine Weinflasche stand auf dem Boden neben einem alten Bettgestell, und ein gefüllter Aschenbecher befand sich auf einem Holzschemel.

Der zweite Raum war bis auf ein schmales Bett, auf dem eine fleckige Matratze lag, leer. Doch Otis winselte und kratzte wie von Sinnen an der dritten Tür. Sie wollte ihn am Halsband zurücknehmen, er knurrte und kratzte weiter.

»Okay, lass uns nachsehen, was sich da drinnen versteckt.« Sie drehte den Knauf, die Tür war verschlossen. Plötzlich kam ihr ein furchtbarer Gedanke, und sie lief nach unten, riss die Tür der Anrichte auf und nahm den Schlüssel aus der Pappschachtel. Eine innere Stimme sagte ihr, dass dies der Schlüssel war, der Livies Geheimnis lüften würde. Nervös rannte sie die Treppe hinauf, spürte den kalten Wind im Nacken und blieb schwer atmend vor der Tür stehen, die sich im Rahmen verzogen hatte, offenbar war sie lange nicht geöffnet worden. Spinnweben hingen in den Ecken, und eine dicke Staubschicht lag auf den Leisten der alten Tür.

Ihre Hand zitterte, als sie den Schlüssel in das Schloss steckte und ihn zu drehen begann. Er passte! Sie musste einige Male drehen und rütteln, bevor das Schloss widerwillig nachgab und sie die Tür aufdrücken konnte. Otis wollte an ihr vorbeidrängen, sie hielt ihn am Halsband fest.

»Warte, wir wollen sicher sein, dass du nicht verletzt wirst.«

Der Hund winselte und hielt die Nase schnüffelnd nach vorn. Der Gestank, der ihr entgegenschlug, war bestialisch. Staub, Feuchtigkeit und Schimmel hatten sich über Jahrzehnte zu einer kaum zu ertragenden Melange verbunden. Das Tageslicht fiel durch eine stark verschmutzte Dachluke in den winzigen Raum, in dem ein schmales Bett, ein Nachtschrank, ein Waschtisch und ein Kleiderschrank standen. Überall hingen dicke Spinnweben, die Matratze war aufgeplatzt und voller Mäusekot, doch auf den Überresten des Bettzeugs lag eine Puppe.

»Oh, nein!«, entfuhr es Kirsty, und sie presste sich die Hand vor den Mund und ließ den Hund los.

Otis knurrte und schoss nach vorn, dorthin, wo eine Maus in ein Loch in der Wand verschwunden war.

36

»Otis!«, rief Kirsty, die den Blick nicht von der Puppe wenden konnte.

Der Hund kratzte und winselte weiter vor dem Loch in der Wand, hinter dem leises Getrappel und Geraschel, gefolgt von hohem Fiepen, zu hören war. Das riss Kirsty aus ihrer Schockstarre. Entschlossen ging sie zu ihrem Hund, packte ihn am Halsband und zog ihn mit zum Bett. Dabei stieß sie gegen eine Holzkiste, in der es schepperte. Auf dem Waschtisch stand ein gerahmtes Foto, auf dem Livie, Rory und Fiona gerade noch zu erkennen waren. Daneben lagen die Überreste von einem Paar gehäkelter Babyschuhe, die von demselben blassrosa Band gehalten wurden, das auch an dem Zimmerschlüssel hing. Das hier war Livies Zimmer gewesen.

»Oh, du armes Mädchen«, murmelte Kirsty und musste sich am eisernen Bettgestell abstützen, so aufgewühlt war sie. Ihr fiel auf, dass der Pfosten am Fußende zerkratzt war, so als hätte man daran etwas befestigt, was gegen das Metall gescheuert hatte. Sie schaute nach unten zu der Holzkiste und schob den Deckel mit dem Fuß leicht zur Seite. Doch es sprangen weder Mäuse noch Spinnen heraus. Kirsty leuchtete mit ihrem Handy nach unten, wo neben Spielzeug aus Metall eine Kette lag. Eine furchtbare Ahnung stieg in ihr auf, und sie beugte sich hinunter, um sich die Kette genauer anzuschauen. Unter kleinen Spielfiguren und einem Karussell zum Aufziehen lag eine Fußfessel, die mit der Kette verbunden war. Am Ende der Kette befand sich eine Schließe, die in etwa dem Umfang des Bettpfostens entsprach.

»Das ist doch nicht möglich, nein, du liebe Zeit!« Kirsty nahm die Fußfessel samt Kette heraus und verglich die Schließe mit dem Bettpfosten. Kein Zweifel, wer in diesem Bett gelegen hatte, war mit der Fessel fixiert worden. Livie, oh, Livie, was haben sie dir angetan? Kirsty wusste nicht, ob sie weinen oder sich übergeben sollte, denn das hier war Livies Gefängnis gewesen. Anders konnte es nicht sein.

Otis hatte sich beruhigt und saß nun einen Meter entfernt von dem Loch, in dem sich anscheinend eine Mäusekolonie heimisch fühlte. Die Mäuse hatten ganze Arbeit geleistet und alles angeknabbert, was sich zerkleinern ließ. Überall auf dem Boden lag Mäusekot, gemischt mit Papierschnipseln und dem Innenleben der Matratze. Kirsty nahm die handgeschmiedete Fußfessel in die Hand und betrachtete sie. Die Grausamkeit, die dazu gehörte, einen Menschen, ein wehrloses Mädchen, hier oben festzuhalten, war unbeschreiblich. Wenn diese Fessel einmal befestigt war, hatte man ohne Werkzeug keine Chance, sich davon zu befreien.

Kirsty biss sich auf die Lippen und blinzelte eine Träne weg. Welches Leid konnte diese Kammer wohl erzählen? Für Livie musste das die Hölle gewesen sein. Warum? Was hatte dazu geführt? Jetzt begriff sie, warum McMillan sich gegen Besucher wehrte. Er hatte mehr zu verbergen, als sich irgendjemand auf der Insel vorstellen konnte.

Hinter dem Bett befanden sich Kritzeleien an der Wand. Ungelenke Zeichnungen von einem Baby, der Name »Rose« stand darunter. Kirsty schluchzte und legte ihre Hand auf die Tapete.

»Oh du armes Geschöpf. Was haben sie mit dir gemacht? Was?«

Sie schaute sich um, zog Schubladen auf und fand nur spakige, sich zersetzende Wäschestücke. Im Schrank hingen drei Kleider, das eine etwas festlicher, es hatte einen hübschen aufgenähten Kragen. Dem Stil nach stammte es aus den Dreißigerjahren. Früher hatte man viel selbst genäht, dachte Kirsty und widerstand der Versuchung, das Kleid zu berühren. Wenn die Sachen tatsächlich achtzig Jahre alt waren, konnten sie unter ihren Händen zerfallen. Unten im Schrank standen zwei Paar Schuhe: Schnürstiefel und Pumps. Die Schuhe waren vom vielen Tragen verschlissen, die Sohlen dünn, das Leder brüchig.

Kirsty berührte den Kleiderschrank und stellte sich vor, wie das Mädchen sich vom Bett zum Schrank oder zum Waschtisch bewegt haben mochte. Es musste auch einen Nachttopf gegeben haben. Sie ging in die Knie und sah unter das Bett, wo tatsächlich ein Emailletopf mit Deckel stand. Doch etwas anderes erregte ihre Aufmerksamkeit. Eine der Dielen am Kopfende hob sich ein wenig von den anderen ab, war kürzer. Kirsty schob das Bett kurzerhand zur Seite, was Otis zum Anlass nahm, wieder nach den Mäusen zu suchen, doch das Loch war zu klein.

Sie schaltete erneut die Taschenlampe an ihrem Telefon ein und leuchtete die Dielen ab. Dann trat sie auf die kürzere und hörte ein Knarren, denn das Holz lag lose auf. Es war doch möglich, dass Livie etwas vor ihren Peinigern versteckt hatte. Etwas, das nur ihr gehörte. Kirsty hob vorsichtig die Diele an und fand einen Spalt, der gerade genug Raum bot für eine schmale Blechdose, die man auf den ersten Blick nicht sehen konnte, weil sie unter einer Pappe verborgen war. Zu Livies Zeit mochte die Pappe wie der Fußboden ausgesehen haben, heute waren es nur noch schimmlige Reste. Kirsty fingerte die Dose hervor und legte sie sich auf die Hand. Die Dose war kaum größer als ihre Handfläche und hatte ein gewisses Gewicht.

Als Kirsty sie leicht schüttelte, gab sie nur ein dumpfes Geräusch von sich, so als befände sich etwas Festes, Kompaktes darin. Da die Dose rostig war und sich mit leichtem Druck nicht öffnen ließ, steckte Kirsty sie in ihre Jackentasche.

Sie sah sich um, blickte zur Dachluke hinauf, der einzigen Lichtquelle, denn es gab keinen Strom in dem Raum. Das hier war ein Fall für die Polizei, aber wie sollte sie erklären, dass sie unberechtigterweise das Zimmer geöffnet hatte? Sie hatte Spuren hinterlassen, das Bett bewegt, aber war das in diesem Fall nicht vielleicht egal? Es galt doch aufzuklären, was hier geschehen war.

Sie könnte sagen, dass Otis etwas gehört hatte, was ja auch stimmte. Rasch fotografierte sie alles, vor allem die Kette und die Fessel.

»Komm, Otis, wir gehen. Ich muss überlegen, was wir machen.«

Sie schickte den Hund voraus, warf einen letzten Blick in den furchtbaren Raum, zog die Tür mit zitternden Händen zu und drehte den Schlüssel um. All dies geschah automatisch, denn sie war so fassungslos, dass sie einfach nicht wusste, was sie tun sollte. Langsam ging sie nach unten und legte den Schlüssel zurück in die Pappschachtel mit den Orden.

Mittlerweile was es eiskalt im ganzen Haus. Immerhin war der Gestank weniger geworden. Kirsty prüfte noch einmal, ob von der Feuerstelle keine Gefahr ausging, und verschloss Fenster und Türen. Den Schlüssel der Haustür steckte sie ein. Sobald Dr. Macearchana sich bei ihr meldete, würde sie ihm erzählen, welche ungeheuerliche Entdeckung sie gemacht hatte.

Als sie draußen vor dem Cottage stand, fiel ihr Blick auf den Stall.

»Lass uns noch kurz nach den Hühnern sehen, Otis.«

Das Schlimmste befürchtend stieß sie die Stalltür auf und blieb überrascht stehen. Der Hühnerstall war leer! Kein einziges Huhn war zu sehen! Es roch streng, und der Stall war nicht gesäubert worden, aber auch kein totes Tier lag dort.

»Puh, dann hat er sie wohl fortgegeben. Wenigstens das bleibt mir erspart«, überlegte Kirsty laut und schloss den Stall.

Als sie draußen im Wind stand, spürte sie plötzlich die eisige Kälte in allen Gliedern, und ihr Magen rebellierte, doch diesmal war es vor Hunger. Zügig lief sie nun mit Otis nach Hause. Je näher sie dem Rosencottage kam, desto bedrückter wurde sie. Was für ein Weihnachtstag! Die Blechdose in ihrer Tasche wog schwer und erinnerte sie daran, dass sie nur ein weiteres Puzzlestück aus Livies Leben gefunden hatte.

Wieder einmal war es Otis, der sie aus ihren Gedanken riss, weil er laut bellend vorpreschte. Diesmal jedoch klang sein Bellen aufgekratzt, und Kirstys Knie wurden weich, als sie die Gestalt an der Mauer vor ihrem Cottage entdeckte.

»Fin!«, rief sie. In diesem Augenblick schwebten dicke weiße Schneeflocken vom grauen Winterhimmel, und Kirsty blieb stehen. Sie spürte die Last dessen, was sie gerade erlebt hatte, und ihre Beine versagten ihr den Dienst. Doch bevor sie zusammensackte, war Fin bei ihr und nahm sie in die Arme.

»Hey, ich hoffe nicht, dass es mein überraschender Besuch ist, der dich so aus der Fassung gebracht hat?« Er sah sie besorgt an, strich ihr die Haare aus dem Gesicht und drückte ihr einen sanften Kuss auf die Wange.

Kirsty hatte sich wieder gefangen und tippte gegen seine Daunenjacke. »Ich wünschte, es wäre so. Du bist der einzige Lichtblick an diesem unglaublichen Weihnachtstag. Wenn ich dir erzähle, was ich gerade erlebt habe …«

»Dann bittest du mich herein?«, fragte er hoffnungsvoll.

Otis sprang um sie herum und versuchte, Fins Hände abzulecken.

Kirsty lächelte. »Du hast wirklich Glück. Wärst du heute früh hier aufgekreuzt, hätte ich dich vielleicht zum Teufel gejagt, aber ich bin gerade dem Teufel persönlich begegnet!«

Die Schneeflocken legten sich auf seine dunklen Haare. Er wirkte erholt, und die Schatten unter seinen Augen waren beinahe verschwunden. Alarmiert hörte er auf, Otis zu streicheln, und legte die Hände auf ihre Schultern. »Was ist passiert?«

Sie biss sich auf die Unterlippe. »Weißt du was, komm mit. Ich zeig's dir, sonst glaubst du mir nicht.« Kirsty hielt inne. »Hast du überhaupt Zeit? Was machst du hier? Bist du allein? Heute ist Weihnachten!«

Lächelnd nahm er ihre Hand und drückte sie sanft. »Ich habe alle Zeit der Welt. Wohin gehen wir?«

Ihre Nervosität legte sich ein wenig, und sie spürte, wie die beruhigende Wärme seiner Finger sie durchströmte. »Zum Haus der McMillans!«

Er stieß einen unterdrückten Fluch aus und hielt sie zurück. »Ausgerechnet! Hast du dich in Schwierigkeiten gebracht? Dieser Brodric ist doch nicht wieder hier, oder?«

»Nein, nein, es ist ganz anders. Ich erzähl's dir, aber lass uns dabei gehen, sonst wird es dunkel, und ich weiß nicht, ob das Licht in der Bruchbude überhaupt funktioniert.«

Sie musste ihn ansehen, weil er noch immer keinen Schritt tat.

»Du bist die ungewöhnlichste Frau, die ich kenne. Bei dir weiß ich einfach nie, was als Nächstes passiert.«

»Dito«, erwiderte sie und wurde ein wenig unsicher, weil er sie auf eine Weise ansah, die ihren Magen und überhaupt ihr Inneres durcheinanderbrachte. »Was willst du hier, Fin?«, flüsterte sie.

Er beugte sich vor und küsste sie auf den Mund. Ein zärtlicher, aber dennoch vielversprechender Kuss, der sie daran erinnerte, was sie vermisst hatte.

»Dich. Aber das klären wir, wenn wir zurück sind. Hast du einen Weihnachtsbaum?«

Erstaunt hob sie die Augenbrauen. »Einen Baum? Hast du Bäume auf Tiree gesehen?«

»Das habe ich mir gedacht, und deshalb habe ich einen mitgebracht«, sagte er sehr selbstzufrieden. »Okay, was ist passiert? Ich brenne vor Neugierde!«

Am liebsten hätte sie sich geschüttelt wie Otis, wenn er nass war, um ihre Überraschung und Verwirrung abzuschütteln. »Äh, also ich bin durch die Dünen spaziert, als Otis was gerochen hat …«

Sie liefen nebeneinander und, wenn der Weg zu schmal war, hintereinander den schmalen Dünenpfad entlang, den sie heute zum zweiten Mal ging. Kurz bevor sie Mattys Haus erreichten, hatte sie ihre Erzählung beendet, und Fin schüttelte fassungslos den Kopf.

»Otis ist ein großartiger Hund, aber ich weiß nicht, ob ich ihn diesmal für seine Spürnase loben soll. Stell dir vor, Brodric wäre noch irgendwo gewesen, oder der Alte hätte dich verletzt oder …«

»Es ist ja nichts passiert!«, sagte Kirsty. »Aber was sagst du denn zu Livies Zimmer und der Fußfessel?«

»Grauenvoll, schrecklich, pervers, abartig und absolut unmenschlich! Wobei du noch immer nicht weißt, was wirklich geschehen ist.« Er hielt ihre Hand fest. »Wir müssen da nicht noch einmal hinein. Heute ist Weihnachten, Kirsty.«

Sie waren vor dem Pfad angelangt, der sie hinunter zum Cottage der McMillans führte. Der eisige Wind fegte noch immer Schneeflocken über die Dünen, und das Dach des Cottage war bereits weiß. Durch den Schnee wirkte alles weniger schäbig und heruntergekommen. Eine weiße Decke der Unschuld legt sich über den Schauplatz einer Tragödie, dachte Kirsty.

»Fin, ich weiß nicht, ob ich da noch einmal hineinkomme. Vielleicht ruft Dr. Macearchana die Polizei, wenn er hört, was ich gefunden habe. Oder Brodric kommt als einziger Angehöriger her und vernichtet alles.«

Kirstys Telefon klingelte. Sie starrte auf das Display. »Es ist der Doktor, Fin. Was mache ich jetzt?«

»Nimm ab. Du musst ja nicht sagen, dass du hier bist.«

Sie nahm das Gespräch an. »Hallo?«

Die Verbindung war schlecht. »Kirsty? Hier spricht Andrew, Dr. Macearchana!«

»Wie geht es McMillan?«

»Wir haben ihn nach Craignure gebracht. Er wird im Krankenhaus untersucht. Sieht aber nicht gut aus. Er redet wirr, scheint immer weiter in die Vergangenheit abzugleiten. Haben Sie nachgesehen, ob er Verwandte hat? Wäre gut, die zeitnah zu informieren. Ich komme hier erst mit der Fähre heute Abend weg, wenn überhaupt. Und das an Heiligabend, meine Familie …« Es rauschte und knisterte.

»Tut mir leid für Sie, Andrew. Die Verbindung ist so schlecht! Ich melde mich bei Ihnen, sobald ich etwas gefunden habe.«

»Danke, und frohe Weihnachten!« Seine Worte waren kaum zu verstehen, und die Verbindung brach ab.

»Andrew?«, kam es fragend von Fin.

»Dr. Macearchana sitzt auf Mull fest. Sieht nicht gut aus für den Alten. Verdammt, jetzt bin ich so weit gekommen, und nun stirbt er womöglich, ohne dass er mir sagen kann, was aus Livie geworden ist. Das ist nicht gerecht!«

Sie holte den Haustürschlüssel hervor und steckte ihn ins Schloss. Otis schnupperte an der Stalltür.

»Die Hühner sind fort, Otis kann draußen bleiben«, sagte sie zu Fin und ging ins Haus.

Fin gab Würgelaute von sich. »Was für ein Gestank! Meine Güte, so kann man doch nicht leben!«

Sie führte ihn ins Wohnzimmer und zeigte ihm die Schachteln mit den Orden, nahm den Schlüssel zu Livies Zimmer heraus und führte ihn nach oben.

»Das ist wie in einem sehr schlechten Film, Kirsty. Hier gibt es Ratten, und was sonst noch möchte ich gar nicht wissen. Für mich unbegreiflich, wie der Mann hier so alt werden konnte.« Er stieg hinter ihr die Treppe hinauf.

»Matty muss eine eiserne Konstitution gehabt haben. Aber zum Schluss hat er sich um nichts mehr kümmern können.« Sie suchte nach einem Lichtschalter, fand keinen und schaltete ihr Handy ein.

Fin tat es ihr gleich und leuchtete, damit sie das Schlüsselloch finden konnte. Als sie die Tür zu Livies Zimmer aufstieß, raschelte und quietschte es.

»Das sind die Mäuse hinter dem Bett«, erklärte Kirsty und drehte sich zu Fin um, der eine angewiderte Grimasse zog.

»Ich habe mir unser Wiedersehen etwas anders vorgestellt«, beschwerte er sich.

»Du hättest anrufen können.«

»Zu riskant. Du hättest wahrscheinlich abgesagt. Da nehme ich lieber diese ekelhafte Bruchbude in Kauf.« Er hustete und wedelte mit der Hand Spinnweben und Staub fort.

Obwohl sie wusste, was sich hinter dieser Tür verbarg, erschauerte Kirsty, und ihre Zähne klapperten kurz aufeinander. Sie griff nach Fins Arm. »Schau, da am Bett war eine Fessel befestigt. Die liegt unten in der Kiste.«

Gemeinsam traten sie näher, Fin bückte sich nach der Holzkiste und sah sich alles genau an. Langsam ging er durch das Zimmer und hörte zu, was Kirsty ihm über ihre Nachforschungen und die Begegnungen mit Mary und Rose erzählte. Draußen senkte sich die Sonne, und das Licht wurde deutlich schwächer. Beide schalteten erneut ihre Handylampen an, und schließlich sagte Fin: »Lass uns gehen, Kirsty. Dieses Zimmer spricht für sich. Du hast wahrscheinlich alles fotografiert?«

»Ja. Die Blechdose behalte ich. Zwar weiß ich noch nicht, was drinnen ist, aber ich behalte sie.«

Finlay Stewart nickte. »Das solltest du. Überhaupt hast du jedes Recht, über diese Sache hier zu sprechen.«

Mit zittrigen, klammen Fingern wollte sie die Tür zuschließen, was ihr nicht sofort gelang. Fin legte seine Hand auf ihre.

»Lass mich, okay?«

Sie nickte dankbar, und erst jetzt spürte sie die Tragweite dessen, was sie entdeckt hatte, und aus der Beklemmung wurde Furcht vor dem, was die Blechdose ihr verraten könnte.

Fin legte den Schlüssel mit dem Band in die Schachtel zu den Orden, und endlich verließen sie den furchtbaren Ort. Erst als draußen frische Luft durch ihre Lungen strömte, seufzte Kirsty und lehnte sich an Fin, der sie an sich drückte.

»Hättest du an so etwas gedacht? Hättest du für möglich gehalten, dass die McMillans die eigene Tochter in ihrem Zimmer ans Bett ketten?«

»Nein, Kirsty, und ich habe wirklich viel Fantasie. Aber ganz genau wissen wir noch nicht, was da geschehen ist. Komm, jetzt schnell zurück in dein warmes Cottage, wo du nachsehen kannst, was Livie versteckt hat.«

Es hatte aufgehört zu schneien, doch ihre Schritte sanken knirschend in den frischen Schnee, und das Dünengras wurde von dem Gewicht weißer Schneehauben gedrückt. Otis lief voraus und biss ab und an übermütig in den Schnee, der nicht lange liegen bleiben würde.

»Schnee ist selten auf Tiree«, sagte Kirsty und dachte an ihre Großmutter, die von den wenigen Malen erzählt hatte, an denen es auf der Insel geschneit hatte.

»Und ausgerechnet heute.« Fin griff seitlich in die Dünen und fischte eine Handvoll Schnee heraus, den er zu einem Ball formte. »Otis!«

Der Hund blieb stehen und sah ihn elektrisiert an. Als der Schneeball flog, rannte er blitzschnell hinterher, biss in den Schnee und bellte. Kirsty sah ihm lächelnd zu, und das beklemmende Gefühl, das ihr eben noch den Magen zugeschnürt hatte, verflog allmählich.

»Ich bin froh, dass du hier bist«, sagte sie leise.

Fin drehte sich zu ihr um und lächelte, wobei ihm eine Träne über die Wange lief. »Ich habe so sehr gehofft, dass du das sagen würdest. Kirsty …«

Sie umarmten einander, und als sie den Kopf hob, um ihn zu küssen, sah sie in braune Augen, die voller Sehnsucht und Zärtlichkeit waren. Was sie nicht mehr fand, war die tiefe Verzweiflung, die so typisch für ihn gewesen war. Seine Lippen waren weich, warm und fordernd. Sie schloss die Augen und wollte ihn nur schmecken, spüren und seinen Duft einatmen.

Lautes Hundegebell störte ihre neu gefundene Zweisamkeit, doch sie mussten beide lachen, als sie Otis mit wedelndem Schwanz auf dem Dünenpfad stehen sahen.

Kirsty nahm Fins Hand. »Du hast ja so recht, Otis, wir sollten endlich nach Hause gehen!«

37

Als sie das Rosencottage betraten, fragte Kirsty: »Wo hast du denn den Tannenbaum abgestellt?«

»Tja, ich wusste ja nicht, wie du reagieren würdest. Da habe ich mir vorsorglich ein Haus gemietet. Hättest du mir die Tür vor der Nase zugeschlagen, mein Worst Case Scenario, hätte ich mich dorthin zurückgezogen.« Fin betrat hinter ihr den großen Wohnraum mit der offenen Küche. »Aufgegeben hätte ich dennoch nicht.«

Sie zog ihre Jacke aus und warf sie über einen Stuhl. »Nein? Warum nicht? Was willst du von mir, Finlay Stewart?«

Es war kalt, weil der Kamin ausgegangen war, doch das merkten sie beide nicht, als sie sich umarmten, küssten und sich atemlos in die Augen sahen.

»Ich will dich, Kirsty Paterson. Ich hätte nicht gedacht, dass ich das noch einmal zu einer Frau sagen würde. Aber ich will dich in meinem Leben. Ich möchte neben dir aufwachen und mit dir einschlafen und viele Dinge dazwischen.« Seine Hände glitten unter ihr Sweatshirt und weckten ihren Körper auf, der nur auf seine Berührung gewartet zu haben schien.

Sie konnte nicht glauben, dass dieser Mann ausgerechnet sie wollte, doch heute war Weihnachten, und sie wollte nicht streiten und auch nicht zerreden, was vielleicht eine Chance hatte.

»Hm, die vielen Dinge dazwischen interessieren mich, aber die müssen noch warten.« Ihr Magen knurrte plötzlich laut und vernehmlich, und sie grinste.

»Du hast nichts gegessen, oder?« Strafend tippte er mit einem Finger an ihre Nase und ließ sie los. »Hast du eingekauft, oder soll ich mal sehen, was meine Notfallbox so hergibt?«

Ihre Augen leuchteten auf, denn wenn er von Notfallbox sprach, konnte es sich nur um erlesene Köstlichkeiten handeln, so wie sie ihn kannte. »Ich hatte nicht vor, groß zu kochen. Nur Kartoffeln und Gemüse für Otis und mich.«

Fin verzog das Gesicht. »Und das zu Weihnachten. Ach, Kirsty! Pass auf, du nimmst dir Livies Blechdose vor, und ich kümmere mich ums Essen. Wie klingt das?«

»Perfekt!«, antwortete sie und zog ihn noch einmal zu sich, um ihn zu küssen. »Davon möchte ich mehr, viel mehr.«

Seine schön geschwungenen Lippen verzogen sich vielsagend. »Aber ich kann nicht verantworten, dich halb verhungert zu lieben.«

Sie schluckte, überrascht, dass er von Liebe sprach, strich über seine Wange und suchte nach Worten, doch er schien zu verstehen, wie es in ihr aussah, gab ihr einen Kuss und ging zur Tür.

Nachdem die Tür hinter ihm ins Schloss gefallen war, holte Kirsty die Blechdose aus ihrer Tasche, suchte einen Schraubenzieher und ließ sich auf dem Sofa nieder.

»Was für ein Tag!«, entfuhr es ihr. Seufzend sah sie durch das Fenster in die Dunkelheit, wo Fin im spärlichen Licht der Gartenbeleuchtung davonmarschierte, um seine Sachen zu holen. Sie hatte eine Menge Fragen an ihn, und es würde mit Sicherheit nicht einfach werden.

»Aber morgen ist auch noch ein Tag, nicht wahr, Otis?«

Der Hund war auf dem Teppich vor dem Kamin eingeschlafen. Kirsty legte Blechdose und Schraubenzieher zur Seite und entfachte mit Papier, Kleinholz und einem Brikett ein Feuer, um die kalte Luft aus dem Zimmer zu vertreiben. Erst dann setzte sie sich wieder und begann vorsichtig an der Dose zu drücken und zu kratzen, bis sich der Rost löste und der Deckel sich öffnen ließ. Tränen schossen ihr in die Augen, als sie das abgegriffene, in braunes Leder gebundene kleine Buch sah, das dort lag.

Vorsichtig nahm sie es heraus. Es war mit einem Schleifenband umwickelt, das über die Jahre brüchig geworden war und auseinanderriss, als Kirsty den Knoten lösen wollte. Ein schmales Büchlein, kaum größer als ihre Hand. Mit großer Sorgfalt schlug sie es auf, darauf bedacht, ja nichts zu beschädigen. Wenn Seiten aneinanderklebten, wollte sie diese auf keinen Fall auseinanderreißen. Tatsächlich war es ein Kalender aus dem Jahr 1940. Livie McMillan, stand in schwarzer Tinte im Einband. Die erste Hälfte war mit Tinte beschrieben, die zweite mit Bleistift. Kirsty strich sehr vorsichtig über die mädchenhafte Handschrift und las den ersten Eintrag:

12. Dezember 1940

Der Krieg hört nicht auf. Es stimmt ja alles nicht, was die Zeitungen schreiben. Von wegen, bis Weihnachten sind unsere Männer wieder daheim. Mein geliebter Bruder musste sterben. Paddy, der Beste von allen, der Einzige, der etwas wert ist von den McMillan-Männern. Verfluchter Krieg! Und Mum folgte ihm nach. Nur zwei Wochen später ging sie ins Wasser. Ob sie an mich gedacht hat? Ich bin jetzt allein. Allein hier mit Vater, dem ich nichts recht machen kann, der nur schreit und prügelt, und Matty, der nicht besser ist. Saufen tun sie beide, und ich kann hinter ihnen aufwischen und die Kleider flicken. Mehr als eine Dienstmagd bin ich nicht für sie.

25. Dezember 1940

Frohe Weihnachten – kleine Rose! Ich weiß, dass du es besser hast, da oben bei den Engeln. Du hast es besser als ich, kannst Paddy und Rory sehen und vielleicht auch Mum. Ob Selbstmörder wirklich in die Hölle kommen, wie der Pfarrer sagt? Bei Mum bin ich mir nicht sicher. Sie hat so viel leiden müssen. Ich konnte sogar verstehen, dass sie nicht mehr wollte. Arme Mum, sie war so schön. Aber ihre Schönheit hat ihr nicht geholfen. Schönheit ist kein Segen, sondern ein Fluch. Ich bin müde, so müde. Den ganzen Tag habe ich geschrubbt und gekocht, und wir haben auch zusammen gegessen. Vater hat den Segen gesprochen, und Matty hat mir Tinte und ein Haarband geschenkt. Er war bei den Soldaten, hat gewürfelt und gewonnen. Irgendwann erwischen die ihn beim Mogeln, und dann Gnade ihm Gott. Die kennen kein Pardon. Es sind jetzt viele Fremde auf der Insel, und ich darf nicht aus dem Haus. Dabei könnt' ich keinen anderen Mann ansehen. Nicht, seit mein Rory tot ist. Nie wieder kann ich lieben.

Es folgten ungelenke Zeichnungen von Blumen, Tieren und Kindergesichtern, eine gepresste Strandnelke lag zwischen den Seiten. Monate später folgte ein weiterer Eintrag.

15. Mai 1941

Heute ist der Tag, an dem Paddy in Dünkirchen gefallen ist. Ich durfte mit Vater und Matty zum Friedhof gehen. Ich habe ein Gedicht von Paddy, das er selbst geschrieben hat, auf einen Zettel geschrieben und zwischen die Blumen gelegt. »Und ich bete und ich sehne, du, der du mir Sterblichkeit gabst, warum diesen Schmerz, dieses Leid?«

Sie bewachen mich wie einen Hund, den man an der Leine ausführt und zu Hause wieder in den Zwinger sperrt. Vater liest nur noch in der Bibel und spricht vom heiligen Zorn, der uns alle strafen wird. Es kommen immer mehr Soldaten aus Amerika, Kanada, Irland und Schottland auf die Insel. Tiree ist jetzt Basis für die Airforce. Die RAF hat hier mehrere Geschwader stationiert, und fast die ganze Insel ist Sperrgebiet. Wir dürfen sowieso kaum noch irgendwo hingehen, was sperren sie mich da überhaupt ein?

Ich habe Angst. Ständig sausen Flugzeuge heulend über die Insel, und es donnert, und einmal sind welche zusammengestoßen und ins Meer gestürzt. Nachdem wir auf dem Friedhof waren, bin ich allein an den Strand runter. Ich darf den Weg gehen, weil er jetzt eingezäunt ist. Ich habe gesagt, dass ich angeln will, so wie früher mit Paddy. Vater wollte mich nicht gehen lassen, aber Matty meinte, dass da doch nichts passieren kann, und er würde ein Auge auf mich haben.

Gerade wollte ich zwischen den Felsen hindurch und über den Sand zum Wasser, da sehe ich ein seltsames Ding am Strand liegen. Es war oval und aus Eisen, und ich wollte mir das anschauen, da kommt Matty schreiend hinter mir hergelaufen und packt mich am Arm. Er sagte, das sind Bomben, die noch hochgehen können. Da kamen auch schon Soldaten mit Wagen und haben die Bombe entschärft.

24. Dezember 1941

Weihnachten. Wir waren in der Kirche, und ich war so traurig, dass ich nur geweint habe. Vater war wütend und hat mich gekniffen und angestoßen, dass ich aufhören soll, aber ich kann nicht aufhören zu weinen. In mir ist es so leer, und ich fühle mich allein. Es gibt hier nur noch die Soldaten, die Flugzeuge und das bange Warten auf Nachrichten. Wann ist der Krieg endlich zu Ende? Freddy ist noch drüben und schickt Feldpost. Dann freut sich Vater, weil er doch selbst ein Kriegsheld war. Matty wurde nicht eingezogen, weil er einen kranken Rücken hat. Ob das stimmt, frage ich mich, aber Vater ist froh, dass wenigstens Matty dageblieben ist, weil er die Tiere nicht allein versorgen kann. Viele sind es ja auch nicht mehr.

2. Januar 1942

Gestern ist am Strand eine Bombe explodiert. Der Knall war so laut, dass die Fenster vorn zersprungen sind. Ich stand vorn am Stall und habe die Hühner gefüttert. Meine Ohren klingen immer noch dumpf, und ich kann kaum etwas hören. Es ist mir auch egal. In meinem Kopf dreht sich oft alles, und meine Gedanken rennen mir davon.

Ob ich so werde wie Mum?

»Ach, du arme Seele!«, schluchzte Kirsty und stand auf, um eine weitere Lampe einzuschalten. Draußen war es inzwischen vollkommen dunkel. Fin war noch nicht zurück, und Kirsty setzte sich wieder, um weiterzulesen. Livies Handschrift wurde krakeliger, und sie hatte versucht, eine Rose zu zeichnen.

15. Mai 1942

Matty hat mir das Essen aufs Zimmer gebracht. Heute ist Paddy gestorben. Die Zeit fliegt. Mum ist tot, Rory verschwunden, vielleicht tot, und Rose, meine kleine, wunderschöne Rose ist ein Engel. Rosie, kannst du mich sehen? Ich bin deine Mum. Ich liebe dich, Rosie.

Es tut weh. Ich habe Angst vor der Dunkelheit. Die Schatten kommen immer näher. Aber meine Stimme ist fort. Eines Tages war sie weg. Ein Schatten hat sie mir gestohlen. Er hat sie mir aus dem Mund gesogen. Meine Lungen schmerzen.

Das Eisen am Fuß ist so kalt. Ich will es weghaben. Aber Matty wird böse, wenn ich daran zerre und Lärm mache. Es tut so weh. Ich darf nicht schlafen, dann kommen sie aus der Ecke. Meine Augen brennen. Meine Zunge gehorcht mir nicht. Alles ist durcheinander. Die Schatten haben borstige Haare und tun mir weh.

»Das ist ja nicht zum Aushalten!«, rief Kirsty, und Otis hob den Kopf. »Da haben sie Livie also schon angebunden?! Diese Dreckskerle!«

Es folgten Kritzeleien, meist Versuche, ein Kindergesicht zu zeichnen, und immer wieder stand der Name von Livies Kind dort. Den letzten leserlichen Eintrag hatte Livie mit Bleistift gemacht.

1. Januar 1946

Der Krieg ist aus. Schon lange. Doch zu spät für mich. Ich habe keine Kraft mehr. Ich will nicht mehr. Im Grunde war es vorbei, als du starbst, mein kleiner Engel. Ich esse nicht mehr. Sie können mich nicht zwingen, und sie wollen es auch nicht. Sie denken, ich bin verrückt, wie Mum. Dabei hasse ich sie nur.

Meine kleine Rosie, bald sehen wir uns wieder.
Livie

Die Tür klapperte, und Fin kam mit Tüten und einer Tasche bepackt herein. Er ließ die Tasche fallen und trug die Tüten zum Herd.

»Hey, weinst du?« Sofort ließ er alles stehen und kam zu ihr, setzte sich neben sie aufs Sofa und legte den Arm um sie.

»Lies es, Fin. Die arme Livie, was für ein Elend. Was musste dieses arme Mädchen erleiden.« Sie drückte ihm das Büchlein in die Hand und wischte sich die Augen.

»Entschuldige.« Er nahm den Arm von ihrer Schulter und schlug das Dokument einer jahrelangen Gefangenschaft auf. Sechs Jahre, dachte Kirsty. Sechs Jahre hatten sie Livie eingesperrt. Erst im Haus und dann in dem winzigen Zimmer unter dem Dach. Und sie wusste, wer ihr sagen würde, wie Livies Leben geendet hatte. Morgen würde sie den alten Mann aufsuchen, und sie schwor bei Fionas Grab, dass sie McMillan so lange zusetzen würde, bis er ihr verriet, wo seine Schwester war.

Während Fin las, gab er Laute des Erstaunens und der Entrüstung von sich. Schließlich klappte er das Büchlein zu und starrte es schweigend an, als könne er nicht fassen, was er da eben gelesen hatte.

»Sechs Jahre war sie da oben! Wie ist denn so etwas nur möglich? Hat denn niemand nach ihr gefragt?«, sagte Kirsty.

Mit trauriger Miene legte er das Buch auf den Couchtisch neben die Blechdose und den Schraubenzieher.

»Die McMillans werden sich irgendeine Entschuldigung zurechtgebastelt haben. Habe ich das richtig verstanden, Livie hat aufgehört zu sprechen?«

»Ja, das denke ich auch. Sie hat sich aufgegeben. Sie war ganz allein da oben in der kleinen Kammer. Bei Hitze im Sommer und eisiger Kälte im Winter lag sie da, nur mit ihrer Puppe und den Erinnerungen an ihre Tochter und ihren Freund. Alle von ihrem Vater verjagt oder umgebracht. Nein, das ist einfach zu grausam. Was muss dieser Donald denn für ein gefühlloser Mann gewesen sein?« Kirsty hatte die Beine aufs Sofa gezogen und die Arme um ihre Knie gelegt.

»Nicht nur das. Der Kerl war ein Despot, ein Psychopath und noch dazu religiös. Wahrscheinlich hat er es genossen, seine Familie zu unterdrücken und zu drangsalieren. Die waren ihm alle hörig. Soll's ja geben. Dazu der Krieg. Damals stand die Welt Kopf, man hatte andere Sorgen, als sich um einzelne Familien und das Wohlergehen eines Mädchens zu kümmern. Das noch dazu kurz zuvor ein uneheliches Kind zur Welt gebracht hatte.« Er strich über ihre Hände. »Komm, lass uns was kochen. Dabei kann man gut nachdenken.«

Sie ließ sich von ihm auf die Füße ziehen und folgte ihm zur Küchenzeile. »Wir müssen mit McMillan sprechen, Fin. Morgen müssen wir hinfahren. Ich muss den

Alten sprechen, bevor er seinen letzten Atemzug tut. Er wird mir verflucht noch eins sagen, wo Livie ist! Das ist er mir schuldig!«

Fin nahm eine Dose Tomatenmark aus der Tüte. »Wenn du dich da mal nicht täuschst. Der Mann hat so lange mit dem Geheimnis gelebt, dass er es auch seelenruhig mit ins Grab nehmen kann.«

»Aber die Familie war religiös. Da muss er doch ein schlechtes Gewissen haben, zumindest vor Gott«, wandte sie ein.

»Du meinst, er würde beichten?«

Kirsty wiegte den Kopf. »Vielleicht, aber davon hätten wir nichts, weil der Priester ans Beichtgeheimnis gebunden wäre.«

»Kirsty, willst du dir das wirklich antun? Reicht es nicht, dass du Livies Vermächtnis gefunden hast?« Fins Gesicht wirkte gequält.

»Ich kann jetzt nicht aufgeben, nicht, solange noch Hoffnung besteht, Livies Verbleib aufzuklären. Weißt du, was ich denke, wo sie ist?«

Mit einem tiefen Seufzer nahm er Pasta und Gemüse aus der Tüte. »Im Meer?«

Sie nickte.

»Was hilft es, wenn du das weißt?«

»Ich will, dass der Alte es mir sagt. Er soll gestehen, was er seiner Schwester angetan hat. Er und sein mieser Vater!«

Düster murmelte Fin: »Wir haben beide dieselben Gedanken in Bezug auf die Schatten, die Livie erwähnt.«

Kirstys Augen füllten sich mit Tränen. »Ich will es nicht aussprechen, Fin. Es ist so schrecklich. Vielleicht haben sie das arme Mädchen ja auch nicht angerührt, gefesselt, ruhiggestellt, was weiß ich, aber nicht …«

Er trat zu ihr und nahm sie in die Arme. »Ich komme mit dir nach Mull, wenn du möchtest. Vielleicht findest du dort die Antwort auf deine letzte Frage. Aber heute ist Weihnachtsabend.«

Kirsty sah ihn an, und ihr fiel ein, dass sie noch immer in den schmutzigen Klamotten steckte, die sie seit heute früh trug. »Irgendwie habe ich das vollkommen vergessen. Aber jetzt, wo du es erwähnst … Hattest du eigentlich nichts Besseres vor? Ich meine, du hättest doch in irgendeinem angesagten Skiort feiern oder auf den Bahamas Cocktails schlürfen können?«

»Autsch, das tut weh. Du hast noch immer keine besonders hohe Meinung von mir, oder?« Seine Augen verdunkelten sich, und sie wusste nicht, ob er noch scherzte oder es ernst meinte.

»Es ist nicht einfach, dich zu verstehen, Fin. Vor allem, da du die Angewohnheit hast abzuhauen, wenn's brenzlig wird.«

»Ich musste über vieles nachdenken, Kirsty, und es ist mir nicht leichtgefallen, mich mit dem Kerl auseinanderzusetzen, den ich morgens im Spiegel gesehen habe.« Er strich durch ihr Haar, das furchtbar aussehen musste, was ihn nicht zu stören schien. »Ich habe mich hinter meiner Trauer und meinen Schuldgefühlen versteckt, und ich war nicht bereit, mich irgendjemandem zu öffnen. Aber dir ist es gelungen, zu mir durchzudringen.

Du hast mich wachgerüttelt, mir den Spiegel vorgehalten und mich mit deiner unkomplizierten, ehrlichen Art entwaffnet.«

Sie hob eine Augenbraue. »Ich wusste nicht, dass Ehrlichkeit so entwaffnend sein kann.«

»Du hast ja keine Vorstellung. Ich habe viel Geld für Therapeuten ausgegeben, die mir in Hunderten von Sitzungen sagten, was ich ohnehin schon weiß. Ähnlich viel Geld habe ich versoffen und mir beinahe meine Gesundheit ruiniert, aber damit ist Schluss. Versprochen.«

Ihr Herz tat einen Satz. »Das ist das beste Versprechen, das du mir machen konntest«, flüsterte sie.

»Ich weiß, dass ich mir dein Vertrauen erst verdienen muss, Kirsty. Und ich bitte dich um die Zeit, die wir brauchen, um einander kennenzulernen. Noch besser kennenzulernen, neu zu entdecken.« Er grinste, und es blitzte in seinen Augen. »Ich glaube, da liegt eine Menge vor uns, und es wird nicht immer einfach sein.«

»Und ich denke, es lohnt sich.« Sie stellte sich auf die Zehenspitzen und küsste ihn. Wie er das anstellte, wusste sie nicht, aber Müdigkeit und Anspannung des anstrengenden Tages wichen aus ihren Gliedern, als sie seinen warmen Körper spürte. Als seine Hand unter ihren Pullover glitt, legte sie seufzend den Kopf zurück.

»Lass mich diese verdreckten Sachen loswerden, damit ich mich wenigstens wie ein zivilisierter Mensch fühlen kann.« Ihr Telefon klingelte, doch sie ignorierte es.

»Okay, ich bin hier ohnehin eine Weile beschäftigt.« Fin förderte Cracker, Mangos und eine Schachtel Eis zutage. »Der Coop in Scarinish ist gut sortiert.«

»Hm, ich weiß nicht, welches deiner Talente mir am besten gefällt …« Sie drückte ihm einen Kuss auf den Nacken und verschwand in die Dusche.

38

In dieser seltsamen Weihnachtsnacht war alles anders. Der Sturm war abgeflaut, und um Mitternacht begann es erneut zu schneien. Kirsty und Fin gingen mit Otis zum Strand, standen Arm in Arm am Wasser und sahen den Wellen zu, wie sie im ewig gleichen Rhythmus auf den Sand und die Felsen liefen. Sie hatten gemeinsam gegessen und geredet. Fin hatte alle ihre Fragen ohne Rückhalt beantwortet. Über seine Familie zu sprechen fiel ihm noch immer sehr schwer, doch er zeigte ihr sogar Bilder seiner Tochter. Sie waren einander näher gekommen, als sie es für möglich gehalten hatte. Und Kirsty war davon überzeugt, dass sie den Anfang von etwas Kostbarem gemacht hatten.

»Schneeflocken auf Tiree!« Kirsty hob das Gesicht und ließ die kalten Kristalle auf ihrer Haut schmelzen.

Otis sprang um sie herum und schnappte nach der weißen Pracht.

»Es ist das erste Weihnachtsfest seit vier Jahren, das ich feiere, Kirsty. So viel ist passiert, seit ich auf diese Insel gekommen bin, nein, seit ich Fiona Paterson begegnet bin.« Er nahm ihre Hand und drückte sie an seine Lippen. »Na, komm, lass uns gehen. Wir haben morgen viel vor.«

Tatsächlich hatte Fin einen Privatflug organisiert, der sie direkt nach Mull bringen würde, denn es stand noch nicht fest, wann die Fähre wieder fahren würde. Und selbst wenn sie nach Mull kamen, würden sie am selben Tag nicht wieder nach Tiree zurück gelangen.

Als sie vor dem Rosencottage standen, blieb Fin zögernd stehen.

»Was ist?«, fragte Kirsty und schloss die Tür auf.

Im spärlichen Schein des Lichts, das aus den Fenstern schien, wirkte seine Miene fragend. »Ich kann die Nacht auch in meinem Haus verbringen. Ich möchte dich nicht bedrängen, Kirsty. Wenn du …«

»Ich wäre verärgert, wenn du nicht mit reinkommst. Das Letzte, was ich möchte, ist, heute Nacht allein zu sein. Und da du schon mal hier bist …«

Bevor sie die Tür aufstieß, sog sie scharf die Luft ein. »Ich habe gar kein Weihnachtsgeschenk für dich!«

»Du bist alles, was ich mir wünsche, Kirsty.« Seine Augen schimmerten, und das berührte sie tief, weil sie wusste, welche inneren Kämpfe er mit sich hatte ausfechten müssen, bevor er zu ihr gekommen war.

In den frühen Morgenstunden erwachte Kirsty in ihrem Bett in Fins Armen und schaute durch das Dachfenster in die Nacht. Die Sturmwolken hatten sich verzogen, und der Himmel war sternenklar. Sie streichelte Fins Arm, der über ihrem Bauch lag, und dachte an Livie. Womöglich war das Mädchen vor beinahe sechzig Jahren allein in einer Dachkammer gestorben, angekettet, verzweifelt und ohne einen Funken Hoffnung.

»Hey, schlechte Träume?«, murmelte Fin, der aufgewacht war und sich auf seinen Ellbogen stützte, um sie anzuschauen.

»Hm, Livie.«

Er zog sie an seine warme Brust und strich ihr über den Rücken. »Vielleicht erfährst du morgen, was mit ihr geschehen ist.«

»Ich hoffe es so sehr. Nicht, dass der Alte tot ist, wenn wir ankommen, oder er schweigt weiter.«

»Ich glaube, dass jeder Mensch sein Gewissen erleichtern möchte, bevor er seinem Schöpfer gegenübertritt. Das ist ein natürlicher Reflex. Bereuen und Vergebung erlangen. Und jetzt lass uns noch etwas schlafen.«

Als der Wecker klingelte, war sie erstaunlicherweise ausgeruht und voller Energie. Auch Fin war sofort munter und kochte Kaffee.

Susan hatte zugesagt, Otis zu nehmen. Sie meinte, dass das Haus sowieso voller Besucher sei, da fiele ein Hund nicht weiter auf. Kirsty trank ihren Kaffee und holte das Bild, das sie schon für Susan verpackt hatte. Es zeigte eine Kuh am Strand, und sie war sich ziemlich sicher, dass dieses Motiv den McNeils gefallen würde.

»Okay, ich bin so weit. Sollen wir los?«

Fin nickte, holte Mütze, Schal und Jacke und brachte auch Otis' Leine mit. Gemeinsam fuhren sie mit Kirstys Wagen zum Restaurant der McNeils, denn im ersten Stock wohnte die Familie. Ein großes »Geschlossen«-Schild hing an der Tür, doch oben brannte bereits Licht.

»Die Kinder sind bestimmt schon auf«, meinte Kirsty lächelnd und klingelte.

Nach wenigen Minuten kam Susan im Morgenrock an die Tür. Sie trug eine Weihnachtsmütze und geringelte Socken zu ihrem Pyjama. »Hallo, frohe Weihnachten, ihr beiden!«

»Frohe Weihnachten!« Kirsty umarmte die Freundin, und auch Fin drückte sie.

»Schön, dass du wieder hier bist, Fin«, sagte Susan. »Wollt ihr kurz reinkommen?«

»Eigentlich gern, aber wir müssen zum Flughafen. Hier, das ist für euch!« Kirsty reichte ihr das Bild, das Susan ehrfürchtig hielt.

»Wow, danke. Von dir, ja? Ah, das ist wundervoll! Ich habe auch was für dich, aber das bekommst du, wenn ihr zum Essen kommt. Morgen? Ja? Abgemacht! Hey, Otis, komm rein, alter Gauner. Du kennst dich ja aus.«

Als wäre das sein Stichwort gewesen, lief Otis an ihnen vorbei ins Restaurant und begann, unter den Tischen zu schnuppern. Fin gab Susan die Leine.

»Ja, mach nur sauber, was ich übersehen habe. Also, bis morgen! Macht's gut und viel Erfolg!«

»Du bist die Beste, Susan! Wir holen ihn heute Abend wieder ab.« Kirsty winkte nach drinnen, wo ein Kind um die Ecke lugte.

Auf dem kleinen Flughafen von Tiree wurden sie bereits von dem Piloten erwartet. Sie gingen zu einem einmotorigen Propellerflugzeug, in dem Platz für vier Personen war.

»Ehrlich gesagt habe ich mich über Ihre Anfrage gefreut. Ich hasse Feiertage. Eine gute Entschuldigung, um der lieben Familie zu entkommen. So, bitte einsteigen.« McDermid öffnete die Tür und half ihnen in die kleine Kabine.

Er liebte das Fliegen und die Geschichte der kleinen Flughäfen auf den Inseln. »Wussten Sie, dass der Flughafen von Tiree die ehemalige Royal Airforce Station war? Bis zum Frühjahr 1944 war hier die Schwadron 518 stationiert.«

Sie hatten Kopfhörer auf und befanden sich bereits in der Luft.

»Die Schwadron hat die Wetterdaten erkundet, und ihre Arbeit war entscheidend für den Beginn der Operation Overlord. Die Invasion der Alliierten in der Normandie!«

»Nein, das wusste ich nicht!«, rief Kirsty und sah durch das kleine Fenster hinunter auf das Meer, das noch aufgewühlt vom Sturm wirkte. »Tiree sieht von oben noch winziger aus, als es ist.«

Fin sah zu seinem Fenster hinaus. »Es scheint beinahe im Meer zu verschwinden.« Fin nahm die Kopfhörer ab und bedeutete Kirsty, dasselbe zu tun.

Erstaunt sah sie zu, wie er etwas aus seiner Jackentasche holte. Es war ein kleines Schmuckkästchen, sehr nobel. Kirsty schluckte, denn sie erkannte einen weltbekannten französischen Juwelier. Mit offenem Mund starrte sie ihn an und wollte schon protestieren, doch er kam ihr zuvor.

»Keine Sorge. Das wird kein Antrag. Obwohl …« Er grinste.

»Fin!«

Er öffnete das Kästchen und nahm einen Ring heraus, der aus drei verschiedenfarbigen goldenen Ringen bestand. Der Freundschaftsring von Cartier! Sprachlos starrte sie auf das viel zu kostbare Schmuckstück. Fin nahm ihre Hand und steckte ihr den wunderschönen Ring an den Ringfinger. Und er passte, als wäre er für sie gemacht worden.

»Passt, gutes Augenmaß, würde ich sagen. Gefällt er dir?«

»Ich, oh Fin, das ist, nein, der ist viel zu kostbar …«

Er hielt ihre Hand und sah ihr in die Augen. »Nicht so kostbar, wie du für mich bist, Kirsty. Ich fand es so passend. Der rote Ring steht für die Liebe, der gelbe für die Treue und der weiße für die Freundschaft. Ich kann mit dir streiten und mich mit dir versöhnen, und du sagst mir auf den Kopf zu, was für ein Idiot ich bin. Ich hoffe, dass diese Momente seltener werden und wir uns mehr auf die Bedeutung des roten Rings konzentrieren können. Ich liebe dich, Kirsty.«

»Ich liebe dich auch, Fin«, flüsterte sie und küsste ihn.

Der Pilot drehte sich zu ihnen um und räusperte sich lautstark. »Landeanflug. Bitte setzen Sie die Kopfhörer wieder auf. Wir landen auf einer Graspiste, es kann etwas holprig werden. Aber keine Sorge, ich habe das schon öfter gemacht.«

Die Graspiste gehörte dem Glenforsa Airfield auf Mull, das vom Glenforsa Hotel betrieben wurde. Es lag kaum noch Schnee, und die Landung war sanfter als befürchtet. Ein Wagen mit Fahrer stand bereit, um sie zum Hospital nach Craignure zu bringen. Kirsty war beeindruckt von Fins Organisation, fühlte sich jedoch ein wenig in seiner Schuld stehend, denn sie hätte sich eine so kostspielige Art des Reisens nicht leisten können.

Der Fahrer hielt direkt vor dem Haupteingang des Mull & Iona Community Hospital. Das langgestreckte einstöckige Gebäude unterschied sich in seiner Architektur mit den weißen Mauern und dem niedrigen schwarzen Dach kaum von den typischen Gebäuden der Hebriden.

»Ich weiß nicht, wie lange es dauern wird«, sagte Fin zum Fahrer, der ihnen seine Karte gab, damit sie ihn anrufen konnten.

Fin griff nach ihrer Hand, und Kirsty drückte sie dankbar. »Fin, ohne dich hätte ich es heute kaum hergeschafft, aber du kannst nicht immer einfach alles auslegen. Da kann ich nicht mithalten«, sagte sie unglücklich.

Er gab ihr einen Kuss: »Das lass mal meine Sorge sein. Mir geht es finanziell gerade gut, da kann ich doch teilen, oder nicht? Und wenn du noch lange mit mir über solche Kleinigkeiten diskutierst, kann es sein, dass der Grund deines Hierseins das Zeitliche segnet, bevor du ihn in die Mangel nehmen konntest.«

Sie lachte, und gemeinsam traten sie an die Rezeption des Hospitals.

»Wir möchten unseren Onkel, Matty McMillan, besuchen. Er wurde gestern als Notfall von Tiree eingeliefert«, log Kirsty, ohne rot zu werden.

Die Empfangsdame musste nicht in ihre Unterlagen sehen, sondern schenkte ihnen einen mitleidigen Blick.

»Sie finden ihn auf Station 2. Der Arzt ist auch noch da, ging ja keine Fähre. Kommen Sie vom Festland?«

»Nein, wir sind geflogen«, sagte Fin sehr ernst. »Es steht schließlich nicht zum Besten um den armen Matty.«

Anerkennend nickte die Rezeptionistin. »Gehen Sie nur durch, er wird sich freuen, seine Familie zu sehen.«

Fin und Kirsty folgten den Schildern zu Station 2.

»An dir ist eine Schauspielerin verloren gegangen«, sagte Fin leise hinter ihr.

»Das Kompliment gebe ich gern zurück. Der arme Matty … ehrlich …«

Eine Krankenschwester kam aus einem Zimmer und grüßte knapp.

»Entschuldigung, wo finden wir Matthew McMillan, den gestrigen Notfall?«, fragte Kirsty und setzte eine betretene Miene auf.

Noch im Gehen antwortete die Schwester: »Den Gang runter und dann rechts, Zimmer einundzwanzig.«

Das Hospital war überschaubar, relativ modern und für ein Inselkrankenhaus mit allem Notwendigen ausgerüstet. Es gab eine kardiologische Abteilung, eine Intensivstation und diverse andere Abteilungen, die Kirsty in dem Inselkrankenhaus nicht erwartet hätte. Sie näherten sich dem Zimmer, als sie eine bekannte Gestalt den Flur entlangkommen sahen.

»Kirsty! Frohe Weihnachten!«, begrüßte Dr. Macearchana sie, schüttelte ihr die Hand und streckte auch Fin die Hand entgegen.

»Finlay Stewart. Wir haben uns bei dem verstorbenen Donleavy gesehen«, erinnerte Fin den Arzt.

»Aber ja. Und Sie feiern Weihnachten mit Kirsty? Das freut mich. Niemand sollte an Weihnachten allein sein.« Er lächelte müde. »Ich wäre auch gern bei meiner Familie gewesen, aber die Fähre hatte den Verkehr eingestellt. Und heute haben sie einen Maschinenschaden gemeldet.«

»Wir können Ihnen einen Platz im Flugzeug anbieten, wenn Sie möchten«, schlug Fin vor.

Der Arzt, dessen Sakko etwas zerknittert war, nickte dankbar. »Sehr gern! Sie sind meine Weihnachtsengel!« Er stockte. »Aber Sie wollen zu Mr McMillan? Es geht dem Ende zu. Tut mir leid. Die Kälte hat ihm mehr zugesetzt, als ich dachte. Nun, in dem Alter ist es ein Wunder, dass er so lange allein dort draußen leben konnte.«

Kirstys Hoffnung sank. »Ist er nicht mehr ansprechbar?«

»Doch, er ist ansprechbar.« Fragend musterte er Kirsty. »Sind Sie etwa seinetwegen mit dem Flugzeug hergekommen? Das geht über normale Nachbarschaftshilfe hinaus, würde ich sagen.«

»Es gibt einen sehr ernsten Grund für unser Hiersein, Andrew.« Kirsty fasste so knapp es ging für ihn zusammen, was sie gesehen und erfahren hatte. »Und jetzt ruht unsere letzte Hoffnung zu erfahren, wo Livie ist, auf Matty.«

Der Arzt rieb sich die Stirn. »Nicht zu fassen, was sich hinter verschlossenen Türen abspielt. Was für eine tragische Geschichte. Das arme, arme Mädchen! Ich war nie in seinem Haus, müssen Sie wissen. Bis gestern.

Solche Fälle gibt es. Ich habe die Datenbanken nach seinen Angehörigen durchforsten lassen. Es gibt nur einen Neffen, Brodric. Es wird versucht, ihn ausfindig zu machen.« Der Arzt war sichtlich geschockt und dachte nach, schließlich sagte er: »Gehen Sie zu ihm. Vielleicht ist er sogar froh, wenn er sein Gewissen erleichtern kann. Ich brauche einen Kaffee.«

Damit verschwand er in die Richtung, aus der er gekommen war.

Kirsty atmete zweimal tief ein und aus, bevor sie die Hand auf den Türknauf legte.

»Willst du allein zu ihm?«, fragte Fin.

»Nein! Bitte, komm mit«, antwortete sie und sah ihn flehentlich an.

»Dann auf, in die Höhle des Teufels.«

Das Krankenzimmer war gerade groß genug für zwei Betten. Nur das Bett am Fenster war belegt, auf dem anderen lag ein Plastiküberzug. Ein rasselndes Keuchen kam vom Fenster, und als die Tür ins Schloss fiel, drehte McMillan den Kopf.

»Wer ist da? Brodric?«, krächzte der Alte.

»Nein, Mr McMillan, ich bin es, Kirsty Paterson. Ich habe Sie vor Ihrem Haus in der Kälte gefunden. Wie geht es Ihnen?«

Sie trat an das Bett, während Fin die Vorhänge etwas auseinanderzog, um Licht hereinzulassen.

Der Alte war noch immer eine große, imposante Erscheinung, doch liegend wirkte er weniger furchteinflößend. Seine Wangen waren eingefallen, die Augen sackten in ihre Höhlen und hatten einen ungesunden

Glanz angenommen. In der linken Hand steckte eine Infusionsnadel, mit der man ihn an den Tropf angeschlossen hatte. Seine Lippen zogen sich grimassenartig über die Zähne.

»Sie! Sie sind doch nicht gekommen, um mir Blumen zu bringen …« Er keuchte und hustete.

Kirsty reichte ihm den Schnabelbecher mit Wasser, der neben ihm auf dem Tisch stand. Mit zitternden Händen hielt er sich den Becher an die Lippen und trank gierig. Der Husten ließ nach, und Kirsty stellte den Becher zurück.

Die alten Augen blickten hart. »Das gefällt Ihnen wohl, mich hier so hilflos zu sehen.« Er wollte sich aufrichten, doch seine Kräfte versagten. »Waren Sie in meinem Haus?«

»Ja, Mr McMillan, das waren wir. Es hat keinen Zweck mehr zu leugnen, ich habe Livies Tagebuch gefunden. Sie hatte es unter einer Diele in ihrem Gefängnis versteckt. Dort oben in der Kammer, in der Sie und Ihr Vater sie mit einer Kette ans Bett gefesselt haben!« Ihre Stimme wurde immer lauter, und mit jedem Wort verlor Matthew McMillans Gesicht an Farbe.

»Und jetzt wollen Sie das Schwert über mir brechen? Sie wissen gar nichts! Gar nichts wissen Sie!«, schleuderte er ihr entgegen.

Kirsty beugte sich vor, den Gestank, der von dem Siechenden ausging, ignorierend. »Dann sagen Sie es mir! Erzählen Sie mir, was passiert ist. Erklären Sie, warum zwei große kräftige Männer ein zartes Mädchen ans Bett fesseln mussten – und das über Jahre!«

»Das hat sie alles aufgeschrieben?«, kam es kleinlaut von McMillan, doch gleich darauf funkelte er sie wütend an. »Es waren andere Zeiten damals! Das können Sie nicht verstehen. Sie und diese ganze Wohlstandsgesellschaft. Sie haben keinen Krieg erlebt. Meine Brüder sind gefallen, meine Mutter hat sich das Leben genommen, und meine Schwester war ein Schandfleck. Der Name der McMillans war beschmutzt, entehrt durch die Frauen! Die sündigen Frauen haben uns das Elend gebracht! In der Bibel steht es, dass die Frauen der Sündenfall sind. So war es und so ist es!«

McMillan atmete schwer und schloss die Augen. Fin stand mit vor der Brust verschränkten Armen am Fenster und behielt den Alten fest im Blick. Kirsty fühlte sich mit Fin sicher und stark genug, dem alten Mann die Stirn zu bieten.

»Keine Religion der Welt rechtfertigt das, was Sie Livie angetan haben. Ich weiß, dass Sie ihr das neugeborene Kind fortgenommen und nach Mull gebracht haben. Ich habe Rose gefunden und mit ihr in Glasgow gesprochen«, warf sie ihm die bittere Wahrheit an den Kopf.

Die knochige Gestalt sank tiefer in die Kissen, und die pergamentene Haut spannte sich über dem Schädel, an dem eine Ader heftig hervortrat. Seine Hände glichen Krallen mit gebogenen Nägeln, ungepflegt und schmutzig lagen sie auf dem weißen Bettzeug.

»Rose lebt?«, krächzte er.

»Sie lebt, und sie wünscht sich nichts sehnlicher, als zu erfahren, was aus ihrer leiblichen Mutter, aus Livie, geworden ist. Herrgott, Mann, gehen Sie in sich! Sie müssen doch auch ein Herz haben! Livie war Ihre Schwester, Ihr Fleisch und Blut. Tun Sie doch einmal in Ihrem Leben das Richtige!« Sie suchte nach Gründen, den Alten zum Sprechen zu bewegen. »Und wenn Sie schon kein Mitgefühl haben, dann denken Sie an Ihren Gott. Denken Sie an den Augenblick, in dem Sie vor Ihren Schöpfer treten und sich für alles verantworten müssen. Das Leid und die Schmerzen, die Sie Livie zugefügt haben, werden die Waagschale zu Ihren Ungunsten nach unten drücken. Aber wenn Sie Rose ein wenig Frieden schenken, indem Sie die Wahrheit sagen, könnte das von Vorteil für Sie sein.«

Es flackerte in den Augen des alten Mannes, seine Brust hob und senkte sich unter rasselnden Atemzügen. War es grausam, ihn so unter Druck zu setzen? Kirsty presste die Hände ineinander und hoffte, dass sie nicht zu weit gegangen war, doch dann dachte sie an das Tagebuch des jungen Mädchens, dessen Leid und die zerrissene Seele von Rose.

Der Mund des Alten öffnete sich, und er winkte sie näher zu sich. Sie beugte sich vor und hörte das raue Beben in seinen Lungen.

»Sie ist verrückt geworden. Unsere Mutter war genauso, ist im Winter ins Meer gegangen. Eine gottlose Sünderin, die jetzt in der Hölle brät. Wir mussten Livie das Kind wegnehmen. Eine Hure in der Familie zu haben war schlimm genug, aber ein unehelich geborenes Balg war nicht zu verzeihen. Mein Vater wollte den Bastard ertränken. Das habe ich verhindert.«

Matty keuchte schwer. Erwartete er ein Lob für seine Tat? Geduldig wartete sie, bis er weitersprach.

»Freddy und ich haben den Bastard nach Mull gebracht und einer Nonne gegeben. Die Nonnen konnten die kleine Seele retten. Livie war zu jung, und sie hat einmal herumgehurt, sie hätte es wieder getan. Das mussten wir verhindern. Sie war hübsch, genau wie unsere Mutter. Schöne Frauen sind ein Fluch, sie sind die Versuchung des Teufels. Aber wir haben sie gezüchtigt und ihr den Dämon ausgetrieben.«

Er bleckte die Zähne in Genugtuung für seine Taten, deren Grausamkeit so unaussprechlich war, dass Kirsty die Tränen über die Wangen liefen. Doch sie schwieg, wollte hören, was noch aus diesem abstoßenden Mund kam.

Es dauerte eine Weile, bis er weitersprechen konnte. »Irgendwann nach dem Tod von Paddy und unserer Mutter hat Livie kein Wort mehr gesprochen. Sie hat nichts mehr im Haus getan, saß nur noch da und hat ihre Puppe angestarrt. Wir konnten sie nicht in eine Anstalt geben. Wer weiß, was sie da erzählt hätte.« Mit geschlossenen Augen sammelte er Kraft und sprach langsam weiter: »Also haben wir sie in ihr Zimmer gesperrt, und weil sie versuchte wegzulaufen, hat Vater eine Schelle und eine Eisenkette geschmiedet. Damit haben wir sie am Bett festgebunden. Das war ihre Strafe.«

Der Körper krampfte, und Kirsty befürchtete das Schlimmste, doch Matthew entspannte sich wieder und zischte: »Eine Sünderin muss büßen! Doch dann hat sie aufgehört zu essen. Sie ist verhungert. Ich habe versucht, sie zum Essen zu zwingen, aber sie wollte nicht. Es war ihre Entscheidung. Ich habe sie nicht getötet!«

»Doch, genau das haben Sie«, flüsterte Kirsty und wischte sich die Augen. »Wo ist Livie? Wohin haben Sie sie gebracht? Ins Meer?«

Der alte Mann lachte hässlich und musste trocken husten. »Das Meer bringt alles zurück. Nein, zu gefährlich. Wir haben sie begraben, so wie es sich gehört.« Seine Augen wurden zu schmalen Schlitzen, er röchelte und packte ihre Hand, um sie noch dichter zu holen. Die kalten knochigen Finger pressten sich unerwartet hart in ihre Haut. »Hinter dem Stall liegt sie begraben«, raunte er ihr ins Ohr.

Kirsty riss sich los und stolperte rückwärts. Fin war bei ihr und legte den Arm um sie. »Alles in Ordnung. Es ist vorbei.«

Der Alte hustete, und Schleim lief aus seinem Mundwinkel. Bittend streckte er die Hand nach ihr aus. »Gehen Sie nicht weg, lassen Sie mich nicht allein. Sie vergeben mir doch, nicht wahr? Sie müssen mir vergeben. Ich habe Ihnen alles gesagt!«, rief er.

Kirsty schüttelte weinend den Kopf. Dort, wo seine Hand sie gepackt hatte, brannte ihre Haut. »Ich kann Ihnen nicht vergeben. Niemand auf dieser Welt kann das.« Sie wandte sich ab und murmelte: »Lass uns gehen, Fin.«

39

Sie landeten am frühen Nachmittag auf Tiree. Gefolgt von Dr. Macearchana fuhren Kirsty und Fin direkt zum Haus von Matty MacMillan. Die Wolken ballten sich grau über dem Meer, der Wind blies von Nordwesten, und es war trocken und kalt. Kirsty stand vor dem baufälligen Haus, das so viel Leid gesehen hatte, und fragte sich, was nach McMillans Tod wohl damit geschehen würde.

Andrew Macearchana hatte hinter ihnen geparkt und trat zu ihnen. »Dass die schreckliche Wahrheit nach so langer Zeit nun doch noch ans Licht kommt, ist nur Ihnen zu verdanken, Kirsty.«

»Eigentlich meiner Großmutter. Ich habe nur Ihrem Wunsch entsprochen.« Kirsty betrachtete seufzend das Haus, das einsam zwischen den Dünen lag. Die Schönheit der Insel inmitten des Atlantiks konnte leicht vergessen machen, wie hart das Leben hier früher gewesen sein musste.

»Wollen wir hinter den Stall sehen?« Sie griff nach Fins Hand.

Gemeinsam gingen die drei durch das kleine Tor der Gartenmauer. Der Schnee war geschmolzen und der Boden nass und matschig, so dass ihre Schuhe bei jedem

Schritt tief einsanken. Diesmal war die Beklemmung beim Betreten von McMillans Grundstück noch stärker. Das Haus und das Land kamen Kirsty vor wie mahnende Zeugnisse einer traurigen Vergangenheit.

Die steinerne Mauer umgab das gesamte Grundstück, wobei das Stallgebäude nicht allzu groß war. Neben dem Stall befanden sich die Überreste eines Gemüsebeets. Die Hühner hatten überall herumgescharrt und die Erde nach Körnern und Würmern durchsucht. Eine alte Harke lehnte an der Stallwand, und ein Haufen aus alten Kisten und Brettern verschloss den Durchgang zur Hinterseite des Stalls. Auf der anderen Seite versperrten verrostete landwirtschaftliche Geräte den Durchgang. Die beiden Männer warfen das Gerümpel zur Seite, so dass sie gefahrlos hindurchgehen konnten. Es gab keine Wanderpfade durch die Dünen, so dass wohl kaum jemand das Haus von dieser Seite erblickte. Nicht, dass es viel zu sehen gab, dachte Kirsty und hielt nach Anzeichen für ein Grab Ausschau. Der Streifen Land zwischen Mauer und Stall war knapp zwei Meter breit. Alle drei gingen bedächtig über die mit verwildertem Gras und Disteln bewachsene Fläche.

»Seht doch, ist das ein Rosenstrauch?« Kirsty hatte in der Mitte der Stallrückwand einen dornenbewehrten Strauch entdeckt, an dem noch ein paar braune Blätter hingen.

Fin bückte sich und zog das Gras auseinander. »Das könnte es sein. So viel Platz ist hier ja nicht. Sollten wir nicht die Polizei informieren, Doc?«

Andrew Macearchana hob den Blick und sah hinunter zu den Dünen, hinter denen das Meer rauschte. »Wenigstens hatte sie einen schönen Platz. Ja, warten Sie, ich habe die Nummer von Police Constable Sparks.«

Er begann, in seinem Handy zu suchen, als dieses klingelte. Da seine Miene während des Gesprächs immer besorgter wurde, war klar, dass es sich um einen Notfall handelte. »Ja, bleiben Sie bei ihr, ich bin in zehn Minuten bei Ihnen.«

Der Inselarzt legte auf und sah sie an. »Ich muss los. Warten Sie …« Er tippte etwas auf seinem Telefon, und Kirsty erhielt eine Nachricht mit der Nummer des Constables.

»Ich rufe da an, fahren Sie nur, Andrew. Sie haben uns so sehr geholfen. Vielen Dank!« Kirsty drückte ihm die Hand.

Fin klopfte dem verständnisvollen Mann auf die Schulter. »Wir kümmern uns darum. Machen Sie's gut, Doc!«

Mit den Gedanken schon bei seinem nächsten Patienten eilte Macearchana davon. Kirsty wählte die Nummer der Polizeistation. Es dauerte eine Weile, und erst nachdem der Anruf umgeleitet worden war, was sie an unterschiedlichen Wartetönen hörte, wurde abgenommen.

»Sparks«, kam es mürrisch aus der Leitung.

»Bin ich mit der Polizei von Tiree verbunden? Hier spricht Kirsty Paterson. Ich möchte den Fund einer Leiche melden.«

Fin untersuchte weiter den Boden am Stall.

»Was? Auf meiner Insel? Wo? Wer ist es? Ein Unfall? Fassen Sie nichts an!« Die Stimme klang noch immer genervt, aber interessiert.

»Das mit dem Anfassen ist kein Problem, weil wir die Leiche erst mal ausgraben müssen. Sie liegt seit sechzig Jahren hier auf dem Grundstück von McMillan«, erklärte Kirsty trocken.

»Und woher wissen Sie das? Ist das ein Weihnachtsscherz? An Weihnachten macht man solche Scherze nicht mit mir, verstanden?«, schnauzte der PC sie an.

»Das ist eine längere Geschichte, aber ein Scherz ist es ganz sicher nicht. Im Gegenteil, hier wurde ein Verbrechen vertuscht. Es ist doch Aufgabe der Polizei, so etwas zu untersuchen, oder täusche ich mich da?« Langsam wurde sie ungeduldig. »Ich würde auch lieber vor dem Ofen sitzen und feiern, als hier draußen in der eisigen Kälte zu frieren. Aber wenn Sie zu beschäftigt sind, kann ich ja das nächste Revier anrufen. Wer wäre denn das? Gibt es eine Dienststelle, bei der ich diesen Fall melden kann?«

»Jetzt werden Sie mal nicht gleich zickig, junge Frau«, brummte Sparks. »Geben Sie mir die Adresse, und ich komme hin. Aber ich sage Ihnen gleich, dass wir da sofort nichts machen können.«

Matthews Worte bestätigten sich, und die Ausgrabung von Livies Leichnam fand am letzten Tag des alten Jahres statt. Nachdem Matthew McMillan in eine Art Dämmerschlaf gefallen war, verstarb er zwei Tage nach der Bergung von Livies Leichnam. Anhand des

Knöchelbruchs konnte die Leiche als Livie identifiziert werden. Kirsty hatte mit Rose und Pfarrer Stevenson gesprochen, und man war übereingekommen, Livie neben ihrer Mutter zu bestatten. Anhand alter Kirchenregister hatten sie die genaue Stelle von Selmas Grab gefunden und die Erlaubnis erhalten, dort einen Grabstein für Mutter und Tochter zu errichten. Rose hatte den Stein in Auftrag gegeben, und ihre Tochter hatte ihn entworfen. Entstanden war ein oben halbrunder weißer Stein mit dem Relief einer sich rankenden Rose. »Mutter & Tochter« stand dort, »immer in unseren Herzen«, gefolgt von den Namen der Verstorbenen.

Eine für diesen Anlass große Trauergemeinde hatte sich an Livies Grab an diesem kalten Januartag eingefunden. Der Himmel war strahlend blau, es wehte nur eine leichte Brise, und die Sonne ließ den weißen Grabstein noch heller strahlen. Pfarrer Stevenson sprach den abschließenden Segen und sah in die Runde.

»Möchte jemand etwas sagen?«

Rose, die mit ihrer Tochter gekommen war und neben ihrer Stiefschwester Mary stand, trat vor. Ganz in Schwarz, mit einem Hut, an dem ein kleiner Schleier befestigt war, hielt sie eine langstielige rote Rose in den Händen.

»Ich habe dich nie kennenlernen dürfen, Mum, aber ich weiß, dass du mich geliebt hast. Es bedeutet mir unendlich viel zu wissen, woher ich stamme. Danke, Kirsty, ohne dich wären wir heute nicht hier. Dir und deiner Großmutter Fiona verdanken wir so viel. Dein Mut, deine Neugier und deine Beharrlichkeit haben zwei verlorene Seelen zusammengeführt: Livie und Selma.« Rose warf die Rose in das offene Grab. »Wo immer ihr auch sein möget, Livie und Selma, ich wünsche euch Frieden. Was ihr erleiden musstet, sollte keine Frau durchmachen müssen. Amen.«

Nacheinander traten nun Rowan, Mary, Dr. Macearchana, MacLeod, Mrs Lamont, Susan und Patrick McNeil sowie Kirsty und Fin an das Grab und warfen ihre Rosen hinein. Bewegt beobachtete Kirsty, wie Rose sich lächelnd eine Träne fortwischte. Es war ein trauriger und glücklicher Moment zugleich, und auf lange Sicht würde das gute Gefühl überwiegen, dass Livie Gerechtigkeit widerfahren war. Sie würde nicht vergessen werden, und das war es, was zählte.

Als sie sich alle vor dem Friedhofstor trafen, sagte Susan: »Bitte seid unsere Gäste. Wir laden euch in unser Restaurant ein!«

Zustimmendes Gemurmel machte sich breit, und man stieg in die bereitstehenden Wagen, um nach Sandaig zu fahren. Susan und Patrick hatten eine Ecke im Wintergarten des Restaurants für die kleine Gesellschaft reserviert. Nicht, dass zu dieser Jahreszeit viel Gäste auf Tiree waren. Nur ein junges Surferpaar saß an einem Tisch. Kirsty und Fin hatten Otis mitgebracht, der während der Zeremonie im Rosencottage hatte warten müssen. Der Hund schoss begeistert zum Tresen, wo Cam ihm etwas zusteckte. Ihr Gemälde hatte Susan prominent über der Bar aufgehängt, was Kirsty ein bisschen stolz machte.

»Ich habe das gesehen!«, rief Kirsty und begrüßte Cam. »Hast du Brodric gesehen? Er erbt ja nun alles, fürchte ich.«

Cam hob die Augenbrauen. »Was soll er da erben? Das Haus ist bis zum Schornstein verschuldet. Schon seit Jahren gehört das Haus der Bank. Brodric wird das Erbe ausschlagen, er hat gar keine Wahl. Mach dir keine Sorgen, den siehst du hier nicht mehr.«

»Puuh, du weißt gar nicht, wie erleichtert ich bin. Irgendwie konnte ich den Gedanken nicht ertragen, dass er da jetzt einzieht und sich nichts ändert. Livies Zimmer, ich meine, das ist so furchtbar.« Sie streichelte Otis, der sich an ihre Beine lehnte.

Der große schlaksige Mann stellte ihr ein Glas Whisky hin. »Slàinte Mhath!«

Er selbst nahm ebenfalls ein Glas in die Hand und stieß mit ihr an. »Slàinte Mhath!«, erwiderte Kirsty und ließ den rauchigen Whisky ihre Kehle hinunterlaufen, bis er in ihrem Magen brannte und seine Wärme verströmte.

Susan kam zu ihr. »Isst du auch eine Pastinakensuppe? Danach haben wir eine Fischplatte vorbereitet und zum Nachtisch Cranachan. Ich finde, heute können wir Whisky in jeder Form verzehren.«

Cranachan war ein traditionelles schottisches Dessert mit viel Sahne, Himbeeren und dem wichtigsten Bestandteil, den über Nacht in Whisky eingelegten Haferflocken.

»Sehr gern, Susan. Du bist ein Schatz!« Sie umarmte Susan und wollte zu den anderen gehen, doch ihre Freundin hielt sie zurück.

»Du kennst doch unsere beiden Galeristen, Toby Sinclair und Eric McCray?«

Kirsty nickte fragend.

»Die haben das Bild gesehen, das du uns geschenkt hast. Und sie fanden es toll! Nein, sie haben sich natürlich sehr viel gewählter ausgedrückt. Originell, fließende Pinselführung, charaktervoll und so ähnlich. Jedenfalls würden sie gern mal mit dir sprechen und deine anderen Arbeiten sehen.« Susan grinste zufrieden.

»Verdammt, das ist wirklich …«, stammelte Kirsty.

»Verdient! Du hättest es verdient, eine eigene Ausstellung zu bekommen. Also, sprich mit ihnen. Noch sind sie auf der Insel. Demnächst fliegen sie in die Sonne, Mauritius oder St. Barth, keine Ahnung, irgendwas Teures, wo die Sonne scheint und die Cocktails ein Vermögen kosten.« Susan gab ihr einen Schubs Richtung Tisch. »Setz dich, ich bringe die Suppe.«

Fin hatte ihr einen Platz freigehalten und flüsterte ihr zu: »Gute Neuigkeiten? Du wirkst aufgekratzt.«

»Gut, ja, erzähle ich dir später.« Sie drückte unter dem Tisch seine Hand.

Mary und Rose saßen ihr gegenüber und redeten angeregt miteinander. Vor allem Mary wirkte sehr gelöst und berührte immer wieder den Arm ihrer Stiefschwester.

Rowan, die in einem schwarz-weißen Kleid sehr elegant aussah, hob ihr Weinglas und sah Kirsty an. »Danke, Kirsty. Ich bin so froh, dass du nicht aufgegeben hast mit deiner Suche. Ich habe meine Mutter noch nie so voller Lebensfreude gesehen. Es lag immer eine

Schwere, eine Melancholie auf ihr, die ich mir nicht erklären konnte.«

»Ach, Rowan, ich wusste ja nicht, worauf ich mich da eingelassen hatte, und bin selbst so froh, dass ich Matthew gerade noch zur rechten Zeit gefunden habe. Eigentlich müssen wir uns bei Otis bedanken.« Kirsty sah sich um. Otis lief schnuppernd durch das Restaurant.

Die junge Frau lächelte. »Ich mag dich, Kirsty. Und deine Bilder übrigens auch. Susan sagte, dass das über der Bar von dir ist.«

»Ja, ich habe eine Serie begonnen«, antwortete Kirsty, die noch nicht fassen konnte, dass sich Galeristen und Sammler für ihre Arbeiten interessierten. »Ich liebe es, Tiere zu porträtieren, und Landschaften, aber Tiere noch mehr, glaube ich.«

»Es gibt viele Möglichkeiten für schottische Künstler, darüber sollten wir mal sprechen«, sagte Rowan, wurde jedoch von ihrer Mutter abgelenkt, die sie am Ärmel zupfte.

»Ich muss mit Kirsty sprechen, Darling. Lass mal die Kunst für einen Moment beiseite«, schaltete Rose sich ein. Sie hatte den Hut abgesetzt, und man konnte ihr fein geschnittenes, ausdrucksvolles Gesicht sehen, dem das Alter nichts hatte anhaben können.

Rowan nickte und wandte sich Andrew Macearchana zu, der neben ihr saß.

»Weißt du, Kirsty«, begann Rose Farnham und sah sie mit glänzenden Augen an. »Einige mögen denken, ach, was macht es für einen Unterschied, wenn man doch eine Familie hatte. Aber das ist es nicht. Ich hatte dir ja gesagt, dass ich mich rastlos und nirgends zugehörig gefühlt habe. Ich wollte auch nie suchen, weil meine Adoptiveltern mir erzählt haben, dass ich ein ungewolltes Kind war. Das hat mich wohl am meisten verletzt.«

Rose spielte mit ihrem Weinglas. Dabei schimmerte ein Ring mit einem edel gefassten Smaragd an ihrer Hand. »Tief in mir drinnen dachte ich, dass ich nichts wert bin, weil meine Mutter mich weggegeben hatte. Und nun das! Livie war ein junges, lebenshungriges Mädchen, und ich glaube, dass ich viel von ihr habe. Ihre Träume wurden zerstört, ich hatte die Chance, meine zu verwirklichen. Und durch dich, Kirsty, habe ich Livie ein wenig kennengelernt, fühle mich ihr nahe. Du bist mein Band in die Vergangenheit.« Eine Reihe tiefer Emotionen spiegelten sich im Gesicht der alten Dame.

»Wenn es dir recht ist, würde ich dieses Band gern stärken, es nicht zerreißen lassen.« Rose öffnete ihre Hand und hielt sie Kirsty hin, die ihre hineinlegte und gerührt schniefte.

»Es wäre mir eine Freude.«

Mary, die zugehört und ebenfalls Tränen in den Augen hatte, hob ihr Glas und sagte laut: »Auf Livie! Auf dass sie immer in unseren Herzen lebt!«

»Auf Livie!«, kam es mehrstimmig zurück.

Epilog

Die Galerie von Sinclair & McCray lag etwas erhöht, südlich von Loch Eileen. Von der Terrasse aus konnte man das Meer sehen, auf dem die bunten Schirme der Kitesurfer und eine Segelyacht die Aussicht vollkommen machten. Am Vormittag noch hatte es Bindfäden geregnet, doch eine Stunde vor der Vernissage waren die grauen Wolken aufgerissen, und die Augustsonne verwöhnte Tiree seither mit ihren warmen Strahlen.

Kirsty hatte seit Tagen kaum geschlafen, weil die bevorstehende Ausstellung sie nervös machte. Eric McCray und sein Partner hatten sich ihre Arbeiten angesehen und ihr eine Einzelausstellung in der Hauptsaison angeboten. Vor allem Eric war von ihren Werken begeistert und hatte Einladungen an seine hochkarätigen Kunden versandt, unter denen bekannte Sammler waren. Wenn diese Leute kamen, um sich eine Ausstellung anzusehen, erwarteten sie das Besondere. Irgendwann hatte Fin ihr verboten, sich mit Selbstzweifeln zu zermartern, und war jeden Tag mit ihr surfen gegangen, was ihr half, sich zu entspannen. Nebeneffekte des Surfens waren ihre durchtrainierte Figur und ihre gebräunte Haut. Sie fühlte sich so fit wie lange nicht mehr und strich unbewusst über ihr eng anliegendes gelbschwarzes Kleid.

Kirsty nippte an ihrem Champagnerglas und drehte sich um. Sie waren alle gekommen. Da standen ihre Eltern mit Scarlett und Ethan, dort Mala und Rose, die mit ihrem Ehemann angereist war. Eric McCray war in seinem Element und führte die Gäste herum, erklärte ihre Maltechnik und erzählte den Kunden von ihrer Verbindung zu Tiree. An zehn Bildern klebten bereits rote Punkte, und die Preise waren in Kirstys Augen exorbitant. Aber Eric und Toby gingen keine Kompromisse ein. Sie hatten alles auf eine Karte gesetzt und gewonnen, wie es aussah.

»Hey, hier versteckst du dich!« Fin hatte sich von einem attraktiven Paar verabschiedet. Sie sah aus wie ein Model und er wie ein Filmschauspieler.

In seinem schwarzen Oberhemd, der dunklen Jeans und den cognacfarbenen Budapestern sah er genauso gut aus wie im Surfanzug, stellte Kirsty mit Genugtuung fest, legte den Arm um seine Hüfte und küsste ihn leicht.

Er strich ihr über den Rücken. »Es läuft großartig! Die beiden haben mir eben gesagt, dass sie sich für dein Pferdeporträt entschieden haben. Sie ist eine passionierte Reiterin.«

»Ist sie das Model und er der …?«

Fin nickte. »Sie sind wirklich nett. Und sie kocht die beste Minestrone!«

Kirstys Augen weiteten sich. »Du kennst sie?«

»Sie hat mal ein Buch in meinem Verlag rausgebracht. Aber das ist nicht wichtig. Oh, da kommt deine Familie.« Er beließ seine Hand auf ihrem Rücken, was ihr sehr gefiel.

George und Jennifer schienen bester Laune, was in Kirstys Erinnerung nicht oft der Fall gewesen war.

»Meine Kleine, die Leute sind ja sehr angetan von deinen Bildern!«, sagte ihre Mutter und starrte das prominente Paar an, das sich zum Gehen wandte.

»Sind das …?«, zischte sie leise, und Kirsty verdrehte die Augen.

»Ja, aber bitte sag nichts«, bat Kirsty, woraufhin ihre Mutter breit lächelte und mit den Fingern gegen ihr Glas tippte.

Scarlett sah in einem feuerroten Kleid sehr sexy aus und verschlang Fin schon seit ihrer Ankunft mit den Augen. »Endlich dürfen wir dich kennenlernen. Kirsty hat ja schon soooo von dir geschwärmt, Fin. Ich darf doch Fin sagen?«

Fin lächelte. »Hat sie das? Dann hat sie sicher übertrieben. Ich bin ein schrecklich unleidlicher Mensch.«

»Das kann ich gar nicht glauben«, sagte Scarlett und schenkte Kirsty zu deren Überraschung ein Lächeln. »Ich wünsche euch alles Glück.«

»Danke, Scarlett, das ist wirklich nett von dir!« Kirsty sah die Schwägerin verwundert an, und dann fiel ihr ein, was die plötzliche Milde in der sonst so schnippischen Person bewirkt haben könnte. »Ethan hat mir die wundervolle Nachricht mitgeteilt! Herzlichen Glückwunsch!«, sagte Kirsty lächelnd. »Wisst ihr denn schon, was es wird?«

Scarlett warf ihrem Mann einen verärgerten Blick zu. »Es ist noch zu früh, um überhaupt darüber zu sprechen. Kommst du bitte mal mit?«

Ethan grinste. »Die Hormone!«

George lachte und tätschelte die Hand seiner Frau. »Daran erinnere ich mich noch gut. Du warst in den ersten Wochen deiner Schwangerschaften auch so launisch.«

Zu Kirstys Erstaunen lächelte Jennifer ihren Mann an. »Aber du warst der verständnisvollste Mann, den man sich wünschen kann. Habt ihr beiden denn schon Pläne?«, wandte sich Jennifer an ihre Tochter, die errötete.

»Äh, nein, wirklich nicht«, antwortete sie verlegen und hoffte, dass Fin mit der Situation umgehen konnte.

Doch der war sehr entspannt: »Wir lassen die Dinge einfach passieren.«

»Oh ja, na dann!«, meinte Jennifer. »Das Kleid steht dir übrigens sehr gut, Kirsty.«

»Danke. Ist ja sonst nicht mein Ding, aber für diesen Anlass sollte es etwas Besonderes sein. Mala hat das Kleid geschneidert.«

»Nein! Deine Freundin?« Jennifer sah sich nach Kirstys Freundin um.

»Kirsty«, begann ihr Vater. »Ich weiß, du lehnst eine Ferienanlage auf Tiree ab, aber gegen ein Ferienhaus in deiner Nachbarschaft hast du nichts einzuwenden, oder?«

Skepsis mischte sich in ihre Worte: »Wie soll ich das verstehen?«

Gelassen fuhr ihr Vater fort: »Nun, der Duke hat mir mitgeteilt, dass das Haus der McMillans zum Verkauf stünde.«

Ein kalter Schauer rieselte über ihre Haut. »Und du hast es gekauft, um dort deine Pläne zu verwirklichen? Ich hatte gehofft, dass eine nette Familie es erwirbt.«

»Wir sind eine nette Familie, Kirsty, auch wenn du das nicht für möglich hältst. Ja, ich habe das Haus gekauft und werde es etwas moderner neu errichten lassen. Ich dachte, wir nennen es ›Livie's‹, und du kümmerst dich um den Rosengarten. Wir wollen es vermieten und einige Wochen im Jahr selbst nutzen.«

Ihre Mutter schaltete sich ein. »Jetzt, wo Ethan und Scarlett Nachwuchs erwarten, wäre es doch schön, eine alte Tradition wiederaufleben zu lassen. Ich habe die Sommer mit Fiona auf Tiree immer gemocht.«

Kirsty schluckte. »Heute komme ich aus dem Staunen nicht mehr heraus. Das sind fast zu viele Überraschungen. Mum, Dad, ja, ich weiß gar nicht …«

George nahm die Hand seiner Frau. »Siehst du, ich habe dir gesagt, dass sie sich darüber freuen wird. Ah, da entdecke ich doch tatsächlich alte Kunden. Wir sehen uns später, Kirsty, Fin.«

Ihre Eltern gingen davon, und Fin nahm Kirsty mit zum Rand der Terrasse. Ihre Augen schimmerten verdächtig feucht.

»Meine Güte, was ist das nur für ein Tag!«, seufzte Kirsty gerührt. »Fehlt nur noch, dass du wieder schreibst, dann wäre dieser Tag für mich perfekt.«

Sie fuhr sich über die Augen und stopfte das Taschentuch in ihre Tasche.

Er zog sie an sich und murmelte in ihrem Haar. »Ach, weißt du, ich trage da schon seit Wochen eine Idee mit mir herum. Ich habe auch schon eine erste Zeile, und das ist eigentlich entscheidend. Nur weiß ich nicht …«

Zögernd schaute er sie an. »Ich würde gern über Livie schreiben. Ihr Schicksal in einen Roman verpacken, leicht verändert, aber du wüsstest natürlich, dass es um Livie geht. Was hältst du davon?«

»Jetzt muss ich schon wieder weinen.« Kirsty holte tief Luft. »Ja, ich halte das für eine wunderbare Idee, Fin. So wird Livie unsterblich.«

Der Wind fuhr über die Terrasse, Gläser klirrten, und erste Regentropfen trafen sie. Doch Fin konnte das nicht erschüttern. Er hielt sie fest in seinen Armen.

»Das ist sie schon längst. Dafür hast du gesorgt, Kirsty.« Er küsste sie. Dicke Regentropfen liefen ihnen übers Gesicht.

»Ich liebe dich, Kirsty Paterson, und sogar dieses Wetter und diese winzige Insel, und jetzt lass uns reingehen, bevor wir klitschnass sind.«

Rezept

Cranachan (traditionelles schottisches Dessert)

In diesem köstlichen Dessert steckt viel
schottischer Whisky.

Dazu Robert Burns:
O Whisky! Soul o'plays an' pranks!
Accept a Bardie's grateful thanks!
When waiting thee, what tuneless cranks
Are my poor Verses!
Thou comes – they rattle i'their ranks
As ither's arses!
(Oh Whisky, du Seele vom Gesang!
Dir sagt der Dichter schönen Dank!
Fehlst du, sind meine Verse bang'
Wie Trauermärsche!
Nahst du, dann explodier'n sie lang
Wie andern die Ärsche!)

Zutaten
(für 4 Portionen)
300 g Himbeeren
350 ml Sahne

2–3 Esslöffel Haferflocken
3 Esslöffel Whisky (oder mehr)
3 Esslöffel Honig (oder mehr)
Puderzucker

Zubereitung

Röstet die Haferflocken auf einem mit Backpapier ausgelegten Backblech im Ofen, bis sie schön braun sind. Jetzt die Hälfte der Himbeeren durch ein Sieb streichen, um sie zu verflüssigen. Nach Geschmack süßen. Die Sahne schlagen, bis sie fest ist, und nach und nach Honig und Whisky hinzugeben. Zum Schluss auch den Großteil der Haferflocken dazugeben. Nun wird abwechselnd das Himbeerpüree mit der Whiskysahne in 4 Gläsern geschichtet. Mit den restlichen Himbeeren und Haferflocken garnieren. Bon appetit!

Nachwort

»Die Hebriden sehen, heißt indes, ein ganz anderes Land sehen«, schrieb 1773 der englische Dichter Samuel Johnson voller Begeisterung, während er auf Skye war. So richtig wollte ihm das damals niemand glauben, denn die Hebriden galten in etwa als so attraktiv wie die Arktis. Mehr als fünfhundert größere und kleinere Inseln bilden die Hebriden im Nordwesten Schottlands. Abgelegen, kaum bewohnt, vom ständigen Wind kahl gefegt, von Orkanen gebeutelt, umtost von der unbarmherzigen See. Ein karges Land, auf dem das Leben hart und entbehrungsreich war. Die Bewohner lebten von Krabben-, Herings- und Hummerfang, sie sammelten Seetang und züchteten Schafe. Und schließlich wurden sie auch noch besonders schwer durch die Clearances, die Zwangsumsiedlungen, getroffen.

Das Schicksal der Crofter während der Clearances auf Skye ist Thema in »Das Geheimnis von Ardmore Castle«, dem Vorgängerroman. Skye ist eine faszinierende Insel voller Geschichten, Legenden, interessanter Menschen, und vor allem ist die Landschaft berauschend schön. Ich liebe Schottland, besonders die Highlands und die Hebriden. Dort oben ist es noch ein klein wenig rauer als in Wales, dem Land der grünen Hügel an der englischen Westküste, in dem ich einige Jahre gelebt habe.

Erfüllt von den Erlebnissen meiner Recherchereise auf Skye kaufte ich in einer Buchhandlung noch rasch etwas Reiselektüre für den Rückflug. Darunter waren die Erinnerungen einer Inselkrankenschwester. Mary J. MacLeod lebte und arbeitete in den 1970ern auf der entlegenen Insel Papavray und berichtet von den Schicksalen der Insulaner. Eine Geschichte, die sich in den Vierziger- und Fünfzigerjahren zugetragen hat, ist so unvorstellbar grausam und doch so bezeichnend für das entbehrungsreiche Leben in der Abgeschiedenheit rauer Natur, dass sie mich nicht losließ. Diese Geschichte inspirierte Livies Schicksal, denn was ihr widerfahren ist, schrieb in ähnlicher Form das Leben.

Ich habe Tiree als Schauplatz gewählt, weil ich diese Insel von meinem Besuch auf Mull her kannte. Tiree, die westlichste Insel der Inneren Hebriden, »sunshine island«, mit den weißesten Stränden, den besten Surfspots, der satten Machair, den Dünen und den »spotted houses«. Tiree »Tir bàrr fo thuinn« – The land below the waves.

Es gibt keine Straßenlampen auf Tiree, und der Nachthimmel ist so sternenklar, wie man es sich nur wünschen kann. Eine Galerie existiert tatsächlich und auch zwei ausgezeichnete Restaurants und die Surfschule mit dem Fitnesscenter. Wenn die Flut kommt, steigt sie bis an die umlaufenden Mauern einiger Häuser. Das Leben auf einer so abgelegenen Insel mitten im

Atlantik ist ein Leben mit der Natur. Es prägt die Menschen auf eine besondere Art.

Und so verwundert es nicht, dass es viele Lieder über die Schönheit der Insel gibt:

Thogainn Fonn Gun Bhi Trom (gälisch)
I Would Sing a Light-hearted Song
I would sing a light-hearted song,
I would sing a song about the island.
The low lying land of the barley
Is the most beautiful place that can be seen.[1]

---

1 *Òrain An Eòrna – Songs of the Barley, Traditional Gaelic songs from the island of Tiree, Fèis Thiriodh and An Iodhlann, Isle of Tiree 2012*

Autorin

Constanze Wilken, geboren 1968 in St. Peter-Ording, studierte Kunstgeschichte, Politologie und Literaturwissenschaften in Kiel und promovierte an der University of Wales in Aberystwyth. Als Autorin ist sie sowohl mit großen Frauen- als auch mit historischen Romanen erfolgreich. Weitere Titel von Constanze Wilken sind bei Goldmann in Vorbereitung.

Constanze Wilken im Goldmann Verlag

Der Duft der Wildrose. Roman (E-Book)
Ein Sommer in Wales. Roman (E-Book)
Sturm über dem Meer. Roman (E-Book)

Das Erbe von Carreg Cottage.
Roman (Auch als E-Book)
Die Klippen von Tregaron.
Roman (Auch als E-Book)
Die Frauen der Villa Fiore. Giulias Geschichte.
Roman (Auch als E-Book)
Die Schwestern der Villa Fiore. Biancas Geschichte.
Roman (Auch als E-Book)
Das Geheimnis von Ardmore Castle.
Roman (Auch als E-Book)
Das Rosencottage.
Roman(Auch als E-Book)

Die international gefeierte Sieben-Schwestern-Reihe

Band 1

Band 2

Band 3

Band 4

Band 5

Band 6

Band 7

goldmann-verlag.de

GOLDMANN